寂寞长亭

——唐人别离之美

陈秉智　陈红涛　陈洪海／著

九州出版社
JIUZHOUPRESS
全国百佳图书出版单位

图书在版编目（CIP）数据

寂寞长亭：唐人别离之美 / 陈秉智，陈红涛，陈洪海著. --北京：九州出版社，2012.6
ISBN 978-7-5108-1456-3

Ⅰ. ①寂… Ⅱ. ①陈… ②陈… ③陈… Ⅲ. ①唐诗—诗歌欣赏 Ⅳ. ①I207.22

中国版本图书馆CIP数据核字(2012)第074709号

寂寞长亭：唐人别离之美

作　　者	陈秉智　陈红涛　陈洪海　著
出版发行	九州出版社
出 版 人	徐尚定
地　　址	北京市西城区阜外大街甲 35 号（100037）
发行电话	(010)68992190/2/3/5/6
网　　址	www.jiuzhoupress.com
电子信箱	jiuzhou@jiuzhoupress.com
印　　刷	三河市东方印刷有限公司
开　　本	787 毫米 ×1092 毫米　16 开
印　　张	18
字　　数	274 千字
版　　次	2012 年 7 月第 1 版
印　　次	2012 年 7 月第 1 次印刷
书　　号	ISBN 978-7-5108-1456-3
定　　价	35.00 元

陈秉智书高适《别董大》

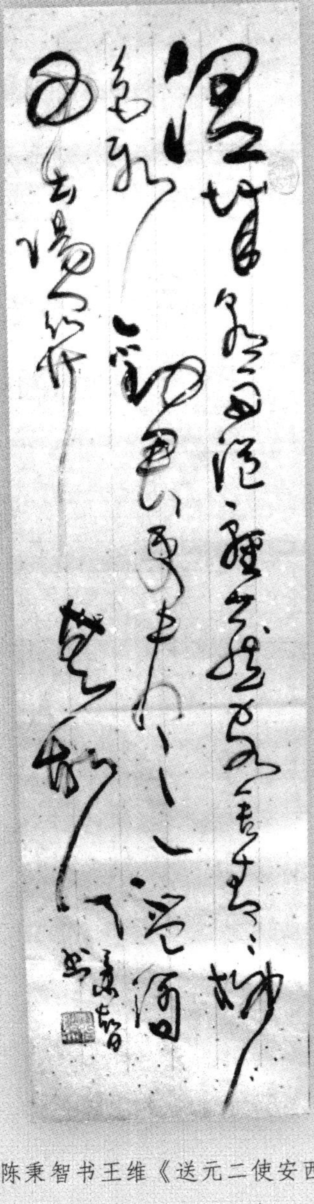

陈秉智书王维《送元二使安西》

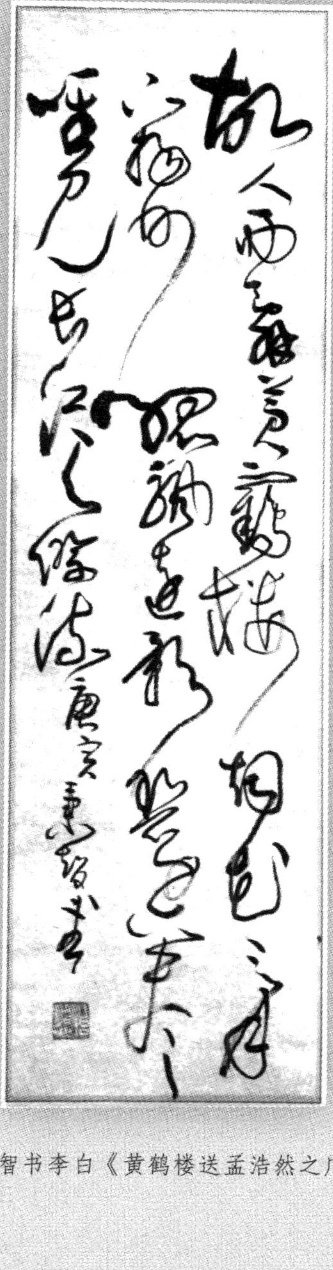

陈秉智书李白《黄鹤楼送孟浩然之广陵》

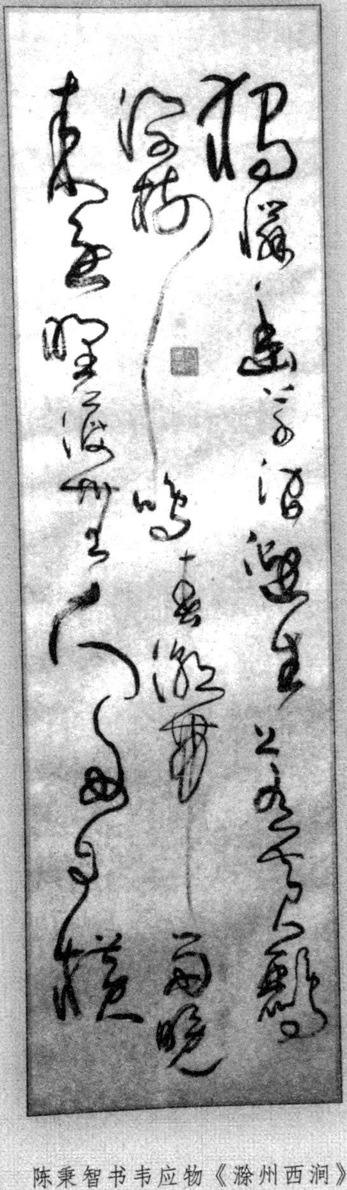

陈秉智书韦应物《滁州西涧》

目　录

第一章
绪论

1、友情是一种人性美

友情，是一种人性美。

人，呱呱落地，降临人世，从此，张开生命的风帆，航行于茫茫世海，或十几年，或几十年，或上百年，直至棹停帆收，驾鹤仙游，息于九泉。他（她）的一生，可以没有爱情，但决不可没有友情。

友情是什么？就是朋友之谊。

朋友是什么样的人呢？

有人这样说：朋友是人生的一份荣华；是水遥山远却难忘的老家；是忍不住想拨的号码；是悠闲时最想喝的那杯清茶；是忙碌时也不忘的那种牵挂……

有人这样形容：朋友是熟悉你心中歌的人，当你忘掉歌词的时候，他会为你唱出来。

财富不是永远的朋友，但朋友却是永远的财富。

有人这样写道：真正的朋友是这样的人，当别人走出去的时候，他走了进来。一个拥抱，价值超过一千个温暖的词，一个朋友，价值超过一千个拥抱。

有人这样概括：朋友是当你都不相信自己的时候，他依然信任你的人。灾难并非一无是处，它可以让真正的朋友留在你身边。

是啊，你和我，我和他，还有大家，都或深或浅或多或少地有这样一种体验：走进沙漠，淡水最珍贵；沉沉夜幕，灯火最珍贵；幸福生活，健康最珍贵；茫茫人海，友谊最珍贵。

因此，我个人认为：

友情大于爱情。

友情重于爱情。

友情高于爱情。

我这里丝毫没有贬低爱情的意思。爱情也是人类最基本、最伟大、最珍贵、最热烈、最幸福的感情之一。公元前八世纪，希腊诗人赫西奥德在《诸神记》中歌唱："不朽的神祇中最美丽的一位"是厄洛斯，他就是罗马神话中名为丘比特的爱神。

有人这样说过："爱是人类生命的本能，爱是人类特有的高级精神活动。产生于男女之间的爱情，是一种自发的不由自主的感情冲动，同时也是个体的一种自我选择。这种两性相吸、两情相悦的独特情感，微妙而复杂，它能给人带来不尽的欢乐，也能给人留下深刻的痛苦……"（《唐诗题材类论》）

有人曾这样歌唱过爱情：

第一次与你相逢，
歌正轻轻，
舞正轻轻。
第二次与你相逢，
歌又轻轻，
舞又轻轻。
从此后情河被爱风吹皱，
朝也重重，
暮也重重。
从此后爱浪把情河翻卷，
聚也汹汹，
散也汹汹。
问世间情为何物？
魂也相从，
梦也相从。
问世间情为何物？

生也相从，

死也相从……

尽管爱情能教人生死相许，但是我们必须坦然地承认：爱情毕竟只是人生旅程中伴随你一个时期即一段时间的感情，而友情则不一样，它是伴随你生命始终的一种感情，它对人的一生发生作用的时间远长于爱情，而对众生发生作用的面积又远广于爱情。比如人的童年、少年，情窦未开之时，人不可能有爱情之神的光顾，但友情的天使早就降临到了你的身边，并开始给予你快乐和愉悦；又比如人到垂老之年，心爱的情侣天年已终、撒手人寰以后，你失去了丘比特的陪伴，但友情的天使仍留在你身边，给予你生存的快慰和乐趣，继续陪伴你的左右，走到生命的天涯海角。还有，人世间一些特殊的人群，比如古代被称为阉党的一群人，古今都有的众多的寺庵僧尼以及以行乞为职业的丐帮，他们中的大多数人一生都可能没有爱情，但他们并不缺乏友情。

有人曾这样慨然长喟：没有爱情的人生是不完整的；没有友情的人生是不深刻的。爱情有如肥皂泡一样短暂；友情却像磐石一样天长地久！

除此之外，友情之于人的生活、事业和功名的成败盛衰，所发生的作用，也远非爱情可比。友情之爱，能破除心灵间的隔阂，消灭心灵中的寂寞，填补心灵中的空虚，使人生焕然充满光彩。中国古代早就有这样的名言："二人同心，其利断金；同心之言，其臭如兰。"高尚的友情是严冬里的炭火，酷暑里的浓荫，湍流中的脚踏石，雾海里的航标灯。

英国历史上著名的思想家培根更是以极其赞美的口吻描述过友情的魅力、威力和伟力：

· 因结婚而产生的爱，造出儿女；因友情而产生的爱，造就一个人。

· 一切真正伟大的人物（无论是古人、今人，只要是其英名永铭于人类记忆中的），没有一个因爱情而发狂的人：因为伟大的事业抑制了这种软弱的感情。

· 只要你想想一个人一生中有多少事务是不能仅靠自己去做的，就可以知道友谊有多少益处了。

· 得不到友谊的人将是终身可怜的孤独者。没有友情的社会则只是一片干燥的沙漠。

·最难忍受的孤独莫过于缺少真正的友谊。

·友谊的一大奇特作用是：如果你把快乐告诉一个朋友，你将得到两个快乐；而如果你把忧愁向一个朋友倾吐，你将被分掉一半忧愁。友谊对于人世间的生命的生存，真像炼金术所要找的那种“点金石”。它能使黄金加倍，又能使黑铁成金。

·友谊的主要效用之一就在于使人心中的愤懑抑郁得以宣泄、弛放。……对一个真正的朋友，你可以传达你的忧愁、欢悦、恐惧、希望、疑忌、谏诤，以及任何压在你身上的事情。

·友谊使欢乐倍增，悲痛锐减。

·当你遭遇挫折而感到愤懑抑郁的时候，向知心挚友的一席倾诉可以使你得到疏导。否则这种积郁使人致病。俗语说：“人总是乐于把最大的奉承留给自己”，而友人的逆耳忠言却可以治疗这个毛病。朋友之间可以从两个方面提出忠告：一是关于品行的，二是关于事业的。

·如果说，友谊能够调剂人的感情的话，那么友谊的又一种作用则是能增进人的智慧。

·最能保人心神之健康的预防药就是朋友的忠言规谏。

·除了一个知心挚友以外，没有任何一种药物可以治疗心病。

·只有对于朋友，你才可以尽情倾诉你的忧愁与欢乐，恐惧与希望，猜疑与欢慰。

渴望友情，珍惜友情，维护友情，爱护友情，发展友情，赞美友情，享受友情，这是人类的一种本性，是人类社会中一种人性之美。

人性，是人的一种本性，也是人的一种社会性。在人类从事社会实践活动和进行广泛的人际交往中，人性往往绽放出红黄紫白、各秉独美的花朵，闪耀出姹紫嫣红、五彩缤纷的绚丽之色。

人性之美表现于人类物质生活和精神生活的诸多方面，特别是在友情方面表现得尤为突出，特别集中和强烈。

这种人性之美，又是人身上固有的一种超越阶级、超越时代、超越国域、超越民族、超越时空的美丽动人的性情、情感，人之常情。不论哪个国家、哪个民族、哪个阶级，也不论是当代、古代、未来，人们都共同对它感知、认同，发生共鸣，都众口一词地给予高度的赞美和虔诚的敬仰。很多莫逆之交、刎颈之交、总角之好、忘年之交的人物故事，尽管发生在我国遥远的古代，发生在不同阶级和阶层人的身上，但是它们穿越了历史的隧道，至今被广为传颂，广为传唱，特别是“高山流水”“伯牙摔琴”一类的佳话美谈，更是堪称“长青树”、“不凋花”，在长达二千多年的岁月风霜中，历久不衰，至今广为乐传，几乎家喻户晓。

2、唐诗里有一座友情美的大观园

在赞美咏叹友情这种人性之美的交响乐队中，我国古代的作家和艺术家们的演奏格外出色，让人回肠荡气，心弦震颤。他们慧眼卓识，把观察到的美，或以火山爆发般的热情，或以金葵朝阳般的痴情，或以涓涓细流似的柔情，或以大江东注似的豪情，倾泻于笔端，凝结于华章丽句，给我们留下了品赏美、享受美的万花之园。

唐代诗人，更是发现和表现友情这种人性之美的巨匠奇才、行家里手，他们以他们炉火纯青、登峰造极的艺术天分和才华，把人性美展示得淋漓尽致、美伦美奂。他们留下来的展示、刻画人性之美的诗歌佳作，胜过黄山云海、长江洪流，让人诵读之时心旌摇动，陶醉如梦。从唐初到如今，飞转的历史车轮已轻跨越了一千四百多个春秋，但唐诗中抒写人性之美的名篇，一直像甘美的生命之泉，浇灌着一代又一代人的生存之树，像营养丰美的乳汁，哺育着一代又一代人的健康之情。

我国最早的诗集《诗经》前面有一篇《毛诗大序》，序中说：“诗者志之所之，情动于中而形于言。”既然说情动于中而形于言，那么赋诗的主要欲望就是要充分尽情地表达内心的感动。所以好的诗，必定是带着感发的生命传达出感发的力量，是作者内心先有所感动，然后选用鲜明准确的语言文字表达出来，而透过语言文字使读者也有兴发和感动，这是一种绵绵不已的生命感发。所以衡量诗歌其美学的意义和价值，就是看它有无一份真诚的感发的生命和感发生命的力量。驰名海内外的中国古典诗词研究大家叶嘉莹教授曾这样提出过一个问题：为什么要让势如朝阳、艳如鲜花的年轻人读古老的唐诗呢？她回答说：“当大家只重视物质的时候，当我们失去很多方面的信仰以后，古典诗歌可以使我们有一颗不死的心灵。”她又说：“学古典诗歌最大的好处就是使人心不死。哀莫大于心死，而身死次之。学古典诗歌就是要让你对宇宙万物，花开花落，草长莺飞……都有所关心。如果一个人对草木鸟兽都关怀了，那么你能对你的国家你的同类的‘人’不关怀吗？”我觉得叶教授的话说得非常到位。当你读唐诗的时候，你会清楚明晰地发现人性之美的耀眼和魅力，并受到人性之美的感发、熏陶和触动，从而使你的一颗心非常健美，充满阳光，充满生机，充满追求，充满求索和希望。我们也经常想：唐诗宋词明明是离我们很远的古代人写的东西，是上千年、一千多年以前古代人感情世界，心灵深处，“志之所之，情动于中而形于言”的产物，为什么当代人、现代人还把它们视如珍宝，还那么津津乐道、惜爱有加呢？思之所得，我们认为一个重要的原因，不！一个主要的原因，就是它们展示了人性之美，所以它们才具有了永恒的魅力和不灭的生命。

唐诗对友情这种人性之美的展示称得上是“全息摄影”，是立体化、全方位的展示。在林林总总、五彩斑斓的抒写、展示友情的众多的诗歌作品中，由于写作的背景、面临的对象、当时的心情、所处的环境、所属的地理方位和所遇的节令气候的不同和差异，尽管同是围绕咏叹友情这样一个共同的主题，但在具体的角度选择和构思写作上，却是八仙过海、各显风流，你有你的侧重面，我有我的新视角，你有你的重墨浓彩，我有我的轻敷淡妆，真是各抱地势，各自成景，呈现出多姿多彩、百媚千艳的奇观。

有的写相逢，有的写离别，有的写怀想，有的写梦思，
有的写探访，有的写相送，有的写相勉，有的写同情，
有的写盛邀，有的写厚待，有的写向往，有的写恸悼，
有的写盼望，有的写忆念，有的写寄慨，有的写珍视，
有的写崇拜，有的写安慰……

在这些作品中，诗人的笔管里尽情倾泻的是与朋友——

相逢之喜，相聚之乐，相思之苦，相别之恨，相访之欢，

相惜之纯，相望之切，相知之诚，相交之挚，相勉之忱，
相游之惬，相敬之真，相慕之慨，相失之哀，难逢之愁，
无助之怅……

可以说，诗人们用他们感发的生命、心血、情怀，为我们营造了一座移步有胜景，而且又处处让人流连忘返的瑰丽宏盛的友情大观园。

3、唐诗送别诗中的友情美

如果要把这座大观园里的景致一一作个详细介绍，恐怕要写一部上百万字的大书才够分量。而笔者没有这个能力，本文也担承不起这个重任，我们这里只想以以点显面，一草知春，以一斑而窥全豹的方法，从中选出以“送别”为侧重点而抒写友情的唐诗若干篇作一介绍。当然我们谨望通过这一点、一草、一斑的介绍，能把你导引到大观园里去，并尽其可能地让你领略到这座大观园的宏丽、气势和风采。

唐代是中国封建社会的鼎盛时期，经济发达，国势强盛，外交活跃，文化繁荣。在较长的时间里，保持着社会稳定。生活在盛唐时期的大诗人王维曾写过这样两句诗：“九天阊阖开宫殿，万国衣冠拜冕旒。”（和贾至舍人早朝大明宫之作）王维在闳阔的诗句中，纵笔写出了大唐天子居住的皇宫，清晨喜接彩霞宫门依次大开的盛况和万国使节朝拜大唐天子于丹墀的宏大而庄严的场景。这足以显示当时的唐王朝国势之威武强盛和在国际上尊崇显赫的地位。据唐《六典》记载，当时向大唐帝国朝贡的国家有 70 多个，据有人研究估算，当时生活工作在长安的人口中有 2% 是来自世界各地的外国人。当时的京都长安，规制宏大，建筑雄伟，商业发达，人才汇聚，文化开放，交通方便，不仅是大唐气象的典型象征，也是典型的国际大都市，不仅是唐王朝之心脏，亦堪称全世界之心脏。除长安外，扬州、洛阳、成都、凉州、广州等，也都是通达九州、物阜民丰的大城市。穆罕默德曾浩叹：“知识远在中国”。杜甫有一首诗描写过当时盛唐时期的经济发达状况和人民的生活水平。

忆昔开元全盛日，小邑犹藏万家室。
稻米流脂粟米白，公私仓廪俱丰实。
九州道路无豺虎，远行不劳吉日出。
齐纨鲁缟车班班，男耕女桑不相失。
宫中圣人奏云门，天下朋友皆胶漆。
百馀年间未灾变，叔孙礼乐萧何律。……

——《忆昔》

在杜甫笔下，当时的小城都有万户人家，可见开元盛世国力强盛，经济繁荣，政治稳定，社会和谐，风调雨顺，民生富裕的程度。

生活在大唐社会中，特别是生存成长于贞观之治和开元盛世的诗人们，在当时时代精神的哺唷、感召下，很多都怀抱着“济苍生”、“安社稷”的雄心壮志、“致君尧舜上，再使风俗淳”的政治理想和“会当凌绝顶，一览众山小”的高致逸兴，他们都希望足履紫霄，一显身手，建功立业，大展宏图。

当时，有抱负有才干的知识分子要步入仕途，有两条路：一条是科举之路，另一条就是靠朋友举荐。所以当时人们都很重视广交朋友。但是“月有阴晴圆缺，人有悲欢离合。”在交友的过程中，欢聚恨散、喜逢苦别，会经常发生，诗人们值此际往往赋诗相赠，于是乎写下大量的送别诗。这些送别诗虽然写的都是送别，但是细读起来，也是赤橙黄绿青蓝紫，奇彩纷呈，“别”法迥异。笔者粗略地条分了一下，起码就有如下多种：

爽 别
壮 别
忼 别
欣 别
笑 别
惜 别
醉 别
恨 别
挽 别

伤　别

痛　别

嘱　别

怅　别

劝　别（慰别）

泣　别（泪别）……

本文仅想介绍以下八种。

（陈秉智执笔）

第二章 最潇洒的送别：爽别

李白：黄鹤楼送孟浩然之广陵

在唐诗众多的送别诗中，称得上是爽别的最典型的送别诗，应当首推诗仙李白的《黄鹤楼送孟浩然之广陵》：

故人西辞黄鹤楼，烟花三月下扬州。
孤帆远影碧空尽，唯见长江天际流。

李白这首名播四海的送别诗，写得通俗易懂，明白如话：“黄鹤”，分别之地，“扬州”，所往之乡，“烟花”，叙别之景，“三月”，纪别之时。帆影尽，则目力已极；江水长，则离思无涯。

在我们正式赏析这首送别诗之前，笔者给大家先介绍一点关于这首诗的题目和文字变化的掌故。此诗根据敦煌石窟发现的唐人诗集残卷中的手抄本，它的原来的题目是《黄鹤楼送孟浩然下淮扬》。宋本及今本此诗的题目均作《黄鹤楼送孟浩然之广陵》。扬州古称淮扬，而唐之广陵即属淮南道扬州，所以当时的题目应当是“下淮扬”。

该诗的文字古今也有差别。根据敦煌石窟发现的唐人诗集手抄本，此诗的文字是这样的：

故人西辞黄鹤楼，烟花三月下扬州。
孤帆远映绿山尽，唯见长江天际流。

现在我们经常看到的该诗第三句的文字是“孤帆远影碧空尽”，但据考

证，到了明朝嘉靖年间的刻本，才改成了这样。在这之前，宋代时“远影”的“影”字还是“映”，“碧空”仍为“碧山”（唐时的“绿山”已改成了“碧山”）。南宋著名爱国诗人陆游，在其《入蜀记》中，说他曾造访过黄鹤楼故址，他见到的李诗第三句也是“孤帆远映碧山尽”。还说：“盖樯帆远映尤可观，非江行久不可知也。”可见陆游当时见到的原诗文字与上述敦煌本颇为相近。我们现在手中流行的《唐诗三百首》选本，是清代蘅塘退士选编的。这个选本自面世以来，“风行海内，历久不衰”，流传甚广，影响颇深，在这个选本中此诗的第三行仍是“孤帆远影碧山尽”。

通过上面的介绍，我们已经知道，现在大家都认同的诗文第三句“孤帆远影碧空尽”，是经后人修改加工润色过的，而且修改加工得非常成功，与原句“孤帆远映绿山尽”相比较，其高处和优点，明眼人一看便晓。笔者认为，这句诗文的原貌，经过“高人”的精湛的“整容”手术后，变得更美、更漂亮了，用“锦上添花”这个成语来评价，丝毫都不过分。为什么这首诗这么脍炙人口呢？当然这是由多方面的原因构成的，但原因之一正是它渗入了后人加工润色的心血，融入了后人的艺术智慧。

下面，我就讲讲这首著名的送别诗，其感情基调为什么是爽别。所谓爽别，就是愉快地送别，畅快地送别。熟读唐诗的人都知道，很多送别诗写得很伤心，很伤感，甚至很伤痛，很悲戚，很凄然，很黯然销魂。在这种伤痛中，写出了友情之美，友情之重，友情之纯，友情之贵。后面我们会介绍这类送别诗的典型作品，代表性作品。而李白这首诗，你读完之后，却不见半点伤感、凄然、怨悱、愁苦的影子。而是在畅快的气氛里写出了友情之美，友情之重，友情之纯。熟读唐诗的人还知道，唐代诗人写送别诗的时候，大都遵循着这样一条规律：如果写春天送别，一般都会寓情于春草，寓情于春柳，特别是折柳送别，在诗中出现的频率更高；如果是夏天送别，一般都会寓情于云，因为游云正是游子飘泊的象喻；如果是秋天送别，大都寓情于雁，寓情于月。归雁和秋月，正是离情别绪的象喻；如果是冬天送别，大都寓情于雪，因为白雪恰是友情纯洁的象征。

李白这首送别诗写的是旧春三月的送别，然而李白在诗中既不写春草，也不写柳丝，而是写“烟花”。怒放的鲜花，如吐丹霞，本身给人的感觉就是温暖和喜悦。鸟语花香，这是春季最有标志性的景色，李白在春天送友人远行，在诗中略去所有别的景色，唯独特别地选取了山河大地、处处烟花的喜人景色，这就很明显地突出了当时送行的心情不是阴沉的，而是阳光的。烟花者，在明媚的阳光下，淡雾如烟，繁花似锦之谓也。“烟花三月下扬州”，读后给人的感觉决不是一片花、一朵花，而是从武昌到扬州，顺滚滚长江而下，云帆万里，无论崇山旷野还是万壑千流，到处都是看不尽望不断的美丽如画的阳春烟景。置身于这般美不胜收的画图之中，置身于这般美不暇接的旅途之中，这让人何等的心旷神怡啊！这让人何等的兴高情逸啊！清人孙洙（蘅塘退士）说此句意境优美，文字绮丽，堪称“千古丽句”。李白把送别的环境气氛涂抹得如此浓郁和大美，就是给当时的友人和读诗的人传达一种心中的信息，我今天送友人远去，是愉快的，是充满了诗意的离别。

说李白这句诗意境优美，还有一点，就是它还隐曲地包涵着更深的内容。李白当时送孟浩然去扬州漫游的时间，正值唐代开元盛世，当时的大唐王朝经过唐初特别是贞观之治几十年的调整政策、修明政治、振兴经济、改善外交、稳定社会、励精图治，呈现出欣欣向荣，蒸蒸日上，四海雍熙，万方协和的局面，综合国力和国势的提升状况也恰似“烟花三月”、春和景明，莺歌燕舞。大江南北，长河上下，到处闪耀着生机勃动、雄强奋发、昂扬向上、建功立业的时代精神。而20多岁的李白自己，当时刚刚走出四川，也正处在年轻快意之时，自身的生命之花，也正迎着时代的骄阳，进入盛春三月的花季。因此我们可以说，李白诗中的“烟花三月”，不仅再现了自然界阳春三月的大美景象，而且也是当时社会时代气息的生动写照，同时还是当时李白自己兴奋的心境的自然流露。正是在这样的社会、政治背景下，在流光溢彩、馨香馥郁的春季，带着兴奋的心情，李白送朋友去繁华之地扬州漫游，心里自然就很阳光灿烂了。

这是从诗中营造的环境氛围和透露的心境来看，李白的送别，基本的感情色调不是惜别，更不是伤别，而是一种爽别。此其一也。

其二：“故人西辞黄鹤楼”。李白的诗一开头就点出了送别的地点：黄鹤楼。可以说这第一句诗就为这场送别选定了感情的色调。因为黄鹤楼乃天下名楼，一提到黄鹤楼马上就会联想到种种与此处相关的富有诗意的名人趣闻和逸事。而这些富有浪漫传奇色彩的趣闻逸事，在人心中唤起的是愉快和愉悦。

黄鹤楼雄踞蛇山之巅，长江之畔，高古雄浑，挺拔秀健，辉煌瑰丽。它与飞峙于洞庭湖岸的岳阳楼和雄峙于赣江之边的滕王阁，并称为江南三大名楼。该楼始建于三国时期吴国黄武六年（公元223年），当时主要用于军事目的。相传吴王孙权为实现“以武治国而昌”（这是武昌一名的来由）的战略，筑城为守，建楼用于军事瞭望。但是到了唐代，这座建筑的原功能蜕化殆尽，已完全成了供人游览的名胜，是文人骚客游乐宴饮、寄情山水、吟诗题咏的佳选之地。唐代就有很多著名诗人在此留下过华章佳作，这其中最拔萃出色的当属崔颢的一首七言律：

昔人已乘黄鹤去，此地空余黄鹤楼。
黄鹤一去不复返，白云千载空悠悠。
晴川历历汉阳树，芳草萋萋鹦鹉洲。
日暮乡关何处是？烟波江上使人愁。

这首被诗评家交口称誉，赞为唐人七言律诗“第一”（宋·严羽《沧浪诗话》）的诗，确实是一首绝唱：“意得象先，神行语外，纵笔写去，遂擅千古之奇”（《唐诗别裁》卷十三）。据史书记载，李白这次登黄鹤楼时，目睹吴楚山河丽采，诗兴涌动，正欲乘兴挥毫之时，抬头猛见崔颢此诗已题于楼壁，辍笔诵读，惊曰：“眼前有景道不得，崔颢题诗在上头。”于是搁笔。李白当时“服善”了，但李白是何许人？！他毕竟是一代诗仙，他在创作上的天才，使他心雄万夫，不甘后人，他向来拒绝重复而刻意争胜，他的胸腔里鼓荡着为天地立言的豪迈之情。20年后，李白在游南京时登凤凰台，写下一首依崔颢诗韵的《登金陵凤凰台》，据说这是李白因赞赏崔颢的诗，故拟之以较胜负的一首诗。现录于后：

凤凰台上凤凰游，凤去台空江自流。
吴宫花草埋幽径，晋代衣冠成古丘。
三山半落青天外，二水中分鹦鹉洲。
总为浮云能蔽日，长安不见使人愁。

两诗比翼，翱翔于诗之长空，孰优孰妙，后人所见不一。但依笔者个人所见，李诗虽是拟崔诗之作，但却大有出蓝之美。从诗的内容来看，李诗的境界比崔诗更大更高。崔颢在诗中抒发的是作客之愁，乡关之恋；而李白在诗中，寓目山河，伤时忧国，斥责奸佞，其胸怀、气象和寄托则广阔得多，非崔诗可比。

黄鹤楼又是一个“仙气”弥漫，神话传说美丽动人，使人充满妙思遐想的地方。关于黄鹤楼这一名字的来历就有多种传说：依《南齐书州郡志》记载：古代“有仙人子安，尝乘黄鹤过此，故名。”这则记载指出，黄鹤楼名字的由来，是因为曾有一位名叫黄子安的大仙，曾乘黄鹤经过此地，所以此楼名为黄鹤楼。另：依《图经》记载：“昔费祎登仙，尝驾黄鹤还憩于此，遂以名楼。”认为黄鹤楼之名的由来，是指费祎尸解为仙后，曾驾着黄鹤回来，并在这栋楼休息过，所以名为黄鹤楼。费祎实有其人，是三国时代蜀国的重臣，诸葛亮生前对其很器重。孔明仙逝后，费祎被蜀国降魏的人所杀。史书记载，传说后来他的英魂化为仙身，登云而去。

还有一则出自《报应录》的传说更有趣：原文是：“辛氏昔沽酒为业，一先生来，魁伟褴褛，从容谓辛氏曰：‘许饮酒否？’辛氏不敢辞，饮以巨杯。如此半岁，辛氏少无倦色。一日先生谓辛曰：‘多负酒债，无可酬汝。’遂取小篮橘皮，画鹤于壁，乃为黄色，而坐者拍手吹之，黄鹤蹁跹而舞，合律应节，故众人费钱观之。十年许，而辛氏累巨万。后先生飘然至，辛氏谢曰：‘愿为先生供给如意’。先生笑曰：‘吾岂为此。’忽取笛吹数弄，须臾白云自空下，画鹤飞来先生前，遂跨鹤乘云而去。于此辛氏建楼，名曰黄鹤。”

这则神话的大意是，以前有一位姓辛的先生，以卖酒为业，有一天，店里来了一位身材魁伟，衣着褴褛，看样子很贫穷的客人，他神色从容地问辛先生：“能赏我一杯酒喝吗？”辛先生不是势利眼，平素从不以衣帽取人，急忙倒了一大杯酒恭敬地奉上。从此以后，这位客人每天必至，到店里喝一大杯酒就拂然而去，辛先生也从不因为这位客人付不出酒钱而显露丝毫的厌弃神色。如此过了半年时光，有一天，客人慨然地对辛先生说：“我欠了你很多酒钱，也没有办法还你，这如之何是好呢？！”说完便从篮子里拿出几块橘子皮，以皮代笔在墙上画了一只黄鹤，接着以手拍节，唱起歌来，岂料墙上的黄鹤竟亦闻歌合拍，优美地舞动起来。酒店里其他的客人哪里见过此等妙事，一齐付钱观赏。此后，一晃十年光景，辛先生的生意越做越火，累积的财富达巨万之多。有一天，那位衣着褴褛的客人，又飘然来到酒店，辛先生一阵惊喜，连忙上前致谢说："先生，我愿意永远供养您。"客人笑着回答说："我哪里是为此而来呢？"说完从怀里取出一支笛子吹了几首曲子，谁也没想到，奇迹又出现了，只见一朵朵白云自空飘然而下，画鹤也随着白云飞到客人面前，客人道了一声告辞，便跨上鹤背，乘白云而去。辛先生为了表达对这位飘然而去的游仙的感激和怀念，便花重金在黄鹄矶上建造了一座楼阁，这就是"黄鹤楼"。

黄鹤楼如此仙气弥漫，所以崔颢在咏叹黄鹤楼的诗中，劈头第一句就写"昔人已乘黄鹤去"，目的就是让自己的诗也弥漫上一层浓重的"仙气"，营造一种让人妙思遐想的意境和氛围。李白十分赞赏崔诗，并深受其影响，故自己在写诗时有意无意地加以模仿，第一句也写"故人西辞黄鹤楼"，与崔诗简直如出一辙，其目的一看便知，也是想通过明确地点出送别之地——黄鹤楼，有意让自己的诗"仙气"飘逸。不过李白的高超之处是，他不是单纯地写这种飘逸的仙气，而是把这种飘逸的"仙气"自然巧妙地和送别时的美景——阳春三月，杨柳堆烟，百花斗艳——相互交融、相互糅合起来写："烟花三月下扬州"，这样就使诗的气象不仅仙气飘逸，而且春景如画，不仅诗情荡漾，而且画意盎然，不仅让人妙思遐想，而且让人如临其境，无限畅想，从而为送别友人的环境气氛，增添了明亮愉快的色调，充满了畅想曲的韵律。

李白在诗的开头，很明确地点出送别的地点是黄鹤楼，还有另一个目的：就是有意把自己送别的对象孟浩然，与传说中的仙人逸事连接在一起，让人似乎觉得高挂云帆、顺大江而下、直奔繁华之都扬州，而一会儿就消失在江风云海中的孟浩然，也像一个骑黄鹤、驾白云、御风而去的大仙，远游四方去了。这样的运思染瀚何等的浪漫啊！

应该指出的是，李白这样"美化"自己的朋友不是作秀，更不是炒作，是其真挚感情的自然流露。因为李白非常敬仰、崇拜孟浩然，"渡远荆门外，来从楚国游"，他对自己告别巴蜀，作客吴楚后，能有幸结识孟浩然这样一位山林奇才，感到万分自豪。在李白眼里，孟浩然风流倜傥，名满天下，确有大仙的风骨和气度。这有李白的诗为证：

吾爱孟夫子，风流天下闻。红颜弃轩冕，白首卧松云。
醉月酒中圣，迷花不事君。高山安可仰，徒此揖清芬。

——《赠孟浩然》

这就是李白眼里的孟浩然：少弃轩冕，老卧松云，醉月中圣，迷花不仕，一身清芬，两袖仙风，潇洒清远，风神高峻，超然不凡，就像屹立于人间世海的一座奇峰，高插入云，笑傲天下。一个“爱”字贯穿全诗，充分表达了李白对孟浩然的敬仰。史书记载：一次“韩朝宗约浩然偕至京师，欲荐诸朝。会故人至，剧饮甚欢。或曰：君与韩公有期。浩然曰：业已饮，何恤他！卒不赴。朝宗怒，辞行。浩然不悔也。”从这些记载的风流轶闻中，我们确实可以领略到这个“风流天下闻”的孟夫子奇异超凡的风采，他身上还真的有几分仙骨道风。盛唐时期，很多才华横溢的人都有嗜酒豪饮的时尚，以示豪气纵横，狂放不羁，傲世独立的人格和风度，人们往往把他们称为“仙人”。诗圣杜甫就把与他同时代的李白、贺知章、张旭、李适之、李琎、崔宗之、苏晋、焦遂八位豪饮的才子誉称为“八仙”，并为他们写了著名的《饮中八仙歌》，为他们一一画了肖像。其中说“李白一斗诗百篇，长安市上酒家眠，天子呼来不上船，自称臣是酒中仙”；又说“张旭三杯草圣传，脱帽露顶王公前，挥毫落纸如云烟。”孟浩然比李白大12岁，比杜甫更大得多，不是同辈人，故未入杜甫诗笔之下的“仙廊”。但在李白眼里，这个经常醉月豪饮、狂傲不羁、又名噪海内的孟浩然，恐怕早就步入“大仙”的行列了。

李白胸藏锦绣，口吐珠玉，才高八斗，傲气逼人，他看得起的能有几人？但他却对孟浩然如此拜倒，实在罕见。这其中原由，主要是惺惺惜惺惺，英雄慕豪杰，两个人相似之处颇多。在孟浩然的身上，可以清晰地看到李白的影子，而在李白的身上，又可以见到孟夫子的遗风。古人云，同气相求，同声相应。李白仰爱孟浩然，实际也是自赏自爱也！因此，可以说李白在诗中有意把送别的地点放在仙气弥漫的黄鹤楼，把送别的环境又写得那样如画般的美媚喜人，让潇洒清远、风神高峻、超凡脱俗的挚友高朋在这样的氛围里，离别武昌，东下扬州，无疑是在有意披露或展示他的心迹：我畅快，愉悦，兴意洋洋。

这是其二。

其三。我们从李白对送别场景的剪裁上，也可以看出这场送别是爽别。李白在诗中不截取高楼对饮的场面，也甩开了相互依依话别的场面，而是以特写镜头，突出凸现了自己站在大江之畔，纵目送友扬帆远去的场面：“孤帆远影碧空尽，唯见长江天际流。”

孟浩然此去扬州，不是奉官方之命，肩头上不担任何使命；不是被打击、被排挤、被贬斥，故无任何痛苦委屈可伤；亦非因蒙冤含恨或遭谄蒙辱被官府流放，故旅途和未来亦无苦难劫难之忧。此次乘春景明丽之美，辞别李白，高挂云帆，渡远漫游，完全出于自愿和自乐，是一次轻松而畅快的旅行。特别是此次去游览观光之地，又是江南名都扬州。而扬州当时之繁盛，在唐代已是略逊于京都长安而位列天下第二的名城，是让很多人钦羡的胜地，它早已吸引了天下无数才士的眼球。去这种地方旅游，这当然就更是让人通体畅快的一件事了，更何况又是名人游名城啊！所以李白在写自己目送孟浩然远去的时候，没有丝毫的离愁别恨，不可能发出“日暮征帆何处泊，天涯一望断人肠”（孟浩然诗句）的痛叹和伤感：他写自己把挚友送上船，尔后就伫立江边，目送朋友的船帆顺流远去，直到白白的帆影在碧空里完全消失，目之所极，只剩下滚滚江流在天边奔涌了，还不肯离去。李白久久地伫立江边，心潮起伏也像眼前的长江万顷碧波，这一方面显示出李白与孟浩然友情之深，恰似这一江春水向东流。另一方面也显示了李白内心一泓深深的向往。疾行于江心的船帆，载走的不仅仅是好友孟浩然，而且也载走了李白深情的向往。因为在盛唐时代，漫游神州名山大川是当时文化名士非常流行的一种风尚，而年少气盛、风华正茂的李白，心中早就勃动着一个宏愿：盼望有朝一日，自己能“仗剑去国，辞亲远游，南穷苍梧，东涉溟海。”李白站在大江之畔，久久地，又是那么深情地，那么投入地，目送着友人的船帆远去而逝，心头端放着的七弦琴，肯定正在奏鸣热情奔放、起伏跌宕的畅想曲的华章美韵。

够了，够了。你只要仔细地细心地品读这首送别诗，你就完全可以从李白诗中营造的送别时的优美环境和氛围，明确点出的送别的浪漫地点和对象，以及李白刻意截取的送别场景三个方面，全方位地领悟到，这两位盛唐诗坛明星的离别，是一场洋溢着浓浓诗意的离别，是一次愉快的分手，是一场惬意畅快的爽别！有人在赏析这首诗时，说这首诗写的是深深的惜别，那是没有读懂。还有人在赏析这首诗时，说这首诗写的是怅然的伤别，那就更是误读了当时的李白！

李白：送贺宾客归越

《送贺宾客归越》是"诗仙"李白写的又一首典型的爽别诗：

镜湖流水漾清波，狂客归舟逸兴多。
山阴道士如相见，应写黄庭换白鹅。

这是李白在长安送别好友贺知章时写的一首诗。贺知章是盛唐时期的政坛明星，也是一位名噪四海的著名诗人。他是李白一生中最知己、最敬重的挚友之一，也是对李白的一生发生过重大影响的一位政治、文化人物。诗题中的"贺宾客"，指的就是贺知章，因贺知章时任大唐朝廷太子宾客之职，故称其为"贺宾客"。"归越"，就是回越州，越州乃贺知章之故乡，即今浙江杭州萧山。

诗中所写李白送贺知章归越之事，发生在唐玄宗天宝三载，即公元744年。当时贺知章已八十六岁高寿，那一年，贺知章主动请辞，祈愿朝廷恩准其告老还乡当道士。为什么贺知章出此异举呢？这件事说起来还颇有点浪漫：

贺知章，会稽永兴（今浙江萧山）人，字季真，一字维摩，号石窗，晚年更号"四明狂客"，又称秘书外监。贺知章少时即以诗文闻名，神龙年间，已名扬京城。证圣元年进士，授国子四门博士，转太常少卿、集贤院学士。开元十三年擢礼部侍郎，官至秘书监。故人称"贺秘监"，又简称"贺监"。开元初年，以诗文与吴越才士包融、张旭、张若虚齐名，世称"吴中四士"，亦称"吴中四杰"。贺知章邕容省闼，高逸豁达，为一代清鉴风流之士。尤喜好在饮酒中乘兴书写诗文，直到纸尽方止。据记载，唐玄宗天宝初，贺知章大病一场，染病期间，一日恍惚人梦，竟畅游帝居，数日后方瘳，乃上奏玄宗，恳辞朝中一切职务，请为道士。玄宗念其意笃诏许之，准其还乡里，以家宅建千秋观而居。贺知章临别时又上奏玄宗，愿求周宫湖数顷为放生池。玄宗又准，下诏赐镜湖剡川一曲，并诏令，供帐东门，百寮祖饯，皇太子以下咸就执别。大概玄宗觉得如此排场，仍难骋圣意，又亲制送别诗一首为其送行，并序云："天宝三年，太子宾客贺知章，鉴止足之分，抗归老之疏，解组辞荣，志期入道。朕以其年在迟暮，用循挂冠之事，俾遂赤松之游。正月五日，将归会稽，遂饯东路，乃命六卿庶尹大夫供帐青门，宠行迈也。岂惟崇德尚齿，抑亦励俗劝人，无令二疏独光汉册。乃赋诗赠行。"诗云：

遗荣期入道，辞老竟抽簪。岂不惜贤达，其如高尚心。
寰中得秘要，方外散幽襟。独有青门饯，群英怅别深。

又云：

筵开百壶饯，诏许二疏归。仙记题金箓，朝章拔羽衣。
悄然承睿藻，行路满光辉。

很显然，贺知章终老之年，挂冠而去，作赤松之游，一是完全出于自愿；二是荣归，即走得非常体面，赚足了面子。贺知章的归乡入道，不同于一些人被贬而辞官，亦不同于一些人由于仕途失意或失败而归隐丛林，完全是他为圆己梦而提出的归乡入道。大唐皇帝玄宗，不仅恩准其二疏，全部满足了他的要求——以家宅建千秋观而居；御赐镜湖剡川一曲为放生池，而且另外下诏，命太子率朝中文武百官为其祖饯，"群英怅别深，筵开百壶饯"，场面之盛大实属罕见！尤其是玄宗还特地为此御制送别诗赠行，这又是何等的尊荣殊耀！难怪，连玄宗皇帝都赞曰："悄然承睿藻，行路满光辉。"真可以说，贺知章头顶上的几道光环，奇光四射，异常耀眼了！

这些隆重、荣光、华盛的场面，当时正在长安又颇春风得意的李白是亲身经历过的。自己的朋友请归故里，受到大唐天子和朝廷上下这么高的礼遇，他当然会满心地高兴和雀跃。他在送别贺知章时，心里当然不可能有丝毫茫然和惆怅，也不可能有什么失落和不适，而是正像“风乍起，吹皱一池春水”一样，心里荡漾着千层万层畅然和快意的春波。很明显，他和朋友的送别，也是一场惬意畅快的分手。所以，李白在诗的一开头，就用轻松畅快的笔触，抒发了自己的这种心态和情态：

镜湖流水漾清波，狂客归舟逸兴多。

听说家乡的才士要荣归故里，鉴湖万顷流水竟兴奋不已，欢快地荡起了碧波。这种山欢水笑的环境描写，不仅寓情于景，隐曲而形象地写出了贺知章的荣归在他的家乡掀起的巨大波澜，“行路满光辉”，也是李白自己内心万顷欢欣之波奔涌翻滚的生动写照。接下来李白又说，天地新春，草木向荣，流水绿玉，和风轻舟，归路遥遥，乡情浩浩，志得意满的四明狂客一路上不知又会激发多少超脱、豪迈的兴致啊！这一洒脱奔放而又充满激情的诗句，饱含着李白对朋友的深知和挚爱，字底行间跃动着他那颗对朋友纯真的心。

李白在第二句诗中使用“狂客”和“逸兴”二个词非常精准。贺知章晚年骄傲地自谓“四明狂客”，众人则尊称他为“诗狂”。“狂客”，指的是举止狂放，谈吐高逸，处世豁达，性格豪爽，个性张扬，酷爱自由，情感外向、大爱大恨，卓然世俗，超迈常法之人。贺知章在朝中虽然位尊显贵，但举止情致高逸豁达，是享誉朝野的风流狂士。杜甫在著名的诗作《饮中八仙歌》中就为贺知章画过素描：“知章骑马似乘船，眼花落井水底眠。”而且还把这位大名鼎鼎的贺宾客置于当时大唐名噪八方、风流狂放、高才傲诞的八仙之首，可见他的狂士风流确有声名盖世之赫。李白在送别孟浩然的诗里称孟浩然为“故人”，“故人西辞黄鹤楼”，尽管他对大他十几岁的孟夫子非常尊重，“吾爱孟夫子，风流天下闻”，但在送别忘年之交贺知章归越时，却打破习惯称呼，对大他四十二岁的挚友贺知章不称“故人”，而以欣赏的口吻对其尊称“狂客”，完全是琵琶别弹，深情所致。

一是为了表达他满腔澎湃的惺惺惜惺惺之义，因为李白自己也是一位闻名遐迩的狂客，也是杜甫笔下赞咏的八仙之一，他初到长安时对贺知章这位风流仙家，一见如故，油然生敬，所以用“狂客”相称正是强调了与这位贺宾客关系比之一般的“故人”更格外亲密和异常相惜相爱的亲切。

二是为了更加突出贺知章这位挚友的个性。贺知章与李白第一次相见就让李白深切地感知了他的“狂客”风流：唐天宝元年，李白与贺知章在长安第一次相遇，当时贺知章已经八十四岁高龄，而李白仅四十二岁，贺知章年长李白整整四十二岁，辈差甚大。然而，根据唐人记载，李白初入京师长安时，客居馆舍，贺知章闻之，不顾年事已高，第一个登门拜访。贺知章第一眼见到李白，即被李白的英姿所倾倒，接着请李白作诗。李白作《蜀道难》一首，贺知章未读完，已连声赞叹四遍，读完后大呼李白为谪仙。两位诗人识荆叹晚，从此结为莫逆之交。相传，贺知章当日盛邀李白对酒共饮，但不巧，匆忙中忘带酒钱，然贺知章并未作罢，却率然解下佩带在身的金龟（当时官员的佩饰物），掷于店家换酒，然后与李白开怀豪饮，一醉方休。好一个“金龟换酒”！这等“狂”为，让小贺知章四十二岁的李白非常动情感怀，没齿不忘。贺知章上表归越这件事，再一次让李白感知了这位挚友的个性张扬和恃才傲诞。本来高官显位坐得稳稳地，好好的，却忽然上什么本请辞，决意挂冠入道，理由也很“狂”，说什么病中曾梦游帝居。谁知，获准后他还觉得没有狂够，马上又动一本，向玄宗帝索求家乡周公湖数顷为放生池。二疏均准后，又受到皇帝御诗赠别和太子率文武百官为其送行的超规格、大排场的礼遇。一个归越之请，直闹得大唐朝野沸沸扬扬，真可谓“狂”到家了，“狂”到风光无限、风流动天的境地了。“敕赐镜湖水，为君台沼荣”（李白《对酒忆贺监二首》）李白作为贺知章的知音和知己，对这一切肯定是看在眼里，乐在心里，美在心里。所以李白在诗中用“狂客”尊称贺知章，心里是充满了愉悦和骄傲的，用词是非常精准得当的，如果改用“故人”一语，显然就黯然失色多了，又岂能尽泻其情？“逸兴”是从“狂客”而来的，唯“狂客”才多“逸兴”，唯“逸兴”方足以表现“狂客”的个性张扬和豪迈高致。李白用歌颂的笔致说贺知章“狂客归舟逸兴多”，不仅深情地表达了他对挚友的褒扬之意，而且也溢满了他对挚友的无比钦羡和仰慕之情。

这首诗的后两句更是妙趣横生，李白以丰富的想象，浪漫主义的笔法，把贺知章比作了在大唐备受尊崇的晋代大书法家王羲之：

山阴道士如相见，应写黄庭换白鹅。

这两句诗承接上句诗中的“逸兴多”，是李白对贺知章书法造诣的热烈赞扬！也是李白刻意选择的所谓贺知章归越“逸兴多”的一个典型实例。意思是说，贺知章回到故乡山阴后，如果山阴道士出来见到了他，肯定又要重演一场“黄庭换白鹅”的活剧。这是怎么回事呢？原来李白在这里化用了一个有关“书圣”王羲之的典故。

相传，东晋时山阴归宗寺东有一座道观，观里住着一位方外人士陆修静，他就是山阴道士。这位道士特别仰慕王羲之的书法，朝思暮想，一心要得到王的墨迹。王羲之有一个嗜好，就是酷爱美鹅。有一次，他听说某村一老妇饲养着一只极漂亮的大白鹅，就邀朋友前去观赏。路上他想，有可能的话，就出钱买下大白鹅。可是让他始料未及的是，老妇人因款待宾客，已血刃大白鹅烹成了美味。王羲之闻后十分懊丧，失望得直跺脚。这件事不久传到山阴道士陆修静的耳朵里，他却喜上心头。他特地跑到一个盛产美鹅的地方，精细地选购了几只非常健美的白鹅回来，并故意将其放到王羲之经常过往的一方水池放养。一天，王羲之路经水池，果然眼球一下子就被健美的白鹅吸引住了。他驻足池畔，久久不去，后来当他得知这几只漂亮的白鹅是陆修静道士所养时，索性询问道士，可否将白鹅卖给他。陆道人故意把头摇得像拨浪鼓似地说道：“使不得啊！使不得啊！羲之君，你爱我的鹅，就像我爱你的字，你的字不能用重金买，我的鹅当然也不会重金卖呀。”王羲之听后，觉得话中有话，又问道：“意欲如何呢？”山阴道士看王羲之咬饵在即，干脆坦白地说：“羲之君若实心想买，那我就成全你，不过你得依我一件事。”王羲之忙问：“何事？请说来愿闻。”陆道士认真地说：“羲之君可否帮我抄一本《黄庭经》？若可，我愿将几只美鹅奉赠。”王羲之爱鹅心切，满口应允了。

王羲之用《黄庭经》手书换得了美鹅，特地为它们挖凿了一个养鹅池。一有余闲，他就坐在池旁细细地观察鹅的丰仪雅姿，还常常写“鹅”这个字，企望能“写”出鹅的美姿嬿态来。有一次因写字太过专心，忘了吃饭。

王夫人将点心送到他桌前，催促他快快趁热餐之，王羲之不经心地答应着，随手拿起一块点心在砚台上蘸了蘸，径直往嘴里塞去，弄得满嘴是墨。正因为王羲之爱鹅入迷和长期的揣摩临习，后来他写出的“鹅”字，达到了活灵活现。

李白在诗中大用这个典故，一是盛赞挚友贺知章归越之后，也一定会像大书法家王羲之一样，在家乡谱就出很多流传乡野的美谈逸闻、风流趣事。二是盛赞贺知章的书法艺术成就之高和影响之大。在盛唐，贺知章以草书名世。贺知章与“草圣”张旭情投意合，交往甚密，故时人常以“贺张”并称。两人经常同游，据记载，“凡人家厅馆好墙壁及屏障，忽忘机兴发，落笔数行，如虫篆飞走，虽古之张（芝）、索（靖）不如也。好事者供其笺翰，共传宝之”。（施宿《嘉泰会稽志》）窦蒙在《述书赋》中称赞贺之草书“落笔精绝”，“与造化相争，非人工即到”。唐末吕总在《续书评》中说贺知章的草书“纵笔如飞，奔而不竭。”卢象在《送贺监归会稽应制》诗也这样赞道：“青门抗行谢客儿，健笔违羁王献之。长安素娟书欲偏，工人爱惜常保持。”把贺喻为王献之。当时人们还将贺知章的草书与秘书省的落星石、薛稷的画鹤、郎馀令的绘凤，合称为秘书省“四绝”。遗憾的是贺知章的书法现存世极少，今可见的草书作品仅有《孝经》一幅。但凡读《孝经》之人无不赞赏其用笔酣畅淋漓，点画激越，粗细相间，虚实相伴；结体左俯右仰，随势而就；章法犹如潺潺流水一贯直下，叹其卓绝的书艺，充分展示了风流倜傥、狂放不羁的浪漫情怀。由此可见，李白在诗中把自己的好友誉为唐代的王羲之，是有书界众人之口碑作依据的，是发自内心真诚的推崇，并非由于偏私而故作超现实的阿谀和吹捧。

这首诗张弛有致，挥洒自如，缘情写景，借典抒怀，曲婉深微，浪漫峥嵘，尤显诗仙李白大匠运斤的功力。我们赏读这首诗，从李白对景物的描写、李白借典故真诚热情的赞扬朋友以及李白执笔运思，谋篇行文，以欣赏之心、浪漫之笔，营造出来的欢快、惬意的氛围中，完全看得明白，李白送别挚友贺知章荣归故里，是一场深情千尺而又畅快万分的分手。诗的情调是轻松浪漫的，感情是真挚淋漓的，意绪是爽朗飘逸的，音韵是谐和流畅的，通篇看不出半点依依惜别之意，也无丝毫戚戚伤别之苦。而他们两人至性至情的深厚友谊，两人心相知、情相投、大敬大爱的友情之美，也全在这爽别中展露出夺目耀眼的光彩。

杜荀鹤：送友游吴越／送人游吴

晚唐有一位著名的诗人杜荀鹤，他留给后人两首送别友人的诗，亦可谓是爽别的典型之篇。一首是《送友游吴越》，另一首是《送人游吴》，现录于后共赏：

去越从吴过，吴疆与越连。有园多种桔，无水不生莲。
夜市桥边火，春风寺外船。此中偏重客，君去必经年。
——《送友游吴越》

君到姑苏见，人家尽枕河。古宫闲地少，水港小桥多。
夜市卖菱藕，春船载绮罗。遥知未眠月，相思在渔歌。
——《送人游吴》

杜荀鹤，字彦之，号九华山人，池州石埭（今安徽石台）人，出身寒微，是晚唐著名的现实主义诗人，才华横溢，仕途坎坷，终未酬志，而在诗坛却享有盛名。曾数次上长安应考，不第还山。大顺二年，登进士第，为宣州节度使田頵幕僚。开平元年，授翰林学士，迁主客员外郎。其诗多讽时刺世之作，时人赞其诗多“壮言大语”，能使“贪夫廉，邪臣正”。他提倡写诗要继承风雅传统，反对浮华，其诗作平易自然，朴实明畅，清新秀逸。在艺术上，杜荀鹤不重辞藻，善用白描，诗风质朴自然，明快有力，后人称之为“杜荀鹤体”。他曾写过一首七律《自叙》，可以看做是他的政治宣言和艺术宣言。

酒瓮琴书伴病身，熟谙时事乐于贫。
宁为宇宙闲吟客，怕作乾坤窃禄人。
诗旨未能忘救物，世情奈值不容真。
平生肺腑无言处，白发吾唐一逸人。

这首七律，诗人写出了自己身处暗世、有志难伸的困境和决不屈服的刚烈。“熟谙时事乐于贫”，一个“乐”字，表现出诗人的正直性格和高尚情操。“宁为宇宙闲吟客，怕作乾坤窃禄人”，宣示自己：宁愿安守穷途，做天地间一个隐逸诗人，也决不愿窃取俸禄，当人间的庸俗官吏。这种掷地有声的语言，进一步表现出诗人冰清玉洁的品格。“诗旨未能忘救物”，则是诗人写诗的宗旨：困于蒿莱不惧，消极避世不为，而坚持“言论关时务，篇章见国风”（《秋日山中见李处士》），始终不减救物济世的热忱。诗人最后仰天长啸：“平生肺腑无言处，白发吾唐一逸人。”真可谓，字字句句“沛然从肺腑中流出”（惠洪《冷斋夜话》），充满着悲愤和激情。

就是这样一位诗人，在送别朋友游吴越时，却表现出异常的爽朗和豁达。先看第一首，吴越，指今苏杭一带。这里山川秀媚，田园如画，历来为文人墨客所乐道。首联“去越从吴过，吴疆与越连”，点明朋友欲之之地为吴越两乡，同时也暗示以下所写之美景乃两地之共有。颔联从大处着笔，描写吴越两地的特色：“有园多种桔，无水不生莲”。一陆一水，各有胜景，望园林叠翠处，丹桔累累飘香；看水波荡漾处，无不粉荷共妍。金桔玉莲，俱为吴越名产。诗人紧紧抓住江南富地这两个极具代表性的事物运思泼墨，寥寥数笔，就画出了吴越大地处处桔黄荷艳、水陆俱美的诱人景观。颈联则由大到小，由面转点，敛笔“聚焦”，推出两个特写镜头：“夜市桥边火，春风寺外船。”又是一暗一明。桥边夜市，繁灯如星，红红火火，声声叫卖，凸现吴越水乡商业繁盛；幽寺峻塔，压波覆浪，春风煦煦，游船辐辏，展示江南人文旅业发达。尾联诗人的笔由吴越的自然美又转到人情美：“此中偏重客”。是说江南水乡不仅物阜而且人美，那里的人家非常热情好客。最后以感叹作结：“君去必经年”。朋友啊，你去这么美的地方壮游，还能回来吗？我想你肯定就快活得乐不思蜀了！

诗人以写实的笔法，为朋友热情地描绘了一幅有声有色的吴越风情画，并像个导游似的，在画图里为朋友用重墨圈点了必游的景点：陆上赏丹桔，水上观粉荷，挑灯逛夜市，乘船访幽刹，饮食住宿可投好客的水乡人家。可以看得出，诗人送朋友出游吴越两地时是多么的高兴！多么的欣悦！他与朋友的分手，是畅快的分手，惬意的分手，也是愉快的爽别！

杜荀鹤这首送别诗，语言明畅，风格清新，音韵谐美，意境秀逸，开合转换工巧自然。特别是大篇幅的景物描写，寓情于景，以景藏情，情景融会，妙合天成，显示了诗人谋篇的功力和构思的绵密。从诗人描绘的这幅风情画里，我们看到的何止是江南景色之美呢？我们还清晰地看到了诗人与朋友之间的友谊之美。诗人对朋友的一片真情，万分挚意，满腔满腹的热心肠，全都流淌在字底行间。读这样的送别诗，我们不只是为诗中的出色描写所吸引，更为从诗人笔管里泻出的万缕真情所感动。

这样的送别诗，无一字写离情，无一句道别绪，只为朋友设想着出游的欢乐和愉快，让送别洋溢着明媚的春光和轻松的氛围，一扫千古以来人们对待“生离”的凄楚和怅惘，这在唐诗众多的友人送别诗中，称得上是独辟蹊径、别开生面的杰作！

杜荀鹤的第二首送别诗《送人游吴》，与上面我们赏析的第一首诗一样，写得同样裁剪别致。诗人也是用大篇幅向朋友介绍出游之地——吴——姑苏的风物特色，而且选写的典型景物如人家“尽枕河”、水港“小桥多”、“夜市”卖菱藕、春船“载绮罗”，等等，又极能代表江南水乡风光景致之特点。也是热情、精心地为朋友描绘了一幅秀美的风情画，把自己的满腔真情无声无痕地融入画境，看起来句句写景，实际上句句有情。诗的格调也是轻快清新，音谐韵畅。只是在结尾处与第一首诗有异，诗人用两句诗抒情，写出了分别之后，诗人与友人在皓月之下、渔歌声里，遥相思念的缠绵逶迤的友情之美，写出了分别之后，天各一方，但两心相知，如悬天明月一样的高雅芳洁的情怀，这绵邈真挚的诗思，为这首愉快、爽畅的送别诗的意境，大大地拓展了空间，增添了许多幽远隽朗的逸韵。

我在前面已经说过，大唐王朝在它所处的时代，无论是经济还是文化，在国际上均处于领先地位，其威名和文明远播欧亚大陆和南洋诸岛，因此对外文化交流异常活跃。仅举当时与日本的交流为例，很多诗人就留下过送别日本友人的华章，如李白的《哭晁衡卿》、王维的《送秘书晁监还日本国》、沈颂的《送金文学还日本》、刘昚虚的《海上送薛文学归海东》、林宽的《送人归日本》、方干的《送人之日本》和《送僧归日本》、包佶的《送日本国聘贺使晁巨卿东归》等等。此外，唐朝诗人还写了很多送别朝鲜、越南等国友人的诗篇，后面我们写《嘱别》一章时，要赏析中唐著名诗人许浑为送别朝鲜朋友写的五律《送友人罢举归东海》。下面我们就赏析两首唐代诗人送别外国友人的爽别诗。一首是钱起写的《送僧归日本》，另一首是韦庄写的《送日本国僧敬龙归》。

钱起：送僧归日本

我们先赏析钱起的《送僧归日本》：

上国随缘住，来途若梦行。浮天沧海远，去世法舟轻。
水月通禅寂，鱼龙听梵声。惟怜一灯影，万里眼中明。

钱起是盛唐时期的一位颇负盛名的"才子诗人"，字仲文，吴兴（今浙江湖州）人。为"大历十才子"之一，又与同时代诗人郎士元齐名，并称"钱郎"。开元二十六、七年间，曾游荆州，与被贬荆州的前宰相、著名诗人张九龄相唱和。天宝九载进士及第，授秘书省校书郎。乾元二年任蓝田县尉，与田园派杰出的代表诗人王维过从甚密。约在广德二年入朝任职，官终考功郎中，世因称"钱考功"。唐高仲武编写的《中兴间气集》，选大历诗人诗时，以钱起为首，并评其诗曰："员外诗，体格新奇，理致清赡。越从登第，挺冠词林。文宗右丞（王维），许以高格，右丞没后，员外称雄。芟齐宋之浮游，削梁陈之靡嫚，迥然独立，莫之与群。"当时士林流传曰："前有沈宋，后有钱郎。"特别是钱起创作的送别诗尤享盛名，曾出现"自丞相已下，更出作牧，二公无诗饯别，时论鄙视"的风气。

清丽空灵是钱起诗歌的最大特征。备受推崇、传扬千年的《归雁》诗，是其风格的典型之作：

潇湘何事等闲回？水碧沙明两岸苔。
二十五弦弹夜月，不胜哀怨却归来。

前面所录的《送僧归日本》一诗，亦堪为其诗之风格的代表作。我们读过的很多送别诗，大都在开头即点明送别之地、送别之时、友人欲之之地，此诗的开头却立异标新，首联二句不写日本友人归“去”，偏从去国辞乡、穿洋跨海“来”中国求学写起。“上国随缘住，来途若梦行。”诗中的“上国”，指中国。“随缘”，是佛教语：顺应机缘，任其自然。又谓佛应众生之缘而施教化。缘，指身心对外界的感触。这两句诗译成现代文，大意是说，你有缘到中国求学研习佛理，来时的游船仿佛就在美丽的梦中航行。这里的“梦行”是双关语，一方面说日本僧人的中国之旅如在梦中，另一方面也是暗喻日本僧人的人生梦想实现了。至于这位日本僧是谁？他何时来到中国？在中国学习了多长时间？哪一年离开中国回日本的，在什么地方乘船？这些都已无从查考。“浮天沧海远，去世法舟轻。”这三、四句才暗示日本友人归途藐远。意思是说，从中国到日本，归途遥遥，极目而望，碧蓝的天空就像浮游在苍茫辽远的海面上，水天一体，无际无涯，如同仙境；你的一叶“法舟”，张开一片云帆，就像脱离了人间，超越了世俗，飘游在紫霄阁、水晶宫般美妙神奇的世界里，自然是无比的轻快和轻盈。这里说“法舟轻”也不完全是夸张，据载：唐代日本僧人来华学佛求经，很多都乘商船来往。唐朝的商船船体小，行驶轻快，船主又大都是积累了丰富的气象知识和航海经验的行家高手，故往返中国和日本，一般只需三昼夜至六七昼夜。接着，诗的颈联转到了晚上：“水月通禅寂，鱼龙听梵声。”日落月生，夜幕垂空。更深籁寂，心境凝定。明月皎皎，水何澹澹。这水月澄空的世界，正如万物皆幻，与禅之玄理相通。诗中的水、月或水中月，是常见的佛教譬喻，它们是针对无常与世间的一切而言。通常也被认为，以水中之月来比喻色即是空、空即是色的般若玄理。这时候，坐在舟上的你，面对这水月澄空的大千世界，默默地诵念佛经，谁知声音御风逐浪传得很远很远，大海里的鱼龙都不约而同地聚过来仰头聆听。最后诗人写道：“惟怜一灯影，万里眼中明。”惟怜，即最爱。“一灯影”，即佛经（维摩经）上所说的“无尽灯”。禅林以长明灯名无尽灯，是竖之无尽也。谓由一灯火可以衍生成无数灯火。乃以灯火之无尽拟喻教化得益之无尽，譬如一灯燃百千灯，冥者皆明，明终不尽。意思是说，今天送你回归故国，让我最高兴、最喜欢的是，你心里高悬着一盏明亮的佛灯——长明灯，有了它的照耀，任凭归途万里烟云锁路、千重雨帘遮目，又奈你何？你的眼里始终会灿烂光明，你的归途定会平安无祸。

钱起这首送别诗，最大的艺术特色，就是根据日本友人的特殊身份，紧紧抓住送归这个中心，在描写来去途中特别是海上夜色等各种景象时，非常巧妙自然地运用了很多如“随缘”、“法舟”、“禅寂”、“水月”、“梵声”“灯影”等佛家术语，把两者结合得珠联璧合，天衣无缝。这不仅大大地扩展了诗境，使一个很狭窄的题材生发出博大远阔的气象，而且浓浓的宗教色彩又很好地营造了诗中清丽空灵的幽美意境，诗人在这个意境里把自己和朋友的友情升华到一个非常美的境界。《唐诗三百首》的编选者蘅塘退士评此诗谓：“前半不写送归，偏写其来处；后半不明写出送归，偏写海上夜景，送归之意，自然寓内。如此则诗境宽而不散，诗情蕴而不晦矣。”（《唐诗三百首》141 页）《唐诗三百首详析》的编注者喻守真先生评此诗时则曰：从此诗的谋篇构思中，“可以悟到做诗境狭窄的题目，也有取巧的方法。就是从极窄处把握一个中心，就从这个中心加以渲染，也不难成为一首好诗。”（《唐诗三百首详析》第 184 页）

就是在这样清丽空灵的幽美意境里，钱起刻画出了这位回归故国的日本朋友的形象、精神。首联写了日本僧人的“诚”：为了圆梦，即实现自己来中国求学深造的梦想，不辞万里海程，不惧千重骇浪，“负笈千里”，探骊取珠，足见拜师之殷，求学之诚。颔、颈两联，写了日本僧人的“成”：在万里海疆，他的一片云帆，像超越了世俗似的轻盈，这种感觉正是为写他佛学造诣极深而设的象喻。特别是水月通禅、鱼龙听经的描写，虽说是极尽夸饰和浪漫，但仍让人感到这正是他佛学佛术已达登峰造极之境地的生动写照。由此可见，这位日本僧人在中国学业大成，其佛学水平足可登堂入室了，至于他为了取得大成在学习中经受了怎样的悬梁之痛、映雪之苦、苇编之绝，虽然只字来提，但已在言中矣！还应当提及的是，“水月通禅寂”这句诗，内涵很丰富，它很容易让人联想到“水月观音”的优美形象。“水月观音”，是佛教观音三十三种形象之一。最早的水月观音的图像，相传是唐代中叶所作。水月观音作观水中之月状，以此比喻诸法皆如水中之月，原本无有自己的实体。水月观音，又称水吉祥观音，或水吉祥菩萨，是观世音一心观水相的应化身。其形像有多种。有一种是站立在莲瓣上，莲瓣则漂浮在海面，观世音正在观看水中之月。另一种是以莲华坐姿趺坐在大海中的石山上，右手持未敷莲华，左手作施无畏印，且掌中有水流出。此外还有坐相、三面六臂相等多种。笔者个人认为，钱起写这句诗，就是有意让人产生一种美丽空朦的联想，把自己的友人坐在小舟上面对水月的境况与水月观音形象联系起来，就让你更感到自己的朋友其佛学造诣已深得其三昧。尾联进一步写日本僧人的大“成”：说他由于佛学才识极高，心里已燃亮了一盏无尽灯，这盏灯不仅让僧人自己“万里眼中明”，而且这盏无尽灯还必将给故国的善男信女带去光明，譬如一灯燃百千灯，冥者皆明，明终不尽。把三、四联前后联系起来一读，诗人笔下的日本僧就隐隐约约地活像一个度世菩萨了。

尽管诗的意境清丽空灵，但诗情蕴而不晦。

有言道：好向源头通曲水，再从天外看奇峰。我们从钱起对日本朋友的赞扬有加中还可窥到什么“文外之旨”呢？我觉得可以看到两点。一是诗人特别喜欢这位日本朋友，对朋友的追求特别赏识，为朋友的学业大成由衷地感到高兴。也就是说，我们从诗人的赞扬中看到了诗人内心的喜悦，又从诗人内心的喜悦中体悟到诗人对朋友有万缕真情，一团挚意，感觉到诗人与友人彼此相投，交游甚厚，知深知透，流动在他们之间的友情之水非常清澈，非常美丽。二是诗人心里激荡着奔腾着万分自豪的波涛。诗人一开头就写道：“上国随缘住”，把自己所处的大唐王朝称为“上国”，自豪之情已喷泻而出，接下来就说自己所处的大唐上国是外国学子寻梦、圆梦之地，自豪之情更是沛然浩荡。再接下来大写日本友人在中国学业大成，其实诗人是在巧妙地运用一笔并写两面的写作技巧。为什么日本友人会取得如此精深的学业呢？还不是因为沐浴了大唐文明的春风，仰沾了大唐文明的时雨之化的结果吗？这是在明明白白地告诉读者：大唐文明，是孕育英才的母腹，大唐文明是成就有志学子理想的平台。可以想见，诗人在描写日本友人学业大成的时候，诗兴豪情的深处，无比的自豪感是何等的波澜壮阔！读者在赏析这首诗时，千万留心，万万不可放过“文外之意”，不可放过诗人这些构思缜密的要紧处，要知，这正是诗人苦心孤诣的妙笔！宋代著名宰相兼史学家司马光在《温公续诗话》中这样说过：“古人为诗，贵于意在言外，使人思而得之。”宋代的著名诗人梅尧臣也这样说过：“作者得于心，鉴者会于意。”因此我们今天在赏读优秀的古典诗词的时候，用心捕捉住其“象外所传之神”与“象外所寄之兴”，可谓赏读优秀的古典诗词的津梁！

赞扬，喜悦，自豪，正是这首送别诗之所以能为爽别诗的三要素。读这样的送别诗，既感觉不到半点伤感和凄然，更见不到丝毫的怨悱和愁苦，感受到的只有愉快、畅快和友情之美。

韦庄：送日本国僧敬龙归

韦庄的《送日本国僧敬龙归》是一首七绝：

扶桑已在渺茫中，家在扶桑东更东。
此去与师谁共到？一船明月一帆风。

韦庄生活在大唐覆灭和五代之初，在唐末诗坛上有重要地位。韦庄自称“平生志业匡尧舜”，但是他遭遇的现实是唐室衰朽，大厦倾倒，义军蠭起，军阀混战，他惶惶于刀兵战乱之中，忧时伤乱，却回天无力。因此忧时伤乱，成了他诗歌创作的重要题材，比较广阔地反映了唐末动荡的社会面貌。其代表作就是《秦妇吟》。后人将《孔雀东南飞》、《木兰辞》与韦庄的《秦妇吟》并称为“乐府三绝”。清代翁方纲评价他的诗歌成就“胜于咸通十哲（指方干、罗隐、杜荀鹤等人）多矣”。（《石洲诗话》）韦庄作诗，不刻意作文字的雕琢，亦不饰绮丽的色彩，追求自然流畅，擅以浅近、清丽的语言，表现淡远的意境，被誉为有盛唐余韵。韦庄晚年主要从事词的创作，是“花间词派”中成就较高的词人，堪称唐末五代初词坛文化巨擘，与温庭筠并称“温韦”。国学大师王国维在其名著《人间词话》中，赞赏韦词高于温词，认为温词“词秀”，而韦词“骨秀”“在飞卿之上”。

韦庄的这首七绝《送日本国僧敬龙归》，就堪称以浅近、清丽的语言，表现淡运、空灵之意境的力作，也是他的诗风有盛唐余韵的青钱万选之作。敬龙，是韦庄要送的友人，即一位日本僧人的名字。扶桑，本是神木。《太平御览》记载：“扶桑在碧海中，树长数千尺，一千馀围，两两同根，更相依倚，是以名扶桑。”扶桑，又是传说中的“日所出处”，即太阳升起的地方。《梁书·扶桑国传》记载："扶桑国在大汉东二万里，地在中国之东，其土多扶桑木，故以为名。"后扶桑国归属了日本国。韦庄落笔写"扶桑"的时候，意指日本，但化用了这些记载的神话色彩。渺茫，苍茫遥远的意思。

"扶桑已在渺茫中，家在扶桑东更东。"诗的前两句极写敬龙和尚的家乡离中国非常非常的遥远：扶桑那个"日所出处"，已在渺茫的大海那边了，而您的家乡还在扶桑的"东更东"，那是更远更远的地方啊。"渺茫中"已是无境可寻，而渺茫外的"东更东"，更是远不可及了。这两句的背后，虽然不乏诗人对朋友的一腔牵念，但值得注意的是，诗人只写敬龙和尚旅途之"远"，而只字不写旅途之"险"。也许有人会说，其险也，不言已在其中矣。笔者认为不能这样说，诗人只写远不言险，是处心的安排。他是在有意强化敬龙家乡在渺茫之外的神秘色彩，从而让你走进种种神话传说的世界，也从而为后面营造一个清丽淡远而又空灵的意境做好铺垫。

"此去与师谁共到？一船明月一帆风。"诗的后两句写得非常浪漫和轻松：这次回日本，谁与您共到呢？那一定是始终陪伴着您的一船皓月和助帆疾行的万里长风。一问一答，道出了诗人激荡满怀的美好祝福，——你一定会在皎好畅美的月色里，碾玉压银，一帆风顺地回到您向往已久的家乡。这两句诗的意境何等的清丽妙美呀！大海之上，玉轮行天，清风满路，银辉如水，海天澄明，片帆高举，飞舟如燕，时见锦鳞跃空，更有粼波呈靥……渐渐地，渐渐地，家乡的倩影已依稀可见，游子的心一下子化作了千顷碧浪。

在这种意境里，诗人充满了自信，充满了乐观，弥漫着坚毅和浪漫，哪里有丝毫的"折柳相送，泪眼依依"的情绪，倒是洋溢着诗人心中"我寄平安与明月，随风直到扶桑东"的真情。实际上，伴随敬龙和尚到家的，除了"一船明月一帆风"之外，还确有诗人那一颗与朋友风雨同舟、和舟共济的赤诚关爱之心。诗人不是不知道，此地一别，相见无期，甚至很有可能在两人的有生之年，都只能望海兴叹；诗人也不是不知道，万里航行，惊涛骇浪，充满凶险，难料意外。但是，诗人只在"送归"上落笔，首写归途邈远，尾写月陪风送到家，把途中的一切统统略去，只字不投，可谓用心良善，目的就是要用高昂的思致，即自信和乐观，来激荡友人的胸襟，用无往不胜、藐视艰难的豁朗和气度，激励游子的行程，让朋友满带着轻松上路，满荷着畅快放舟，满载着欢乐和温暖还家。这真是滚烫的心，火热的情！美哉，友情！大美哉，挚爱！这种君子之谊，大雅之风，更接近弘毅、坚强，不仅让游子动情壮怀，也让中日之间的大海动容。

自信，乐观，豁朗，浪漫，这些高亢兼轻快的音调，足以谱成了这场爽别的动人乐曲。这样的乐曲里没有缠绵悱怨和依依难舍的言符。

古人云：诗言志。诗人对创作题材的剪裁，总是围绕着所要表现的“诗旨”（主题）进行的，而诗人所要表现的“诗旨”（主题），一般来说就是诗人要言的“志”。所以，“志”的差别，必然表现为对创作题材不同的剪裁。下面我们另外抄录两首同一题材的诗篇，看一看爽别诗和非爽别诗的不同。一首是盛唐诗人王维写的《送秘书晁监还日本国》，这是一首艺术上很成功、名气也很大的送别诗：

积水不可极，安知沧海东！九州何处远？万里若乘空。
向国惟看日，归帆但信风。鳌身映天黑，鱼眼射波红。
乡树扶桑外，主人孤岛中。别离方异域，音信若为通！

另一首是晚唐诗人林宽写的《送人归日本》：

沧溟西畔望，一望一心摧。地即同正朔，天教阻往来。
波翻夜作电，鲸吼昼为雷。门外人参径，到时花几开。

王维的《送秘书晁监还日本国》这首诗，开头便是一声浩叹：茫茫沧海，谁知何处是尽头？弗知兹，又岂能洞明那沧海之东是一番何等景象呢！这浩叹，突如其来，首先令人心神一震。接下来三四两句又是一问一答：中国以外，哪里最为遥远？恐怕非迢迢万里之外的“扶桑”莫属了，现在友人要去“扶桑外”的孤岛那里，真像登天一样难啊！这头四句写友人归程之远，不仅一点也不浪漫，反而一下子就为全诗蒙笼上了一种令人惆怅、迷惘、惴惴不安的浓重氛围，使读者的一颗心悬在了半空。接下来四句写友人归程之险，特别是“鳌身映天黑，鱼眼射波红”两句，更让人惊惧不已。这是诗人虚构的两种怪异的景物：躯体能把天空映黑的巨鳌，在浩渺的海面上不停地出没，眼睛里迸射着红光把惊涛骇浪都变成赤色的大鱼，推着一排排扑来的山浪不停地腾跃。这一幅光怪陆离、晦明无常、奇诡神秘的场景，褫魂夺魄，不能不使人产生一种面临灭顶之灾，身历地狱之厄，恐怖到魂飞天外的感觉。诗人借怪异的景物形象和交织变幻的色彩刺激读者的感官，要唤起读者一种什么样的情感体验呢？无非是惊恐不安和忧惧。诗人最后说，即便友人战胜了艰难险阻，平安地回到故国，但海天相隔，难通音讯啊！这样的送别诗意境宏阔奇险，极强烈地表现了诗人的万虑潮生，真是情深似海啊！但这个情，是依依难舍中杂糅着怅惘、忧愁、悬念等若干伤别成分的离情。只要我们把这首诗与韦庄的《送日本国僧敬龙归》放在一起读，马上就会品味出这首诗的离愁与爽别在感情色调上的巨大落差，它让我们心情沉重、紧张，韦诗让我们心地愉悦、轻松；它让我们精神忧惧、沉闷，韦诗让我们精神爽朗、乐观；它让我们心里黯然神伤，韦诗让我们心里阳光绚丽。值得提出的是，这里不是在评论两诗的优劣，而是在做两诗感情色调上的对比。

林宽也是一位晚唐诗人，比韦庄略早一点。他写的《送人归日本》一诗从感情色调上一看就是一首充满了伤感的送别诗。诗的一开头就是用异常伤感的句子起调："沧溟西畔望，一望一心摧！"接下来，也是极力正面渲染海上归途的恶景险象："波翻夜作电，鲸吼昼可雷。"这第三联，可谓写得惊耳怵目，摧心裂胆，真挚而突出地表现了诗人对日本友人的忧虑和悬念，从中也可清渐地看到他们情同针芥、肝胆相照、深厚纯净的友谊，其情可悯，其心可敬。

但是你只要把这首诗和上面我们赏析过的韦诗相较，即可明显看到二者在感情色调上的霄壤之差：韦诗通篇洋溢着自信、乐观和浪漫的情绪，而林诗则处处喷泻的是担心、忧虑和伤痛的离愁；韦诗写的是畅快的分手，而林诗写的则是伤心的苦别。

王维：渭城曲

在这一章即将结束时，我们还要认真赏析一下盛唐诗坛巨子王维留给我们的一首盛极一时、享誉百代的骊歌《渭城曲》。《渭城曲》又名《送元二使安西》，唐代时就已被“改编”谱成乐曲，称《阳关三叠》，是唐代以至于宋代风靡一时的流行歌曲。

渭城朝雨浥轻尘，客舍青青柳色新。
劝君更尽一杯酒，西出阳关无故人。

这是王维为送别朋友去西北边疆而写的赠别诗。元二，何许人也？已不可考，但王维这位好友元二“使安西”，显然是位朝臣，这次出使安西是奉大唐朝廷之命。安西，是唐中央政府为统辖西域地区而设的安西都护府的简称，治所在龟兹城（今新疆库车）。渭城，即秦都咸阳故城，自汉代起改称渭城，坐落在长安西北，渭水之阳，即北岸。唐代从长安奔赴西域去的，多在渭城送别。阳关，在今甘肃省敦煌县，玉门关之南，是唐代通往西域的必经之地。唐时往来西域的商贾、军士、外交使节，以及在都护府幕下工作的官员、杂役等等，都必须走这条“阳关大道”。

王维，字摩诘，祖籍太原（今山西祁县）。开元九年进士，官至尚书右丞，故世称王右丞。王维是盛唐文坛光彩熠熠的明星，是非常难得的多才多艺的艺术大师，他不但精诗工画，且精通音律，音乐造诣极高，是少有的全才。《唐才子传》云：“九岁能属辞，工草隶，娴音律。维诗入上上品，画思亦然。”。他不仅是公认的“诗佛”，也是文人画的南山之宗。世有“李白是天才，杜甫是地才，王维是人才”之说，把这位“诗佛”，与“诗圣”杜甫、“诗仙”李白并提。当然，以思想内容而言，王维诗远不能与李、杜并驾齐驱，但在艺术创新方面，王维确有其独特的成就与贡献。

王维的诗歌创作以40岁左右为界，分为前后两期。前期他支持张九龄的开明政治，倾向进步，有“为苍生谋”的宏愿。这一阶段的诗作大都比较注重反映现实，入世思想较强，有不少名篇佳作描写边塞生活，歌颂游侠精神，抒发创建宏业的豪情壮志，气象雄浑，充满着英雄主义气概。即使是山水诗也是气象峥嵘，意境开阔，如《华岳》、《晓行巴峡》、《汉江临泛》等。后来，随着张九龄罢相，李林甫上台，杨国忠专权，大唐接舆歌风，盛世开始跌落，朝政与社会黑暗日重，王维泣麟，遂生退隐之意。于是他的后半生一直处在“身心相离”而“理事”又弗能俱如的深刻矛盾中，过着“半官半隐”的生活。他的诗风一改前期面貌，趋于澹泊，雄浑不再，而代之以浓重的禅寂味。

王维的诗在其生前以及后世，都享有盛名，史称其“名盛于开元、天宝间，豪英贵人虚左以迎，宁、薛诸王待若师友”（《新唐书》本传）。唐代宗誉之为“天下文宗”（《答王缙进王维集表诏》）。“诗圣”杜甫称赞他“最传秀句寰区满”（《解闷》十二首之八）。殷璠说他的诗：“词秀调雅，意新理惬，在泉为珠，着壁成绘，一句一字，皆出常境。”（《河岳英灵集》）唐末司空图则赞其“趣味澄，若清之贯达”（《与王驾评诗书》）。宋代大文豪苏东坡曾赞叹说：“味摩诘之诗，诗中有画。观摩诘之画，画中有诗。”

据有人查考，这首《渭城曲》即《送元二使安西》的诗，为王维三十多岁时所写，也就是说这首诗是属于前期的作品。这首诗是一首典型的“词秀调雅、意新理惬”、辞意兼美的诗。这里的“意”，既是诗之意境，也是诗人之境界。你看，诗的一开头就以轻快、优美的笔调为我们展现了一幅色调雅丽、清新明朗、和谐悦目的艺术画面。

渭城朝雨浥轻尘，客舍青青柳色新。

真是读来风光如画，赏心悦目，有浓郁的抒情性。“朝雨”在这里扮演了一个重要的角色。早春二月，晨雨乍落，转眼即敛，刚把尘土润湿就停了。这正是春雨的特征，既没有“清明时节雨纷纷”（杜牧）的潇洒，也没有“雨急山溪涨，云迷岭树低”（戴叔伦）的张扬，更没有“石破天惊逗秋雨”（李贺）的狂躁。俗话说，春雨贵似油，特别是神州西部，气候干燥，春雨较中东部更加可贵，它给大地万物带来了生机和灵气。“浥”字是湿润的意思，诗人准确、细微地把握了这场春雨的分寸，涤尘而不泥路，对行人来说真是恰到好处，仿佛天公默佑，特意为远行人安排了一条尘润不扬的道路。从长安西去阳关的大道上，往日车马喧嚣，黄尘扬天，而今日，朝雨柔沥之后，天宇澄澈，道路洁净，空气清爽，柳丝万缕，在霞光辉映下，闪动着碧玉般翠色，再加上一排排客舍，一经朝雨淋洗，“青青”如新，让人感到朗朗乾坤，一切都靓丽娱目，柔媚可人。客舍，本是羁旅者的伴侣；杨柳，更是离别的象征。选取这两件事物，自然有意关合送别之意。它们通常总是和羁愁离恨联结在一起，呈现出黯然销魂的情调。而今天，却别具明朗清丽的风貌。平日里，大路上尘起尘落，路旁的杨柳常常被浓浓的尘雾笼罩着，灰头秃脸，神态恹恹，风色全无。而今天，一场朝雨，把它们洗涤得青翠欲滴，本色焕发，神采奕奕，风姿嫣妍。而这柳色之“新”，又活活地把客舍之“青”映照得雅洁清秀。可以说，一个“新”字，扫尽了与离愁别恨相联的孤寂惨淡，使诗歌的格调一下子呈现出乐观和开朗。总之，从青朗的天宇，到洁净的道路，从青青的客舍，到翠绿的杨柳，构成了一幅色调雅丽、明朗而富于生机的图画和充满希望的格调，为这场送别提供了欣悦明快的环境氛围。而诗人选用的“朝雨”、“轻尘”、“青青”、“柳色新”等词语，声韵轻柔明快，谐于唇吻，大大强化了读者这种心理感受。所以说，完全看得出，这是一场深情的离别，但却不是黯然销魂的离别。

古人曰：“黯然销魂者，唯别而已矣。”但是，从王维为我们展示的这幅风光怡人而又富于生机的送别画面里，我们看不到他黯然销魂，却觉得他心里很阳光。这是为什么呢？首先，任何作品无不打上时代的烙印，也无不打上作家思想的烙印。王维30几岁生活的时代，是大唐开元盛世达到极盛的时期。前面已经说过，大唐开元盛世，君臣鼎新，政治开明，国势强盛，经济繁荣，文化发达，人民安居乐业，对外交流异常活跃，内地与西域往来频繁。朝野上下，到处洋溢着勃发着强烈的奋发向上、大气磅礴、开拓创新、乐观豪迈、建功报国的盛唐气象和时代精神。这种时代精神熏陶、哺育着有志向、有理想的知识分子的灵魂世界，鼓舞、激励、推动着他们到各个领域寻梦圆梦，大现身手，去完善自己的人格，壮美自己的人生，实现自己人生的理想追求。生活在这样雄伟壮丽、昂扬向上之时代的王维，对人生充满着自信，对未来寄托着厚望，立志要实现“为苍生谋”的宏愿。《渭城曲》里一开头展示的赏心悦目的画面和显露出来的轻爽的情调，无疑也是开元盛世时代精神和当时王维的主体思想的折射。

其次，王维送别的元二，他的身份和使命很尊荣，很光彩。元二不是一个在仕途上失意落魄的骚人墨客，更不是一个遭到政治打击的迁客逐臣，也不是一个去万里边关赴戎机的征夫戍卒，而是一个奉大唐皇帝之命出使安西的堂堂大国使节。这样的使臣肯定是天子青盼、朝廷见重的人，而且这样的美差，又是一个加官晋爵的绝好机会。在当时，安西还是一个要比渭城富裕繁荣得多的地方。从阳关到安西途中，将经过若干个大唐帝国的附属国。而由于唐王朝崇高无比的国际地位，大唐使节所经之地，必会受到盛大的礼遇和极高规格的款待。因此，元二这次奉皇命出使安西，是一件很荣耀很尊贵的事情，是令朝野上下非常仰慕和钦羡的事情，在盛唐人心目中是令人向往的壮举。存在决定意识。王维送这样的朋友远行，他的心里怎能不阳光呢？怎能不为朋友感到高兴和骄傲呢？"一切景语皆情语"，王维笔下描绘的赏心悦目、清新雅秀的图景，可以说正是他这种兴奋的内心世界的投影！

接下来《渭城曲》的后两句写得更让人拍案称绝：

劝君更尽一杯酒，西出阳关无故人。

诗人完全甩开了一般的送别诗的俗套，不去淋漓尽致地抒写祖饯之宴上如何频频举杯、如何殷勤话别的情景，也不在启程之后如何挥手相送、如何瞩目遥望上花费笔墨，却巧妙地使用了类似现代电影蒙太奇的手法——大跨度的艺术手段，单单推出了饯别宴席即将结束时主人劝友人再多饮一杯酒的特写镜头：朋友，请留步，来来来，我给你又满上了一杯，请你再把它干掉吧，出了阳关，可就再也见不到老朋友了。诗人摄下这个最富表现力的镜头，不仅使这首送别诗在艺术上极富个性，具有很强的独特别致的审美价值，更重要的是这个镜头浓缩了大量的信息，诗人只有这样写，才能准确、细微地表达出他在送别元二这个特殊的使臣身份的朋友的特定境况、特定时空下的真情挚意。

我们设想一下当时的情景吧。在饯行宴上，主客双方，举杯同饮，杯杯传情；夜床对雨，句句契合。诗人肯定是首先向友人诚挚道贺，祝贺朋友荣奉皇命而为大唐使臣，从中也分享朋友的喜悦和荣光；接下来，诗人会真诚祝福朋友，此使安西一定会竭诚尽能，光大圣意，不辱使命，联捷荣归，从中也热情地表达自己对朋友的无比信任；当然诗人肯定还会提醒朋友，毕竟皇命在身，天大地大，无大不大，谨记事事小心，处处持重，尽管完成使命易如折枝，但仍须举轻若重，千思万虑，缜密周全，不可忽略于万一，而大意失荆；诗人肯定还会一再提议，为朋友的一路辛苦、一路平安干杯，为朋友的一路珍重，一鞭先箸干杯，为早日锦旋、奏凯酬恩干杯，为他们的友情地久天长，等等，等等，而频频尽杯畅饮……作为远行者元二，自知此行使命光荣，身份尊贵，前程锦绣，百僚眼热；也自知这一路上，享高酒，用美食，歇华馆，乘豪车，迎送排场，接待殷勤，尊荣成堆，无不尽意，故洋洋喜色肯定是溢于言表。但是，他就没有不尽如人意的事了吗？有的。那就是西出阳关，客居安西期间，他毕竟是“独在异乡为异客”。他面临着生疏的社会环境，生疏的人际关系，远离亲朋，缺失知己，要想随时与故国好友相聚兴饮就不可能了。“最难忍受的孤独莫过于缺少真正的友谊。”（培根语）对元二来说，事事称心，一切均好，唯独客居异乡的孤独会不时地袭扰心头，难以排遣释怀。我们从后面两句诗的内容中，完全可以猜想到，在饯别宴上，元二在接受王维的一系列祝贺、祝福酒时，肯定流露出来了这种情绪，而诗人王维又恰恰对此有着心同身受的体验。早在年轻时代初入长安时，他就写过“独在异乡为异客，每逢佳节倍思亲”（《九月九日忆山东兄弟》）的著名诗句，他对“独在异乡为异客”时那种思骨肉、念朋友、怀家乡、忆旧游的孤独滋味早有过深刻的领略。所以，当元二在席间流露出此种情绪时，王维肯定是对他已经劝慰开导了一番。但是，即便如此，当酒阑宴散，元二离席告辞的时候，让诗人放心不下，萦绕心怀的，仍是这件事，他还是为元二独在异国他乡难熬少朋缺友的孤独之苦而担心，所以才又挽留元二一步，再斟满一杯蓄满友情的酒，深情地劝勉朋友把它一饮而尽，以此再给予友人心灵一次最体贴、最温暖的抚慰，让元二满载着老朋友的致意和温馨上路西行，最大限度地消除朋友的寂寞，减轻朋友的遗憾。“劝君更尽一杯酒，西出阳关无故人。”这是互为因果的两句诗：因为西出阳关少朋缺友，所以“劝”你要再尽老朋友一杯送行酒；正因为你喝了老朋友这杯斟满友情的送行酒，所以西出阳关之后，你无论遇到什么样的孤独，就都能对付了。可以看出，诗人这样写，把他在送别元二这个特殊的使臣身份的朋友的特定境况、特定时空下的真情挚意表达得非常准确、细微和惟妙。

读懂了这一点，我们就看清了，诗人端在手中的酒，确实不是一杯普通的临别饯行酒。

它是一杯盛满阳光、充满关爱的酒。

它是一杯充满温馨、体贴入微的酒。

它是一杯拂去朋友心头忧虑的酒。

它是一杯给予朋友极大慰藉、以壮行色的酒。

它是一杯让两颗胶漆相投的心久久相互拥抱的酒。

它是一杯情深似海、至性格天的酒。

它更是一杯醇香醰永、绵绵无尽的酒。

这里没有离伤，

这里没有别恨。

后两句所剪取的虽然只是一刹那的情景，却是蕴含极其丰富的一刹那。

我们从诗人热情洋溢而又朴素自然的劝酒辞中，窥见的是诗人懂得友谊、珍视友谊、热爱生活的丰富的内心世界和细腻的心理活动，想象到的是诗人把盏临风、潇洒倜傥、心细思慧、真情动人、还带有几分旷达的形象。

总之，这首诗读起来字字深情依依，但不见儿女情肠，依依之际仍见爽朗；句句真情淙淙，动人心弦，但不觉伤感，反而沛腾着热情而乐观的情调。

还要指出的一点是，任何个别都表现一般，任何个别都通向一般。尽管这首诗王维描写的是特定的情景下、特定的时空里、特定的人物的离别，但是从客观上来看，它又把这一特殊的离别描写成了最有普遍性的离别，诗的后两句喊出的不只是王维的心声，而是喊出了千万人共有的心声。所以它超越了时空，打动了各个时代的读者，常读常新，历久不衰，获得了永恒的生命力。清末大学者王国维在其《人间词话》中这样说过："诗人对宇宙人生，须入乎其内，又须出乎其外。入乎其内，故能写之，出乎其外，故能观之。入乎其内，故有生气；出乎其外，故有高致。"大概王维就做到了这一点。

也许有人会问：这首诗里就没有惜别的感情吗？我们的回答是：有！但它不是这首诗的感情基调。依依之情，作为这首《渭城曲》里的一个和弦，它是不明显的，就像隐藏于蓬蓬草丛之下的小溪，那低低的轻吟浅唱，忽远忽近，似有似无。那么这首诗的感情基调是爽别吗？我们的回答是：

它还真算不上一首典型的爽别诗，因为在它要表达的感情里，确有惜别的成分，所以准确地说，它是一首欣别诗，与爽别诗很相接近。正因为此，我才把它归到“爽别”这一章里来赏析。

也许又有人会问：那为什么有不少的人把这首诗读为惜别诗甚至伤别诗呢？笔者认为，其中的原因复杂纷纭，多种多样。但有三点是主要的，其一，这首诗里确有几缕惜别的情调。有人在读这首诗时，读出了这一点，然而却没有读出诗里蕴含的乐欢、爽朗等更主要的情调，正所谓只见树木，不见森林。更有甚者，有人还把诗中含有的并非主要的感情——惜别，夸大成诗的全部感情，所以他们对这首诗就不可能有准确的感情定位了。

其二是误读。在很多人的脑海里，一提到离别，就有一个固定的不可变动的框框或曰模式，那就是“人生自古伤离别”，或“多情自古伤离别”。在他们眼里，只要是离别，那一定是难舍难分的惜别，或哭哭啼啼的伤别，古今中外，概莫能外。因此，不论他们撞见什么样的离别诗，不问青红皂白，马上就先入为主地用这个模式去套，来一番死拉硬扯地、牵强附会地乱点鸳鸯谱，这样就把很多本来不是写惜别、写伤别的送别诗，也“扭丑”“斧正”成了写惜别、写伤别的送别诗。实在悲哀！就拿王维的这首《渭城曲》来说吧，他们不问王维送的是什么样的朋友，也不顾整个诗的格调如何，就是生搬硬套地用这个现成的模式去读，硬是把好好的“朝雨裛尘”解释成“老天爷也为之伤心，替离人流下泪水”，把“客舍青”“柳色新”说成是折柳伤怀，已现一片愁惨，不待下文临别赠言，已觉黯然销魂云云。这是哪儿对哪儿呢？这种拿一种固定的模式去套所有诗的品读法，必然使他们远离诗的本色本意八千里，弄出些驴唇难对马嘴的解释。还有一些人习惯于人云亦云，不步别人后尘就再不会走路，一看别人说这首诗是伤别、惜别，自己再不独立思考就鹦鹉学舌，跟着别人说是伤别、惜别。清末变法维新的领袖人物梁启超先生早就对这种现象深恶痛绝，他曾大声怒斥道：“余虽不能诗，然好论诗。以为诗之境界，被千余年来鹦鹉名士（余尝戏名辞章家为‘鹦鹉名士’，自觉过于尖刻）占尽矣，是最可恨也。”

其三是受歌曲《阳关三叠》的影响。《阳关三叠》是根据王维的诗《送元二使安西》改编的歌曲。改编者在改编的过程中，不可避免地就会把自己的理解和感情揉进去，其结果改编后的歌词就与原诗产生了差异，甚至较大的差异。唐代改编成的《阳关三叠》歌词的原貌我们已无缘拜读，但今存宋代大文豪苏东坡关于旧传《阳关三叠》歌词的一段评说，从中却可知其大概。苏云："余在密州，文勋长官以事至密。自云得古本阳关，每句皆再唱，而第一句不叠。乃知古本三叠盖如此。乐天对酒诗云：'相逢且莫推辞酒，听唱阳关第四声'，注云：'第四声——劝君更尽一杯酒'。以此验之，若一句再叠，则此句为第五声。今为第四声，则第一句不叠审矣。"后人在元代辑成的《阳春白雪》集中收入的大石调中发现，《阳关三叠》的歌词，其结构与苏东坡的评说颇相符合。其词的原文现录于后：

渭城朝雨，
一霎浥轻尘。
更洒遍客舍青青，
弄柔凝，千缕柳色新；
更洒遍客舍青青，
千缕柳色新。
休烦恼，
劝君更进一杯酒。
人生会少。
自古富贵功名有定分，
莫遣容仪瘦损。
休烦恼，
劝君更进一杯酒。
只恐怕西出阳关，
旧游如梦，
眼前无故人。
只恐怕西出阳关，
眼前无故人。

（又见《词律拾遗》载无名氏《古阳关曲》）

应该说这首元代版的《阳关三叠》歌词，基本上还保留了王维诗原有的意境和意绪，只是增加了“自古富贵功名有定分”这样情绪惆怅的句子，从而在原诗的意绪上附加了一些淡淡的感伤。但是后来的《阳关三叠》的歌词就大不一样了，增添了不少再创作的词句。令人遗憾的是，增添的若干句歌词，又显然与王维原诗的意境和意绪大相径庭。请看：

渭城朝雨浥轻尘，客舍青青柳色新，
劝君更尽一杯酒，西出阳关无故人。

遄行，遄行！长途越渡关津，
历苦辛，历苦辛，历历苦辛。

渭城朝雨浥轻尘，客舍青青柳色新，
劝君更尽一杯酒，西出阳关无故人。

依依顾恋不忍离，泪滴沾巾。
感怀，感怀！思君十二时辰，
谁相因，谁相因，谁可相因，
日驰神，日驰神。

渭城朝雨浥轻尘，客舍青青柳色新，
劝君更尽一杯酒，西出阳关无故人。

旨酒，旨酒，未饮心已先醇。
载驰骃，载驰骃，
何日言旋轩辚，
能酌几多巡？
千巡有尽，寸衷难泯，

无穷的伤感！

尺素申，尺素申，
尺素频申如相亲，如相亲。
噫！从今一别两地相思入梦频，
鸿雁来宾。

明眼人一看即明，增加的歌词缠绵悱恻，忸怩作态，哪里还有原诗的清丽风雅、潇洒豁朗呢？王维在诗中意欲表达的朋友之情，已被扭曲为怨女旷夫生离死别的恋情。人们听读了这样的歌曲，能不把王维的诗误读成惜别诗和伤别诗吗？那是一定的。很多有识之士对此表达了强烈的不满和愤慨。有人这样批评道："情人离别，伤心凄婉，缠绵悱恻。老友分手，深沉豁达，言简意深。两种别情不容混淆，歌唱的场合和心情也都不尽相同。"更有人抨击曰："《阳关三叠》原本描写的是友人送别，现在后面添加了'依依顾恋不忍离，泪滴沾巾'、'思君十二时辰'、'谁相因'、'日驰神'、'未饮心已先醇''何日言旋轩辚'、'千巡有尽，寸心难泯'、'无穷的伤感'、'尺素频申如相亲'、'从今一别两地相思入梦频'等词句，与原诗相比，无论是格调还是情调，都使我感到逊色于原作。"

照我们看来，这岂止是逊色于原作，简直是强奸了原作！

但是，批评归批评，传唱归传唱，它的不正确的导读依然在哀婉幽怨的曲调中发挥着潜移默化的作用，特别是对一些古文功底不厚和鉴赏能力尚不成熟的人，它的不正确的导读会完全征服并俘虏他们，让他们理直气壮地认为并坚定地相信：这就是正读！

愚也，哀在其中矣！

除了上述我们赏析的这些爽别诗，唐朝诗人笔下还有很多爽别诗写得也颇具特色，如孟浩然的《送陈七赴西军》、王维的《送别》和《送沈子福之江东》、李白的《送杨山人归嵩山》、岑参的《送扬子》和《送贾侍御使江外》、李颀的《送陈章甫》、韩翃的《送客水路归陕》、刘长卿的《送灵澈》、雍陶的《送蜀客》、戎昱的《送王明府入道》、杜荀鹤的《赠质上人》……建议在这方面有浓重兴趣的读者自己找来读读，这里我们就不再逐篇赏析了。

（陈红涛执笔）

第三章
最断肠的送别：伤别

在唐诗送别诗的家族中，从不同角度写伤别的诗很多，这些诗写得非常沉郁苍凉，读后让人回肠荡气，伤感不已，甚至柔肠寸断，没有读爽别诗时的轻松愉悦，也没有读壮别诗时的鼓舞激昂。然而正是在这种伤感沉重的氛围里，让你感受到友情这种人性之美的力量，并受到这种美的强烈震撼和感染。

这一章我们重点赏析 10 首写伤别的唐诗：分别是杜甫、孟浩然、白居易、贾至、宋之问、杜牧、刘长卿、薛涛所写。

杜甫：送路六侍御入朝

下面我们首先赏析杜甫写的《送路六侍御入朝》：

童稚情亲四十年，中间消息两茫然。
更为后会知何处？忽漫相逢是别筵。
不分桃花红似锦，生憎柳絮白如棉。
剑南春色还无赖，触忤愁人到酒边。

大家都知道，杜甫和李白是齐肩并立于唐诗之巅的诗歌伟人、大师，李白被称为“诗仙”，杜甫被誉为“诗圣”。李白的诗，艺术上以浪漫主义见长；杜甫的诗，艺术上以现实主义取胜。李白主要生活在唐王朝逐步上升的时期，杜甫则主要生活在唐王朝开始衰落的时期。李白的诗以浪漫夸张的手法，大量地抒写了自己失意之后内心的苦闷、愤懑和鄙夷世俗，决不向贵权低头折腰的精神以及桀骜不驯、狂放不羁的个性；杜甫的诗以写实朴拙的手法，大量地表现了现实生活中错综复杂的各种矛盾和国破家倾后人民大众的生活现状。杜甫一生失意颠沛、转蓬流离，到后期更是一身伴影，四海为家，皓首无依，穷困潦倒，但他一生吟咏啸歌，时时处处都心系国家的安危盛衰，胸怀人民的喜怒哀乐，所以读杜甫的诗，我们时时为杜甫那“致君尧舜上，再使风俗淳”的治世抱负和“安得广厦千万间，大庇天下寒士俱欢颜”的博大襟怀和崇高的理想而感发不已，由衷地敬佩他大善高贵、精金美玉般的伟大人格。

杜甫这首《送路六侍御入朝》的送别诗作于唐代宗广德元年，即公元763年，这时他正流寓梓州，即今天的四川省三台。这年正月，唐军胜利收复了幽燕，从此，持续了八年之久的安史之乱暂告一个段落。饱受离乱、动乱、荒乱之痛的杜甫，惊喜难抑，挥笔写下了一首著名的七律绝唱《闻官军收河南河北》：

剑外忽传收蓟北，初闻涕泪满衣裳。
却看妻子愁何在，漫卷诗书喜欲狂。
白首放歌须纵酒，青春作伴好还乡。
即从巴峡穿巫峡，便下襄阳向洛阳。

据说这首诗是杜甫诗中少有的一首写欢乐的诗。对这首诗的艺术性历代品诗家都非常推崇，认为它“通篇一字不粘带景物，而雄峭沉著，句律天然。”也有近人这样说，此诗作法有两大特点：第一是完全叙事抒情，并无写景；第二是结联相对，与他诗首联常对的不同。在表现手法上是一气奔驰，毫不停顿，是谓奔进的表情法。

我这里还顺便说一下，上面这首诗的文字是时下流行的版本的样子。我见过明代一位叫詹景凤的书法家书写的这首诗的文字，与我们上面使用的这首诗的版本差别很大，我不妨也抄录于后，供大家赏析时参考。

塞外忽传收蓟北，初闻涕泪满衣裳。
忽看妻子愁何在，**漫转**诗书喜欲狂。

白日放歌须**痛饮**，青春作伴**早还乡**。
即从巴峡穿巫峡，便下襄阳**下洛阳**。

诗文中的黑体字，均为与时下流行的版本不一样的文字，竟多达七处。是杜甫诗原稿的文字就如此呢？还是明朝这位书家书写错了呢？我未作考证，不可妄言。不过前面我在写《爽别》那一章时，曾提到过李白所写的《黄鹤楼送孟浩然之广陵》一诗，宋朝时的文字和现在流行的版本也有几处差别，后人在传抄或刊印时明显作过润色加工。从这种情况看，杜甫这首诗，后人是否也作过修饰郢斫，也未可知。

这首诗也是作于梓州，在杜甫送别路六侍御之前。诗的上四句写闻收复而喜，下四句写思归乡之急。初闻而涕，痛忆离乱，破涕而喜，归家有日。读完诗后，掩卷一想，杜甫当时对着妻子口讲指画、手舞足蹈、惊喜欲狂的神态跃然纸上。这是杜甫当时真实情感的自然喷泻，是杜甫当时真实情态的自我写照。

但是，唐玄宗天宝后期，特别是安史之乱以来，已经激化了的各类社会矛盾并没有随着安史之乱的平息得到解决，动乱不宁的时局也未真正平息下来，曾经因胜利而一度在杜甫心中燃起来的乐观的火花很快就又熄灭了。杜甫看到人民仍然遭受着巨大的苦痛和不幸，“野哭千家闻战伐，夷歌数处起渔樵”（《阁夜》）。“戎马不如归马逸，千家今有百家存”，“哀哀寡妇诛求尽，恸哭秋原何处村？”（《白帝》）而杜甫自己呢？仍然是孤舟飘泊，久客他乡，“飘飘何所似，天地一沙鸥。”（《旅夜书怀》）“亲朋无一字，老病有孤舟。”（《登岳阳楼》）“不眠闻战伐，无力正乾坤。”境况十分凄然，归乡根本无望，身体也每况愈下！

在这种情况下，杜甫忽然，也很突然地与已经离别了长达四十年之久的少年朋友，在梓州相遇，按理说这总该给杜甫带来一点欢乐和惊喜吧，但是非但不如此，这个意外的相逢给杜甫带来的却是难以抑制的伤感。这是为什么呢？请听杜甫在诗中所道吧。

“童稚情亲四十年，中间消息两茫然。”这开头两句就是一声动乱人生的浩叹！与杜甫相逢的这位路六侍御，是与杜甫竹马童年的总角之好，杜甫用“情亲”两个字来表现他们的友情，显然远不是一般的友情，而是不亚于难分难舍的骨肉亲情。但是，难舍难分的友人却一分便是四十年，而且在这漫长的岁月里，“中间消息两茫然”，一点对方的消息都听不到，也打问不到，这怎能不惹人伤心呢？杜甫写诗时已经51岁了，而当年分手之时还是个十来岁的孩子，那时脸上是一片稚气和天真，而如今已满头秋霜，垂垂老矣。杜甫在这里发出这一声动乱人生的浩叹，以他个人的遭遇，表达了他对社会动乱给予人们的巨大痛苦的严谴厉责。然而，不管怎么说，毕竟又见面相逢了，这总该高兴一点吧？可杜甫就是高兴不起来，因为“更为后会知何处？忽漫相逢是别筵。”这次相逢是在异乡，并非故乡，而且相逢即相别，马上又挥手告别，各奔一方，更何况下次相逢又不知在何地何乡。这三、四两句诗告诉我们，有两点让杜甫特别伤感：一是相逢之忽忽，离别之匆匆。四十年一直“两茫然”，今天突然相见，可马上又离分，真是喜不胜伤。二是这次挥手之后，以后相逢又不知在何处，很可能又要继续“两茫然”。

杜甫在诗中特别指出“更为后会知何处？”而不说更为后会知何时，这又是为什么呢？这是因为杜甫送路六侍御入朝，又勾起了他的满腹心事和内心的一线企望。杜甫素有远大的政治抱负，由于长期被排斥，一直得不到施展，他非常痛苦和伤悲，但他一直又心悬一线希望，有朝一日能奉诏回朝，为朝廷直接效力，报效国家。“名岂文章著？官应老病休。”（《旅夜书怀》）这是他真实的胸襟，决不甘心终老纸笔。多少次，杜甫心中的希望之花刚一绽放，马上就被无情的风雨吹落，这真如“林花谢了春红，太匆匆。无奈朝来寒雨晚来风。”（南唐·李煜词）他心中的苦闷和苦痛，就像滔滔的长江水，日夜奔腾，日夜激荡，“无边落木萧萧下，不尽长江滚滚来。”（《登高》）他的诗句道出了他的心境之悲之哀之惘之痛，特别是当他把一个又一个奉诏回京、入朝赴职的同僚送走的时候，他的心真的被痛苦揉碎了。据统计，这期间杜甫痛就送别友人还京的诗共有16首之多，他在诗中不停地哀怜自身，反复致意，羡慕友人，神驰圣阙。下面是我摘录的其中几首中的诗句：

“叹君能恋主，久客羡归秦。”

——《送司马入京》

“飘零为客久，衰老羡君还。”

——《涪江泛舟送韦班归京（得山字）》

“乌台俯麟阁，长夏白头吟。”

——《夏日杨章宁宅送崔侍御常正字入京（得深字韵）》

“春日垂霜鬓，天隅把绣衣。”

——《送何侍御归朝》

“此生那老蜀，不死会归秦。”

——《奉送严公入朝十韵》

“卿到朝廷说老翁，飘零已是沧浪客。”

——《惜别行送向卿进奉端午御衣之上都》

“帝乡愁思外，春色泪痕边。”

——《泛舟送魏十八仓曹还京因寄答岑中允考、范郎中季明》

类似的句子在诗中频繁出现。特别是在《送覃二判官》一诗中，杜甫反复殷致恋阙之思，实在让人感动得鼻翼生酸：

先帝弓箭远，小臣余此生。蹉跎病江汉，不复谒朝明。
饯尔白头日，永怀丹凤城。迟迟恋屈宋，渺渺卧荆衡。
魂断航舸失，天寒沙水清。肺肝若稍愈，亦上赤霄行。

你看，身心衰疾，客居无依，头发斑白的诗人，像流落荆衡的先哲屈原、宋玉一样，身在江湖，心系皇阙，只要病痛稍微好转，就要执意回到心中的丹凤城。耿耿恋阙还京之心，竟是如此之不移！所以，这次路六侍御又是奉诏入朝，杜甫在为他送别时，很自然地又会燃起自己也能入朝奉职的希望之火。他是多么希望有朝一日在京城与竹马童年的好朋友再相会呀！但残酷的现实是，他始终无幸归京入朝，他接到诏书的可能性太渺茫了，几乎是零。他心中有一种强烈的被弃忘的痛感，甚至濒临绝望的痛感。正因为此，他才迫不及待地在诗中提出“更为后会知何处”的反问，这正是他这种被弃忘的苦痛的一种宣泄啊！

通过以上简要的赏析，我们可以看出杜甫这首《送路六侍御入朝》的诗，前四句就写出了四伤：一伤四十年才相逢，相逢更知离别苦，隔世之感，摧肝断肠；二伤相逢即离别，接风筵又是送行筵，想起离别之日长，相逢之时短，再加上相逢相别如此闪快，心中自然如汤沸；三伤分别后不知何地何时再相会，实际上是永诀！哪里还有机会相逢？想起来这更是悲上加悲；四伤自己飘泊日久，回京无期，亦无望，大有老死江湖之虞，可怜一生雄心大志成泡影，怎不伤心欲绝？

杜甫正是怀着这般糟糕的情绪，即一肚子没好气，为自己的好友置酒祖饯，这就决定了他肯定会对周围的一切看不顺眼。这首诗的后四句，正是他这种情态的写真：

不分桃花红似锦，生憎柳絮白如棉。
剑南春色还无赖，触忤愁人到酒边。

杜甫饯别朋友正值巴蜀之春，桃花闹春盛开，一簇簇，一片片，开得像锦缎一般艳丽。柳絮逐风飞舞，一点点，一团团，时而纷飞如雪，时而聚合成片，又像洁白的棉绒一般。可是这些美景在杜甫看来讨厌透顶。“不分”，即不满之意也。他对桃花开得那么美很不满。“生憎”，即偏憎、憎恶之意也。他对柳絮飘得那么白心生憎恶。杜甫还大骂剑南春色是令人生厌的“无赖”，大骂春色竟敢冒犯违背他的意志凑到酒边来，把一杯杯醇香的美酒硬是变成了一杯杯添愁生恨的苦酒！可以说这后四句诗，活脱脱地把杜甫在酒席筵上愁绪盈怀、悲伤至极的情态非常生动而逼真地刻画出来了。清代评诗家王夫之说：“乐景写哀，倍增其哀。”杜甫的诗确实产生了这样的艺术效果。

人在情绪很坏、心境很恶劣的时候，确实是看什么都不如意，看什么都觉得是在有意与自己作对，甚至无名火猛蹿，莫名其妙地想骂人，想与人吵架，这是人性的一种真实的表露，很多人都有过如此体验。笔者也有过。

杜甫的这首《送路六侍御入朝》的诗，句句伤感，字字苦痛，是一首非常典型的伤别诗。

杜甫：送郑十八虔贬台州司户，伤其临老陷贼之故，阙为面别，情见于诗

杜甫写的另一首题为《送郑十八虔贬台州司户，伤其临老陷贼之故，阙为面别，情见于诗》的七律，是一首比我们刚刚赏析的《送路六侍御入朝》伤感程度更深更彻的伤别诗，下面我们就来赏析。

郑公樗散鬓成丝，酒后常称老画师。
万里伤心严谴日，百年垂死中兴时。
苍惶已就长途往，邂逅无端出饯迟。
便与先生应永诀，九重泉路尽交期。

杜甫是一个非常重友情的人，有人把他誉为古来第一“情种”，他怀念李白的诗，送别严武、贾至的诗，哭悼房琯的诗，记述在战乱中与旧友卫八处士相逢的诗，都写得异常褫魂动魄，让人泪滚肠热。这首诗是专为一个被贬斥到边远荒蛮之地的至交郑虔而写的，上四句，写郑贬台州，伤其临老罹罪。下四句写“阙为面别”，而寄诗言情。也就是说，因为没有赶上当面送别，只能以诗送别了。

题中的“郑十八虔”，即郑虔。郑虔，时号郑广文，也是盛唐时期一位多才多艺的艺术明星，诗、书、画俱佳，还精通天文地理，明于阴阳，邃于算术，百家诸子均了如指掌。有史志云：郑虔“工山水，名亚于（王）维。”其草书“如疾风送云，收霞推月。”又云：郑虔曾把诗、书、画合为一卷，献于玄宗，玄宗爱赏，署尾亲题：“郑虔三绝”；天宝九载在长安设“广文馆”，拜郑虔为博士。

郑虔与杜甫是河南同乡，更是忘年交。唐天宝年间，二人在京都长安邂逅交契时，杜甫三十九岁，而郑虔已近花甲。他是杜甫的前辈，杜甫非常敬重赏识郑虔，与他过从甚密。这不仅是因为两人都有才，惺惺惜惺惺，更是因为当时二人都抑塞沉沦，命运相似，彼此同声相应，心意相投，有知己之感。且郑虔性格旷放绝俗，守直厌谀，又喜豪饮，故两个失意高才，

自然成了忘年之交。杜甫一生存诗1400余首，其中有20多首是述及或者追忆郑虔的诗作，这在杜诗中甚为少见。杜甫如此不吝笔墨地记述两人的交谊，可见两人皆深于情而诚于情，形若胶膝。

郑虔身居官位，为政清廉，两袖清风，很受杜甫赞赏，他在一首赠诗中曾这样描写："广文到官舍，系马堂阶下"，"才名四十年，坐客寒无毡。"（《戏简郑广文兼呈苏司业》）

名动天下，可家中穷得只剩诗书，寒天连毛毡也没有。非但如此，郑虔在广文博士的位子上一待就是多年，其匡世之才并不能在治国经世中得到充分的发挥和重用，对此杜甫既痛心又愤慨。不平则鸣，杜甫在一首题为《醉时歌》的诗中淋漓尽致地发泄了这种情绪：

诸公衮衮登台省，　广文先生官独冷。
甲第纷纷厌梁肉，　广文先生饭不足。
先生有道出羲皇，　先生有才过屈宋。
德尊一代常坎坷，　名垂万古知何用！
杜陵野客人更嗤，　被褐短窄鬓如丝。
日籴太仓五升米，　时赴郑老同襟期。
得钱即相觅，　沽酒不复疑。
忘形到尔汝，　痛饮真吾师。
清夜沉沉动春酌，　灯前细雨檐花落。
但觉高歌有鬼神，　焉知饿死填沟壑？
相如逸才亲涤器，　子云识字终投阁。
先生早赋《归去来》，　石田茅屋荒苍苔。
儒术于我何有哉？　孔丘盗跖俱尘埃！
不须闻此意惨怆，　生前相遇且衔杯。

有人评说道：读此诗既可以感受到那种抱负远大齐天而又沉沦底层无助的焦灼苦闷和感慨愤懑，又可以感受到杜郑二人肝胆相照、"忘形到尔汝"的情谊，"字向纸上皆轩昂"。诗人以无限惋惜和悲痛的心情为广文先生和自己的不幸遭遇大鸣不平，称颂广文先生，论道德远出羲皇，论才学抗行屈宋，然而阮籍穷途，泣麟悲凤，与世何用？诗人又以先缓后促的笔调写了与郑广文先生的忘年之交，二人经常奔走相聚，推心置腹、开怀畅饮，共叙怀抱，樽前放歌，简直像涸泉之鱼，相濡以沫。接着又以悲慨的笔调，推出了相如涤器、杨雄投阁的名人逸事，看似自解自慰，实则伤时感世，以寄心中共有的怨谤。因此完全可以说，这是一首把同心共志的友情寓于激愤悲慨之词的友谊咏叹之歌。

郑虔遭贬一事发生在唐肃宗至德二载十二月。安禄山范阳起兵作乱，使大唐天下祸从天降，京城失陷，满目苍茫。未能逃离长安的郑虔随着一批官员大臣被掳到洛阳，安禄山伪政府强迫授之以水部郎中之职。但是被俘的郑虔在洛阳贼区，守节如玉，心向唐室，托病不受伪职，还“潜以密章达灵武”，竟冒着生命危险，从事起“地下工作”来了，为唐室通风报信，表达了对唐王朝的一片忠心。后来几经辗转，还逃出了贼区。杜甫有一首诗《郑驸马池台喜遇郑广文同饮》，就记述了郑广文先生逃出洛阳来到长安与杜甫相逢的情景和杜甫对老朋友郑广文的赞赏，诗云：“不谓生戎马，何知共酒杯？燃脐眉坞败，握节汉臣回。白发千茎雪，丹心一寸灰。”至德二年九月，唐朝军队收复长安，十月又收复洛阳，十月下旬唐肃宗返回长安。“肃宗复社稷，得无顺逆辨。”（杜甫：《《八哀诗》之《故秘书少监武功苏公源明》》）肃宗政府对降逆的官吏分六等定罪予以惩处，对持节者给予表彰。郑虔虽被虏，但不附逆，未失节，此次也被定为“三等罪”贬到十分边远的浙江台州。杜甫奉儒守官，自比稷契，他对朝廷处分降贼官吏是坚决支持的，对能持节不屈者尤表赞赏。但是，杜甫知道郑虔陷贼而未附贼，而今眼看着他也蒙辱遭逐，实在接受不了，伤心欲绝。因此他在送别诗里一开头就为老朋友喊冤鸣屈：

郑公樗散鬓成丝，酒后常称老画师。

首句中的“樗”和“散”是什么意思呢？这里是化用两个典故。《庄子·逍遥游》云：“吾有大树。人谓之樗，其大本拥肿而不中绳墨，其小枝卷曲而不中规矩。立之途，匠者不顾”。又《庄子·人间世》载：“匠石之齐，至于曲辕，见栎社树。其大蔽数千牛，絜之百围，其高临山，十仞而后有枝……匠伯不顾，遂行不辍。弟子厌观之，走及匠石，曰：‘自吾执斧斤以随夫子，未尝见材如此其美也。先生不肯视，行不辍，何邪？’曰：‘已矣，勿言之矣！散木也，以为舟则沈，以为棺椁则速腐，以为器则速毁，以为门户则液樠，以为柱则蠹。是不材之木也’”。意思是说，一个木匠去齐国，途经曲辕之地时，看到一棵高大的栎树，其冠之大可遮蔽数千头牛，其干之粗足有十丈，树梢高临山巅，离地十仞处方才分枝，而这位匠人不瞧一眼、不停一步地往前走。他的徒弟却驻足树旁赞赏不已，他赶上去问匠人：“自我拿起刀斧追随先生学艺以来，还从未见过这等壮美之木。可先生连一眼都不看它，不知为何？”匠人道：“说它干啥呀！你不懂，这是一棵派不上任何用场的树，用它做船，定会沉没，用它做棺椁，定会很快朽烂，用它做器皿，定会很快坏掉，用它做屋门，定会流脂而不合缝，用它做屋柱，定会很快被虫蛀蚀。这是棵不材之木啊！”

开头两句，杜甫故意借这两个典故刻画郑虔的为人，《杜臆》说：“首记其状，次记其言，两句已为虔撰一小影。”意欲指出郑虔也是一个“樗”、“散”之才，是一个毫无实用的无用之人，是一个没有任何政治野心、对朝政构不成任何危害的老画师，而且现已老衰得两鬓成丝。言下之意就是说，对这样的一个老朽无欲、行将就木之人，朝廷还何必放不过呢？正话反说，其意弥彰。这里越是把郑虔说得无用，对朝廷给予他的重贬来说，就越是一种无情的抗议，也就越见杜甫的伤心。其实，更让杜甫伤心的事，诗人还未明言。至德二载十二月，玄宗亦由成都返抵长安。此时，在平和景象的背后，一场尖锐的殊死的政治斗争，正在朝廷内部悄然展开。大体说来，就是玄宗的旧臣与肃宗的新贵之间的派系斗争日趋激化，特别是玄宗回京后，与臣民的接触，立即引起了肃宗的高度警惕和多方猜疑。肃宗为防不测，在一帮政治蠡贼挑唆下，不久便对玄宗的旧臣如房琯、贾至、严武、张镐等人实施严厉打击，以清挖玄宗根基。杜甫在政治系统上属于房琯、贾至、严武一派，他对房琯、贾至、严武等人遭受排斥感到十分痛心，他写过一首《送贾阁老出汝州》的诗，很能表现他当时的心情。就是在这样一种政治斗争的背景下，郑虔这个身陷贼巢而不失节的忠臣，才落了个不仅未受到褒奖，反而蒙冤遭谴，成了政治上的殉葬品的下场，这怎能不让杜甫万分悲伤呢？而这种悲伤，不仅包含着对郑虔的同情，也隐含了杜甫对肃宗的失望和对政治黑暗的睥睨。

接下来，诗人紧承首联，用饱蘸着自己血泪和苦情的笔，以飞瀑冲奔之势，分五个梯次，层层跳落，喷泻了对挚友郑虔的同情和对唐王朝“严谴”的无公正性可言的愤慨。诗人心中的伤感，拌和着浩荡正气，冲荡澎湃，一发不可收拾，称得上是撕心裂肺，字字滴血。

万里伤心严谴日，百年垂死中兴时。

对于郑虔这样一个守节无罪、通风有功的人，本应受到朝廷器重，不擢拔也就罢了，根本就不该遭“谴”。这是一大不幸。而如今却不但“谴”了，还“谴”得那样“严”，竟然以三等罪把他“谴”到“万里”之外的台州去了，这又是一大不幸。在杜甫心里，天日安在？天理安在？人情安在？这太让人痛心疾首了！这是第一梯次。

郑虔如果还年轻力壮，或许还勉强能经受住那样的“严谴”，可是现如今他已满头霜华，老气横秋，眼看是个“垂死”的人了，却被贬到那么遥远、那么荒凉的地方去，这不是明摆着，逼他早一点命归黄泉吗？这是第三不幸。这哪里是生离？是死别啊！这太冷酷，太无人道了，可以想见杜甫的心里肯定如刀绞般的难受。这是第二梯次。

如果是在乱世，人人自畏，朝不虑夕，不明不白地死于非命，那也没啥好说；可是现如今两京都已经从贼手中光复，大唐“中兴”在望，各项秩序渐恢正规，人人思治，人人图治，该过太平安稳的日子了，而郑虔偏偏在这“中兴”之时，受到了“严谴”，真是更不幸了！这是怎么回事呢？为什么命运对好人如此不公正呢！我们感觉到杜甫无力回天的焦躁、苦闷和绝望，他的善良的心在泣血，他的义愤的笔在滴血。这是第三梯次。

由“严谴”到“垂死”激起的同情和悲慨，犹如大江行地，奔腾向前，化成了诗的后四句，读这后四句时已很难辨得出是诗还是情了。

苍惶已就长途往，邂逅无端出饯迟。
便与先生应永诀，九重泉路尽交期。

"苍惶"一联，紧承"严谴"而来。"严谴"不仅"严"厉在贬得你很远很远，而且还"严"逼你必须马上离京上路，刻不容缓。正因为这严"厉"和严"逼"，郑虔不得不"苍惶"地踏上山遥水远的凄凉之路，所以作者就"无端"地失掉了非常宝贵的当面话别的机会。当得知老朋友被"严谴"的噩耗之后，诗人多么想去当面送别啊，多么想握住至交之手，用充满同情和友情的话语给老朋友那颗苦如黄莲、冷若冰霜的心一点温暖和抚慰啊！然而，由于朝廷的凌逼，就连这一点凄愿也化为了云烟。诗人真是伤心痛苦得顿足捶胸、放声啼号了。这是第四梯次。这一联中的"苍惶"和"无端"两词用得极好，不仅写出了郑虔急匆匆上路和作者怅然无奈的样子，还画出了奉旨行令的凶吏百般凌逼、恶声恶戾的丑态和嘴脸。

最后"永诀"一联，紧承"垂死"而来，把伤感之情推向了高潮。既然郑虔已届"垂死"之年，而"严谴"又必然会加速他终天之日，生还的可能已经等于零了，活着再也无缘相见了，诗人怎么办呢？你听他说：纵使今生，从此和先生你便将成为永别，也请你相信我吧！那就是到了那九重冥冥的黄泉路上，在那没有尽头的岁月里，也将永远都是我与你结交的日子啊！什么叫大恸无声？什么叫大悲无言？什么叫无以复加？什么叫深于情而诚于情啊！读读这几句诗就体味到了。这是第五梯次。

前人评点这首诗，有的说：字字句句全"从肺腑流出"，特别是中间两联，"万转千回，纯是泪点，都无墨痕"。有的说："一片血泪，更不辨是诗是情。"这都可以说抓住了最本质的东西，抓住了这首诗情感基调是伤别乃至于痛别这一基本特征。

但是，这首诗的艺术魅力所在，不只是抒发了杜甫对朋友的真情挚意，这一点当然让我们感动不已；还在于它闪烁着杜甫壮美瑰丽的伟大人格的光彩，这一点尤其让我们万分钦仰。

有同情心，不一定就有正义感。有正义感，不一定就敢见义勇为。能为蒙耻含冤者伸张正义，那是需要一副侠肝义胆的。杜甫是忠于唐王朝的，但是当他看到朋友遭受到朝廷错误的"严谴"后，他没有因为这是"谕旨纶音"而三缄其口，避之以远；没有装聋作哑，作壁上观；也没有全身远害，明哲保身；更没有落井下石而为小人之劣，违心地或昧着良心去迎合新皇帝，为唐王朝冤屈好人的做法大唱赞歌，以赢得龙颜大悦，为将来仕途青云创造条件。相反，他不畏皇权之厉，越众出班，秉笔直言，理直气壮地为朋友雄辩冤屈，而且还敢高声宣布，与朝廷钦定的“罪人”就是冤死九泉也要与之为伍。这是何等的勇气，这是多么高尚而伟大的人格之美啊！正是因为杜甫具有这样伟大的人格，他对朋友的挚意高情才会自然地“从肺腑流出”、“真意弥满”、“情见于诗”。同时，这种伟大的人格之美，又把肝胆相照的友情之美辉映得熠熠夺目。顾宸曰：“少陵当二公（这里指李白、郑虔）贬谪时，深悲极痛，至欲与同生死”。顾又曰：杜甫“不以成败论人，不以急难负友，其交谊真可泣鬼神。”

这首诗最大的艺术特点就是用赋体，用白描，直抒胸臆，通篇无一句景物描写，也不作任何烘托和渲染。有的诗论者说它“屈曲赴题，清空一气，与《闻官军收河南河北》同时一格”。正是一语道破了这个艺术特点。前面我们讲过，《闻官军收河南河北》一诗，“通篇一字不粘带景物，而雄峭沉著，句律天然。”“在表现手法上是一气奔驰，毫不停顿，是谓奔进的表情法。”这首诗直陈其事，直抒胸臆，在表现手法上也是奔进法，一气奔驰，层层递进，毫不停顿，直至感情的高潮。唯其如此，才能更充分地表现“诗旨”，才能让愍恻、伤痛、悲慨、义愤和浩然正气从诗句中喷薄而出，才能让与朋友生生死死俱相依的笃情厚谊之美充塞于天地之间。特别是诗的结尾更是不追求含蓄和余韵，直露得让人感发动情，肠热心裂。有的诗论者对此非常赞扬，说它“直可使暑日霜飞，午时鬼泣”。这正是对其艺术感染力的中肯之论。可见对诗的结尾，也不能一概而论。卢得水评这首诗，就说得很不错：“末竟作‘永诀’之词，诗到真处，不嫌其迫，不妨于尽也。”写诗虽然贵在含蓄，但也得视具体情况而谋篇，像这首诗，心中的悲愤，心中的伤感，心中的热念，这样奔放，不可遏止。只能诉诸以激言烈响，才能骋怀游襟，如果一味地追求含蓄隐微，宛转曲达，来个野云孤飞，去留无迹，恐怕艺术效果很难达到像现在这般撼人魂魄、折肝裂胆的境地。

杜甫《送贾阁老出汝州》一诗，也是写的送别朋友，在诗中抒发的也是离别的伤感和对朋友遭际的愍恻之情，但由于送别的具体对象不一样，送别的具体情景也不一样，诗人就运用了与上首诗差异巨大的表现方法。

西掖梧桐树，空留一院阴。艰难归故里，去住损春心。
宫殿青门隔，云山紫逻深。人生五马贵，莫受二毛侵。

考《肃宗本纪》：乾元元年之春贾至被贬汝州。“汝州”，今属河南省南阳府，《唐志》：汝州临汝郡，属河南道，本伊州，贞观八年更名。“阁老”，贾至被贬前任中书舍人，舍人年深者，尊之谓阁老。“西掖”，中书省的别称。“故里”，贾至，河南洛阳人，汝州与河南为邻，故贾至出汝州曰归故里。“五马”，太守的美称。《汉官仪》：太守四马，行部加一马，故称五马。“二毛”，这里指衰老的意思。

这首诗上四句写贾至出汝州，下四句言别后之交情。古人论此诗，曰：“起语醇深雅健，兴体之妙，无出其右，三唐之绝唱也。”这就明确指出，这首诗一开头就妙用了“兴体”，即以景起兴：“西掖梧桐树，空留一院阴。”写得非常含蓄，掖梧空留，冷落索寞，暗指贾至已被逐出中书省，伤情婉曲。接下来点题，明写贾至贬至汝州，“艰难归故里，去住损春心。”你这次被贬外放，这使得外放的人和留下来的人都很伤心。这里的“艰难”一词，言中途跋涉。“去住”一词，谓彼此的踪迹。颔联“宫殿青门隔，云山紫逻深。”这两句又是景物描写。“青门隔”，意即去者见到不长安。“紫逻深”，此指住者见不到汝州，因汝州梁县有紫逻山。云山，指路途遐远：“云山万重兮归路遐。”（蔡琰《胡笳》）诗人寓情与景，以景抒情，“云山紫逻深”更是巧用渲染，意思是说，尔汝从此一别，相隔遥山远水，虽然不是永诀，但也相见时难，你我只能远隔着青门云山相互遥思遐念老朋友了。伤情委婉幽微，但读后味之，仍可明显感到，诗人的一腔离苦和别恨，喷薄涌池。尾联“人生五马贵，莫受二毛侵。”这是慰词，劝勉朋友此去一定要保重。诗人深情脉脉地对朋友说：人生得为刺史，亦不贱矣，莫以一麾出守，因感愤悒郁过重而把身体搞坏啊！劝慰中见体贴关爱，体贴关爱中又现真情挚意。

这首诗写得很动情，离愁如密云，别恨似流水，伤情浓浓，别情绵绵，友情之美溢于字底行间。但写法与《送郑十八虔贬台州司户，伤其临老陷贼之故，阙为面别，情见于诗》这首七律大不相同。其赋兴兼用，款曲并举，或托物寓意，或用典言情，显得章法圆紧，曲尽其妙。特别是写景，真是醇深雅健，词约义丰，象美意长，有喻有寓，细针密缕，从容妥帖，为诗的艺术性和感染力大增光色。但细读之，则不难发现，诗中尽管墨饱笔酣，情绪沛然，句句亦流自肺腑，让人心弦扣动，然而却丝毫无慷慨悲歌，激言烈响，从而不可能产生让人魂魄撼动、肝胆折裂的艺术感染力，更无“直可使暑日霜飞，午时鬼泣”的艺术效果。究其缘由，主要是贾至的情况和郑虔有很大区别。郑虔与杜甫是“忘形到尔汝”的同心至好，其友谊之深远非杜甫与贾至的友谊可比；郑虔是蒙冤含屈而遭受“严谴”，放逐到邈遥的边荒之地，世路凶险，而贾至遭受的是纯政治排斥，并非“严谴”，其被贬之地还是自己的中原故里；郑虔被贬时已是冥暮之年，霜华满头，此去几乎无生还可能。而贾至则不然，目前还无“二毛”，他是去汝州做太守，仍享“五马”之尊；郑虔因“严谴”即刻被逐出京城，连与诗人见一面的机会都没有，“阙为面别”。而贾至又不然，他与杜甫是面辞而去的。这一切的不一样，决定了杜甫在写郑虔的诗时，情绪非常沉痛而激昂，伤心满怀而又义愤填膺，需要雄快酣畅的笔致，溶愍恻、悲慨、义愤和怨怼于一炉，故采用直抒胸臆、奔进表情的写法最洽。而在写送贾至的诗时，诗人只是同情和伤心，情绪沉痛但无激昂，所以采用较舒缓的节奏，以兴起调，赋兴兼容，亦直亦隐，绵密深婉的写法，则更能抒写浓愁绵意。

最后我们还要说一点，郑广文先生“苍惶”赴台之后，杜甫对他时时悬心遥念，他在诗中仍旧不断地表达自己的同情，不断地为他鸣冤叫屈。郑赴台的第二年，有一次，杜甫路过老朋友故居，只见穷巷悄然，车马绝踪，悲情难遏，提笔写了一首《题郑十八著作丈故居》。

台州地阔海冥冥，云水长和岛屿青。
乱后故人双别泪，春深逐客一浮萍。
酒酣懒舞谁相拽，诗罢能吟不复听。
第五桥东流恨水，皇陂岸北结愁亭。
贾生对鹏伤王傅，苏武看羊陷贼庭。
可念此翁怀直道，也沾新国用轻刑。
祢衡实恐遭江夏，方朔虚传是岁星。
穷巷悄然车马绝，案头干死读书萤。

这首诗诉说了杜甫与郑虔别后的凄凉之况和精神上的痛苦。乱后故人，聚而倏散，逐客浮萍，杳不可知，已是悲楚欲绝。每当酒酣诗罢，常怀同饮之兴，更忆同游之地，懒舞谁拽，恨水愁亭，更是一腔索寞，满腹离苦。接下来用贾谊怀才负屈、苏武陷贼不屈之典，喻说郑虔才高如贾生，持节若苏武，为郑虔苦心蒙谴雄词辩白，大声叫屈。最后又以祢衡江夏遭害之事，暗喻郑虞必死于台州，痛惜哀悲之情注满笔锋，跃然纸上。郑赴台的第三年，杜甫又作《有怀台州郑十八司户》："天台隔三江，风浪无晨暮。郑公纵得归，老病不识路。""性命由他人，悲辛但狂顾。山鬼独一脚，蝮蛇长如树。呼号傍孤城，岁月谁与度？"想象郑公孤危之状，如亲见，亦如亲历，纯是一片交情，说明杜甫对老友的命运极为关切。几年后，郑虔果然在台归西，一代大儒在屈辱中结束了人生苦旅。杜甫惊悉噩耗，嚎啕大哭，挥泪作《哭台州郑司户苏少监》诗以吊之，诗云："故旧谁怜我，平生郑与苏。存亡不重见，丧乱独前途。……"不久又作《存殁口号》二首，追念挚友亡灵。其友情之挚，之美，确实感天泣地。

孟浩然：送杜十四之江南

接下来我们赏析唐代另一位诗坛巨擘孟浩然写的《送杜十四之江南》。诗的全文是：

荆吴相接水为乡，君去春江正渺茫。
日暮征帆何处泊，天涯一望断人肠。

孟浩然，名浩，字浩然，襄州襄阳人。盛唐时著名的田园诗人，一向与王维并称，史称"王孟"，均为以写山水田园风光而得名的陶渊明、谢灵运、谢朓的后继者。孟浩然的诗描摹自然，歌颂隐逸，采撷自然之美，反映宁谧的心境，伫兴造思，洗削凡近，意境清迥，多自然超妙之趣。杜甫评价他的创作"清诗句句尽堪传"，又说"赋诗何必多，往往凌鲍谢。"李白对他也很推崇，前面已经说过，他写过著名的《赠孟浩然》一诗。孟浩然一生失意，与李白、王昌龄、王维等人过往甚密。少时隐居鹿门山，四十岁赴长安应进士举，不第，“坐看垂钓者，徒有羡鱼情。”失意而归。

这首诗的题目又作《送杜晃进士之东吴》。从这个题目中我们知道，杜十四，名晃，是个落魄文人。为什么呢？在唐代，所谓“进士”，实乃后世所谓举子，亦即被举荐为“进士”的人。若是中第的进士，则被称为“前进士”。故题目中的“送杜晃进士”，实际是送一个落第的杜晃。由此我们即明，这首诗写的是一个失意的人和一个落魄之人的相别。

“荆吴相接水为乡，君去春江正渺茫。”诗的第一、二句即点出了送别之地、送别之时和远人所去之地。荆，就是指楚地荆襄一带，这是孟浩然送别友人之地。吴，即指长江下游东吴一带，这是远人所去之地。但要注意，杜十四要去的“吴”，并不是个具体地方。“水为乡”，就是以水为乡。请注意不是以水为路，以水为路有目的地，以水为乡就没有目的地了，言外之意，杜十四此去东吴飘泊，看样子就是以舟为家了。这就为下文的“何处泊”做好了铺垫。更何况杜十四是在春天出发，春天正是江水春泛之季，江水更比平时浩淼苍茫，所以说“正渺茫”。这两句诗看起来好像是写景，实际上在景物描写中已经蕴涵了两层意思：一是杜十四此去江南前途难料，非常“渺茫”；二是也暗含了送别人许多担心和伤感。可以说，这首诗的首联就已经奠定了全诗的情感基调，这是一场伤别。

“日暮征帆何处泊？天涯一望断人肠。”正因为送别的人心中有很多放心不下，所以船发以后一直未走，而是久久地站在江边，直到夜幕降临、星斗满天之时，也不肯离去，心里一直牵挂着：今天夜晚在水上飘泊的杜十四将“何处泊？”能否找到一块落脚的地方呢？如果找不到，又将如何度过这漫漫长夜呢？江水茫茫，孤舟摇摇，诗人简直不敢细想，更不忍心朝朋友的小舟远去的方向望一眼，因为一望，就会难过得柔肠寸断。诗中没有一句直接写诗人与杜十四的友情有多深，但诗中字字都显露出他们二人友谊情长似水长。古人评诗说：诗贵别趣，意忌直出。该诗正合此旨。我们不知道杜十四读这首诗时是什么样子，但我们可以想见，他肯定是回肠荡气，感动得泪洒衣衫。

诗人把送杜十四的诗写得如此伤感，我觉得不仅是有感于友人落魄，流荡无依，飘泊人生，孤苦凄凉，前途“渺茫”，为友人的不幸，很可能还有不平，感到酸楚，还因为诗人与友人有着类似的人生经历，同病相怜，同命相惜，故借此也暗写了自己的身世之慨。

孟浩然才华横溢，锦心绣口，满腹经纶，志存高远，但怀才见弃，宦海无缘。“欲济无舟楫，端居耻圣明。坐看垂钓者，徒有羡鱼情。”（《望洞庭湖赠张丞相》）眼看着年华一往，芳意无成，无缘释褐，只能终老白衣，怎能不忧急交加，黯然神伤！特别是自己送别的友人也是个落拓不遇、宦海乏舟之人，这就更会勾起他内心的巨大伤痛，并喷薄而出。孟浩然四十岁时，曾怀着一腔雄心和希望，远赴京都长安大比，实指望凭着自己词赋掷地作金声的才华，鏖战棘围，夺个雁塔题名，但遗憾的是应试见遗，龙门点额，难赴鹿鸣之宴。这对他的打击很大！但求仕骋怀的希望并未全熄，他还可通过朋友的延荐，打通仕途，实现自己的理想。后来，果然有一次难得的机缘从天而降。有一次，他到翰林苑造访朋友王维，正巧唐玄宗也驾临翰林苑，孟浩然仓皇伏匿。但王维岂敢瞒圣，便向玄宗如实禀明浩然造访一事。也许玄宗当时心情颇佳，没想到他闻后即高兴地说：“吾闻此人久矣。”遂命王维速速引来相见。王维心中暗喜：天赐良机也，浩然大幸矣！急引浩然至内署。玄宗见过浩然，向其索诗。孟浩然哪敢怠慢，随口献诵了一首《岁暮归南山》，诗文如下：

北阙休上书，南山归敝庐。不才明主弃，多病故人疏。
白发催年老，青阳逼岁除。永怀愁不寐，松月夜窗虚。

这首诗是孟浩然在落第之后，心情很沉郁苍凉的情况下写成的。诗中表面上是一连串的自责自怪，但弦外之音是一肚子怨天尤人的牢骚和才不为世用的怨怼。因此，当他诵完前四句的时候，唐玄宗已闻弦歌而知“雅”意，再也听不下去，愤怒地说：“卿不求仕，而朕未尝弃卿，奈何诬之甚也！”于是这一次直接向皇帝面陈心迹的良机，就这样鸡飞蛋打，化为云烟了。这一次求仕之败，对孟浩然来说，无疑是一场灭顶之灾！可怜自己“为文三十载，闭门江汉阴”的刻苦努力，可怜自幼立下的“执鞭慕夫子，捧檄怀毛公”的宏志，这一切都“落花流水春去也！”孟浩然彻底绝望了，他感到天昏地暗，乌云满天，寒风瑟瑟，山穷水尽，这真是大路朝天开，何处容我足，没有任何出路了。于是他在极其悲凉凄苦的心态下，写了一首《留别王维》的诗，愤然离开了让他一辈子都伤透心的长安城。后来，孟浩然在南巡吴越时曾这样写道："皇皇三十载，书剑两不成。山水寻吴越，风尘厌洛京。"(《自洛之越》)可见他对京都何等的厌恶！

孟浩然《留别王维》的诗是这样写的：

寂寂竟何待，朝朝空自归。欲寻芳草去，惜与故人违。
当路谁相假？知音世所稀。只应守寂寞，还掩故园扉。

这首诗孟浩然除了抒发与王维的深厚友情和依依惜别之情外，主要还是抒发了遭到两次打击之后，特别是朝见唐玄宗而见弃的打击之后，自己心中强烈的愤懑、怨怼和心酸、失望。"当路谁相假？知音世所稀。"坷坎和挫折的碰撞，理想与现实的反差，使他进一步深刻体会到了炎凉世态、冷暖人情的苦涩，所以他在诗的最后说："只应守寂寞，还掩故园扉。"表达了再次归隐的心迹。孟浩然怀着满腔的失落和沮丧，一路辛酸地回故园去了。

既然诗人和杜十四同病相怜，同心相倾，那么诗人与杜十四的离别，必然是落魄者对落魄者，断肠人对断肠人。孟浩然在写这次送别时伤感如注，就不仅是对友人遭遇不幸的怜悯和同情，还有对自己人生回溯的痛忆和悬念未来的感慨。当他站在岸边，遥望友人的一叶孤舟远去，渐渐地被淼淼烟水吞没的时候，被沉沉暮霭吞没的时候，联想到自己颠簸的人生之舟也同样前途"渺茫"，未来难料，禁不住一阵阵伤感之情袭上心头，一股股辛酸之哀摧肠欲断，就是自然而然的事了。

白居易：南浦别

纵观唐代诗坛，其艺术成就仅逊于"诗仙"李白、"诗圣"杜甫，又堪称中唐诗坛领军人物的"诗魔"白居易，写过一首短小精悍的五绝《南浦别》，亦可视为唐代送别诗中擅于伤别的杰作，我们看它是怎样个写法。

南浦凄凄别，西风袅袅秋。一看肠一断，好去莫回头。

短短二十个字，诗人精心刻画了送别过程中最传情的细节，让人读后如临其境，字字酸楚，字字断肠。

诗人送别的友人是谁？不可考。他（她）是干什么的？更不可考。大概有什么难言的曲衷吧。诗人只是伤感地为我们描写了他送别友人的一个难忘的画面，让我们从中窥赏到他和这位友人有着深厚的情谊。

“南浦凄凄别”，诗人一开头就点明了送别的地点，并告诉我们他送别时的心情很凄凉痛楚。“南浦”，就是南面的水滨。古人常在南浦送别亲友，《楚辞·九歌·河泊》有“送美人兮南浦”之句，江淹《别赋》里又有“送君南浦，伤如之何”之叹。故在中国古代诗人墨客的笔下，“南浦”就像“长亭”一样，成了送别之地的代称，一见“南浦”，则离愁顿生。凄，就是悲凉的意思，诗人在这里把两个凄字叠用，变成“凄凄”，这是加重感情色彩，极写内心凄凉、愁苦之深之痛。

第二句诗人转笔写景：“西风袅袅秋”。这既是缘情写景，又是以景衬情。正因为诗人送别时心中极度凄凉、愁苦，所以对秋风之瑟瑟，秋色之萧萧越发敏感。碧云天，黄叶地，西风紧，断鸿声远，这样的暮秋肃杀之境本来就容易惹人愁绪丛生，而对一个因为朋友要离去而早已愁苦万分者来说，更何以堪？西风凄紧，大地凝寒，霜林满野，黄叶乱飞，秋声万里，如泣如诉，这样的环境气氛，更烘托了别离者的“凄凄”之苦。“袅袅”，也是叠字，是诗人用重复之音，加重渲染力度，强化秋声之悲和秋色之肃。它与首句的“凄凄”，声情互衬，悲寒相生，再加上“凄”、“袅”两字本身固有的音调低促的特点，读时更令人低回幽咽，格外与离人的心曲契合。

有了这一情一景的铺垫和蓄势，就为下面正式推出送别的场面造成了顺风扬帆之势。然而，诗人却出人意料，妙用奇笔，完全甩开整个送别的场景不写，还干净利索地舍去了送别的过程和仪式，如托酒以将意，相勉以致意，或鼓瑟鼓琴，或骊歌唱挽，等等，而是集中全部笔墨，只写了去留双方分手后的关键一刻，——紧紧地捕捉住了一个让人柔肠寸断的镜头。“一看肠一断，好去莫回头。”在这个镜头里，诗人为我们展示了一个既平常又非常具有典型性的动作细节，用这个动作细节把离人和送行者细微的心理活动刻画得惟妙惟肖。你瞧：分手后，离人虽已登舟张帆，但他伫立船头，频频回首，默默而“看”。这个“看”的动作，是全诗最传神之处。因为这默默一“看”，就把离人心中用言语难以表达的千种恤恤、万般恨恨，统统表现得毕露无遗，真是“此时无声胜有声”。而且离人每回首“看”一次，都让送行人扯起断肠之痛，那心中的酸楚，犹如滔滔江水，波滚浪翻。透过这个“看”字，出现在读者眼前的是这样的画面：在寂寥的秋声里，渐去渐远的离人那孤苦无依的身影，一脸愍愍之色的面容，和随着回头一看而高高扬起的手臂。这样的画面不仅可感性极强，无疑还有巨大的视觉冲击力。我们读后不能不说，诗人捕捉的这个想看又伤心，明知伤心又不忍不看的镜头，把离人难去又不得不去的心理矛盾，描写得可视可见，入木三分，有力敌万言之功，真称得上是披心腹，见情愫，淋漓尽致。孟浩然的送别诗是“天涯一望断人肠”着重写一个“望”字；白居易这首送别是“一看肠一断”，着重写一个“看”字，这是匠心独运！

“好去莫回头”。最后，诗人劝慰离人：你安心去吧，不要再回头了。这一句表面上看是想尽快结束这种频频回头、屡屡肠断的痛苦局面，实际上反而是“抽刀断水水更流”啊。诗人被回头——断肠，再回头——再断肠，反复折磨得实在承受不堪了，所以只好强行把一腔翻滚的酸楚控制住，劝离友“好去莫回头”，实际上感情深处受到的熬煎比酸楚的折磨更要难受几倍。但诗人唯其如此，才能把心中的离苦写到这般无以复加的地步。

诗人捕捉分手后的这一刻，作精心刻画，不仅是写送别最经济、最省检的写法，也是最传神、最传情的写法，让人读后不仅唤起强烈的共鸣，而且被拨动的心弦的奏鸣久久难以消失。显示了诗人审美追求的不俗：在艺术构思上决不落入前人窠臼，对老题材的处理上一定以新的视角审视并巧手剪裁，勇于创造艺术个性。虽然是一首小诗，但管窥蠡测，仍可见识到诗人卓尔不凡的艺术思维和杰出的艺术才华。

这首诗的艺术特点，除上面讲到的构思奇特、剪裁奇巧之外，还有一点也很值得称道，这就是寓深刻于平淡，藏丰富于简约。诗的语言通俗晓畅，朴素无华，但蕴涵的内容很深刻。要表达的思想感情非常丰富，但只选一个典型细节来表现，非常简约，妙在以少胜多。

白居易是中唐诗坛上最耀眼的明星，字乐天，号“香山居士”，太原下邽人。他从小聪明过人，胸怀博大。在他年近二十、名声尚未鹊起之时，有一次去京城拜谒顾况。顾况是南方吴地人氏，当时已名气很大，他自恃才高，所以能入他那一双睿目的诗人很少。当白居易来到他面前时，他竟当着这个年轻后生的面，戏谑道：“现京城凡物皆贵，‘居’于此，诚不‘易’也。”然后随手翻阅起白居易投献的诗卷。但是，当“离离原上草，一岁一枯荣。野火烧不尽，春风吹又生”的诗句映入他的眼帘时，他立即被吸引住了，不禁大为嗟赏，起而慨叹：“能道此等佳句者，‘居’亦‘易’矣。”并从此广为延誉。白居易贞元十五年中进士，被朝廷授为校书郎。元和时，白居易写作乐府及诗歌一百多篇，讽谏时事，后流入宫中，被皇帝读到，甚惜之，召见他并授翰林学士一职，后又任左拾遗。他的很多规谏都被皇上采纳。后来，白居易多次因为忠诚耿直而遭到奸党打击，做官的心情逐渐消沉。晚年，以太子宾客及太子少傅分司东部，官终刑部尚书。白居易的创作态度十分严肃，他主张“文章合为时而著，歌诗合为事而作”，论诗强调继承《诗经》的优良传统和杜甫的现实主义创作精神。他的诗以风雅颂、赋比兴六义为主，其早期创作在“新乐府”运动中显示了最优秀的业绩。他的诗语言浅显，不推崇艰涩难懂，相传老妪能解。后人评说白居易的诗作就像峭山以东的百姓谈论农桑之事，字字句句都朴实明白。

白居易的诗，在他还活着的时候便已产生了广泛的影响，这使他自己颇感自豪。他在《与元九书》中说：“自长安抵江西三四千里，凡乡校、佛寺、逆旅、行舟之中，往往有题仆诗者；士庶、僧徒、孀妇、处女之口，每每有咏仆诗者。”他的挚友元稹也说过：“二十年间，禁省、观寺、邮候、墙壁之上无不书，王公、妾妇、马走之口无不适。至于缮写模勒街卖于市井，或持之以交酒茗者，处处皆是。”一个人的诗作，在当代即产生这样广远的社会效果，是极为少见的。不但如此，白居易的诗当时在国外也有很大影响，拥有众多的国外读者，日本、新罗（今朝鲜）、日南（今越南）等国，都有传写。据史料载，当时日本嵯峨天皇曾经抄写过许多白居易的诗，藏之秘府，暗自吟诵。契丹国王还亲自将白诗译成契丹文，诏令番臣诵读。特别是他的长篇叙事诗《长恨歌》和《琵琶行》，其艺术成就彪炳千古，对后世的影响特别深远巨大。

上面我们赏析的小诗《南浦别》，只不过是白诗秀苑中一朵小花而已，其思想容量根本无法与《长恨歌》和《琵琶行》那样的长篇相比。不过，如果我们把这首小诗与白居易写的另一些小诗放在一起读，也就是说如果把它们当做“组诗”读，则会生出另一番意想不到的景象，而且还饶有风趣。

白居易写过一首小诗，题为《三年别》，其诗曰：

悠悠一别已三年，相望相思明月天。
肠断青天望明月，别来三十六回圆。

白居易还写过另外一首小诗，题为《伤春词》，其诗曰：

深浅檐花千万枝，碧纱窗外啭黄鹂。
残妆含泪下帘坐，尽日伤春春不知。

贾至在唐肃宗身边做中书舍人时，还是很得意，很风光，自我感觉非常好的，我们从他写的一首《早朝大明宫》的诗中就可以看到八、九分真相。

银烛朝天紫陌长，禁城春色晓苍苍。
千条杨柳垂青琐，百啭流莺满建章。
剑佩声随玉墀步，衣冠身惹御炉香。
共沐恩波凤池里，朝朝染翰侍君王。

白居易写的《南浦别》，与这两首小诗不一定是为同一个人写的。现在我们把这三首小诗放在一起读，其微妙的效果就是它们组成了一个电视短剧：你看，在南浦的霜秋时节，诗人在瑟瑟的寒风里，伤心欲绝地把她送走了。她在船上频频回头，凝视诗人悲伤的样子，自己心里的凄楚直像满山漠漠的霜林。船越行越远，一会儿，伴随着列队南飞的雁阵的声声哀鸣，消失在了苍黄的天际。她再一次回头张望着诗人送她远行的南浦，江雾重重，山霭沉沉，哪里还能见到诗人的身影，眼前只有平铺的一江秋水……

接下来，镜头转换到了诗人的仁居。这又是一个不眠之夜啊，更深夜阑，月圆中天，天籁无声。一直以来，备受相思煎熬的诗人，今天又独自站在深深的庭院，一身银色的月光。他又一次抬头，凝眸皎皎明月，禁不住自言自语起来：此夜此时，此月此景，你会不会也站在素魄之下，沐浴清辉，和我一样，仰望这美丽的婵娟？诗人若有所悟，不由地“唉”了一声，又说道：算算你一去就是三年光景，月亮已经圆了三十六回了，你却音讯杳然。也不知你现如今，生活得如何？心绪怎样？我们何年何月才能再聚首，再相逢呢？说完，两行冷泪爬上了面颊。他突然转身回到书房，抓笔一挥，草就了一首七绝，未等墨干，又急匆匆来到月下，双手捧着诗稿，对着西行的明月恭祈道：明月啊，你是我的最知心了，今夜就托你，把我的万缕幽思、一片痴魂，带给我那远在异乡的朋友吧……

镜头切换。艳阳天，芳草地，烟柳花锦，一派盛春天气。香宅画院，檐花深浅，千红万紫，春色正煊。然而一身残妆，满面憔悴的她，却以身伴影，孤零零地愁坐画阁帘下。碧纱窗外，在春光里嬉戏的几只黄鹂，玩得兴高采烈，不时地送来一声声欢歌脆唱，惹得她更是无端的心烦意恼，两行泪水，早像那断线珍珠滚过香腮。她的心里有着无限的委屈和太多的幽怨：光阴荏苒，一晃三春如逝，我日日思，夜夜想，无时无刻，无不把你牵念在心，直让我九曲回肠，寸断百遍了。可恼的是，三年前南浦一别，鸿雁不至，锦书难托，断了一切消息。可怜我，这一腔的苦思，一团的热念，又有谁知？向谁诉说？可气的是，你看那檐前吐芳的百花，嫣红姹紫，整日里只忙着百般争艳斗奇，哪里还管我的愁苦和伤心啊！想到此，粉颈低垂，两眼早又涌满汪汪的酸泪……

诚然，把这些原本可能不相干的小诗组合起来，如此这般地一读，真的就感觉比独赏《南浦别》一诗，多了许多逸致雅趣。

贾至：巴陵夜别王八员外

下面我们赏析第五首伤别诗，即贾至写的《巴陵夜别王八员外》。这首诗是这样写的：

柳絮飞时别洛阳，梅花发后到三湘。
世情已逐浮云散，离恨空随江水长。

贾至也是盛唐时的重要诗人。唐肃宗在位时，曾一度官至中书舍人，专门负责为皇帝起草诏书和文件，属侍奉于皇帝身边的臣子，后贾至因事被贬谪到巴陵，即今天的岳阳，出任岳州司马。这首送别诗，即他谪居楚中时作，题中的王八员外，也是个被贬谪之人，他的贬地是更远的长沙。同是天涯流客，故这首送别诗，亦为贬谪人送贬谪人的离别诗。

这首诗也写得沉郁苍凉，伤感满纸。

“柳絮飞时别洛阳，梅花发后到三湘。”开头两句，诗人先从自己写起。柳絮纷飞的暮春时节，自己被朝廷逐出洛阳，到梅花盛开的隆冬，经过几个月的劳顿奔波，才到达被贬之地三湘。既点明了送别的时间、地点，又抒发了政治失意、心情压抑的情怀，为全诗罩上了浓重的伤感氛围。这两句诗看似随口而出，写得平平淡淡，却很见诗人大匠运斤的功力，因为这看似平淡的两句诗，非常巧妙地用物候的变化、时序的变移，暗写了发生在贾至自己身上的三个变化：一是政治上由“春”到“冬”的巨变；二是心境上由“暖”到“寒”的转移；三是身份上由居庙堂之高的天子身边的近臣到远谪他乡处江湖之远的流人迁客的嬗变，也可以说是由“近”到“远”的巨变。正是这些变化，改变了他仕途的车轮、人生的轨迹，打破了他与周围环境的和谐，也改变了他与周围人事的关系。所以说这两句看似平淡的诗，是淡中有味，它暗藏着诗人心中针刺刀剜般的苦痛。我们读后，也顿生一种飘忽不定，离合无常，宠辱难料的感觉。

从贾至对“禁城春色”的描写里，对大明宫早朝气象的感觉里，我们看得很清楚，贾至以“身惹御炉香”为荣，以沾沐皇恩自曜，以“朝朝染翰侍君王”而自喜，对自己宦游前景之乐观也溢于诗句的字底行间。贾至此作问世后，当时颇为人注目，引得杜甫、岑参、王维等人都作诗相和。其中王维写的《和贾至舍人早朝大明宫之作》一诗，名气最大，影响也最大。

绛帻鸡人报晓筹，尚衣方进翠云裘。
九天阊阖开宫殿，万国衣冠拜冕旒。
日色才临仙掌动，香烟欲傍衮龙浮。
朝罢须裁五色诏，佩声归到凤池头。

王维的这首诗，不和其韵，只和其意，雍容伟丽，造语堂皇，利用细节描写和场景渲染，写出了大明宫早朝场面之庄严、气象之宏阔、情势之壮观，以非凡的气势写出了大唐帝国之威仪和大唐天子之尊贵，同时还暗示了贾至之受朝廷重用和他的得意，也明显流露出王维自己对贾至所处地位的几分羡慕。杜甫在和贾舍人早朝诗中，对贾至亦乐致羡慕之情，他写道："朝罢香烟携满袖，诗成珠玉在挥毫。欲知世掌丝纶美，池上于今有凤毛。"岑参在和诗中更是对贾至钦羡不已："独有凤凰池上客，阳春一曲和皆难。"

"朝朝染翰侍君王"。贾至天天在大唐天子左右听命办差，其职位虽说不上炙手可热，但确实能赢得其他一些同僚羡慕的目光，而今时过境迁，自己被朝廷冷酷地抛弃到荒远之地"三湘"，面对着尊荣已往，好景难再，心中自然难禁流人之愁，逐客之恨。他在谪居楚中的岁月里，留下了不少诗作，其中很多都渗透着怨艾之情，让人读后伤心动肺。让我们例举几首：

今日相逢落叶前，洞庭秋水远连天。
共说金华旧游处，回看北斗欲潸然。

——《洞庭送李十二赴零陵》

我年四十馀，已叹前路短。羁离洞庭上，安得不引满。
李侯忘情者，与我同疏懒。孤帆泣潇湘，望远心欲断。

——《送李侍御》

江南春草初幂幂，愁杀江南独愁客。
秦中杨柳也应新，转忆秦中相忆人。
万里莺花不相见，登高一望泪沾巾。

——《巴陵寄李二户部、张十四礼部》

极浦三春草，高楼万里心。楚山晴靄碧，湘水暮流深。
忽与朝中旧，同为泽畔吟。停杯试北望，还欲泪沾襟。
——《岳阳楼宴王员外贬长沙》

这些诗中，又是“我年四十馀，已叹前路短”，又是“愁杀江南独愁客”。又是“停杯试北望，还欲泪沾襟”，又是“回看北斗欲潸然”。充满了对前途的悲观和对失去的尊荣的痛忆与追恋，满纸哀伤泣恨，同时还掺杂着对“秦中”即朝中故旧的乞怜。如果把贾至这种情态心态，与王昌龄被贬到南京龙标之后的情态心态相比较，其性格之差，胸襟之别，其大也，简直是一壤一霄，一渊一天！

在被贬的日子里，贾至就是置身于江南草长莺飞的丽春时节，面对桃面柳腰之美，他也挥不去满心悒郁和满面愁容。就拿《春思》和《西亭春望》两诗来说吧。

草色青青柳色黄，桃花历乱李花香。
东风不为吹愁去，春日偏能惹恨长。
——《春思二首》其一

日长风暖柳青青，北雁归飞入遥冥。
岳阳楼上闻吹笛，能使春心满洞庭。
——《西亭春望》

从诗中所写来看，“春思”，即纵然在美好的春光里也仍然排遣不去的与日俱长的愁恨。而“满洞庭”的“春心”，与“春思”大致同义，是因春来雁去而触发的旅情归心。春天来了，到处春草丛生，柳丝飘拂，鹅黄嫩绿，生机盎然，但诗人却毫无道理地斥责东风未能把自己心中的愁绪吹走，抱怨春日一来反而把自己的满腔怨恨引长了。诗人这样无端地迁怒于春色，看到周围的一切都不遂心如愿，正曲折地写出了他被放逐到“三湘”之后，整日愁绪盈怀的苦态，和春来昼长而自己却日子更加难熬难挨的无奈。“事去千年犹恨速，愁来一日即知长。”在这样一种心理状态下，诗人看见春雁北归，心里就涌起了自己却不能与雁一起北归的难受和愁苦。八百里洞庭春波荡漾，本是春光无限，其乐融融，但在他眼里却是无边无际的愁情在翻腾。他这种情志，与杜甫在《送路六侍御入朝》诗中对春色的斥骂何其相似乃尔。就在贾至整日愁绪萦绕难以挣脱的时候，老朋友王八员外也因遭贬赴长沙而路过岳州。朋友相逢，少不了一席倾心长谈，但谈过之后会不会释去愁怀换来满心的欣兴呢？“世情已逐浮云散”！这第三句诗，就是诗人与朋友倾谈后的结论和引出的浩叹。诗中的“世情”二字，内涵极为丰富。诗人和朋友长谈中，肯定会谈到诗人离开帝京后政治人事的变化和变动，肯定会谈到世间很多兴亡成败，升迁沉浮，悲欢离合的事，更会谈到他们遭贬后共同感受到的世态炎凉，人情冷暖，很可能最后一个话题占的分量还最重。他们两个迁谪之人，大概对一旦遭贬，便遭遇墙倒众人推，亲离友弃，甚至至交反目，以恨报恩，以怨报德，落井下石，感同身受，所以才发出一声“世情已逐浮云散”的长慨，这声长慨，有怨，有怼，有屈，有悔，有怒，但更多的是悲和伤。

浮云散去，青峰自高。患难知友，厚交知心。这句长慨从反面衬托了贾至和王八员外之间友情之深之牢和珍贵。是啊，在亲离友弃的恶劣环境下，诗人和王八员外的深情高谊仍如当年依然不变，不减，不弱，反而更密更亲了。这确实难得，确实值得珍惜。“朋友，留下来吧，就多住几日，让咱们好好地在一起相聚几日，尽情地聊聊，相互慰藉吧……”贾至心里肯定有这样强烈而美好的愿望。但是，这一美好的愿望在残酷的现实面前被碰得粉碎，显得异常的无力。因为，王八员外皇命在身，是个戴罪之人，必须按时赶赴被贬之地长沙。这对贾至来说，无疑是愁上添愁，雪上加霜，不能不惹出一腔“离恨”。诗的最后一句是：“离恨空随江水长。”诗人在江边送朋友乘舟南下的时候，是怀着一腔“离恨”来送别的。是啊，朋友的离去，又只剩下自己顾影自怜、孑然一身了，就连个说知心话的人都没有了，怎能不添加“离恨”呢？但你有满腔的“离恨”又能怎样？皇命如山，你敢撼吗？你就是虎胆敢撼又能撼得动吗？也只能空随满江的春水流去罢了，也只能空随友人的羁旅之舟远去罢了。“问君能有几多愁？恰似一江春水向东流！”（南唐·李煜词）故诗人最后只能以“离恨空随江水长”这样一句哀伤的诗，来表达自己无可奈何的心情和心境。“空随”这个词用得极好，它形象而准确地抒发了诗人满腔的恨怨、怅惘、无助和无可奈何的复杂感情，把全诗的伤感推到了顶巅，也把读者推到了伤感的最深处。诗人的伤感就像一场弥天大雾，一开始淡淡的，但随着诗句的推进，这大雾越来越浓，慢慢地把你一重一重地裹绕起来，到最后你就很难摆脱它的重重包围了。

“桃花潭水深千尺，不及汪伦送我情。”当年李白有感于汪伦对他友情之深，写下了这样有名的诗句。贾至这首送别友人的诗，无一字直接写他与王八员外的友情有多深，只是浓彩重墨地描写他与王八员外戚戚伤别的场面和情景，但透过“世情已逐浮云散，离恨空随江水长”这样的诗句，我们也能深深地感受到他与王八员外之间的友情，比一江东去的春水还长。全篇无一字直接写，而实字字都在写，句句是情，字字关情，又神行语外，玩之无尽，这正是这首诗艺术上的高处。

宋之问：送杜审言

我们要赏析的第六首诗是初唐著名诗人宋之问写的《送杜审言》。其文如下：

卧病人事绝，嗟君万里行。河桥不相送，江树远含情。
别路追孙楚，维舟吊屈平。可惜龙泉剑，流落在丰城。

宋之问是初唐时期为律诗的发展定型作出过重要贡献的诗人之一。他写诗赠别的这位朋友杜审言，也是唐代近体诗的奠基人之一，是“诗圣”杜甫的祖父。杜审言字必简，祖籍襄阳，后从祖父迁居河南巩县。咸亨元年（公元670年）进士。历任丞、尉、膳部员外郎等。神龙初年（公元705年）因与张易之兄弟交往，被流放古夜郎地，后召还，官修文馆直学士。他诗作朴素自然，炼字造句颇显功力，其代表作《和晋陵陆丞早春游望》，在五律中具有典型意义，被收入《唐诗三百首》卷四。

宋之问这首《送杜审言》，朴实自然，情真意切，自始至终充满了对友人的同情和惋惜，从头到尾笼罩着一片浓重的伤感色调。

首联一起调，就奏响了这首诗伤别的主旋律。“卧病人事绝，嗟君万里行。”当时诗人卧病在家，门庭不免冷落，唯有孤独和寂寞与己相伴，黯然神伤自不待言；偏偏这时，传来了友人远贬即行的恶耗，这无疑是雪上加霜，更让他倍增惆怅和悲凉。一个“嗟”字，把伤怀、恨别、浩慨全溶于其中，真实地道出了诗人作此诗时的处境和心情。我们不难想见，好友遭贬远行的坏消息，对一个已经在病榻上被凶恶的病魔摧残、折磨得苦不堪言的人来说，其打击和刺激之大是何等的沉重和冷酷，简直不啻五雷轰顶。一颗已经破碎的心，再遭蹂躏，岂何以堪?

于是从第二联开始，诗人便紧扣送别的题意，分三个层次，步步推进，发出了自己的“三叹”。一叹不能相送：“河桥不相送，江树远含情。”尽管朋友成了逐臣，但如里能亲自去“河桥”相送，执手以道意，托酒以将意，相勉以致意，给朋友一些温暖，总还是能让受伤的心灵减轻一点痛苦，然而诗人无法做到，由于沉疴伏枕，不能身行，只能心送，不能面别，只能托情于江边的杨柳送别，这是痛上加痛，怎能不更伤感呢？第四句运思别致，写想象中的送别情景，用语委婉含蓄，但又异常情深：慢慢远去的朋友，你看到站在江边的那一排排杨柳了吗？它们含情脉脉，万缕长条，随风依依，似乎想挽住你的衣袖，系住你的坐骑，那是它们在代我为你送行啊！诗人不能当面辞行的遗憾和断肠之痛尽在不言中矣！

二叹仕途蹭蹬：“别路追孙楚，维舟吊屈平。”诗人在这里用孙楚和屈原的故事感伤朋友杜审言仕途多逆，对朋友的多难寄予深切的同情。孙楚，西晋文学家，名重一时，但泣麟悲凤，命运多舛，仕途坎坷，年四十始参镇东军事。屈原，战国时代楚国著名的政治家、诗人，才华卓绝，遭谗佞陷害，被放逐沅湘，自沉汨罗而死。贾谊贬长沙王太傅时，途经湘水，曾作《吊屈原赋》，感怀身世。杜审言也是久负盛名、素有抱负的才士，而眼下也正面临着人生的逆境，此番由洛阳流贬吉州，正好“别路”两湖，“维舟”潇湘，足履前贤芳尘之地。诗人巧用史事，借怀古以慨今，化典故而言情，以孙楚、屈原的身世遭遇，暗喻友人才学之高超，嗟叹友人宦海多漩流，以及宠辱之无常，世道之不平。嗟叹中浸透了抑郁难申的悲痛和哀伤。

三叹天下弃才："可惜龙泉剑，流落在丰城。"诗人在结尾，又是用典言情。《晋书·张华传》载：吴亡晋兴之际，斗牛之间常有紫气。晋尚书张华以此请教豫章雷焕，焕曰：是宝剑之精，上彻于天。华问在何郡？焕曰：在豫章丰城。华即补焕为丰城令。"焕到县，掘狱屋基，入地四丈余，得一石函，光气非常。中有双剑，并刻题，一曰龙泉，一曰太阿。是夕，斗牛间气不复见焉。"焕得剑后，与华各宝其一。王嘉《拾遗记》亦载："后华遇害，失剑所在。焕卒，焕子（雷）华配其一剑，过延平津，剑鸣，飞入水。及入水寻之，但见双龙，缠屈于潭下，目光如电。遂不敢前取矣。"丰城双剑，光耀牛斗，是剑中之宝。后来文人们著文时，遂常以"龙泉剑"、"丰城龙剑"、"延津龙剑"等，比喻才能杰出的人。又因丰城宝剑，盛于玉匣，沉埋狱底，后经张华、雷焕掘出才为世所知，于是文人们著文时，又常用"剑埋丰城"等写人才被埋没，不受重用。丰城，即今江西丰城县。豫章，即今江西南昌。延平津，即今福建南平建溪（原名剑溪）。杜审言这次的贬谪之地是吉州，吉州与丰城同属江西，故出"流落在丰城"之语。很显然，诗人化用这个典故，是借龙泉剑被沈埋丰城狱底的传说，以慨叹友人是难得的人才，而今却放逐江西，被视为敝屣，弃之不用。这不仅直接丰富了上联的寓意，而且在上联的基础上进一步深化了诗旨。如果说前"两伤"，还只是把悲伤和哀伤聚焦在对友人遭遇不幸的惋惜和同情上，那么这第三伤就把哀伤聚焦在天下"有气干牛斗，无人辨辘轳"上了，这就大大扩大和加深了诗人伤感的思想含量和社会意义。诗人不仅为朋友的不幸浩叹，也在为社会、时代的不幸而浩叹，其断肠之痛更是难抑难忍。

这首诗用"一嗟"、"三叹"，写出了诗人与友人的深情厚谊，情同手足，感人肺腑。诗的格调苍凉悲慨，意境深闳凄惘。前四句抒发感慨，委婉深沉。后四句接连用典，情致蕴藉。抒情既有波澜起伏，又逐步推进，一气流贯。所以读此诗会感到意脉贯通而不平直，感情强烈而不浅露，格律严谨而不板滞。是一首非常好的伤别诗。

宋之问和杜审言都生活在武后主政的晚期，当时政治动荡，风云变幻，山雨欲来。没过几年，他也被贬逐到广东泷州，即今广东罗定县。和他一起遭贬的还有杜审言和其他九位好友：杜审言流放峰州，在今越南河西省西北部；阎朝隐贬崖州，即今海南岛琼山县；而沈佺期谪迁驩州，即今广西崇左县，相传是舜放驩兜的地方。宋之问在赴贬所途中写过一首题为《至端州驿见杜五审言沈三佺期阎五朝隐王二无竞题壁慨然成咏》的诗，情绪悲伤到了极点。

逐臣北地承严谴，谓到南中每相见。
岂意南中歧路多，千山万水分乡县。
云摇雨散各翻飞，海阔天长音信稀。
处处山川同瘴疠，自怜能得几人归。

杜审言、沈佺期、阎朝隐、王无竞都是与宋之问同时在朝的诗人，特别是沈佺期，在当时的诗坛，与宋之问齐名，并称“沈宋”。他们都因媚附武则天的宠臣张易之而获罪被贬往岭南。因宋之问当时仍染病在身，故晚行。途经端州驿时，他见杜、沈、阎、王各有题诗于壁上，便感慨地写了这首诗。此诗写了他对几位朋友的真切思念，抒发了他与朋友风雨同舟、患难与共的友情，宣泄了胸中的懊丧和哀愁。特别是尾联，以深沉的长叹收结全篇，充满忧伤地诉说了被贬谪之人初到岭南时萌生的九死一生的恐惧感。因为他们几个虽然各人所去的地方不同，但同样都是山川蛮荒、瘴疠猖獗之地。中原人大多不适应岭南偏僻地区炎湿的气候，有的贬官就因此走上了不归之路，“昔记山川是，今伤人代非。往来皆此路，生死不同归。”（张说《还至端州驿站与高六别处》）所以，忧心忡忡地发出了“自怜能得几人归”的哀叹。

宋之问在《送杜审言》一诗中，流露的情感那么哀伤，悲天怆地，肝折肠断，感觉到孤卧呻吟在病床的他，一颗心在瑟瑟颤抖，尽管还说不上他与当时被逐的杜审言同病相怜，但也许是“兔死狐悲”，在杜审言的身上，朦朦胧胧地预感到了自己未来的结局吧！亦未可知矣。

杜牧：池州春送前进士蒯希逸

接下来我们要欣赏的另一首伤别诗是杜牧写的《池州春送前进士蒯希逸》：

芳草复芳草，断肠还断肠。自然堪下泪，何必更残阳。
楚岸千万里，燕鸿三两行。有家归不得，况举别君觞。

这是诗人杜牧外放池州任刺史时，送别朋友蒯希逸的诗。蒯希逸，字大隐，生卒年待考，唐朝武宗会昌三年登第，著名诗人。《全唐诗》录有两首。

杜牧（公元 803 — 853 年），字牧之，京兆万年（今陕西西安）人，晚唐杰出诗人，人号“小杜”，以别于杜甫。与同时期的另一著名诗家李商隐齐名，世称“小李杜”。杜牧家世显赫，在唐代就出过十一个宰相，其祖父杜佑，曾三朝作相。但是，因父亲早死，青少年时代的杜牧经历了“天上人间”的变故，家景衰落，“食野蒿藿，寒无夜烛”。大和二年杜牧进士及第，其一生多年外放任职，颠沛流离，仕途乖蹇，情况与李商隐颇似，原因亦同——因身陷“牛李党争”的纠缠。

牧之素有抱负，“平生五色线，愿补舜衣裳”（《郡斋独酌》），好言兵，以济世之才自诩。工行草书。《宣和书谱》云：“牧作行草，气格雄健，与其文章相表里。”董其昌称：“余所见颜、柳以后，若温飞卿与（杜）牧之亦名家也。”谓其书“大有六朝风韵”（《容台集》）。传世墨迹有《张好好诗》。由于杜牧以诗文称著，故其书名为诗名所掩盖。

杜牧的文学创作成就颇丰，诗、赋、古文都足以名家。他主张凡为文以意为主，以气为辅，以辞采章句为之兵卫，对作品内容与形式之关系见地深刻。在诗歌创作上，古体诗受杜甫、韩愈影响较大，题材广阔，笔力峭健。近体诗则以文词清丽、情韵跌宕见长，尤以七言绝句著称。七绝多有逸韵远神，晚唐诸家让渠独步。很多名篇都为后人称道，至今流传甚广，甚至家喻户晓，童叟皆能背诵。让我们略举几例：

七律《早雁》：

金河秋半虏弦开，云外惊飞四散哀。
仙掌月明孤影过，长门灯暗数声来。
须知胡骑纷纷在，岂逐春风一一回。

莫厌潇湘少人处，水多菰米岸莓苔。

以写大雁四散惊飞的比兴手法，表现了他对遭受回纥侵扰而流离失所的北方边塞人民的命运深为关注，托物寓意，情思婉曲，饶有余味。

七律《九日齐山登高》：

江涵秋影雁初飞，与客携壶上翠微。
尘世难逢开口笑，菊花须插满头归。
但将酩酊酬佳节，不用登临恨落晖。
古往今来只如此，牛山何必独沾衣。

此诗却是以旷达的笔调，写自己情怀的郁结，而又寓有深沉的悲慨，既爽快健拔，又含思凄恻。

七绝《初冬夜饮》：

淮阳多病偶求欢，客袖侵霜与烛盘。
砌下梨花一堆雪，明年谁此凭栏杆？

以怅惘的笔调，写自己流转无定的困苦，含思悲凄，流情感慨，抑扬顿挫之节，清言不绝。

七绝《题齐安城楼》：

呜咽江楼角一声，微阳潋潋落寒汀。
不用凭栏苦回首，故乡七十五长亭。

写思故园望断的情思，别出心裁，妙用数字而令人浑然不觉。

七绝《将赴吴兴登乐游原一绝》：

清时有味是无能，闲爱孤云静爱僧。
欲把一麾江海去，乐游原上望昭陵。

采用托事于物的兴体写法，言在此而意在彼，在抒写自己手持旌麾、远去江海之志时，悄然融入对盛世的追怀和自己仕途不遇的愤慨，既含蓄，又深刻。

七绝《山行》：

远上寒山石径斜，白云生处有人家。
停车坐爱枫林晚，霜叶红于二月花。

以豪爽向上的精神，以英发俊拔的笔调，歌颂大自然的秋色美，清新隽永，不仅是即兴咏景，也是咏物言志，情韵悠扬，余味无穷。

七绝《江南春》：

千里莺啼绿映红，水村山郭酒旗风。
南朝四百八十寺，多少楼台烟雨中？

以典型化的艺术手段，妙笔点染，画出江南春色之繁丽，色彩错综，层次丰富，立体感极强。特别是结尾，转入对烟雨中丛林殿宇的描绘，是对历史的感慨？还是对现实的唱叹？引人遐想，耐人寻味。

晚唐诗歌的总的趋向是藻绘绮密，杜牧不能不受时代风气的影响。但这种重辞采的时代倾向和他个人“雄姿英发”的特色相结合，便使他的近体诗风华流美而又神韵疏朗，气势豪宕而又精致婉约。

杜牧在安徽池州任刺史两年，期间，他的足迹遍及池州美丽的山山水水，留下诗歌40余首。还有很多逸闻趣事，至今仍在民间流传，其中脍炙人口的《清明》一绝，就是在池州杏花村挥就的。

清明时节雨纷纷，路上行人欲断魂。
借问酒家何处有，牧童遥指杏花村。

有志书记载，安徽池州杏花村“十里杏花，十里酒肆”，风光旖旎，美酒飘香，而酒家之美首推“黄公酒垆”，并称“牧童遥指”的就是这一家酒店，有“杏花大曲”誉满江南。杜牧的这首《清明》绝唱一问世，就为安徽杏花村和杏花村美酿黄公酒作了最好的广告宣传，从此杏花村名噪天下，招引四面八方的文人墨客纷至沓来，赏花沽酒，吟诗作赋。据《杏花村志》记载，截止到清代，先后共有300多位诗人光顾，留下诗词1000多首，罗隐、杜荀鹤、苏轼、王安石、岳飞等名人名臣名将都在此留下芳踪，后来杏花村又有了“天下第一诗村”的盛誉。《杏花村志》也是全国唯一被收入我国古代最大的一部文献《四库全书》的村志。杜牧这首《清明》诗，在流传过程中，还发生过很多趣事。据传，古时候有个书法家用此诗为人题写扇面，持扇者不知扇上为杜牧之诗，便把它读成了这样：

清明时节雨，纷纷路上行人，欲断魂。
借问酒家，何处？
有牧童，遥指杏花村。

这样一读，便成了一首绝妙的词。不知道是巧合还是艺术家的共同灵感，当代国学大师、书法大师启功先生，应请为安徽杏花村题写这首诗时，也是这样断句而书的，而且也是这个样子被镌刻在了杏花村旁的一座山的山石上。

相传清代担任《四库全书》总纂的大文人纪晓岚，在赏读这首诗时，竟觉得该诗还不够精炼，便妙笔一挥，把每句诗均删去两字，“斧正”成了一首五绝：

清明雨纷纷，行人欲断魂。酒家何处有？遥指杏花村。

说实话，我个人在读这首诗时，很长时间心中曾有过一个疑惑，就是：清明时节，诗人路上遭雨，尽管雨丝“纷纷”，打湿了衣衫，泥泞了路面，身体不爽，心情沮丧，但竟至于痛苦不堪，达到“欲断魂”的地步吗？是否夸饰得有点过分？后来我读了杜牧被朝廷外放在黄州、池州、睦州任刺史期间，特别是在池州任职期间所写的一些诗，其中也包括我们正要赏析的这首《池州春送前进士蒯希逸》的诗，才对杜牧《清明》诗中“欲断魂”的凄楚和心酸有了几分理解。

这首《池州春送前进士蒯希逸》，与杜牧的其他诗在风格上有不少的差异。我们读杜牧的很多诗，他给我们的感觉一般都是风流儒雅，即使有时表现出清狂，也不至于冲动得大呼小叫。而这回我们读《池州春送前进士蒯希逸》这首诗，一点也感觉不到他的风流儒雅，看到的竟是他在送别朋友的酒席上冲动得咒天诅地，及至失态。“芳草复芳草，断肠还断肠。”你看他一开头就放声诅地，其语调之急促让人感觉他简直快要咬牙切齿了！本来，春暖大地，芳草遍野，风光骀荡，在这样的春和景明的宜人之季，设祖饯送朋友远行，把酒临风，杯酒传情，这是多么高兴的事啊。然而，诗人面对着芳草芊芊，青碧连天的一派春景，没有丝毫的喜悦，反而触景生悲，却惹得他离苦断肠，愁怨无边。这里杜牧反用了一个典故，自从古代骚人写出“王孙游兮不归，春草生兮萋萋”(《楚辞·招隐士》)的名句以后，草与别情，就结下了不解之缘。不过这句话的本意是，看见了茂盛的春草，心里就不由地怀念起远游未归的人。而杜牧在这里却反其意而用之，写的是越是看见那一片又一片萋萋芳草，就越是增加了一阵又一阵送别的断肠离苦，似乎所有芳草的叶片，都饱含着不尽的别情，真如“离恨恰如春草，更行更远还生”(李煜《清平乐》)。特别是诗人运用重复的修辞手段，两句都让同一感情色调的词重复出现，使诗的一开头就形成了一种反复咏叹的旋律，其伤感愁苦的感情色彩，一下子变得更加强烈，立刻就抓住了读者的心。

接下来诗人由诅地转入咒天：“自然堪下泪，何必更残阳。”诗人很注意语句的变化，诅地两句，景在前，伤在后；这咒天两句，则是伤其前，景在后。显得笔姿灵动。这两句是说，芳草连天，已让我柔肠寸断，欲哭难遏，精神就要崩溃了，天边的残阳啊，你又何必在这个时候赶来添烦加愁呢？干吗还要在我破碎的心上再撒盐呢？诗人的咒天之语，真可谓把伤情写到了入木三分的地步。黄昏时分，落日依依，残阳迟迟，血色浮动于天边。这景象，本来就最惹离人惆怅满怀，所以很多诗人词客在写送别时都喜欢用残阳、日暮、落日等抒达离别之意，如“浮云游子意，落日故人情”(李白《送友人》)；“长江一帆远，落日五湖春”“荷笠带斜阳，青山独归远”（刘长卿《饯别王十一南游》《送灵澈》）；“山中相送罢，日暮掩柴扉”（王维《送别》），“远树带行客，孤城当落辉”（王维《送綦毋潜落第还乡》），等等。杜牧在这里写“残阳”时，使用了“何必”一词，为诗句增添了一种怨怒的口气，而且在“何必”这个词前，又用一个“更”字加以点染，加重这种怨怒，不仅让诗情顿生波澜，造成情思跌宕，而且增加了诗句的形象感、可视性和神韵，使诗人当时的风神情态，惟妙惟肖，跃然纸上，从而更曲折更深刻更形象地表现了自己的离苦和别恨。杜牧这两句诗对后世的诗词创作影响很大，不少诗人词客在写伤情和离情时，纷纷化用而入己诗己词，其中用得最好、名气最大的莫过于元代诗人马致远写的《天净沙·秋思》：“夕阳西下，断肠人在天涯。”

诗人诅地也好，咒天也罢，均使用了平分笔力、情景兼顾的写法，把写景和抒情交融在一起，在景情交融中浑然刻画自己送别友人时的风神情态，但接下来诗人在颈联中却把笔荡开，一改前辙，完全转入了写景：“楚岸千万里，燕鸿三两行。”这又让诗情陡转，波澜再起。池州，位于长江南岸，古时这一带属楚地，故曰楚岸。诗人放眼一望，长江南堤，曲曲漫漫，万里无际，遥望江天，水淼天远，在空阔的天宇里，只有几行归雁，带着几缕残阳，正匆匆赶路，向江北飞去。象外之象，就是南下越冬的北雁尚可一年一度乘暖还乡，而人乎？这两句景物描写，不仅进一步点明了他送友远行的时间是暮春的傍晚，而且这番景象一下子丰富了送别场面空阔的大背景。景为心影，在这个寂寥的画面里，诗人终于把隐藏在诅地咒天的情态背后的心境展露出来了，这就是两个字：孤和独！所以，我们可以这样说，这两句景物描写，从表面上看，似乎与上面的诗意隔山隔水，毫无干系，但实际上峰断云连，诗人这种心境的展露，既是对上面四句诗意的承接、延伸和扩展，又是引出尾联，点出诗人大痛大哀缘由的衬垫，起着不可或缺的极其重要的桥梁作用。只不过诗人把它写得云去天净、浑然无迹罢了。

有家归不得，况举别君觞。

我们读了这最后一联，心头的疑云，立刻释然。诗人在芳草遍野，春光融合的美季，又是“自然堪下泪”，又是“断肠还断肠”，原来他心中正遭受着双重的熬煎和折磨，一是乡愁，一是离恨。

诗人送别朋友，在受到离愁别恨的伤击时，怎么一下子又撞开了乡愁的闸门呢？诗人没有明说，但是我们猜测，这次朋友蒯希逸离他而去，可能是要回长安，而诗人自己日思梦绕而不得归的故园樊川，恰恰就在长安附近。所以朋友之去，就自然而然地把自己望断故园的愁苦也牵动起来了。我们在翻读诗人外放黄州、池州、睦州期间所留下的诗章中，不乏诗人时时被乡愁所困绕又禁不住宣泄于言的诗句，“寒灯思旧事，断雁警愁眠。远梦归侵晓，家书到隔年。”（《旅宿》）“为问寒沙新到雁，来时还下杜陵无？”（《秋浦途中》）“不用凭栏苦回首，故乡七十五长亭。”（《题齐安城楼》）“如今归不得，自戴望天盆。”（《忆游朱坡四韵》）这些诗句，都充满了幽恨深愁，读来直觉凄绝。正因为浓浓离愁之火，又点着了沉沉乡愁之柴，诗人心中顷刻间就燃起了燎原的愁火，所以当他举觞送别时，情绪变得那样冲动激烈，马上陷入“断肠还断肠”的火热之中，就不难理解了。

不过，思绪到此还未完。人们读到这里，心中不免还会冒出一个疑问来：为什么诗人总是被外放他乡异地呢？为什么总是处于“有家归不得”的窘境呢？这一点，诗人不便明说，但他却用极度的痛苦状态给我们作了暗示。杜牧是个素怀芳意美志之士，他力主铲除阉祸，削弱藩镇，收复河湟，抑制佛滥，减轻民负，殷冀重振大唐雄风，且人品高洁，“刚直有奇节”（新唐书·杜牧传）。但由于当时甚嚣尘上的“牛李党争”之患，给他的一生带来了若干剪不断、理还乱的麻烦，成了他一展才智的羁绊。杜牧与牛僧孺个人感情很好，但他与牛党并无多少深涉；唐武宗登基后，拜李党头面人物李德裕为相，牛党人士纷纷落马。本来，李杜两家是世交，自然关系不会很差。但是，为人刚直的杜牧，不肯敷衍李德裕，再加上杜牧又曾得罪过李德裕的好友李绅（就是曾写过著名的《悯农二首》的那个人，当时李亦入朝为相），故为李德裕所不喜，不久就打发他到湖北黄州去了，后又左迁安徽池州。“飘飘何所似，天地一沙鸥”，从此，杜牧累月经年飘泊在远离政治中心京都长安的僻左，浪迹于万里他乡远离故园骨肉，他便陷入不堪回首的苦况。想当初，焚膏继晷，日就月将；看现在，芳华已逝，已越不惑，难禁慨叹，深悲自己志存高远，身沉下僚，济世有心，献身无路，身心屈受“六伤”之蹇：一是流转无定的困苦，二是思念故园的煎熬，三是仕途不遇的愤慨，四是壮志难酬的隐痛，五是有才难展的悱怨，六是对黑暗政治的不满和无奈。所以，当自己的好友又要离他而去的时候，他心中积蓄已久的忧思苦情就会一触即发，“六伤”齐来，惊涛裂岸，浊浪凌空，他能受得了吗？什么高雅芳洁的情怀，匡时救弊的志向，满腹经纶的才学，又有谁知？有谁赏？有谁器呢？他能不有雄鹰断翼难飞之痛，骄虎折足难驰之哀吗？知道了这些，你再回头品读这首送别诗的前四句，就会更加理解诗人为什么会那么冲动，那么悲伤了。知道了这些，你再味之《清明》诗中那句“路上行人欲断魂”，也就心澈肚明了。是啊，一个本应在清明时节回乡为故去的列祖列宗敬香扫墓之人，如今却孝道难尽，有家难归，索寞憾恨之暇，想找个好酒家聊释愁怀，谁料想路上又被骤然而降的一场纷纷细雨无端凌扰，淋了个衣冠全湿，处于此时此境的他，再想想自己“六伤”之蹇，身心能不透凉吗？能不“欲断魂”吗？

这首诗的结构采用的是先布疑云，再现佛身法，亦可称抽丝剥蚕法。但诗人首联对起，先作惊人之笔造势，先声夺人，堪称奇思奇笔，非常抓心夺魂。然后在伤情的递进上，又几掀波澜，几经抽剥，曲折回环，最后柳暗花明，云散峰出，写得宛转深致。尽管感情冲动喷薄，但毫无粗率之嫌。诗人在写离愁中，细心选取了“芳草”、“残阳”、“燕鸿”等物，这些都是最易触动客愁乡思之物，运思工巧。特别是颈联陡转，大笔挥洒写景，溶情入景，又作承上启下之用，不仅显得章法沉健，张弛自如，笔力奇横，妙到毫巅，而且大大拓展、丰富了送别的背景和空间，为诗的意境增添了空阔渺远的色调，真可谓起别趣于寸心。

刘长卿：送李中丞归汉阳别业

唐朝有一位诗人也写了一首有名的伤别诗，其写法与上面我们刚赏析的杜诗完全相左，他就是在唐代自诩为“五言长城”的刘长卿。我们赏析的杜诗，写伤别之情，只写自身不写朋友，而这首刘诗，写伤别之情，则一句也不写自身，却把笔墨全用在写朋友身上。刘诗的题目叫《送李中丞归汉阳别业》，诗文如下：

流落征南将，曾驱十万师。罢归无旧业，老去恋明时。
独立三边静，轻生一剑知。茫茫江汉上，日暮欲何之。

刘长卿，唐玄宗天宝进士，一生经历玄宗、肃宗、代宗、德宗四朝，所以他是处于由盛唐向中唐过渡时期的一位杰出诗人。他的诗以五、七言近体为主，尤工五言。历代论诗者均认为，其五律简练浑括，于深密中见清秀，但七律也多秀句。《唐诗三百首》共收录其诗11首，其中五律、五绝占8首，七律3首。而在收录的11首诗中，有7首是咏叹友情的，其中4首是写送别的诗，这首五律《送李中丞归汉阳别业》即在其列。

这首诗是专为送别一位功勋卓著的老将军李中丞而写的，诗中充满了对老将军遭遇的深切同情和愤愤不平。中丞：即御史台长官。汉阳：今湖北汉阳。别业：别墅。旧业：即家中产业。驱：本指策马前进，这里指统率。明时：对自己所处时代的美称。三边：即幽、并、凉三州诸郡，这里代指边疆。轻生：勇往直前，视死如归。江汉：泛指江水。何之：往何处。

诗的前六句，以豪言壮采，从忠、勇、廉三个角度，生动鲜明地雕刻了老将军雄风八面的英姿和一往无前的虎胆神威，令人肃然生敬。首句从眼前读起，“流落”二字，是此诗柱意。流落，即飘泊失所之谓也。一开头即将“流落”和“征南将”联串，不仅点明了李中丞原先的身份，而且立刻为全诗涂染上了一层哀伤的色调。二句作为补充，想到李中丞的从前，进一步为李中丞的身份定格，——这位“征南将”曾经统率十军雄兵驰骋沙场，足知是一位帅才，又是一员悍将。第三句“罢归无旧业”，应了诗题中的“归别业”。第四句“老去恋明时”又承接了首句中的“征南将”。这两句，一句刻画了老将军的“廉”，一句刻画了老将军的“忠”。一个曾经统率过十万雄兵、百战疆场的将军，到告老还乡时，竟家无旧业，只得流落他乡度日，可见其为官时一身清正廉明，不只不贪、不掠、不夺，大概连功赏给自己的钱物也都分赠给了与己同生共死的下级将士了，其节操之高洁已在言外。但是，老将军没有表示任何恨怨和追悔，心里只怀念着那些政治清明时代的美好时光给自己留下的美好记忆，其国而忘家、公而忘私的怀情何其坦荡！应该说这两句诗把老将军的形象已描绘得光彩照人了。

然而，老将军毕竟是一员武将，只写他的品节高尚显然还不丰满，也不“到位”，所以接下来五、六两句，诗人用十个字，又进一步刻画了老将军的“勇”悍。“独立三边静，轻生一剑知。”老将军统兵关塞，威镇三边，让敌人闻风丧胆，何敢起一兵一卒进犯？故幽、并、凉三州各郡，至今和平安静，百姓乐业。可当年有战事发生时，老将军率军出击，勇冠三军，从来都是身先士卒，舍生为国，把个人生死置之度外，这一点他随身佩戴的宝剑最清楚了。这两句诗，句凝字炼，大气磅礴，尤以“静”、“知”二字，写出了老将军威风八面，忠心可鉴的英姿。“独”字也很传神，写出了老将柱撑边天的英雄气概和独当一面的才干。在结构上这两句又回应了第二句的“曾驱”。这非常典型地体现了刘长卿五言律诗，简练浑括，于深密中见清秀的艺术特色。

最后一联，“茫茫江汉上，日暮欲何之。”从字面上看，全是写景，红日将落，夜幕将垂，在这茫茫大江之上，你将泊舟何处？言外之意，等待你的，将是居无定所，四处漂泊。这就又归到首句的“流落”上来，形成了首尾呼应之势。实际上这凄凉之景，正道尽了诗人的凄凉之意，诗人对老将军遭遇的同情，也恰似这茫茫江水，无际无涯，滚滚不尽，对老将军的未来充满了忧悸和深虑，其不平之气和伤感之情笼罩了天地。

这首诗的构思颇具匠心。诗人写伤情，以“流落”撒网，以“欲何之”收网，使伤情贯注全篇，首尾相顾，缜密圆合。然中间一句一字全写的是对被同情者的颂词，无一伤词。这是诗人采用了欲擒故纵，正笔反写之法，这样更收奇效：颂扬之词越高，其伤情愈深。而且又可诱导读者深省，让你细忖细寻伤情的根由。是啊，这么一位勇猛可制敌，忠良可对君的难求的将帅之才，这么一位家散万金酬死士，身当一剑答君恩的良将悍将，这么一位集忠、勇、廉三美于一身的仁臣，为什么却被早罢了呢？这正是诗人让你寻究之处，也是诗人构思时藏针露线的紧要处。细品沉思，你就会眼前豁然一亮，察觉到诗人的玄机已在几处点出。请看第四句：“老去恋明时”，老将军常恋圣明之时，在写老将军高洁情怀的同时，岂不是怀中的琵琶另有别弹吗？再看尾联：“茫茫江汉上，日暮欲何之。”诗人在写景中是深寄了喻托的，“茫茫”，有天下滔滔之意，在暗喻世乱。“日暮”，有世衰之意，在暗喻君昏。“明时”与“日暮”，又分明是有暗比的。这就告诉了你，老将军之所以不能终惠，晚年流落，老而不遇，老而见弃，是政治黑暗，世道不公所致，至于是兔死狗烹，还是卸磨杀驴，还是遭毁蒙诬，虽未明指，但肯定是政治黑暗、官场污浊之故。由此可知，诗人在深深地感伤老将军晚年流落的同时，也在深深地伤时愤世，这是他心中隐藏的大伤。也由此可知，诗人在最后一联，是把心中汹涌澎湃的小伤和大伤，一起投入到江中，与茫茫江汉波涛一起奔流的。只不过诗人在锤炼语词时，使用了暗喻和委婉两种修辞手段，写得含蓄迂回，让你不是能一眼就明而已。

对朋友的品节、功勋予以真诚而热情的赞誉，是对朋友秉持的价值取向、道德取向的理解和认同。对朋友的遭遇由衷地同情，是对朋友心灵的抚慰和感情上的慰藉。对朋友得到的不公正的结局，表示愤慨和鸣不平，是对朋友道义上的一种支持。这些都是友情之美绽放的绚丽花朵。

历代不少研读刘长卿诗歌的人发现，刘长卿是个十分敏于感受的人。我们在赏析这首送别诗时也发现，他对李老将军的晚年失意，即流落飘泊，也表现得非常敏感。其实了解刘长卿经历的人都明白，他的这种敏感，是因为他的朋友李老将军的晚年遭际，正好触发了他的身世之慨。刘长卿早年矢志苦读，而命运多舛，应举十年不第，天宝间登进士第入仕后，数年宦海浮沉，终不得志，曾负谤入狱一次，又两遭谪贬，四处飘泊，可以说一生大部分时光是在逆境中挣扎苦熬。元人辛文房在《唐才子传》卷二中曾这样说：“长卿清才冠世，颇凌浮俗，性刚多忤权门，故两逢迁斥，人悉冤之。”由此可知，他两次遭谪，亦是蒙冤遭毁。所以他对政坛黑暗，感同身受，刻骨铭心。而且这长期的进退失踞的宦海生涯，让他对社会的“茫茫”和“日暮”必然体认深邃，这是他的很多诗作弥漫着惆怅衰飒的心绪，弹拨出幽冷沉寂的情调，多愁寡欢，流落之感甚深，显得异常凄清悲凉的主要原因。如今在江汉之畔，与朋友李中丞相逢，当得知他的遭际与自己几乎一样时，他怎能不用诗句吟啸感慨、对天浩叹呢？因此我们读他这首诗时，在颂词中你能听到浑灏的愤怒问责之声，而在伤词中你又能听到闷雷般的悲慨不平之鸣。

有人指出，刘长卿的诗作，即使是早期作品，也很少有青年人的慷慨意气。到了后期，诗作中身世之慨，即人生失意的惆怅凄凉感，孤寂无助的茫然失落感，浓重深长，充斥于字里行间。你只要读几首他的诗，就会确认这种见地笃实中肯。

天南愁望绝，亭上柳条新。落日独归鸟，孤舟何处人。……
青山数行泪，沧海一穷鳞。

——《负谪后登干越亭作》

空洲夕烟敛，望月秋江里，历历沙上人，月中孤渡水。

——《江中对月》

群公谁让位，五柳独知贫。惆怅青山路，烟霞老此人。

——《赠秦系征君》

憔悴逢新岁，茅扉见旧春。朝来明镜里，不忍白头人。

——《正朝览镜作》

日暮苍山远，天寒白屋贫。柴门闻犬吠，风雪夜归人。

——《逢雪宿芙蓉山主人》

这些诗，或把时运不济的感伤和惆怅融入黯淡萧瑟的景物描写中，显出极度的孤苦凄楚；或创造一种清幽冷寂的诗境，表面上看似潇逸闲雅，而实际深蕴着冷澈心胆的孤独；或把由于命运多舛而招致的憔悴早衰的生存苦情，寓于冷漠寂寥的景象之中，发为衰世的哀鸣；就是我们大家都很熟悉的五绝《逢雪宿芙蓉山主人》，虽然文字省净优美而意境幽远，但是一层难以言说的冷寂孤苦的情思弥漫全篇，也透露着浓重的衰飒索寞之气。总之，都可以读到诗人惊魂绕梦的身世之慨。

刘长卿：送严士元

刘长卿还写过一首有名的七律《送严士元》，这也是一首伤别诗，在伤别中表现其身世之慨也非常淋漓尽致。下面我们就赏析这首诗。

春风倚棹阖闾城，水国春寒阴复晴。
细雨湿衣看不见，闲花落地听无声。
日斜江上孤帆影，草绿湖南万里情。
君去若逢相识问，青袍今已误儒生。

严士元，吴（今江苏苏州）人，曾官员外郎。刘长卿写此诗的年代与背景已无从查考。但观诗之内容，知两人交深谊厚，为知心挚友。他们偶然重逢于阖闾，但一晤之后，严即离吴赴湘，故刘长卿送别他并以诗相赠。

有研究者称，此诗给人最突出的感觉，即以一连串的景语，叙事写人，画面生动，辞藻美丽，诗意浓厚，伤情郁纡。细读后，确然如是。

“春风倚棹阖闾城，水国春寒阴复晴。”你看，首联即为景语。诗人在写景中点出了送别的季节和地点。阖闾城，就是今天江苏的苏州市。从“倚棹”（把船桨搁起来）二字，可知这两位朋友是在城外江边相遇，故停留叙谊。时值江南初春时节，气候多变，乍暖还寒，始阴又晴。寻味沉咏，我们发现，诗人在景语中已悄然溶进了自己的情。“水国春寒阴复晴”，这只是单纯地写景吗？不，诗人在写景中还含蓄地暗示我们，两位朋友意外相逢，惊喜之后，马上互相寻问起这几年对方的情况，大概喜忧相叠，百感交集，所以心里一会儿如春风吹拂，暖意融融，一会儿又如秋霜覆地，寒意森森。但忧多喜少，故心里也是寒多暄少。因此，我们可以这样说，首联中的“寒”、“阴”二字，已为诗人后面直抒愁慨暗开了先河。

颔联还是景语：“细雨湿衣看不见，闲花落地听无声。”不过诗人在写景中已把时间往前做了推移。两位朋友已由开头的互问，转到了对某个共同关心的话题深谈细论的阶段。这两句写得非常细腻和传神，从雨湿衣而不见，花落地而不闻中，我们体味到，两人谈得非常深入、投机、有共识、有同感；感知到一种只有知心挚友，同心同志，才可有的谈话境界；透视到两颗心相互拥抱，越抱越紧，几乎化一的亲密。他们在谈话的过程中，衣服被淋湿了，竟没看到下雨；闲花被风吹落了一地，竟没听到一点声音，精神专注到了何等地步？话题抓心、撩情到了何等地步？感情投入到了何等地步？就可想而知了。达到这种境界，岂能是一般的朋友？必定是过心过肺的“铁哥们儿”，是肝胆相照、胶漆相投的心腹之友，刎颈之交。这两句，从字面看起来，句句在写景，实际上“看”和“听”两个字已点明，景中有人，人在景中，句句都在写人。

从尾联的骚怨来看，两位朋友的深谈密诉，很可能触及到心中不快之事，所以颈联已明显地表露出孤寂索寞之情：“日斜江上孤帆影，草绿湖南万里情。”这两句还是景语，但更是情语。已经到了白白依山时分，两位朋友不得不辍谈分手。当朋友登舟解缆之际，诗人脑海里立即闪现出朋友万里行舟，孤帆远去和到达湖南一片春浓的景象。诗人想象之景，大大拓展了诗境，把镜头从姑苏城外拉到了万里之遥的三湘，一下子为该诗的意境平添了许多邈远广博的气象。但这个空阔的画面里涵满了朋友的离苦：万里春水，片帆一举，月生残阳，形影相吊，怎堪冷清孤独。绿草如茵，春色无际，遥念故人，千山之外，谁怜望穿之苦。在诗人的意景里，我们不难发现，诗人对朋友旅途中的哀婉凄伤，客游湖南后的孤孑清寥，都寄寓了深挚的关切和满心的关爱，也抒发了自己的离伤。从相逢到倾谈，再从倾谈到分手时的关切，诗人把他们的友情一步步推进和展露开来。

尾联把伤感推向了高潮。“君去若逢相识问，青袍今已误儒生。”这是诗人的临别赠言，但听起令人心酸得直想流泪。你这次去湖南，如果遇到咱们相识的人向你打问我的情况，你就告诉他：我这一辈子算完了，窝囊死了。这是极痛、极苦之语。人不到伤极之时，是绝不会吐露此言的。这说明诗人对自己的人生遭遇极度不满，极为悲伤，极度失望，真是如他诗中所写，“青山数行泪，沧海一穷鳞。”“惆怅青山路，烟霞老此人。”（均见前诗）似乎他的心已被蹉跎岁月蹂躏得绝望了。“青袍”，指代八、九品官员。唐代，贞观四年规定，八品九品官员的官服是青色的。上元元年又规定，八品官员服深青，九品官员服浅青。刘长卿当时大概是八、九品的官员，穿的是青色袍服。“儒生”，是封建时代知识分子的代称。按儒家的主张，一个儒生应当有修身、齐家、治国、平天下的宏愿和功名。但是，刘长卿数年宦海浮沉，一度蒙诬入狱，两次遭到贬谪，终不得志。现如今，自己的官位还在七品芝麻官之下，还有何前程可言？呜呼！混到这个地步，一生毁矣。这对于一个“清才冠世，颇凌浮俗”的刘长卿来说，确实太不公道了，所以性格刚烈的他能不发出“青袍今已误儒生”的忧伤愤怨吗？

不过，这等出自肺腑之言，这等对当局大不敬之语，对临别的朋友说出，可见他与朋友深谈之诚，相交之挚，其情大美。

这首诗音调谐美，以景叙事，以景写人，事、景、人、情，四位相互涵容，和谐统一，独臻妙境，耐人寻味。诗中抒情，采用寓情于景和直抒胸臆相结合之法，以前者为主，以后者为辅，相互补充，相互关照，使愁哀如大雾笼地，浓浓密密，很有凄怆凝重感。特别是颔联，堪称妙句，历来为很多品诗者所盛赞和垂青。此联之所以成为到处传诵的秀句，我个人认为原因有二。一是它确实把景写得很美，尤其是这种景美又通过静来表现，而这种静又是通过动来表现，而这种动和静又在人的心灵里达到了合谐统一。因为神情太专注，所以人已无暇顾及周围环境有什么动静，反而觉得周围非常寂静，实际上，雨在飘，风在摇，树在动，花在落，只不过雨细、风柔、花轻而已，这就巧妙地建构了一种由于心静而不知外动的韵味美，合谐美；二是在景中写人很妙，主要是写神、写心而略貌，而写神、写心又不着一字，全是借助于景物供托，这样写出的人，貌不明而神有韵，这种神韵和景韵又在幽美雅静的江南春景里水乳交融，化合为一，达到了要眇深微，韵味无尽的境界。

然而，说实话，我自己对我作的上述解释也不尽满意，这又是为什么呢？因为上述解释的诗意如果成立的话，你赏析全诗时就会明显地感觉到，这一联与首联、颈联和尾联在诗的意脉上不顺畅，而且这一联的格调与全诗的格调也颇不协调。我觉得，诗人不会因追求华丽的藻饰而留下这样的失误，——破坏诗意的完整和格调的统一。另外，细究起来，有的细节似乎也讲不大通。既然是在城外江边偶然相逢，稍作停留，那么在较短的时间里进入倾谈细论，以至于达到雨湿衣而不见，花落地而不闻的境地，好像不太可能，时间之促也不允许，这是一。其二，在初春尚寒的天气里，风轻轻地一吹，就有残花纷纷落地，这样的景象似乎与初春之季亦不太契合。我琢磨再三，终于对这一名联的寓意悟得另一种新的解释。诗中的这一联，不是在状景，也不是在写人，而是在写事，在写他们所处的政治环境的险恶和他们所经历的官场的腐败污浊。这当然是诗人不便直言和明说的事，所以诗人只能巧妙地运用比兴的艺术手法，以古代诗人词客惯常使用的暗喻和委婉两种修辞手段，很隐晦地来表现，这是颇见诗人的灵心慧思的。“细雨湿衣看不见”，这是用“细雨湿衣”暗喻那些心黑手毒的小人，在诬告陷害忠直高节之士时手段之巧滑和阴险，让受害人都难觉难察，“看不见”，使你受到了伤害，还有苦无处诉，有冤无处伸。“闲花落地听无声”，这是隐喻很多有志有为的志士仁人，在跋扈飞扬于官场并受到重用宠信的小人们的百般摧残打击下，就像“闲花落地”一样，悄无声息地在政坛上消失了，飘零残落象了，有的甚至连生命之花都凋谢了。以花之飘零残落，象征人生的受挫、寂灭和无常，这在古代诗人词客的笔下是屡见不鲜的事。在他们笔下，人之生死，事之成败，物之盛衰，都可以纳入“花”这一短小的缩写之中。刘长卿在此处，也是使用暗喻的手段，以“花”喻人。以诗人自己为例，他的遭遇就是这样，几次遭小人诬告而蒙冤，大概这一次朋友严士元的南游也是遭到了这些小人的暗算，也成了一朵落地之花吧，所以诗人紧承颔联之意，在颈联中就对朋友的孤舟万里之苦，给予了无限的关切和同情。这样，诗人在尾联中发那么大的牢骚，说那样伤极的苦话，抒那样心酸的身世之慨，也就很好理解了。如此解释这一联“景语”的含意，即诗人用障眼法深隐曲达的喻意，不仅使诗的意脉跌宕多姿，又非常流畅，而且使贯通全诗的感情格调也很一致，又使诗人对孤舟远行的朋友大发悲慨之举有了更实在的感情基础。我觉得作这样的诠释，也许更接近诗人意致婉曲的本意。刘长卿写诗以“炼饰”著称，这一联诗人把揭露险恶现实的笔锋深藏于美丽的初春景色和清幽秀雅的意境里，可谓他这种作风典型体现之范例。如果把这一联解释成两位朋友的深谈，或刻意描写江南初春的美景，在诗意上确实很难与颈联和尾联挽合衔接起来。

当然，我作上述这样新的解释，只是个人的一点愚见，是否准确有理，殷待专家们不吝赐教和雅正。

薛涛：送友人

最后我们来赏析唐朝一位著名的女诗人薛涛写的一首伤别诗《送友人》，这是一首七绝。

水国蒹葭夜有霜，月寒山色共苍苍。
谁言千里自今夕，离梦杳如关塞长。

这是一首向来为人们称绝的送别诗，其艺术成就之高被认为可与“唐才子”竞雄。

薛涛，字洪度，长安人，生年不详。幼年随其父薛郧宦游入蜀，父死后，其母孀居，二人相依为命，生活极窘。唐德宗贞元时期，韦皋任剑南西川节度使，因闻涛有姿色，且通音律，善辩慧，工诗赋，召令其赋诗侑酒，遂入乐籍，成了一名乐妓，时年方二八。在唐代女诗人中，薛涛和李冶、鱼玄机最为著名，还与卓文君、花蕊夫人、黄娥，并称蜀中四大才女。“锦江滑腻峨眉秀，幻出文君与薛涛”（元稹《寄赠薛涛》）薛涛的诗，不仅以清词丽句见长，一些关怀现实的作品，还颇有思想深度。这作为一个封建时代的女性，非常难得。在古代诗话中，有人赞薛涛“得诗人之妙，使李白见之，亦当叩首”，还说“可以伯仲杜牧”。著名诗人王建曾称颂薛涛：“扫眉才子知多少，管领春风总不如。”薛涛和当时诗坛俊秀和政坛要员白居易、元稹、牛僧儒、令孤楚、裴度、张籍、王建、刘禹锡、杜牧、张祜等都有交往唱酬。据《名媛诗归》说：“涛八九岁知音律，其父一日坐庭中，指井梧示之曰：‘庭除一古桐，耸干入云中。’令涛续之，涛即应声曰：‘枝迎南北鸟，叶送往来风。’父愀然久之。”可见才思之敏捷。但岂料，这两句诗竟成了薛涛一生的谶语。据载，薛涛书法也颇有功力，她的字无女子气，笔力峻激，其行书妙处，颇得王羲之法，可惜没有流传下来。

薛涛这首伤别诗《送友人》，一开头就在景语中大笔挥洒，尽情地描绘和渲染送别的环境气氛，点出送别的时间地点。“水国蒹葭夜有霜，月寒山色共苍苍。”从“水国”两字中，知道送别是在江边。从“夜有霜”、“月寒”等词语里知道，是清秋寒夜，月悬霜天。从“山色”两字中，又知道诗人可能是登高临水。这是一幅别浦晚景，水映寒月，月洒寒光，水光月光，涵凝南浦，再衬上兰皋山色苍苍，水浒蒹葭苍苍，完全是一派清秋冷月、霜山寒水的景象，其意境空阔幽冷。这是一幅让人凛然生寒的图景，这分明又不是在纯粹写景，可以说它写照的正是诗人送别友人时内心世界的幽寂和凄然。“蒹葭”，是荻苇、芦苇的合称，皆水边所生。诗人在前两句中用了两个典故。一是取了被誉为我国文学“悲秋”之祖宋玉《九辩》中的悲秋之意：

> 悲哉！秋之为气也。
> 萧瑟兮，草木摇落而变衰。
> 憭栗兮，若在远行。
> 登山临水兮，送将归。
> 泬寥兮，天高而气清；
> 寂寥兮，收潦而水清。
> 憯凄增欷兮，薄寒之中人；
> 怆怳懭悢兮，去故而就新；
> 坎廪兮，贫士失职而志不平；
> 廓落兮，羁旅而无友生；
> 惆怅兮，而私自怜……

这是一曲贫士悲秋之歌。宋玉借秋风凄凉，草木摇落而变衰的秋景，抒发了秋士失志落拓中的孤零泬寥之情。薛涛的诗取宋玉《九辩》悲秋之意入诗，为该诗的秋夜浦别的环境描写增加了浓重的伤感气氛。

二是暗用了《诗经·秦风·蒹葭》的诗意。

> 蒹葭苍苍，白露为霜。所谓伊人，在水一方。
> 溯洄从之，道阻且长；溯游从之，宛在水中央……

这首秦风，是一首抒写爱情的名作，它写一个人追求意中人很执着，但又总是得不到，抒发的是对思念的人可望而不可及，心里既充满了无限憧憬，又有几分失望失落的情感。薛涛节用名篇诗句化为自己的诗句，又暗借其意，表达一种友人远去、思而不见的依恋情绪，这就为送别的画面增加了许多联想，又涂上了一层伤感的色调。

用典是把思致写得委婉含蓄的重要手段。这就是我们品读这两句景语时，感到诗意醰永，韵味悠长，意境幽远绵邈，情怀摇荡的原因。

诗的后两句直接写情，但把别情写得曲折深沉，风神燕婉。

谁言千里自今夕，离梦杳如关塞长。

第一句是诗人故作安慰之语。本来，今夜送友，从此千里之隔，当然是自今夕始。但诗人却用“谁言”二字，否定了这一现实。她对朋友说，谁说是这样呢？这种勉慰之语和设问的口气，一下子扩展了诗境，给读者留下了巨大而自由的驰骋想象的空间：是啊，前人不是说过吗？“海内存知己，天涯若比邻”，你我只要心不分开，相隔千里不也照样和做邻居一样吗？前人不是还说过吗？“隔千里兮共明月”，你我虽然有千里之隔，但仍可婵娟与共，寄心与素娥，那不和没分开一样吗……诗人作这般豁达朗爽之语，给人的感觉似乎是她对这次离别，心里已经完全挥去愁伤，达到了通透安然。实际上，恰恰相反，这是她使用正话反说技巧，故作此态，在行文的意脉上，有意造成一个与前两句隐含的离伤的大曲折，以劝慰朋友的口吻，更吐自己心中情不可堪的痛苦，表现对友人相思情意的执着和绵长，达到婉曲有致的艺术效果，使诗情更蓄感染力。

第二句诗人就露出了“庐山真面目”。逝者不还，去者难留，今日之别，后会何年？况且你又去“关塞”之远，再次聚首，何异于登天？恐怕我们见面的唯一途径和机会就除非在梦中了。然而，“离梦杳如”，美梦也不是一召即来的事啊。再说了，即便梦境薄临而至，你远在茫茫天边，我的梦魂也很难度越那“关塞”啊！这里诗人又巧妙地借用了李白诗句之意：“天长地远魂飞苦，梦魂不到关山难”（李白《长相思》）。

这两句诗，先说离别难，再说相会难，继之以又先说得梦难，然后再说得梦会也难，这四难层层曲折，步步盘绕，把诗人的一怀愁绪，满襟苦情，表现得山重水复，推到了顶点。诗人在自己营造的意境里，婉曲而写，笔致精灵，诗情如天马云龙，仙翼神翔，但最后以“离梦”和“关塞长”结句，又给诗境新开了浑茫的空间，与前两句空阔幽冷的诗境照应相接，成首尾回环映带之势，真是篇法圆紧，曲尽其妙。

古人云：“绝句于六艺多取风兴，故视它体尤以委曲、含蓄、自然为高。”（《艺概·诗概》）薛涛这首伤别诗，感情真挚，意境凄美，动人心弦，荡人魂魄。全篇尽写伤情，但不见一个“伤”字，也无“断肠”之语出现，却伤情如雾，弥漫全篇，用“月”“寒”“霜”“苍苍”等冷色调，“千里”“今夕”“离梦”“关塞”等富有时空感的词语，委婉而写，正是极尽含蓄蕴藉之妙。伤情满盈，不闻声嘶。离愁抑郁，不见动容，皆让你味之而得。其烹炼之功，笔姿之巧，才情之高，让人赞叹。好诗是才，也是情，才情交会，方可感人。此诗足匹。诗之结构布局，两句写景，两句写情，景中有情，情中有景，但写景决不隐，写情而不显，无景晦、情浅之弊，故景情融会，韵味隽美。特别是在诗中熔裁前人诗句，又自出境界，有不尽之意，更妙。

不知细心的读者留意到没有，与其他送别诗相比较，这首送别诗伤感中有更多的缠绵，似乎有恋人相别的味道。所以很多研究者认为，薛涛在诗中送别的可能是异性朋友，并且与她感情暧昧。更有的研究者干脆认定，薛涛送别的就是中唐著名诗人元稹。

据有人考证，薛涛身为乐伎，但其容颜、睿智、聪慧和才华，仍获得了同时代男性诗人们的爱慕和肯定。她与元稹关系确实很亲密，但是否达到相爱相恋的程度，还很难下明确的结论。薛涛与元稹相遇时 42 岁，比诗人元稹大 11 岁，已是半老徐娘。两人在蜀地有过一段情感经历，共同度过了一年两情缱绻的美好时光。后来元稹离开成都去了扬州，据说这首《送友人》就是薛涛送他时所写的赠别诗。元稹在扬州曾寄诗给薛涛，表达过思念之情。薛涛对元稹的思念更是日月难捱，时露别鸾离鹤之苦，她相信元稹还会回成都来见她，但最终两人也没能再度相逢。为此薛涛退隐浣花溪，再不参与任何诗酒花韵之事，在溪边停泊了近二十年清淡孤独的年华，直到珠沉玉殒，一终天年。

薛涛这个才女，尽管侍宴侑酒十几年，周旋于蜂狂蝶乱之中，但绝非堕溷之花。她与其他女子一样，也编织过自己美丽幸福的爱情之梦，她写过很多歌颂爱情的诗篇，写得很美，很动人，无疑那是她心中美好理想的投影。也许她真的对元稹很爱慕，与元稹分别后，她写过一组《锦江春望》，共四首。她的这组诗，写伤春之愁，写寂寞之愁，写盼归之愁，幽怨凄恻，缠绵婉转，寂寞愁绝，让人感受到一种花落春残，美人迟暮的绝望，有人就把这组诗看成是薛涛的失恋之悲。薛涛的本意是否如是，我们难做决断。

但有一点可以肯定，这组诗正是她在那些离索的日子里凄怆悲凉心境的真实写照。现录于后：

▲花开不同赏，花落不同悲。欲问相思处，花开花落时。
▲揽草结同心，将以遗知音。春愁正断绝，春鸟复哀吟。
▲风花日将老，佳期犹渺渺。不结同心人，空结同心草。
▲那堪花满枝，翻作两相思。玉箸垂朝镜，春风知不知。

薛涛还写过一首著名的咏《牡丹》七律，将牡丹拟人化，用向情人细诉衷情的口吻，在夜深露重时与盛开的花儿倾诉离情之苦和企盼再度相逢之愿。构思新颖奇巧，写得亲切感人，有一种醉人的艺术魅力，历来被赞为题写牡丹之美的上乘之作。但有研究者称，此诗不是单纯咏物，诗中所写“恋情”，也与她和元稹的友谊有关。诗人是这样写的：

去年零落暮春时，泪湿红笺怨别离；
常恐便同巫峡散，因何重有武陵期。
传情每问馨香得，不语还应彼此知；
只欲栏边安枕席，夜深同花说相思。

薛涛忍受着相思的痛苦，也发出过“芙蓉空老蜀江花”（《酬杜舍人》）的哀叹，但她对婚姻和爱情从不低眉屈膝乞怜和哀求。她在浣花溪独居孑处几十年，生活虽孤苦，但始终保持着人格的高尚，精神的高雅，她依然关怀国事，写下了著名的《筹边楼》一诗，她自制别致的红色小笺，用来题写自撰的华章。因此，她不只是一个让人痛惜的薄命女子，她更是留给后人无穷的审美享受、让我们由衷敬仰的优秀诗人。“晚岁君能赏，苍苍劲节奇！”（《酬人雨后玩竹》）薛涛颂竹的诗句，也许是她晚年心曲的吟唱。

上面我们赏析了10首唐代诗人写的伤别诗，这只是他们创作的这类送伤别诗的沧海一粟，遗憾的是，还有大量的精彩篇章不能一一赏析，只能留待读者自己辑来赏读了。为了你们赏读方便，我们再列举出一些诗名供你们参考，如王勃的《别薛华》、李白的《灞陵行送别》、贾至的《岳阳楼重宴别三八员外贬长沙》、刘长卿的《重送裴郎中贬吉州》、皇甫冉的《鲁山送别》、权德舆的《岭上逢久别者又别》、戎昱的《送郑炼师贬辰州》、王建的《赠贬者》、李益的《送客还幽州》、司空曙的《贼平后送人北归》、司空曙的《喜见外弟卢纶见宿》、刘禹锡的《再授连州至衡阳酬柳柳州赠别》、柳宗元的《重别梦得》、林宽的《送人归日本》、韦庄的《古离别》。

（陈洪海执笔）

第四章
最豁达的送别：壮别

在唐诗众多的友人送别诗中，称得上壮别的诗也为数不少，我们这里只选取了比较典型的相对来说又比较具有代表性的六首诗来赏析。一首是高适的《别董大二首》中其一，一首是王昌龄的《送柴侍御》，一首是岑参的《武威送刘判官赴碛西行军》，第四首是岑参的《送李副史赴碛西官军》，第五首是陈子昂的《送魏大从军》，第六首是杜甫的《送灵州李判官》，第七首是刘禹锡的《酬乐天扬州初逢席上见赠》。

真是巧得很，高适、岑参、王昌龄，这三位诗人均为盛唐诗坛一个著名的诗歌流派——边塞诗派的代表性人物。在经济发达、国势强盛的唐代，从戎报国，荡敌靖边，马背建功的壮怀浩气，是构成盛唐气象和当时磅礴大气的时代精神的重要内容。很多有才气、有抱负、有血性的文人诗客，纷纷投身边境，携笔从戎，与当时守疆戍边、保境卫国的将士相结合，同战同苦，同患同乐，同生同死，从而在当时的社会人群中，形成了一个能文能武、文武兼胜的特殊群体。这些文人诗客深受边疆金戈铁马、弓角旗鼓、霜风冷月、飞雪流沙、烽火烈日的战斗生活和战争场景的感召，挥笔写下很多壮言豪句，留下了相当数量的边塞诗章，并形成了特色鲜明的边塞诗派。这个诗派创作的大量的边塞诗，其内容大都描写唐代边塞奇异独特的风光，守边将士靖边御敌的战斗情怀、艰苦悲壮的生活环境以及高昂与悲壮、责任与离苦、紧张与孤寂交织在一起的丰富复杂的内心世界，讴歌慷慨而战、忘死献捷的英雄将士们惊天泣鬼的动人风貌，同情征夫思妇悲苦的命运和令人心酸的悲惨遭遇，讽刺上层统治者穷兵黩武、醉生梦死的丑行丑态。也有少量的诗作，生动地描写了各族边民团结相处、同歌共乐的生活情景。边塞诗的基本格调，大都雄浑壮阔，粗犷浪漫。“功名只向马上取，真是英雄一丈夫。”（岑参句）“古来青史谁不见，今见功名胜古人。”（岑参句）“相看白刃雪纷纷，死节从来岂顾勋？”（高适句）“秦时明月汉时关，万里长征人未还。”（王昌龄句）“大漠风尘日色昏，红旗半卷出辕门”（王昌龄句）“黄沙百战穿金甲，不破楼兰终不还。”（王昌龄句）这些都是这个诗派留下的千古名句。

在友人送别诗的家族中，“壮别”类型的诗与“爽别”类型的诗差别是明显的，“壮别”类型的诗可以说无一例外地都洋溢着一股浓重的豪情和强烈的自信心。如果说读“爽别”一类的诗，是享受友情之美的话，那么读“壮别”一类的诗时，你会在享受友情之美的同时，受到友情之美的巨大鼓舞和震撼。这个特点，大概正是人们喜欢读这类送别诗的一个重要原因。

高适：别董大二首（其一）

下面我们就先来赏析我们选取的第一首：高适的《别董大二首》其一，诗的全文录后：

千里黄云白日曛，北风吹雁雪纷纷。
莫愁前路无知己，天下谁人不识君！

高适是一个经历很不平凡的诗人。他虽然才华横溢，怀抱扶国济世之志，一生追求功名，但他的求仕之路蹭蹬坎坷，曲折盘旋，50 岁之前漫长的大半生，一直是很失意的，无奈地在闲散、蹉跎、困顿中苦度岁月，直到他将近 50 岁的时候，才被人推荐，得了个小小的封丘县尉之职。非常失望的高适，后来几经辗转来到青海，投到西北名将河西节度使哥舒翰的帐下（今青海乐都县）。这个少数民族出身的将领倒非常赏识高适之才，并很快委以重任，还让高适当了自己的秘书。从此高适好风凭借力，在仕途上步步青云，节节攀高。安史之乱始，他又受到唐玄宗、唐肃宗的赏识和重用，经常在二帝之侧参与重要谋划，担任过淮南节度使，后遭奸佞小人谗毁，转任成都，执柄蜀州刺史。在此期间，高适曾写诗询问当时正寄寓在成都的杜甫，并多次扶济过生活艰辛的杜甫。后来杜甫去看望高适，两位诗友兼知己得以喜泪相逢，不过这时候的高适已是迫近60岁的老人，而杜甫也将近50岁了。

非常难得的是，这位在青海参过军、打过仗的诗人高适，曾用热情的笔调，放声歌唱过各族边民友好相处、共享太平的场景。他由衷祁愿和平安定的情怀，由此可见一斑。他的诗是这样写的：

万骑争歌杨柳春，千场对舞绣麒麟。
到处尽逢欢洽事，相看总是太平人。

——《九曲词》之一

万骑争歌，千场对舞，场面何等热烈火爆啊！这境况大概和咱们今天牧区里，雪山之下、草原之野，万人齐舞的场面类似。

高适这首送别好友董大的诗，开头两句起调高亢，景象描写苍凉壮阔："千里黄云白日曛，北风吹雁雪纷纷。"读了这两句诗，我们眼前呈现的是一幅气象雄浑，气氛悲壮的画面：千里黄云蔽日，大雪纷纷盖地，呼啸的北风推云卷雪，把四野搅得一片迷蒙，眼看黄昏已近，夜幕将临，但仍遥见长空里有断雁的身影出没寒云，振翅向南孤飞。这是典型的神州北地秋冬之交时的景象。从这幅画面里我们清楚地看到，高适送别之地在早寒的北方，送别之时是一个彤云密布，朔风怒吼，大雪飞扬的傍晚。高适在描画这幅送别画面时，既写到了"雪"，又写到了"雁"，而且雪是飞雪，雁是断雁，寒雁。这就营造了浓烈的既壮阔又苍凉的送别氛围和环境。我们知道，洁白的飞雪象征着友情的纯美，而乘风孤飞的断雁、寒雁，则会让人心生寒意和归思，让人感到四处飘零沦落的天涯孤客的凄清，使人由此产生天寒日暮，游子何之之感。"谁怜一片影，相失万重云。"（杜甫《孤雁》）从景物描写的整个画面来看，景中有壮，有哀，但哀而不伤，壮而不爽，其基调是悲壮。

言为心声，高适笔下描画的这幅苍凉壮阔的画面，表面看起来是在写景，其实，景中大有隐情，它隐晦曲折地写出了当时高适和董大这两位落拓才士境遇的难堪和心中的郁积。顾往瞻来，失志不遇的悲哀莫过于年华蹉跎、岁华摇落，而志业无成，芳意无望。高适这首送别诗不是在他春风得意时执笔挥成的，恰恰就是他陷入人生困境时为赠别董大而写的。高适送别董大的诗写了两首，其中第二首是这样写的：

六翮飘飖私自怜，一离京洛十余年。

丈夫贫贱应未足，今日相逢无酒钱。

从诗中“飘飖”“贫贱”“无酒钱”等语，我们可以清楚地看出，这位当时已离开京城十多年，一直在外面飘泊不定的游子高适，境况十分悲凄和尴尬，穷得几乎是一贫如洗，连招待董大喝相逢酒的钱都付不起。看样子他和董大临风对雪而饮的老春酒钱，可能还是董大反客为主付的。

高适写的这第二首诗，其内容和第一首诗有密切的关联，因此读懂了第二首诗所写的内容，反过来再细读第一首诗，对其内容会认识得更透彻更详尽。高适在第二首诗中说自己在外面飘泊了十多年，像个到处流浪的游子，居无定所，寝无暖席，食不果腹，岁月过得艰难而孤独，这多像第一首诗中所写的那只在寒风飞雪中穿云破雾而孤飞的断雁啊！此外读这首诗还有两点我们必须特别注意：一是高适在诗中自比鸿鹄。诗的第一句写道：“六翮飘飖私自怜”，“六翮”指的是什么呢？就是鸿鹄身上的羽毛，诗人在这里运用“借代”的修辞手段，很显然就是用“六翮”代指鸿鹄。鸿鹄是一种什么鸟呢？是一种非常健飞的天鹅，它飞得不仅高，而且能飞很远。它之所以能飞得又高又远，就是凭借着身上的六翮。在中国传统文化里，鸿鹄往往借指那些品德出众、志存高远的人。我们平时不是经常说“燕雀岂知鸿鹄之志”吗？那也是把鸿鹄比做志向远大的人。高适在诗中自比鸿鹄，而且说别人不识俊，但自己很自爱。很自爱，其实就是很自信，相信政治出路不特一途，囊锥终有出头之日，相信自己总有机缘，幸会伯乐，然后像鸿鹄一样一飞冲天。二是高适在诗中以大丈夫自居：“丈夫贫贱应未足”，这句诗从表面上看是说自己穷得什么都没有（应，全部、所有之意也），但实际上高适是在用典。孟子有一次与景春讨论：什么样的男人才能被誉为大丈夫。景春曰：“公孙衍、张仪，岂不诚大丈夫哉！一怒而诸侯惧，安居而天下熄。”孟子曰：“是焉得为大丈夫乎！子未学礼乎？丈夫之冠也，父命之；女子之嫁也，母命之。往送之门，戒之曰：‘往之女家，必敬必戒，无违夫子。’以顺为正者，妾妇之道也。居天下之广居，立天下之正位，行天下之大道；得志与民由之，不得志独行其道；富贵不能淫，贫贱不能移，威武不能屈。此之谓大丈夫。”（《孟子·滕文公下》）孟子的观点非常明确，只有做到了以上这三点的人才可以称得上是大丈夫，即：富贵不能使他的心惑乱，贫贱不能使他改变节操，威武不能使他的意志屈服。大丈夫的这种种行为，表现出来的是英雄气概，我们今天就叫做有骨气。高适在诗中化用此典，以明自己虽眼下贫贱，身处逆境，但心交古贤，不改其志，始终秉持大丈夫英雄气概的决心。

我们进一步了解了高适送别董大的背景以后，再来看他第一首诗的后两句：“莫愁前路无知己，天下谁人不识君。”这是何等的自信！何等的乐观！这是志士抒怀，壮士长啸，大丈夫之语！我们说高适与董大的离别是“壮别”，就是因为这两句彪炳千古诗坛的诗，蕴含着巨大的精神力量，迸射着坚定的自信、乐观的情绪、豪迈的情愫，读后让人心胸开阔，眼界远阔，精神雄阔。这两句诗的大意是：我知心的朋友，你大胆地向前走，莫回头，莫迟疑，莫忧愁，在你前面的人生旅途上，你决不会缺少朋友，就凭你的卓才高德，我相信，你也应当自信：不论你走到哪里，都会有很多很多的人，愿意与你相识，结金兰之谊，成知己之交。高适在黄昏将临、风雪交加、断雁声远的大路上，握住朋友的手，说出这般壮语，可见他不仅是一个才士，而且是一个志士，是一个壮士！他的豪情壮语，是完全可以为志士增神，为游子拭泪的。这样的临别赠语，非挚友不能为也，非知己不能道也。又可见他与董大友情之真，友情之深，友情之美！难怪唐之后的评诗者赞扬高适的诗是“以气质自高”（《唐诗纪事》），“多胸臆语，兼有气骨”（殷潘《河岳英灵集》）。

我们对这两句诗赏析到此，还不算彻底，因为这两句诗的背后还暗藏着一个典故。高适送别的董大，是个什么样的人物呢？根据名家注解，也根据高适的诗句“天下谁人不识君”，董大可能是唐玄宗时期一位名满天下的琴师，他的名字叫董庭兰，是一位天才的音乐圣手。唐朝另一位著名的边塞诗人李颀，曾写过一首题为《听董大弹胡笳弄兼寄语房给事》的诗，在这首诗中，李颀对董大高超的琴技热烈赞美，他这样写道：“先拂商弦后角羽，四郊秋叶惊摵摵。”“言迟更速皆应手，将往复旋如有情。空山百鸟散还合，万里浮云阴且晴。”“董夫子，通神明，深山窃听来妖精。”在李颀的笔下，董大的琴艺真是身手不凡，太美妙神奇了。董大刚一轻轻地拂拭琴弦，四郊的秋叶被惊得就慽慽而下；随着曲调的展开，琴声的忽纵忽收，就像山间的群鸟散而复聚，又像天上的浮云，一会儿遮天蔽日，一会儿又云开日出；他的演奏不仅出神入化，好像还通神明，不仅惊动了人间，就连深山里的妖精也悄悄地偷听来了。当然这是李颀在用很多形象的比喻来描写董大的琴声，不免夸张和夸大，但他是一位演奏高手，这一点是肯定无疑的。

就是这么一位身怀绝技的琴师董大，不知何故竟被当时的主流社会弃珠于沙土，流落于民间，与正在十分失意的高适相识，并结金兰之谊，大概“同是天涯沦落人，相逢何必曾相识”吧。也许董大在辞别高适时精神状态不佳，所以高适在送别董大时才以自己的乐观自信的情怀对他说：“莫愁前路无知己”。这里的“知己”，即演奏家的“知己”，当然指的就是“知音”了。这句话字面的意思是：且莫道，茫茫天壤，知我者谁？在你未来的人生旅途中，不必担忧，决不会缺少知音。这句话，第一表现了尚在困顿中的高适敢于挑战命运的豪情，第二表现了高适对朋友的真挚推崇和细致入微的体贴。但在我看来，除此之外，这句话里还弦外有音，也就是说有潜台词。这个弦外之音是什么呢？就是高适在说这句话的时候，其前提就是他与董大他们两个已经是互为知音了，即高适已经把他与董大之交比做钟子期与俞伯牙之交了。在高适的心目中，他与董大的相逢相识亦可堪称唐代版的“高山流水”了。所以说高适这句诗中隐藏着一个典故，只不过高适艺术造诣颇深，是个在诗中用典的妙手，妙就妙在他在这里把“高山流水”的典故用得浑然无迹，毫无经营造作之痕。但是，只要是熟悉一点中国传统文化的人，还是能一眼即可看出高适的匠心独运，他是在暗用这个动人而美丽的佳话，来写他与董大的友情之挚，友情之美，友谊品阶之高。

总之，高适送别董大这首诗，有悲有壮，有失意有自信，有沦落有乐观，有沮丧有豪气，但自信、乐观、豪气在诗中占据主导，给人的感受是悲而不伤，失意而不冷意，沦落而不沦丧，沮丧而不颓唐，字底行间闪烁出来的是挑战命运，笑对未来的精神，是耀眼夺目，起懦励强的豪情。这是一首典型的壮别曲。

王昌龄：送柴侍御

下面我们赏析第二首，王昌龄的《送柴侍御》。在唐诗送别诗的家族中，王昌龄的这首诗，也是一首典型的壮别曲。诗的全文是：

沅水通波接武冈，送君不觉有离伤。
青山一道同云雨，明月何曾是两乡。

王昌龄，长安人，字少伯，他是盛唐特别是盛唐初期诗坛泰斗，被誉为“诗家天子”。他比李白稍大些，与李白、孟浩然相交甚深。王昌龄最擅长七绝，与李白雄才并出，对这种诗体的发展以致臻于成熟作出过突出的贡献。明代焦竑在《诗评》中说：“龙标、陇西，真七绝当家，足称连璧。”明代王士贞在《艺苑卮言》中说：“七言绝句，王少伯与太白争胜毫厘，俱是神品。”而清代的王夫之则特别推崇王昌龄，评价他的七绝为唐人第一，他说：“七言绝句唯王昌龄能无疵类。”（《夕堂永日绪论》）也有人说李白的七绝是不夜之珠，王昌龄的七绝是连城之璧。王昌龄很多诗的名句流传甚广，如上面在介绍边塞诗人时所列。但从王、李俩人所写诗歌的总体水平来看，王昌龄不及李白的海拔，然若以单项相较，李白的边塞诗却不及王昌龄，怨诗也逊色于王昌龄。

古来大才藐为用。与历史上很多才士遭遇人生悲剧一样，才高八斗的王昌龄，其人生旅途也是一幕又一幕的悲剧。这大概是君子永远斗不过小人的缘故吧！王昌龄一生两次遭贬，安史之乱爆发后，他在返乡途中，又遭横劫，竟含冤屈死在恶吏小人的毒手，终年60岁。究其原由，是因为王昌龄傲视权贵，脱略世务，疾恶如仇，不拘小节所致。他第一次遭贬，被贬到岭南。在唐代，岭南尚属蛮荒之地，王昌龄作为一个北方人，来到南方炎湿之地，自是苦不堪言。后遇大赦，被调往南京出任江宁县丞，七八年之后，又被贬到湖南龙标，即今天的湖南怀化市黔城镇。那时候的龙标，远离发达的中原，亦属险恶穷荒之地。史书记载，那时的龙标“溪山阻绝，非人迹所能履”。无疑也是个苦地方。对于王昌龄第二次遭贬，王昌龄的朋友们对当时的主政者表示了非常的不满，对王昌龄表示了极大的同情，这其中表现最突出的是李白。当时李白远在异地，但他一得知此耗，即按捺不住满腔的不平，急就一诗寄于王昌龄，这就是至今传唱不衰的《闻王昌龄左迁龙标遥有此寄》。诗的全文是：

杨花落尽子规啼，闻道龙标过五溪。
我寄愁心与明月，随风直到夜郎西。

这是李白在其抒发友谊之情的众多诗篇中，写得最好的一首，特是后两句，构思奇特，情深意闳，非常有震撼力和感染力。

王昌龄这首《送柴侍御》的送别诗，就是在他被贬谪到湖南龙标之后所写。他在诗中送的那位柴侍御，也是个被放逐之臣，如诗中所写是被左迁到湖南的武冈，即今天的湖南省武冈县。大概是柴侍御在前往武冈的途中，与王昌龄相逢于龙标，王昌龄在送别他时写了这首赠别诗。显而易见，这次离别，是两个政治上失意而沦落江湖的人，在一个穷苦地方的离别。这样的离别，伤心人对伤心人，本应悲悲戚戚，惨惨切切，充满缠绵悱恻、伤己感时的情绪和氛围，甚至“相顾无言，唯有泪千行。”是啊，那满江奔流的沅水，不正恰似离愁别恨之无尽吗？但是，在王昌龄笔下，这场离别却被成写了没有离伤的壮别！

“沅水通波接武冈，送君不觉有离伤。”这开头两句，就写得语调异常流畅、轻快，让人确实感受不到半点“离伤”。龙标城西，有一条沅江流过，看样子王昌龄送别柴侍御是在沅江的船上。从龙标乘船，走水路到武冈，山隔水阻，还有一段相当长的路要颠簸而行，但王诗的一句“沅水通波接武冈”，给人的视觉感觉似乎就近在咫尺：一水共用，通波相接，摇手相呼，全无阻隔。这样的化远为近的写法，不仅给予人离而未远、别而未分的轻快之愉，而且让人看到了这一对朋友心中，恰如这江水日日不分、夜夜相拥的深挚友情。非路近也，心近矣！这样的送别诗，一开头就尽扫悲伤、沉重之气，唱出豁朗、轻快之调，在唐诗中还极为少见。

但，“谁谓波澜才一水，已觉山川是两乡。”王昌龄和柴侍御毕竟天各一方，人分两乡，不在一地了，这是客观现实啊，对此王昌龄还不心知肚明吗？当然是的。但他对此的看法却与一般人不同，表现出超凡拔俗的达观：“青山一道同云雨，明月何曾是两乡。”这真是超旷高远，逸怀浩气！他在说：我们隔山隔水没错，但山又奈何？水又奈何？我们不是照样可以风雨同沐，明月共赏吗？霄雨同沐，朗月同辉，只要我们心相印，情相连，谊常存，怀常想，不是和在一起一样吗？这是何等旷达的襟怀呀！在这里王昌龄还非常巧妙地运用了中国传统文化的语码：下雨就有雨丝，丝思同音，故有雨即有思。中国文人还一向有写风写月寄相思的传统，如“将心寄明月，添影入君怀”（徐干诗句）“此时相望不相闻，愿逐月华流照君。”（张若虚诗句）“思君如满月，夜夜减清辉。”（李白诗句）故王昌龄说“明月何曾是两乡”，亦即有月共赏，有思同寄，和在一乡一样。明月悬空，清辉万里，虽不相闻，但思君如望月，见月如见君，你和我的友情，如耿耿月华，既照君亦照我，这不就是离而未分吗？既如此，何离伤之有？王昌龄用化远为近的构思来写友情之深挚，确实是天才的创造。

“青山一道同云雨，明月何曾是两乡。”这两句劝慰友人的诗，虽然不像“莫道前路无知己，天下谁人不识君”那么豪壮，但其挑战命运的抗争精神和旷达、乐观的人生态度，却胜出后者一筹。为什么王昌龄在诗中能化远为近呢？那是因为心宽天地小，眼阔山水近。王昌龄是个心宽眼阔，性格豪爽，遇事达观之人，所以才能达到视远为近的境界。如果他是个性格懦弱，经不起挫折，遭遇厄运就整天以泪洗面的人，又岂能出此豪言？王昌龄有不向命运低头，不向权贵和奸佞小人屈服的倔强，有贫贱不移、威武不屈的大丈夫气概，他笔下挥就的边塞诗八面雄风，就是其性格的折射。他在江宁县丞位上，写过一首传遍海内外的《芙蓉楼送辛渐》的送别诗，那是他在江宁为送别另一位挚友辛渐而写的，亦可见其人格之磊落和坚毅。诗中道：

寒雨连江夜入吴，平明送客楚山孤。
洛阳亲友如相问，一片冰心在玉壶。

好一个“一片冰心在玉壶”，真可谓声振林木，响遏行云！这是不屈的宣言，是对邪恶的蔑视！早在六朝刘宋时期，诗人鲍照就用“清如玉壶冰”来比喻高洁清白的品格。到了唐代，开元贤相姚崇又作了《冰壶戒》，从此盛唐诗人王维、李白、崔颢等都曾以冰壶自励，推崇表里澄明、光明磊落的品格。从这一首诗中，我们看到的王昌龄，其形象非常光鲜高大。他身处逆境不屈膝，面对谤议而无畏，坚持霜操终不悔，是一个集正气、清气、豪气于一身的傲岸孤介、冰清玉洁的大丈夫形象。

王昌龄被贬谪到穷荒之地龙标以后，面对恶劣的生存环境和不公平的遭遇，他仍以乐观旷达的积极态度对之，这有他写的诗为证：

沅溪夏晚足凉风，春酒相携就竹丛。
莫道弦歌愁远谪，春山明月不曾空。

——《龙标野宴》

荷叶罗裙一色裁，芙蓉向脸两边开。
乱入池中看不见，闻歌如觉有人来。

——《采莲曲》

月夜溶溶照古城，芙蓉渡口水风清。
焦桐一曲梨花雨，不知身在五溪滨。

——《无题》

王昌龄心宽眼阔，达观洒脱，所以，尽管置身于穷荒之地，但他眼里仍然处处有美，心中常常生乐，这种高远之兴，浩瀚之气，疏阔之怀，超旷之逸，与宋代的大学士苏东坡十分相似。正因为王昌龄有如此大丈夫的心胸气概，他才能在送友人柴侍御去武冈时，道出“青山一道同云雨，明月何曾是两乡”这样的超旷之语。实际上在这等超旷之语的背后，是王昌龄胸中的正气、清气和豪气，也就是浩然之气。古人云：仁者无忧。你只要细读、沉诵这样的诗句，就仿佛可以听到王昌龄这样在说：去吧，老朋友！你我风雨同山，月华同照，共用一水，心在一处，何孤愁之有？只要咱们快快乐乐地活着，健健康康地活着，平平安安地活着，就是对那些加害你我的卑鄙小人的无情回击。让他们难受去吧！

我们读这样的送别诗，读出来的不是离伤，而是豪气，不是流泪，而是鼓舞和信心。

岑参：武威送刘判官赴碛西行军

接下来我们赏析第三首，岑参的《武威送刘判官赴碛西行军》。先读诗的全文：

火山五月行人少，看君马去疾如鸟。
都护行营太白西，角声一动胡天晓！

这是岑参写的一首送别战友上前线的诗。

岑参，是盛唐时期一位成就很高，享誉也很高的诗人，特别是在边塞诗的创作上，他与高适双峰对峙，旗鼓相当，联袂并立。他在世56岁，年轻时两度辞家背井，万里从戎，奔赴西北新疆、甘肃一带，随军征伐，御敌靖边。他的边塞诗，如战鼓惊天，似号角动地，励人魂魄，激人胸怀，壮人行色。他以凌云健笔，奇思壮采，从多方面描写了西部边塞瑰丽险峻的景色，很多名句气吞山河，又谐于唇吻，备受人们推崇，流传甚广。他写祖国西部边塞的风是："轮台九月风夜吼，一川碎石大如斗，随风满地石乱走。"他写祖国西疆边塞的雪是："忽如一夜春风来，千树万树梨花开。"他写西疆边塞秋冬之寒是："马毛带血汗气蒸，五花连钱旋作冰，幕中草檄砚水凝。"他写西疆边塞的大漠是："君不见，雪海边，平沙漠漠黄入天。"他写边塞唐军将士行军之苦是："将军金甲夜不脱，半夜军行戈相拔，风头如刀面如割。"他写边塞唐军将士之勇是："四边战鼓雪海涌，三军大呼阴山动。"他写边塞唐军将士的爱国豪气是："亚相勤王甘苦辛，誓将报主靖边尘。"他写西部边城的景色是："凉州七里十万家，胡人半解弹琵琶。"他写大雪中边塞军营的景色是："纷纷暮雪下辕门，风掣红旗冻不翻。"他写大雪中送友人的情景是："山回路转不见君，雪上空留马行处。"他写在边塞与朋友相逢是："马上行军无纸笔，凭君传语报平安。"他写在边塞与朋友相聚是:“一生大笑能几回，斗酒相逢须醉倒。”这些诗句大声鞺鞳，小声铿鍧，瑰词壮语，激言烈响，读起来特别令人振奋。

我们要特别赏析的这首在武威送别战友奔赴战场的诗，在送别诗家族中堪称别具一格。它写于唐玄宗天宝十载，即公元751年，当时西北边境石国太子勾结大食（古阿拉伯帝国）等部，举兵作乱，侵袭唐境。时任武威太守、安西节度使的高仙芝将兵30万出征御敌，诗中的刘判官，名单，就是要与岑参辞行去前线参战的。岑参在送别诗中，既不直接写惜别之情，又没有像常人一样说一些祝愿胜利的空话，而是笔力健峭、豪情弥满地着意雕刻战友的英姿，讴歌战友的奋勇，为僚友以壮行色，给僚友以鼓舞。

“火山五月行人少”。这信口道来的第一句，点明了送别的季候和远行者之所向。火山，即坐落在新疆吐鲁番的火焰山，它海拔四、五百米，岩石大多为第三纪砂岩。晴天时，远远望去，在蔚蓝色的天幕下，此山色红似火，烈焰腾腾。当地有一首歌唱道:“火云满山凝未开，鸟飞千里不敢来。”可见酷热之烈。此地既然连飞鸟都不敢来，那人就更是畏之如虎豹，哪还敢投足取道啊！可是，此地恰恰是刘判官奔赴前线的必经之地，这就为刘判官的出场安排了一个惊心动魄的背景，为刘判官的精彩亮相做了很好的铺垫。同时，也为读者设造了一个悬念。

“看君马去疾如鸟”。这第二句用生动的比喻，正面描写刘判官的勇猛爽洒的英姿和一往无前的气势。尽管岑参的刻画略貌取神，但刘判官的形象仍然风生纸上，英气逼人。谁说赫赫炎威的火焰山人不敢近前，连飞鸟都视为畏途呢？你看刘判官，翻身上马，鞍桥略定，随着一声鞭响，骏马扬蹄而起，在广阔的大戈壁上，简直就像一只飞鸟掠野而过，径直扑向火山而去。就这一句，就把刘判官报国无畏、荡寇有胆、越是艰险越向前的英雄风貌尽现于笔端。岑参这句诗，满心而发，然而看上去却似肆口而出，强调一个“看”字，既抒发自己对战友的由衷敬佩和对战友的自豪，又凸现刘判官奕奕飞扬的神采，笔力气韵兼佳，真乃高超也！

“都护行营太白西”。这是写刘判官他们的行营远在太白金星的西边。在诗中作者为什么要点出“太白西”呢？这是岑参在借用一种吉兆。古人认为，太白金星的出现，预示着敌人的败亡。《史记·天官书》有言:“其出西失行，外国败。”故以此暗勖战友。

“角声一动胡天晓”。这是说唐军破敌的角号一响，敌寇会立刻闻风丧胆，溃不成军，兵败山倒，夜晦沉沉的“胡天”，即刻会破晓天白，迎来曙光遍照，一片光明。这看起来没有写刘判官，但实际上字字都是用战争的结果来延伸描写刘判官义无反顾、舍生忘死的勇猛气势。谁都明白，唐军由刘判官这样的猛士组成，其战斗力肯定是排山倒海，雷霆万钧，攻必克，取必得，战必胜。这两句诗，也洋溢着岑参必胜的信念和对前景无比乐观的情绪，而对战友的信赖更在不言之中，所以也能让人感受到他与战友相交之笃，相知之厚，相爱之美。

通过以上简要的赏析，我们已经看得很清楚，这场送别充满了豪迈之情，充满了自信和乐观。这样的壮别，让人神情振奋，壮怀激烈。

岑参：送李副使赴碛西官军

岑参写的送别诗，除上面一首外，还有很多首都是壮别诗，比如是年六月，岑参又送另一位战友赴碛西前线参战，他的临别赠诗也是“笔落惊风雨，诗成泣鬼神。”

诗文如下：

火山六月应更热，赤亭道口行人绝。
知君惯度祁连城，岂能愁见轮台月？
脱鞍暂入酒家垆，送君万里西击胡。
功名祗向马上取，真是英雄一丈夫！

——《送李副使赴碛西官军》

岑参在这首诗中要送别的朋友李副使，是六月出征，火焰山一带已不是“行人少”，而是“行人绝”了。岑参把朋友邀到一处酒家，置酒为其饯行。席间，从诗句创造的氛围，看得出两个人志同道合，慷慨与共，神交默契，心里均把此次“击胡”之战，视为报效国家，建树奇功，创造英雄业绩，一酬平生凌云宏愿的大好机遇，故岑参一出言便石破天惊：“功名祗向马上取”，热情嘉许出征在即、投袂而起的李副使“真是英雄一丈夫”！此诗意气风发，笔调轩朗，迸射的是阳刚之气，奏鸣的是高亢之曲，确实称得上是雄文华章。这样的壮别诗，读起来能不热血沸腾吗？

以上我们赏析了三首壮别诗，第一首写的是两个失意之人的送别，这本应是充满伤感的送别，但高适以无比自信和乐观的精神，把伤别写成了壮别。第二首写的是两个被贬谪、被放逐之人的送别，更应当是充满离伤的送别，但王昌龄却以玉壶冰心、潇洒旷达的人生态度，把伤别也写成了壮别。第三首写的是两个战友的送别，战友上前线，赴汤蹈火，冲锋陷阵，可以说险象丛生，生死难料，本应充满生离死别的悲壮，但岑参却以英雄的豪情，把悲壮写成了豪壮。

陈子昂：送魏大从军

接下来我们再赏析一首初唐著名诗人陈子昂写的赠别友人出征作战的诗《送魏大从军》，这首壮别诗同样写得意气风发，壮怀激烈，气贯长虹，令人振奋。同时，艺术特色也非常鲜明。

> 匈奴犹未灭，魏绛复从戎。怅别三河道，言追六郡雄。
> 雁山横代北，飞塞接云中。勿使燕然上，惟留汉将功。

诗人的朋友叫魏大。魏大为何人，不详。只因在兄弟中排行第一，故称其为魏大。

因是此诗是送朋友从戎出征，故一开始就起调高吭，石破天惊。首二句以激昂慷慨之笔调，排山倒海之气势，热烈深情地赞颂朋友的雄壮之举。给人的感觉是，战端未开，已闻战鼓。但诗人的赞颂不是直露胸襟，而是活用典故，寓显于隐。首句“匈奴犹未灭”，借用成语，暗用了西汉武帝时横扫匈奴劲旅于西北边境的骠骑将军霍去病“匈奴未灭，无以家为”的典故（《史记·卫将军骠骑列传》）。此处“匈奴”二字，当代指进犯大唐边境之外敌。“犹未灭”，明确地表达了边境上军情之紧急。友人魏大正是在这种急迫的形势下，慷慨从戎，奔赴疆场。这就写出了战争的正义性，写出了魏大从军是应国家之需、急国家之急、国而忘私、大义盈怀的雄壮之举。次句“魏绛复从戎”，又巧用春秋中期晋国大夫魏绛的典故。魏绛面对当时晋国与周边外族常生磨擦的局面，力主晋国采用和戎之策与外族联合安疆，曾说“和戎有五利”，晋悼公纳从其言。后长达八年的时间里，九合诸侯，戎狄亲附，魏绛因弭边患有奇功而受金石之赏。其事见《左传·襄公四年》。而魏绛和魏大同姓，故诗人以魏绛喻魏大，改魏绛的“和戎”为“从戎”，只取魏绛事迹保疆有功之内核，进一步表明自己对当时边境战事的看法，暗示了大唐朝廷曾与犯边外敌谈判议和，但外敌极端蛮横跋扈，致使谈判彻底破裂，大唐只有与外敌兵戎相见，以战熄烽，荡寇靖边。同时也希望友人魏大此次从戎出征，会像魏绛一样成为大功之臣。诗人选用这样两个典故赞扬友人魏大，笔力健峭，感情弥满，让诗句大气磅礴，豪情直逼九冥，一下子就为这场送别定格在了壮别曲的旋律上。

接下来，诗人在颔联中又挥毫赞扬了魏大与诗人话别时的豪壮之言。“怅别三河道，言追六郡雄。”诗人在此处又用了一个典故：“三河道”，指黄河流域中段平原地区，包括当时的东都洛阳（武后时朝廷常在洛阳），这是诗人指明送别之地。《史记·货殖列传》说：“昔唐人都河东，殷人都河内，周人都河南。夫三河在天下之中，若鼎足，王者所更居也。”故称河东、河内、河南为“三河”。“六郡雄”中的“六郡”，指金城、陇西、天水、安定、北地、上郡。“六郡雄”，指西汉时曾大破匈奴、立功边塞的著名将领赵充国。《汉书·赵充国传》载：“赵充国字翁孙，陇西上郡人也。……始为骑士，以六郡良家子，善骑射，补羽林。为人沉勇有大略。少好将帅之节，而学兵法，通知四夷事。武帝时，以假司马从贰师将军击匈奴。官至后将军。”这两句合起来说的是，咱们在东都洛阳城外的大道上分手，总不免有些怅然，但执手相别时，你行色衮衮，表示一定要以六郡雄杰赵充国为范，在扫荡外敌的战场上，英勇作战，建功立勋，这般豪壮之言，激情四溅，感天泣地，洋溢着一个大唐志士为国为民何惧赴汤蹈火的英雄气概。两句诗里虽然也说到“怅别”，但强调的仍是话别时的豪壮之言，胆雄气盛，怅而无悲，其格调依然慷慨。

五六两句承接“三河”句，以健笔转写壮阔之景。“雁山横代北，狐塞接云中。”“雁山”、“代北”，“狐塞”、“云中”，这些既是诗人意中之景，又是魏大这次从军出征之地。“雁山”即雁门山，在今山西代县西北，唐时代县为代州，或称代郡。“狐塞”即飞狐塞，又称飞狐口，在今河北省涞源县之北，唐时称涞源县为飞狐县。“云中”，唐郡名，即云州郡，州治在今山西大同市。诗句写景非常壮阔，读起来又非常铿锵有力，特别是句中的两个动词，一“横”一“接”，用得好，很有气势。“横”字，写出了雁门山横空出世，盘亘于代州北面，其势雄峻和所处地理方位之险要。“接”字，又逼真地描绘出飞狐塞遥遥与北面的云中郡相接，其气势之雄阔和地势之险峻。诗人把景物描写得如此壮阔，有深意存之，委曲地给朋友暗示了三点：一是这些地方非常重要，它们是三河地区的天然屏障，如果这些地方一旦沦为外敌所有，则三河不保，故此出征责任天大；二是这些地方山高地阔，关雄塞险，幅员辽远，条件艰苦，行军艰辛，作战艰难，困难重重，要有充分的吃苦准备，不仅要经受生与死的考验，还要迎击苦与艰的挑战；三是出征的责任之重，条件之苦，这正是一个志士勇士大显身手，大展才干的辽阔舞台，正是你实现人生追求，平生夙愿的难得一遇的平台。正因为诗人的景物描写内涵如此丰富，所以尽管景物描写中全是地名，读这两句诗时，非但无板滞之感，只觉其间有一股强烈的锐气雄风。地点写到如此地步，真是大手笔的大手段。

五六两句写景的意致，为尾联推出胸中的宏壮之志作了很好的铺垫。“勿使燕然上，惟留汉将功。”这两句又用了东汉名将窦宪的典故。《后汉书·窦宪传》载：东汉车骑将军窦宪，曾率雄师出塞，大败北匈奴单于于漠北，并乘胜追击，登上燕然山，去塞三千余里，在山上刻石勒功，记大汉威德。诗人最后用窦宪的业迹和功绩勉励友人要树宏壮之志：燕然山上不能只有勒记大汉威德的碑石，也应当有我们大唐将士赫赫战功的刻石啊。这样的遥襟宏志，何等豪壮，何等超迈？！它哪里还只是个人建功立业、彪炳青史的人生追求，它还洋溢着为大唐争光扬威、树碑作铭的爱国情怀，可谓抚节高歌，狂飙一曲，声振林木，响遏行云。

纵观全篇，诗人高举远慕，瑰采奇情，健笔凌云，通过赞雄壮之举，飚豪壮之言，写壮阔之景，勖宏壮之志，“四壮”连发，精彩地奏鸣了一曲壮别之歌。全诗一气呵成，激情衮衮，英气灼灼，充满了无比自信和奋发向上的精神以及乐观情绪，荡荡乎有气吞山河之势。他们的离别，不见丝毫儿女情长，围裹在他们周围的皆为豪情激扬和乐观自信的热浪。在这曲壮别之歌中，诗人对友人的一腔挚情，满腹热念，萦绕于字底行间，对友人的信任、赞赏和厚望，贯穿于首尾四联，其友情之美，令人感动和感奋。

这首诗在艺术上有两个特色：

一是用典抒情，用典言志。诗人在八句诗中遴选四典入诗，推出了四位历史风流人物，他们都在保疆靖边方面建树过奇勋伟业，其事迹光映史册，其形象、品格、胸怀、业迹，与送别友人从戎出征的主题和氛围非常贴切，格调非常谐合。这些典故的使用，不仅让该诗浩气冲天，锐气动地，英气逼人，正气泣神，为壮别曲大增了高吭激越之声，而且还为该诗平添了委婉蕴藉之妙，避开了豪放诗易直、易裸之弊。在典故的运用上，诗人慧思泉涌，笔姿灵活，方法多变，有的化用其言，有的借用其事，有的点其名，有的隐其名，有的正用，有的反用，有的用其出身之地以代之，有的用其功成之地以代之，故无单调、堆砌之感。

二是巧用地名。八句诗出现了六个地名：三河、雁山、代北、狐塞、云中、燕然，这在近体诗中罕见。地名用得多，诗句往往干涩不畅，语气不免生硬板滞，减弱或破坏诗的情韵。但陈子昂这首诗读起来却无此感，其原因主要是用得巧。首先是让地名增加诗境的空间感。随着地名的一个个出现，诗的空间不断扩大，诗的主题也不断深化。这种空间感，对拓展和丰富该诗雄阔的意境起了不可替代的作用。其次，使用地名与写景、叙事造势紧密结合。读了地名，才知道送别之地在哪儿，交锋的战场在哪儿，才能清晰地获得军情的急迫，形势的严峻，靖边的重要，行军的艰苦，作战的困难，前人的业迹，今人的责任，等等信息，而这些正是诗人抒发壮怀，勉友奋发，寄友厚望，表达壮别主题，绝对不可或缺的基础性元素。所以依次诵读这些含有众多地名的诗句时，不仅不觉生涩，反觉视野越来越开阔，诗境越来越闳阔，精神越来越振奋。这些地名像一颗颗镶嵌在“诗带”上的珍珠，璀璨生辉，耀眼夺目。

陈子昂是一位对唐诗发展有重大影响的诗人。唐高宗显庆四年（公元659年），他出生于四川梓州射洪一个富有的庶族地主家庭，从小养成了豪家子弟任侠使气的性格。青年时期，他折节读书，21岁时入长安游太学，次年赴洛阳应试，落第西归，在家乡过了一段学仙隐居的生活。永淳元年

（公元 682 年），他再次赴洛阳应试，得中进士，释褐将仕郎。由于两次上谏疏直陈政事，受到武则天的赏识，他被擢为秘书省正字，官至右拾遗。可惜 42 岁时被害。

陈子昂作为在武后时期登上诗坛而崭露头角的诗人，当馆阁诗人们醉心于应制咏物、寻求诗律的新变时，他的诗歌创作却表现出明显的复古倾向，主张恢复古诗比兴言志的风雅传统。这使他的诗呈现出与当时朝中流行的馆阁体完全不同的精神风貌。陈子昂主张追踪多悲凉慷慨之气的建安风骨，寄托济世的功业理想和人生意气，反对没有风骨、没有兴寄的作品，坚决与片面追求藻饰的齐梁诗风划清界限，他还提出了一种“骨气端翔，音情顿挫，光英朗练”的诗美理想，要求将豪壮昂扬的情思与声律词采之美结合起来，创造健康而瑰丽的诗文。我们赏析的这首《送魏大从军》，可以说正是陈子昂把自己的诗歌创作理念付诸实践的结晶品之一，它达到了豪壮昂扬的情思与声律词采之美的结合。有研究者认为，陈子昂的诗歌创作和诗歌主张，为盛唐诗歌创作大繁荣大发展盛况的行将到来唱响了雄壮的序曲。

陈子昂在这首《送魏大从军》中，以直冲云霄的高歌，对自己朋友的从军出征，予以那么热烈诚挚的赞扬，除了表达他对友人一腔真诚的友情之外，实际上也是诗人自己“感时思报国，拔剑起蒿莱”的思想情操的自唱。陈子昂是一个有着强烈的济世报国的人生抱负的诗人，他曾写过一系列《感遇》诗，其中有一部分是述怀言志之作，诗句中滚滚奔腾的慷慨情思，踔厉飞扬的感情气势，与这首《送魏大从军》如出一辙。如《感遇》之三十五：

本为贵公子，平生实爱才。感时思报国，拔剑起蒿莱。
西驰丁零塞，北上单于台。登山见千里，怀古心悠哉。
谁言未忘祸，磨灭成尘埃。

为了实现自己建功立业、济世报国的人生理想，他自己也曾两次慷慨从军。第一次是随乔知之北征同罗、仆固，西驰丁零塞，北上单于台，跃马大漠南。此诗即作于诗人第一次随军北征之时，他亲临沙场，有感于心，用豪壮的诗句展现了自己平生不甘平庸、积极进取的精神风貌。诗中那种渴望建功立业的昂扬情调和壮伟情怀，还迸射着一股拔剑而起的豪侠之气。

神功元年（公元697年），陈子昂再次从军。他随建安郡王武攸宜北征契丹，军次渔阳。因武攸宜出身亲贵，不晓军事，陈曾献破敌奇计，言甚切至，但终不被见纳。子昂知不和，因钳默下列。后登蓟北城楼，有感于从前此地曾有过的君臣际遇的佳话，写下了千古绝唱，就是大家耳熟能详的《登幽州台歌》（见卢藏用《陈氏别传》）：

前不见古人，后不见来者。
念天地之悠悠，独怆然而涕下。

这是一首悲歌，但它又是一曲受伤猛虎之长啸。

诗人思接千载，视通万里，站在时空的交汇点上，抒发了在天地无穷而人生有限的矛盾中，奇才不用，大志难成的悲愤和孤独。情绪极其激昂，色调又极其苍凉。但是透过笼罩在诗句表面悲愤的气氛和苍凉的色调，你可发现诗人有志于人生，有志于国家，有志于时代的伟大胸怀和严肃的人生态度，悲中有壮，愤中含雄，孤独中不见颓废，悲愤中呼唤希望，怆然中企盼崛起。我每读此诗，都在沉思中仿佛看见，一只长翼被雨水打湿了的大雕，停飞在树，但眼光仍然炯炯有神。

孟轲说过这样一段话：“诵其诗，读其书，不知其人可乎？是以论其世也。”（《孟子·万章》）我们了解了陈子昂的志向和经历，再回头看他写的《送魏大从军》，就不难发现，陈子昂在盛赞友人从军的壮别曲中，确实也抒发了英雄同略，志士同歌，惺惺相惜的壮烈情怀。我们也明白了，诗人为什么能把大唐北疆的雁山狐峡、代北云中，写得那么苍茫壮阔，因为揉进了诗人亲身从军参加征讨的豪迈经历。总之，在诗中我们不仅看到了魏大的勃勃英姿，也仿佛听到了猛虎的一声长啸，窥见了栖于雄枝的大雕正昂头远望的眼神。

最后还要指出一点，诗人如此赞扬友人从军，并不说明他赞成穷兵黩武。他歌颂正义之战，并勇敢地参加御敌靖边之战，但他对非正义之战，非人道用兵，则坚决反对和批判。垂拱三年（公元687年），武后准备开凿蜀山道路，由雅州进攻羌人，时陈子昂官麟台正字。他认为这是“肉食者谋”，立即向武后呈递《谏雅州讨生羌书》，愤云：“臣闻乱生必由怨起，雅之边羌，自国初以来，未尝一日为盗。今一旦无罪受戮，其怨必甚。”他的《感遇》诗之二十九，就表现了这件事和他对这件事的明确态度。

丁亥岁云暮，西山事甲兵。赢粮匝邛道，荷戟争羌城。
严冬阴风劲，穷岫泄云生。昏曀无昼夜，羽檄复相惊。
拳跼竞万仞，崩危走九冥。籍籍峰壑里，哀哀冰雪行。
圣人御宇宙，闻道泰阶平。肉食谋何失，藜藿缅纵横。

该诗极力反对这种无故攻羌非正义、非人道的侵略性黩武行径，对战争所造成士兵的痛苦和人民的灾难给予了深切的同情。诗的格调也与《送魏大从军》等篇大相径庭，皆为低沉凄楚之音，并用夸张的手法极力渲染行军的残象，连一点乐观豪壮的影子都不见。

杜甫：送灵州李判官

公元755年，一场大浩劫降临中国大地，这就是历史上著名的安史之乱。这场大浩劫像颗杀伤力极强的“原子弹”，吞噬了几百万无辜的生灵，摧毁了辉煌璀璨的盛唐华夏，从此大唐王朝带着满目疮痍一步步地走向了衰老。安史之乱无情地把诗人杜甫推向了时代的最前沿，血雨腥风，刀光剑影，山河破碎，黎庶嗷啼，家庭离散，一桩桩，一件件，撞击着诗人忧国忧民的心，洗涤着他那双异常敏锐的慧目，掀动着他那狂涛巨澜般奔腾难羁的一腔诗情。诗人的思想像接受了一场洗礼，从此伟大的现实主义创作迈入了成熟期。这期间，诗人用笔醮着血泪，写出了很多凝结着时代风烟，闪烁着史诗光辉的不朽杰作，形象而真实地记录了时代的苦难和人民大众面对苦难艰辛跋涉的脚步。下面我们要赏析杜甫在此期间写作的一篇送别友人的诗《送灵州李判官》。

羯胡腥四海，回首一茫茫。血战乾坤赤，氛迷日月黄。

将军专策略，幕府盛材良。近贺中兴主，神兵动朔方。

这首诗写于安史暴乱发生的第三年，安史叛贼正猖獗桀慢之时。当时两京失守，玄宗仓皇入蜀，肃宗灵武临朝，方移驾凤翔不久。灵州，即灵武郡。李判官，名字生平不详。判官，节度使幕府的辅佐官。

这首诗是送别平乱前线一位战友的诗，但诗人并不从送别写起。诗的前四句，皆记战乱之残酷。“血战”“氛迷”，正言四海腥膻，可谓血雨腥风遍布神州北地。这四句诗，用语极悲壮，用情极强烈，可以说把满腔的热血全都注入进去了。首联里诗人用“羯胡”代指安史叛乱。安禄山为胡人，故斥为羯胡。“腥四海”“一茫茫”，一方面写出了叛贼凶焰炽盛，一方面也写出了诗人义愤填膺。颔联以夸张之笔，豪峻之词，正面描写了唐军与叛军血战的惨烈，场面壮阔，气势飞动。“血战乾坤赤”，大地上处处血流成河，把天空和大野都已染红。“氛迷日月黄”，不论白天晚夜，长天万里战尘弥漫，红日和明月都变成了昏暗的土色。我觉得诗人操觚染翰时，眼睛里在喷火。

“东胡反未已，臣甫愤所切。”（《北征》）杜甫不仅是安史叛贼制造血腥的目睹者，更是安史之乱的直接受害者，他对安史叛军痛恨得咬牙切齿。安史之乱爆发不久，杜甫从羌村匆匆赶奔朝廷行在所，不料中途却被叛军所俘，被押到已沦陷的长安。据史料记载：安史叛军攻入长安后凶相毕露，极端残忍，安禄山命部将孙孝哲杀害霍国长公主，永王妃及驸马等 80 人，又害皇孙 20 余人，皆挖心碎首，血流满街。在长安做俘虏的杜甫，有机会目睹了叛军践踏长安的罪恶。杜甫在极端伤恸和愤怒之下，创作了《哀王孙》一诗，真实地记录了一个被玄宗遗弃的王孙在沦陷区长安所遭遇的悲惨生活，诗人遇到这个王孙时，他已在荆棘丛中躲藏了上百天，身上没有一块完整的皮肤，为了免遭叛军杀戮，他哀哀地乞求当个奴仆，其境况惨不忍睹。在长安陷贼期间，一幕幕街头惨象，撕扯着杜甫那一颗忧国哀世之心，一场场家庭惨剧，又激荡着他那满腹思家念幼之情。后来他根据自己的所见所闻和所感，创作了一首五律《春望》，这是一首把忧国的激愤与思家的悲情汇于一炉的惊世名作。

国破山河在，城春草木深。感时花溅泪，恨别鸟惊心。
烽火连三月，家书抵万金。白头搔更短，浑欲不胜簪。

首联二句，视野由近及远，又由远而近，紧扣题中“望”字，抒发了“风景不殊而人事已非”的深沉感慨。“国破”是说国都长安已陷入贼手，被践踏得千疮百孔，“山河在”是说城外山河依然如故，这与残破的都城构成强烈对比。“城春”的“春”字点明了诗人写作的时间。这首诗是757年三月所写。春天本是风和景明的美季，然而被叛贼盘踞的长安城却是一片荒芜，诗人用“草木深”，绘出了杂草处处，林木森森，满目凄然，人迹稀少的景象，这又使美季与荒城形成巨大反差。这两句不仅为全诗创造了悲凉的气氛，而且一开篇就让诗人忧国之心跃然纸上了。

接下来，诗人把镜头聚焦到花鸟两物上，借花开鸟啼进一步抒发心中的愤慨和忧思。春天来了，春光明丽，花香鸟语，本来应该给人们带来欢娱，然而作者却观花而“溅泪”，闻鸟而“惊心”，这感觉的反常，既是因为“感时”和“恨别”的内心沉痛所致，也是那个特殊的时代曲折的投影。当作者看到冬归春至，大自然中的花木呈现出一派姹紫嫣红，在春风中斗艳争奇的时候，想到生活在叛贼铁蹄下的沦陷区人民，仍在刀丛中度日，仍感到严冬的冷酷，怎能不发出人命不如花草的感喟，继而伤心地两眼“溅泪”呢？当诗人听到春光里各种鸟雀，欢快地百啭千歌，或双双对对，自由飞翔，或对对双双，筑巢育雏的时候，想到个人被叛贼拘禁长安，没有自由，又不能与家人团聚，怎能不产生人竟不如鸟雀的悲哀，继而闻鸟啼而心惊呢？诗人对国家时局艰危的忧虑，对人民处境艰危的同情，对个人以及家人离散的痛苦，尽在这“感时”“恨别”两句中道出来了。

五六两句是对上联“感时”和“恨别”内容的进一步补充：“烽火连三月”，烽火相连，讲的是由于叛乱在继续，天空仍在燃烧，大地仍在流血，人民仍在受难，生灵仍在哭泣，时局朴朔，未兆好转，这是国恨；“家书抵万金”，家书难得，讲的是在这般形势下，自己未脱贼掌，手足被束，与亲人远隔两地，别说见面，连消息都完全隔绝，得一家书都不可，这是家仇。这就把诗人的“感时”之痛和“恨别”之苦又推进了一层，而且点中了国难家悲的原因，字字句句含饱了国恨家仇。细品这两句，你能窥见诗人内心深处对这场祸国殃民的叛乱无比憎恶和声讨，也能隐隐听到诗人盼望尽快平息这场战火的真诚而急迫的呼唤。

尾联，诗人以无奈之搔首的动作作结，把忧国与思家总括于悲情。诗人在回想当俘虏这段时光时，曾这样写道："况我堕胡尘，及归尽华发。""白发"，已是因愁而致，可见愁深。"更短"，则是愁上添愁，愈见愁深。欲用"搔"头之举，缓解或解脱一下愁苦，结果适得其反，发现发更疏丝更短，衰老之象甚，真是哀情复哀情，愁苦更愁苦。诗人选定这个典型动作抒情，蕴含丰富，耐人联想，道出了难以尽道的伤离叹难之哀，正见运斤成风的手段。

这首诗既是忧国之歌，又是怜家之唱，既是对叛乱的声讨，又是对和平的呼号，双声并发，慨然统一，调昂而不直，情激而不浅，铿然作响，气度浑灏。历来被诗家称为青钱万选之作。

杜甫后来逃出了长安。是年四月，至凤翔，五月授左拾遗，因疏救房琯，触怒肃宗，险些丧命。八月，放还鄜州（今陕西富县）省妻子。后根据一路见闻，写成了一篇长达 700 字、140 句的叙事诗《北征》。此诗采用夹叙夹议的写法，叙写了由凤翔归家时的心情，途中的经历和感想，到家后的情事，明确提出了自己对时局的看法，是一篇用诗写成的陈情表。

杜甫在这首诗中，含着泪水揭露了安史叛贼的滔天大罪。据《旧唐书·刘晏传》载："函陕凋残，东都尤甚，过宜阳，熊耳山至武牢，成皋，五百里中，编户千余而已。居无尺椽，人无烟爨，萧条凄惨，兽游鬼哭。"杜甫用诗句写出了这种让人触目惊心的惨象："靡靡逾阡陌，人烟眇萧瑟。所遇多被伤，呻吟更流血。"更让诗人毛骨悚然的是，昔日的锦绣田园，乱后已成了兽游鬼哭的世界："鸱鸟鸣黄桑，野鼠拱乱穴。夜深经战场，寒月照白骨。潼关百万师，往者散何卒？遂令半秦民，残害为异物。"可见诗人对安史叛乱的痛恨。山河破碎心已碎，生民涂炭情也炭，诗人其心其情，可谓至痛至哀。

杜甫在诗中还详细描写了自己的家经过战乱一贫如洗的悲惨情况，读后让人心颤心抖。"经年至茅屋，妻子衣百结。恸哭松声回，悲泉共幽咽。平生所娇儿，颜色白胜雪。见爷背面啼，垢腻脚不袜。床前两小儿，补缀才过膝，海图拆波涛，旧绣衣曲折，天吴及紫凤，颠倒在裋褐……"离散了一年多的亲人，突然相见，禁不住抱头痛哭，泉水也为呜咽，松涛也为之回应。妻子憔悴消瘦，衣衫褴褛，竟是用碎布条结成；小儿子已经饿得面色惨白，见爹来了，伤心地背过脸去大哭，那双脏兮兮的脚上连袜子都没有；床前站着两个小女儿，身上穿着补丁摞补丁的衣裳，而且衣裳短得才刚刚过膝盖，那些补丁是剪自旧绣衣上的碎布，东一块西一块地拼在一起，上面的图案杂乱无序，乖互可笑：海图的波涛被裁得七零八落，水神的八足十尾和紫凤的彩翅玄足也是错乱颠倒……这一切都说明杜甫的家已面临绝境，破败不堪。其实，这样的状况何止杜甫一家呢，从杜甫一路上看到的“人烟眇萧瑟”、“残害为异物”来推测，不知有多少家庭和杜甫家一样不幸，甚至比他家还更不幸。杜甫在诗中是以自己家况为例，在广泛地反映当时广大人民的苦境。

了解了这些，我们再回头来读《送灵州李判官》这首诗的开头四句，你是不是觉得诗人把满腔的国恨家仇都注入到诗句里去了？是不是感到诗人的眼里在喷火？国恨要雪，家仇必报，血债要用血来还。接下来诗人的笔就是饱醮着这种豪情和激情，写出了后四句，赞赏友人到平叛前线，鼓励友人在平叛战场上建树功勋。“将军专策略，幕府盛材良。近贺中兴主，神兵动朔方。”“策略”，称颂主将，“材良”，赞美李判官。“将军”，指朔方节度使郭子仪。按《唐书》：禄山反，以郭子仪为灵武太守，充朔方军节度使。陈涛斜之战唐军战败后，帝惟倚朔方军为根本。因为是送别李判官上前线，所以颈联两句转为赞美朋友李判官，誉其为一个不可多得的人才，如今在平叛前线投在军事家郭子仪将军麾下，那是良才遇英主，因为郭子仪是一个治军作战非常富有韬略、计谋的将军。实际上是说，李判官凭着自己的才干，完全可以在郭子仪部大显身手，干出一番惊天动地的事业，这是对朋友李判官的勉词。尾联补充颈联，进一步指出李判官建功树勋的有利形势：一是唐肃宗代玄宗即位后，立志中兴，将大举兴复。二是唐军很快将兵动朔方，在郭子仪的指挥下，唐军犹如“神兵”从天而降，向叛军发动大规模的反击。杜甫预料得很准确，肃宗在灵武即位后，便图谋收复两京（西京长安、东京洛阳），遂调郭子仪部到灵武，并以郭子仪为兵部尚书兼宰相，令其率军出征，不久即在山西、河北报捷，大败史思明。后肃宗又命郭子仪为天下兵马副元帅（元帅为皇子李俶），率军讨贼，郭子仪不负皇命，借用回纥兵，先后于至德二年夏秋收复两京。郭子仪功居平乱之首：肃宗曾说："虽吾之家国，实由卿再造。"杜甫在诗中，用自己对形势的分析和判断，来鼓舞和坚定友人的斗志和信心，激励友人顺应形势，抓住时机，大展宏图，建功树勋，是非常有力的。

要让朋友有信心，首先自己有信心。倘若自己已悲观颓唐，又怎能劝朋友有信心呢？杜甫面对贼势炽烈，始终对大唐能取得平叛的胜利抱有坚定的信心，就是在他接连听到唐军战败失利的恶耗时，他一方面给予阵亡的将士极大的同情，一方面还能清醒地把握住人心的向背，坚信最后的赢家仍是大唐和站在大唐一边的人民大众。他在《北征》这首诗里，描写完叛乱祸国殃民的滔天罪恶之后，笔锋一转，就发出了叛贼必亡，大唐必胜的断言。他写道：

> "昊天积霜露，正气有肃杀。""煌煌太宗业，树立甚宏达。"
> "伊洛指掌收，西京不足拔。官军宜深入，蓄锐可俱发。
> 此举开青徐，旋瞻略恒碣。祸转亡胡岁，势成擒胡月。"
> "胡命其能久，皇纲未宜绝。""都人望翠华，佳气向金阙。"

胸中有正气，笔下走豪气。正因为杜甫能断定叛贼的可悲下场，料知大唐是最后的赢家，所以他送友人的诗才能出词这么悲壮和豪峻，描写善恶厮杀的战争场面才这么壮烈雄阔和气势飞动。读这样的壮别诗，也如闻战鼓。它就像与叛军决战前，吹响的一曲划破长宾的冲锋号角。这样的壮别诗，足可以为壮士壮胆，为勇士添勇，为志士长志。

这首壮别诗在写作上也特色鲜明。其一，词雄境阔，格高情灏，具有极强的鼓动性和感召力。其二，通篇写送别，却不见一句送别之语。不在表面上着墨，寓"别"于"激"和"勉"，尽在情别、心别、志别上用笔。其三，谋篇缜密，布局工巧。劈头两句先书贼恶，意在激其仇。接下来写战场形势严峻，意在晓其责。最后重笔写平叛之有利条件，意在励其志，激仇里含悲，晓责里蕴烈，励志里见豪，使壮别全篇，波澜起伏，气韵飞扬，开阖跌宕，步步高举，起懦警顽，令人振奋。

"三吏""三别"是杜甫写于安史之乱时现实主义创作的华章伟作，也是我国古代现实主义诗歌创作的典范之作。凡是读过这些作品的人都会深刻地感到，杜甫是想通过这组生活画面，广阔而深刻地反映安史之乱时期人民大众的悲惨境况。诗人的一颗心在尖锐复杂的矛盾中痛苦地跳动，一方面，他为人民遭逢的不幸而悲伤哭泣；另一方面，他又为国家民族的命运考虑而含泪鼓励和支持人民去做出牺牲。他的忧国之心与爱民之情，理性上的清醒和感情上的诽怨，非常矛盾而又统一在作品的事件、人物和情节之中。这使得杜甫这两组诗的人民性和爱国主义精神交相辉映，并特别耀眼夺目。但杜甫这首《送灵州李判官》，却和“三吏”“三别”不一样，没有忧国与爱民、理性与感情的矛盾。他也写了人民的苦难，战争的惨烈，也写了送别友人上前线，但却气壮山河，志凌霄汉，没有感伤，没有怅惘，更没有离愁别恨。他只是一味地励勉友人，奋勇向前，为国除难，为国建功。这是为什么呢？一个原因，李判官不是普通百姓平民，他是朝廷的命官。杜甫对他的要求，比普通百姓平民要高。另一个重要原因，也是主要原因，就是他与李判官是心心相印的挚友，是肝胆相照、志同道合、情意相投的挚友。如果不是如此，杜甫的送别诗决不会写得如此豪壮，如此爽直，如此气概不凡。因此，我们在这首诗中读到的友请之美，是很有光彩的。

刘禹锡：酬乐天扬州初逢席上见赠

在唐代中期，有一位被誉为“诗豪”的诗人，他就是大名鼎鼎的刘禹锡。人们对刘禹锡这个名字的熟悉，在很大程度上是因为他的两句诗很有名，深得人们的喜爱。

沉舟侧畔千帆过，病树前头万木春。

刘禹锡这两句诗，出自他写的一首赠别他的好友白居易的诗《酬乐天扬州初逢席上见赠》，这也是一首响当当的壮别诗。下面我们就赏读这首诗。

巴山楚水凄凉地，二十三年弃置身。
怀旧空吟闻笛赋，到乡翻似烂柯人。
沉舟侧畔千帆过，病树前头万木春。
今日听君歌一曲，暂凭杯酒长精神。

唐敬宗宝历三年初，刘禹锡罢和州刺史返回洛阳，正值白居易亦由苏州归洛，二人在扬州相遇。刘禹锡与白居易交往甚厚，关系甚洽，二人酬复颇多。特别是白居易，对刘禹锡的奇才高志特别赏识，他曾说：彭城刘梦得，诗豪者也。其锋森然，少敢当者。人生几十年如白驹过隙，宦海生涯如风吹草蓬，今日不期而遇，但又不知再见何时？他乡遇故知，自然要置酒设筵，畅叙别情。酒酣耳热之际，老友感慨万千，白居易把笔挥毫，先写一诗赠刘禹锡，题为《醉赠刘二十八使君》。

为我引杯添酒饮，与君把箸击盘歌。
诗称国手徒为尔，命压人头不奈何。
举眼风光长寂寞，满朝官职独蹉跎。
亦知合被才名折，二十三年折太多。

刘禹锡读后，亦十分动情，便挥笔写了上面那首诗作答。因为白居易在诗的末尾说到二十三年，所以刘禹锡就接过白居易的话头，在诗的开头就说："巴山楚水凄凉地，二十三年弃置身。"这一来一往，就显出了朋友间推心置腹的亲密关系。白诗说："亦知合被才名折，二十三年折太多。"白居易对刘禹锡的遭遇无限同情，不胜感慨，所以他一方面嗟叹刘禹锡命运之不幸，另一方面又盛赞刘禹锡才气与名望之拔萃。大意是说：你该当遭到不幸啊，谁让你的才气和名望那么高呢！正所谓誉满天下，谤亦随之啊。但是，遭折的时间竟长达二十三年，也未免太过分了。

白居易说得太对了，一贬就是二十三年，对一个有抱负有理想的政治家的一生来说，确实是一件太残酷不过的事了。刘禹锡被贬出长安时34岁，正是腾绰政海、驰骋文坛的大好年华。这次奉诏回朝已经57岁，芳华尽逝，垂暮之年。因此刘禹锡一开头就宣泄了对长期遭贬、投闲置散、虚掷生命的无比愤慨。刘禹锡先被贬到朗州、后又贬到连州、夔州等地。夔州属于古代巴国。朗州、连州等地属于古代楚国。这些地区当时都很荒僻，所以他用“巴山楚水凄凉地”来概括。“凄凉地”，指寂寞冷落的地区。在那里的二十三年，自己就如同被无声无息地弃置在道旁一样。

刘禹锡为什么遭贬二十三年呢？这就要说说刘禹锡的为人了。刘禹锡，字梦得，匈奴族后裔，唐代中叶著名的政治家、哲学家和诗人。他出生在浙江嘉兴。江南名城的自然环境与人文传统，滋养了他的学识，也陶冶了他的哲学头脑和诗人情怀。以儒学为本的家风，则使他从小便志存高远，渴望辅时济世，澄清天下。20 岁时（贞元九年），风华正茂的他与另一位意气风发的英才柳宗元同科进士及第，并顺利通过博学宏词科和吏部的选官考试，走上仕途；贞元十一年登吏部取士科，被授太子校书，开始踏上“星光大道”。贞元十九年任监察御史。

一场安史之乱，“乱”得唐王朝几乎呜呼哀哉。平乱之后，唐王朝的政治一统局面不复存在，代之而起的是四分五裂的藩镇割据，而赫赫王权则旁落到宦官手中，形成宦官专权的局面，从此大唐帝国像个身染重疾的病夫逐渐衰老。这时许多关心大唐命运的有志、有识之士开始谋求改革，希冀用良方苦药，让大唐恢复昔日强健的体魄，重振大唐雄风。贞元二十一年（公元 805 年），天赐良机，唐德宗驾崩，太子李诵即位，即唐顺宗，改元永贞。李诵在东宫 20 年，对安史之乱后唐朝政治的黑暗有深切的认识。他即位时虽已身患中风，不能说话，但还是立刻重用当时力主改革的王叔文、王伾（顺宗在东宫时的老师）等人进行革新。在顺宗的支持下，王叔文提携一批拥护改革的才俊，很快组成了以他为核心的革新集团。刘禹锡和柳宗元，年富力强，绣虎雕龙，堪为政治新秀，很快即为王叔文集团的骨干人物。他们发动了一场旨在遏制宦官藩镇权势、减税养生的政治革新运动，史称“永贞革新”。在短短几个月的时间里，革除了许多弊政，受到了百姓的热烈拥护。但他们的“革新”主要矛头是对准当时最强大、最顽固的宦官势力和藩镇武装，这就严重触及了宦官及士族官僚的利益，所以革新遭到了守旧势力的联合反扑。而革新派则是一批文人，依靠的是重病在身的皇帝，而皇帝基本上又是在宦官们的控制之中。因此，不过半年时间，革新派就遭到失败，结果顺宗被迫“内禅”退位，唐宪宗面南称孤，王叔文被赐死，刘、柳等革新志士被贬远州，这就是唐朝历史上有名的“二王八司马”事件。刘禹锡背负着“挟邪乱政”的重大罪名，始贬连州（今广东），苦赴途中又改贬朗州（今湖南常德，战国属楚地），居于招屈亭之旁。反对革新的旧势力利用新皇帝的权力做得还很绝，下了“纵逢恩赦，不在量移之限”之令，因而他谪居朗州十年而不得赦免。

转眼间，10年大好时光过去了。元和十年二月，朝中有些大臣念及刘禹锡和柳宗元的好处，觉得他们皆属俊彦干才，长期放逐边荒之地太可惜了，就奏请宪宗赦调刘禹锡回长安。经过十年磨难的刘禹锡，这时年届44岁，他对自己参与“永贞革新”毫不悔恨，仍是一身耿直倔犟。他回归长安时正值春天，城中玄都观里刚栽了没几年的桃树花开正艳。刘禹锡看后竟愤笔写就一首七绝《元和十一年自朗州召至京，戏赠看花诸君子》：

紫陌红尘拂面来，无人不道看花回。
玄都观里桃千树，尽是刘郎去后栽。

他以花讽人，以千树桃花，比喻那些他被逐出长安后在政治上投机取巧而愈来愈得宠的新贵们，而看花的人，则是那些趋炎附势、攀结新贵的卑琐小人。在政坛上，他们像一群逐腥追臭的苍蝇，嗡嗡地飞舞着仰人鼻息，乞怜权门，就如同赶着热闹，在紫陌红尘中去看桃花一样。“尽是刘郎去后栽。”刘禹锡对这些政坛新贵们非常轻蔑：你们哪一个不是我刘禹锡遭到打击之后才爬上来的呢？言外之意，就是痛斥他们不过是一群追随恶势力镇压革新派的走卒罢了。这种凛然正气，表明他对恶旧势力绝不妥协和低头。正因为此，刘禹锡再次遭到了无情的排挤，他回到长安，屁股还没坐到凳子上，就再次被贬连州，而且这一贬又长达13年。这13年加上前一次被贬的10年，共计23年。时节如流，韶华有限，刘禹锡用“二十三年弃置身”，概括自己惨遭旧恶势力排挤打击时间之长，抒发了志士惜白短之慨，这其中包含着内心无限的愤懑和不平。特别是“弃置身”三个字，内涵丰富，既有对自己有家难回、有才难施、局促一隅、大志难行的愤慨，更有对旧恶势力摧残忠良、倒行逆施的谴责和抗议。所以首联二句，倾泻而下，跌落有声，虽感慨深郁，但不失沉雄，戚婉里勃动着苍劲。

二联紧承首联，进一步叹惋二十三年里旧友凋零，人事沧桑，今昔异貌，一切恍如隔世。“怀旧空吟闻笛赋，到乡翻似烂柯人。”诗人借典寄慨，说自己羁泊异乡，在外蹉跎二十三年，如今回来，旧日光景不再，许多老朋友和自己都已阴阳悬隔，死生异路，只能徒然地吟诵“闻笛赋”以寄托哀思，表示悼念。后一句用王质烂柯的典故，表现了世态变迁之大，以及回归之后的生疏感和怅然之情，涵义十分丰富。“闻笛赋”，指西晋向秀所作的《思旧赋》。向秀与嵇康是至交好友。嵇康因不满当时专权的司马氏集团而被杀。一次向秀经过亡友嵇康的旧居，听见邻人吹笛，不胜凄恻，于是写了《思旧赋》。“怀旧空吟”，刘禹锡借用这个典故，抒发对当年因政治改革失败而被杀、被贬的王叔文等朋友的不胜怀念。“烂柯人”，指离家日久刚回故乡的人。这里用的是晋代王质的典故。据《述异记》载，晋代王质有一次上山砍柴，碰见两童子在一棵大树下对弈，便观看起来，待观棋至终局，他发现手中的斧子已经烂掉。回到家里，才知道世上已过愈百年，同辈之人均已故去。这里诗人借典发出了自己从远乡归来时容华已谢，恍如隔世之慨。久居遐荒，壮志难酬，且芳华东去，心中难免生悲生叹，这乃人之常情。但从诗人念念不忘改革挚友来看，他心中始终怀恋着那段轰轰烈烈的峥嵘岁月，毫无觉今是而昨非的失落和悔恨。尽管诗人用典婉曲，述志隐晦，但仍可深闻诗人面对风云变幻，对自己政治立场不渝和信念依旧的宣示。这两句用语虽悲，但其风神高古，兴寄豪迈，与伤别之语相去甚远，决不可混同。

颈联两句象喻，是全诗的亮点。诗人一改前两联的低回婉唱，变调为引吭高歌，豪声大作，引领两人的赠别酬唱跃入高音区。白居易的赠诗中有“举眼风光长寂寞，满朝官职独蹉跎”这样两句，意思是说与你同辈的人都已个个升迁，唯有你长期沉沦，僻处一隅，生命虚掷，颇为刘禹锡大抱不平。而刘禹锡的回答却如春雷惊天，相当达观。“沉舟侧畔千帆过，病树前头万木春。”他说，如果说我像一只快要沉没的破船，那么在我身侧正有千百只快船扬帆疾驶；如果说我像一株病树正在慢慢衰朽，而我前面的各种树木却都在蓬勃生长，向春争荣。沉舟侧畔，有千帆竞发；病树前头，正万木皆春，刘禹锡从白诗中翻出这二句，反而劝慰白居易不必为自己的寂寞、蹉跎而忧伤，对世事的变迁和仕宦的黜陟毁誉，表现出异常豁达的襟怀。这两句诗意又与白诗“命压人头不奈何”、“亦知合被才名折”暗相呼应，但其思想境界显然比白诗胜出一筹，其感情的格调和内涵的意义也大不一样。深情远致，余韵邈然，耐人寻味，蕴藉包容着身为进步的哲学家、政治家的刘禹锡，站在时代的顶点，对社会和人生细察深思的卓见、慧识和妙悟。正因为这两句诗形象生动，展示了时代不断进步的前景与新事物必将取代旧事物的规律，所以成了千古名句，人们格外珍爱它，并把它视为一笔宝贵的精神财富，把它奉为不怕挫折、坚定信念、争取胜利的精神力量。人们常常把它作为规律不可违逆的警句加以运用，并不断赋予它以新的意义。

正因为“沉舟”这一联诗情突然振起，一变前面之情调，改浅唱为高歌，尾联便顺势而下，写道：

今日听君歌一曲，暂凭杯酒长精神。

尾联最后点明酬答之题，并以“长精神”作结，展现了重新振作的积极的人生态度。意思是说，今天听到老朋友您唱的这支歌，不胜感慨，诚谢老朋友的一片勉慰之情，就暂且凭借这杯酒的力量，来增长我继续努力的精神吧。刘禹锡在朋友的热情关怀下，表示自己这棵“病树”也要重添精神，迎上春光，振作起来，重新投入到生活中去，大有老树发新枝，铁树要开花之势。这是一种坚韧不拔的意志和愈挫愈奋的豪气，正如他在另一首中所言：“马思边草拳毛动，雕盼青云睡眼开。”（刘禹锡《始闻秋风》）马要扬蹄，雕欲凌空，这种奋发向上的激情就是人生最可贵的豪情。失意中见达观，沉郁中见豪放，特别难能可贵。

俗话说，丈夫有泪不轻弹，只是未到伤心处。刘禹锡负屈二十三年，已是人生之大不幸，况且又有苦无处诉，可谓甚哀甚伤。今逢老朋友一席真挚而深切的同情话语，且句句知疼知热，知心知肺，点到伤心之处，其哀情和委屈本应一发而不可收拾，就是席间大放悲声，泪如雨下，都不为过分。但刘禹锡不仅没有陷入悲情的泥潭而不能自拔，相反却站在一个很高的境界，以达观超迈、积极奋发的人生态度对待之，仍能“遥襟甫畅，逸兴湍飞”，达人知命，“穷且益坚，不坠青云之志。”（王勃语）真诗家之豪杰，非常人之可及，正如白居易所云：其锋森然，少敢当者。

刘禹锡诗中展现出来的这种硬骨头精神和逸兴遄飞的大气度，与他顽强不屈、豁达豪放的秉性和以哲学家的姿态对人生、对社会有通彻妙悟的认识有直接关系。刘禹锡在他的文章中屡屡谈及他出生的家庭世代奉儒，“臣家本儒素”。而儒家思想的主旨要求人有进取精神，要求人有强烈的社会责任感。由于家风的熏陶和儒家经典的哺育滋润，修身养浩和兼济天下的人生观，在他少年时期就成了他思想的主宰，他曾这样写道：“少年负志气，信道不从时”。这使得他从年轻的时候开始，就很有骨气，而且锻就了极强的心理承受能力。

永贞革新失败后，刘禹锡背负重罪之名被贬到朗州，即今天的湖南常德，正值年富身强的风华岁月。但是，这次政治风浪改变了他的人生航道，更何况对他的贬谪还附加有更厉害的一条律令，即“纵逢恩赦，不在量移之限”。这意味着他被打入地狱后将永世不能翻身，前途十分黑暗。由春风得意，到跌入地狱，刘禹锡当时思想上的极度苦闷是可想而知的。但他这个人面对这样的人生劫难，表现得就是与众不同，仍是一副达观模样。他到朗州时正逢三湘秋深之时，“人生自古伤离别，更那堪，冷落清秋节。”但他却挥笔写了一首不同凡响的《秋词》，展示了当时在逆境中的他不屈不卑的胸怀。

自古逢秋悲寂寥，我言秋日胜春朝。
晴空一鹤排云上，便引诗情到碧霄。

自从宋玉的《九辩》问世之后，悲秋之寂寥，就成了诗人的通病。刘禹锡却偏能打破这种常格，反其道而行之，认为九秋之天高气爽，更使人心胸开阔，思致凌霄，比春朝更有诗意。在思想极度苦闷的情况下，刘禹锡不悲秋反而乐秋，其胸襟气度之大，人生境界之高，心理承受力之强，由此可窥一斑。有人说，刘禹锡也研究哲学，也笃信禅宗，但效果与柳宗元有别，在把禅理用于立身处世这一点上，他能通过哲学的思考，把生活中的悲愁苦恨，升华为一种超度人生的感悟和睿智，这样，他就能跳出有限的时空，在更高的层面上获得心灵慰藉和心理平衡。

《秋词》这首诗，正是刘禹锡通过哲学思考，把人生的悲愁苦恨，升华为一种人生感悟和睿智的典型例证。他被贬谪，确实标志着他的政治人生进入了萧瑟的“秋天”，但他乐秋之词，正是凭着这种人生感悟和睿智，勇敢地向萧瑟的“秋天”发出挑战而放射出来的异彩。他喊出的“秋日胜春朝”，可以说就是他决不倒下、决不屈服、决不妥协、更不会向政敌乞怜的政治宣言。他的“诗情”确实直冲碧霄，而这种“诗情”，就是以诗为武器，继续同旧恶势力战斗的激情。他在朗州期间，创作了大量的政治寓言诗，揭露藩镇和宦官，讽刺朝廷昏庸。如《养鸷词》，就揭露了藩镇军阀，拥兵自重，不服中央，专横跋扈的丑恶行径，提出了应当削弱他们的实权和实力的主张。再如《聚蚊谣》，把宦官权贵们比作一群恶蚊，揭露了他们在阴暗的角落里，聚集一起，相互勾结，害人虐物，祸国殃民的丑恶嘴脸。不仅如此，刘禹锡被贬移夔州后，他把自己的革新理念大胆运用于诗歌创作，在充分吸收巴蜀民歌营养的基础上，他成功地创作了一批面貌一新的《竹枝词》和《浪淘沙词》等民歌体乐府诗，这些民歌体小诗写得清新自然，生动活泼，情调淳朴温馨，意蕴深远，不仅具有形式上的创新意义，而且其取材也是唐代其他诗人笔墨未至、锄犁罕及的，可谓新鲜而又独到，堪称诗歌史上一大创举。让我们随便举出一例。

杨柳青青江水平，闻郎江上唱歌声。
东边日出西边雨，道是无晴却有晴。

——《竹枝词》其一

这首民歌体小诗最为世人称道，它吸收借用了六朝民歌谐音双关的表现手法，以“无晴”谐“无情”，以“有晴”谐“有情”，把两种本不相关的事物巧妙地统一在一种美妙的意境里，使得男女青年表达爱情的方式委婉含蓄，富有情致，耐人寻味。刘禹锡创作的这些令人耳目一新的民歌体小诗，对后来诗歌创作的影响深远，是他贡献给中国诗歌宝库的一颗熠熠闪光的明珠。可见身羁贬所的刘禹锡，不是一只在树洞里或崖石下躲避风雨的小鸟，而是一只大鹤，在秋天的万里长空里，找到了自己排云翱翔的广阔天地。

就在刘禹锡长达二十三年的贬谪生涯即将结束之前，已经年逾五旬、饱经风霜的他，再次由夔州（重庆奉节）被贬至安徽和州。那和州知州是个势利小人，以为这个瘦骨嶙峋的老叟，是个时代政坛的弃儿，就故意对其百般刁难。先在城南给他找了三间很破烂的房舍，让其面江而居。刘禹锡坦然以对，还在门楹贴上了“面对大江观白帆，身在和州思争辩”的一联诗句。和州知州知道后很气恼，便吩咐衙役把他从城南迁到城北，房舍也减少到一间半。刘禹锡仍然坦然以对，并寓情于景，又在门上写了两句诗：“垂柳青青江水边，人在历阳心在京”。那知州见此情景，恼羞成怒，气急败坏地命人再次把他迁到城里一块脏乱之处，而且只给一间小屋，屋内只能容下一床、一桌、一椅。只半年光景，刘禹锡竟被折腾了三次，而且一次比一次降低待遇，最后仅有斗室可居。然而，愤怒出诗人，想想这位狗官，实在卑琐可恶，锦心绣口的刘禹锡，愤然提笔，写下了一篇流传千古的名文：

山不在高，有仙则名；水不在深，有龙则灵。斯是陋室，惟吾德馨。苔痕上阶绿，草色入帘青。谈笑有鸿儒，往来无白丁，可以调素琴，阅金经。无丝竹之乱耳，无案牍之劳形，南阳诸葛庐，西蜀子云亭。孔子曰：“何陋之有？”

这篇情趣高雅，思致雄浩的《陋室铭》，可以说是句句精金，字字粹玉，表达了作者高洁傲岸、守志不渝的节操。在这里，刘禹锡又由“乐秋”转到了“乐贫”。但两者相通一脉，体现的都是向命运挑战的铮铮铁骨，都是百折不挠、贫贱不移、笑看人生的豪士精神，而内在的灵台支柱，仍是刘禹锡的那种哲学思考，那种能跳出有限的时空，在更高的层面上，把生活的悲愁苦恨，升华为超度人生的感悟和睿智。乐秋也好，乐贫也罢，我们从中可以看出，刘禹锡的人生虽然逆风千里，但在精神层面上，他永远是不可战胜的强者和胜利者。

宝历三年（公元 827 年），刘禹锡与白居易在扬州分手后，赶赴长安。大和二年（公元 828 年）春，刘禹锡就任主客郎中。这时历经百难的刘禹锡已近花甲之年，但他仍是不改其志，对腐朽的宦官势力所采取的态度依然是不合作。他竟以胜利者的姿态故地重游，再次来到玄都观，游后又以更加犀利的笔锋，写下了充满挑战色彩的绝句名篇《再游玄都观》：

百亩庭中半是苔，桃花净尽菜花开。
种桃道士归何处？前度刘郎今又来！

诗的前两句写景，写玄都观已今昔异貌，昔日“如红霞”般的满观桃花已荡尽不存，而今已被不足为赏的“菜花”所替代。诗的后两句寄慨，桃花净尽，而我这个被贬的“刘郎”却再次归来，口气里轻蔑流溢，豪情喷薄。这首诗前有一小序，记述他两次游观之因。前一次，诗人因写了讽刺权贵的看花诗，导致再度被贬，悠悠十三载后，才重被召回任职。显然作者写这首诗是有意重提旧事。小序最后说：“因再题二十八字，以俟后游”，实际是公开表示自己依然不妥协。诗人在这里对于扼杀政治革新的奸佞之徒，先投以轻蔑的嘲笑，试问“种桃道士归何处”？接着，再一次赫然展示自己的不屈和乐观：“前度刘郎今又来”！真是：道士不知何处去，刘郎依旧笑东风。这难道是那些小人们所能预料到的吗？这种将继续战斗下去的浩然正气，真让人佩服！

刘禹锡身上所秉赋的这种处世立身的浩然正气和精神状态，一直坚持到他的晚年。有一次，与刘禹锡同庚的白居易书赠刘禹锡一首《咏老赠梦得》的诗，字里行间表现出一种哀老悲衰的消极情绪。将近古稀之年的刘禹锡，读完至交白居易的诗后，马上临楮挥笔，回赠了一首答诗。他这样写道：

人谁不愿老，老去有谁怜。身瘦带频减，发稀冠自偏。
废书缘惜眼，多炙为随年。经事还谙事，阅人如阅川。
细思皆幸矣，下此便翛然。莫道桑榆晚，为霞尚满天。

人老了，体瘦、发稀、眼昏、多病，以至衣带渐宽，帽冠自偏，读书难遂，医药常伴，这些当然令人难免伤老生悲。所以，刘禹锡在答诗中，便先描写老年的苦况。但随即诗人把笔锋荡开，别开生面，高赞起老年人也大有可乐可豪之处："百胜难虑敌，三折乃良医。人生不失意，焉能暴己知"（《学阮公体三首》）。历经人世宠辱沉浮，对世态炎凉、人间冷暖才有了更深的体味；阅遍了人间春色，目睹了众生的虚实曲直，对人生的是是非非才洞若观火，了然于心。诗人认为，只要细细思量，深深感悟，那么便可对一切都通透释然了，这是黄昏岁月的老人才能高致的一种境界。这里又传达出一种哲理：对于愚者，年老是冬天；对于智者，年老是收获。"莫道桑榆晚，为霞尚满天。"这最后两句写得很美，且气势豪壮，它寄托了诗人对老年人晚年生活的一种瑰丽的期望，也体现了诗人老骥伏枥、壮心不已的精神。由于这两句形象地写出了人生暮年的灿烂，所以也成了流传千年的名句。

刘禹锡晚年患足疾，此后一直疾病缠身。但是，病魔缠身的他，依然心如砥石，精神抖擞，积极向上，豁达乐观，豪情不减当年。他在病中写过一首《始闻秋风》，这是一首高亢的秋歌，更是一首热情洋溢、豪情飞扬的生命赞歌。

昔看黄菊与君别，今听玄蝉我却回。
五夜飕飗枕前觉，一年颜状镜中来。
马思边草拳毛动，雕盼青云睡眼开。
天地肃清堪四望，为君扶病上高台。

这首诗写法独特。诗人以拟人的手法，把秋风写成自己的朋友，然后对其热情讴歌。

前四句正面写秋风，用笔灵动，意趣横生。开头两句，看上去像是一段别后重逢的情话，实际上在兼写诗人自己一生秉肃的高洁。首句写到赏菊，次句写到听蝉，而菊和蝉在古代诗人笔下都是高洁的象征。霜菊枯老，仍抱香枝头，不肯逐黄叶而舞。玄蝉凭高而歌，其声远达，非借秋风以传，只因居高之故。诗人选此二物入诗，意在象喻，暗写自己一生特立独行、守志不移的品节。后四句侧面写秋风，礼赞生命，英迈之气排云撼地。全诗皆咏秋风而寄意，但"下半首英气勃发"（沈德潜语）。特别是五六两句，形象栩栩，气势飞动。诗人以"马思边草"、"雕盼青云"矫健俊美的形象，侧面渲染了秋风秋色的魅力，令人振奋，富有神韵。尾联两句直抒胸臆："天地肃清堪四望，为君扶病上高台。"天地清明，江天寥廓，凡尘不涴，许大乾坤这回大。这等雄阔辽远而又澄澈爽朗的景象，吸引诗人扶病登高，放眼四望，禁不住击节嗟赏，为秋高歌。诗人杜甫，晚年贫病交加，他也写过一首名气很大的在秋风中《登高》的诗，其中的两联是这样写的：

无边落木萧萧下，不尽长江滚滚来。
万里悲秋常作客，百年多病独登台。

杜甫的诗句，气象博大，意境浑涵，但毕竟是"悲秋"，沉郁悲怆，其哀伤之气太重，孤苦之声太沉，肃索之象太浓。让人读后不免感伤和酸涩。而刘禹锡的诗在"歌秋"，写得雄深雅健。他写秋的美妙，写秋的神奇，写秋风秋色让战马和飞雕心动神发，"聆朔风而心动，眄天籁而神惊"，写秋风秋色煽旺了它们的生命之火，给它们带来驰骋六合的无限激情。写秋风秋色让自己赏心悦目，心胸大开，涌满了好心情。这正是诗人一生标新立异、理想执着、信念坚定的艺术写照。让人读后不能不被他所表现的跌宕雄健、至老不衰的豪情壮怀所感染，不能不被他那卓尔不群、超凡脱俗的审美情趣所打动，不能不被他经过哲学思考所获得的人生妙悟所折服。因而精神振奋，心胸豁朗。与读杜诗《登高》的感觉完全不同。

知人论诗。我们了解了刘禹锡的性格和品格，知晓了刘禹锡是一个富有人格魅力的伟大诗人后，再回头读他写的《酬乐天扬州初逢席上见赠》，你必然有新的体味。你会觉得，正因为刘禹锡有一副铮铮铁骨，是个矢志不渝、宁折不弯的志士和斗士，所以在饱经了二十三年政治迫害之后，还能以高昂的情绪，随口吟出"沉舟侧畔千帆过，病树前头万木春"那样的豪词、豪语、豪情，还能在充满达观和豪情的酬唱声中与老朋友挥手壮别。这一点今天的人也有很多做不到。

但是，我们也别忽略了友谊的力量。席间，白居易首先对刘禹锡的遭遇表示了真切同情，为他的政治生涯坎坷蹭蹬大抱了不平，并高度赞扬了刘禹锡超凡拔俗的才干，这就是认定"真理"在刘禹锡一边，从道义上给刘禹锡撑了腰，壮了胆。俗话说，理直气壮。刘禹锡正因为受到了白居易

“一曲”“把箸击盘歌”的鼓舞，才大大地长了精神，才理直而气壮，慨然抒发了自己的一腔豪情。这就是友情的力量，友情的魅力，友情的大美！

这6首壮别诗，仅为唐代诗人创作的壮别诗的“秋山一叶”，如果你有兴致想进一步领略这座“雄伟的高山”所展现的友情之美的迷人风采，我们建议你还可读读初唐诗人骆宾王的《于易水送人》，盛唐诗人孟浩然的《送朱大入秦》、岑参的《送人赴安西》、《白雪歌送武判官归京》和《走马川行奉送封大夫出师西征》、高适的《送李侍御归安西》和《夜别韦司士（得“城”字）》、王昌龄的《别陶副使归南海》，中唐诗家韩愈的《落叶送陈羽》和晚唐诗人温庭筠的《赠少年》。

（陈红涛执笔）

第五章
最失态的送别：醉别

在唐诗送别友人的诗族里，写醉别的诗也占有一定的数量。以醉别之态，醉别之语，写友谊之深，友情之美，友爱之诚，让你也陶醉其中，并能感发到友情这种人性之美的震撼力，是这类诗异常别致之处，也是这类诗在构思、谋篇、遣词、造境上亦颇多独特的魅力所在。

李白：宣城谢朓楼饯别校书叔云

醉别诗写得最有特色的诗人首属“谪仙人”李白，因他本人即是“饮中八仙”之一，而且经常在酩酊大醉的状态下送别友人或辞别友人。因此我们首先赏析大家最熟悉的也是李白写醉别的名篇《宣城谢朓楼饯别校书叔云》：

弃我去者昨日之日不可留，
乱我心者今日之日多烦忧！
长风万里送秋雁，
对此可以酣高楼。
蓬莱文章建安骨，
中间小谢又清发。
俱怀逸兴壮思飞，
欲上青天揽明月。
抽刀断水水更流，
举杯消愁愁更愁。

人生在世不称意，

明朝散发弄扁舟。

李白在宣城谢朓楼送别的友人是李云，李云当时的身份是唐王朝秘书省的校书郎。谢朓楼又称宣城北楼，是南北朝时期南齐著名诗人谢朓所建，当时谢朓为宣城太守。

这首送别诗是李白在大醉的状态下写的。何以见得呢？一是诗中充满了醉言醉慨，醉举醉态；二是诗的结构呈现出“醉态”，奇特反常，不合常态：直起直落，跳跃开合，腾挪跌宕，没有任何承转过渡，就像一个脚底不稳的醉汉在东摇西晃，左扭右摆，深一步，浅一步地走路。

你看，诗的开头两句就是一腔骚怨，这腔骚怨恰如崩坝之水，喷泻而下，汹涌澎湃，势不可遏。但这腔骚怨，就是通过大醉之后的醉言醉慨表现出来的：“弃我去者昨日之日不可留，乱我心者今日之日多烦忧！”也许有人会说，这怎么就是醉言醉慨呢？那么我就问你：何为“昨日之日”？如果说是昨天的昨天的意思，那么再请问：何为“今日之日”呢？是今天的今天的意思吗？如果是，那今天的今天作何解释呢？这显然是一句无法正常解释通的话，因为它既不合语法，又不合逻辑。李白是一位语言大师，语法精熟，不会出现这样的失误，明摆着，这是醉话醉慨，我们是不能把它当成清醒时的正常话来读的。

值得注意的是，这首诗李白用一个“弃”字起调，用一个“弃”字领起全篇，由此可见他是大醉，而不是烂醉，他是大醉中有醒，而不是烂醉如泥。俗话说，嗜酒见天真，醉后吐真言，李白用“弃”字领起全篇，就是要在这篇饯别诗中，以送别李云为话头，借题大加发挥，倾吐发泄自己内心深处郁积已久的被“弃”之愁，遭“弃”之怨，受“弃”之恨！“弃”字，可以说是该诗之魂，既是李白的醉话，也是李白的真言，更是李白心中的主要块垒。你只要细读这首诗，就能深深地感受到李白被“弃”之后，是何等的无奈和无助，是何等的愁苦和“烦忧”。李白在诗的最后非常痛苦地慨叹“人生在世不称意”，从李白的生平来看，被“弃”是其一生“不称意”的主要社会缘由，也是他在谢朓楼上送别李云时“乱其心”，以至于频频地“举杯消愁”，并做出“抽刀断水”这样极不正常、匪夷所思的醉举的主要思想动因。

“弃”者，捐也。捐者，舍弃也。李白如此突出这个“弃”，那么舍弃他而去、又不可留者何也？很多论此诗者都认为，“弃”李白而去者，乃转瞬即逝之光阴也，即日月不居，时光难驻也。这对不对呢？我认为不尽然。诚然，李白是曾多次击节嗟叹过韶华易去，逝水常东，而自己局促一隅，碌碌无成，并因此常常晓妆对镜，抚鬓自伤。他在《将进酒》一诗中，一开头就高唱：“君不见，黄河之水天上来，奔流到海不复回。君不见，高堂明镜悲白发，朝如青丝暮成雪。”时光无限，生命有涯，想起“功业莫从就，岁光屡奔迫”，这确实让李白肝摧肠折，心乱忧烦，故而发出及时行乐的呼喊：“人生得意须尽欢，莫使金樽空对月”（《将进酒》），“且乐生前一杯酒，何须身后千载名”（《行路难》）！

但是，李白的“烦忧”决不止此一端。我认为，“弃”他而去并让他更“烦忧”的还另有他指。李白这首送别诗，写的本是与朋友的一场离别，但他偏不说“离”，却说“弃”，这不仅满带醉意，还因为“离”字感情色彩太淡，感情含量太轻，不足以表达他满腔的苦闷和怨愤，而只有选用“弃”字，才能充分写出社会现实对他的冷酷，才足以表达他对社会现实的失望。“长风万里送秋雁”，李白要送走的李云身为唐王朝中书省的校书郎，是在唐王朝京都长安中央机构任职的一位官员，他与李白挥手而别后即会踏上回长安之路，这首先会勾起孜孜追求功名的李白被唐王朝最高主政者唐玄宗抛弃的巨大伤痛。

李白素怀凌云之志，青年时代他就写过名噪四海的《大鹏赋》，抒发了要使“斗转而天动，山摇而海倾”的远大抱负。他放声高歌：“大鹏一日同风起，扶摇直上九万里。”（《上李邕》）他一生都以大鹏自况。他一直希望自己能身居高位，手执重柄，“申管晏之谈，谋帝王之术，奋其智能，辅弼天下”，济苍生，安黎元，使“寰区大定，海县清一”。但“大道如青天，我独不得出。”（《行路难》）他一直时运不济，机会难临。在李白出蜀入楚开始第一次漫游的过程中，他曾投书很多有权势地位的达官显贵和社会贤达，恳切希望得到他们的举荐，有的还是当时声名极盛、享誉四海的大“伯乐”，如韩荆州、李北海等，然而结果都一样：泥牛入海。他进入长安后，也曾广泛奔走于社会名流、豪门贵族中间，或主动求见，或诗词唱和，希图幸为先容，得到引荐，但结果也是竹篮子舀水。不过，这次长安游说，也并非毫无所获，他有幸结识了当时的文化泰斗、时任太子宾客的贺知章，并得到了他的赏识，贺知章还赐给李白一个响亮传神的雅号“谪仙人”。后来贺知章果然派上了大用场，在唐皇室玉真公主、道士吴筠和他三人的举荐下，李白于42岁时，终于收到了唐玄宗宣他入京的凤凰诏。这个从天而降的喜讯，让李白高兴得手之足之舞之蹈之，他为这一步登天、一飞冲天，有机会到唐玄宗身边供职感到异常兴奋。当他手捧诏书离家而去的时候，这样写道：

游说万乘苦不早，著鞭跨马涉远道。
会稽愚妇轻买臣，余亦辞家西入秦。
仰天大笑出门去，我辈岂是蓬蒿人。

——（《南陵别儿童入京》）

李白满以为这下可一展抱负，大显身手了。然而，好景不长，他就被唐玄宗“赐金放还”了，实际上就是被逐出了长安。这一次在京城遭受的大挫，成了李白人生的重大转折，对李白以后乃至后半生的生活和思想造成了非常深远之影响。李白的诗歌创作生涯也以此为界，划出了两个时期，在后期的诗歌创作中，那种高昂自信、乐观风发和追求理想的气概少见了，代之以起的是更多的骚怨愤激、忧慨悲歌，像大家都很熟悉的《将进酒》、《行路难》、《临路歌》、《梦游天姥吟留别》、《独坐敬亭山》、《答王十八寒夜独酌有怀》、《与史郎钦听黄鹤楼上吹笛》、《月下独酌》、《陪侍郎叔游洞庭醉后三首》、《闻王昌龄左迁龙标遥有此寄》等名作，均写于被“赐金放还”之后。

追溯李白这次在长安败北的原因，主要有两个：一是当权者的昏庸轻视和奸佞小人的诬陷排挤：“丑正同列，害能成谤，格言不入，帝用疏之。”（李阳冰《草堂集序》）唐玄宗后期变得昏聩腐败，贤愚颠倒，远贤亲佞，他本来对人才和贤能已不像原先那般感兴趣，再加上一群奸小鼓噪诬陷，很快就疏远了李白。二是李白从民间一个布衣，一下子跃入唐王朝政权的核心，没有充分的思想准备，故未对自己的举止做派及时地进行必要的调整和重新定位，依然狂放不羁，桀骜不驯，我行我素，“黄金白璧买歌笑，一醉累月轻王侯”，“长安市上酒家眠，天子呼来不上船”（《饮中八仙》），“揄扬九重万乘主，谑浪赤墀青琐贤”（《玉壶吟》）这种狂傲和任性、率意之为，在政治舞台上根本行不通，很快就得罪了权贵，拂逆了龙颜，弄得他与大批朝臣的关系剑拔弩张。一开始李白与唐玄宗的关系还是融洽和谐的，李白曾这样写道：“凤凰初下紫泥诏，谒帝称觞登玉筵”，“朝天数换飞龙马，敕赐珊瑚白玉鞭”（《玉壶吟》）。唐玄宗给李白这样高的礼遇实属罕见、罕闻。倘若李白珍惜这个大好的机遇，对自己的行为举止进行必要的调整，入乡随俗，依多就众，像明代徐阶、张居正对付奸相严嵩那样，能屈能伸，与大多数朝臣打成一片，使自己的政治主张获得深厚的群众基础和政治基础，待站稳脚跟之后，再进一步影响玄宗，其结果也未可知。但李白就是李白，他不是一个成熟的政治家，他是一个个性鲜明的天才诗家。作为一个天才诗人，他追求和秉持的是自由之精神，独立之人格，潇洒之作风，以粪土王侯，浮云富贵为尊，他觉得自己“摧眉折腰事权贵，使我不得开心颜”，更觉得“曳裾王门”有失人格，那就当诗人就行了。但李白偏偏又想辅弼天下，而实现这个政治抱负又要求他必须是一个成熟的政治家，有与权贵、政要打交道的才干，要有与权贵和政要巧于周旋、为我所用的谋略，要有与权贵政要交际应对隐忍藏实的大气度，这显然又与他的诗人做派和追求大相径庭。这两种集于李白一身的途不同、轨也异的追求，本身就是一对根本无法克服的互相对立、互相排斥的矛盾，这对矛盾的不可调和，是李白在政治舞台上一败涂地的内在原因。所以，纵然“君王虽爱蛾眉好，无奈宫人妒杀人”，李白的长安大挫实属必然。不过，我们觉得李白失掉这次千载难求之机会，实在令人惋惜。

李白离开长安后，立即陷入了无边无尽的苦恼和郁闷的迷雾之中，同时沉沉的悔恨、惋惜和系恋也常常袭扰心头，有时候他的精神几近崩溃。在以后的漫游和隐逸生活中，他时时或直接或曲折地流露出对这段生活的怀恋，他还经常幻想着有朝一日能东山再起，卷土重来，获得第二次奉诏进京的机会，“狂风吹我心，西挂咸阳树。”（《今乡送韦八之西京》）“闲来垂钓碧溪上，忽复乘舟梦日边。”（《行路难》）“总为浮云能蔽日，长安不见使人愁。”（《登凤凰台歌》）这些诗句都反映了他想再次回到长安的急切心情。但是，机不可失，失不再来，“怀帝阍而不见，奉宣室以何年？”（王勃《滕王阁序》）李白的幻想最后终成南柯，用他自己的话说就是：“我浮黄河去京阙，挂席欲进波连山”，“洪波浩荡迷旧国，路远西归安可得！”（《梁园吟》）第二次奉诏入京的希望彻底幻灭，长安把他抛弃了，唐玄宗把他抛弃了，施展大才大志的大好机遇永远“弃”他而去了，向他拜拜了！李白在极端痛苦的时候，尽管心还没有完全变成一堆死灰，还没有完全倒下，心里有时还复燃起“天生我才必有用”那么一点点微弱的希望的火星儿，但他灵魂上空已被悲愤绝望的乌云厚厚地笼罩遮盖了。他每天“痛饮狂歌空度日”（杜甫《赠李白》），以酒为友。本来就嗜酒豪饮的他，如今更是日日贪杯狂饮，陶然于杜康，徜徉于醉乡，往往玉山倾倒，滥醉不醒。“君爱身后名，我爱眼前酒。饮酒眼前乐，虚名何处有？”这是他无奈的自嘲。“钟鼓馔玉不足贵，但愿长醉不愿醒”，“五花马，千金裘，呼儿将出换美酒，与尔同销万古愁！”（《将进酒》）这才是他真心的披露和真实的自供。

在李白“弃”字的内容里，除了如梭的光阴，奉诏入京的机遇，笔者猜想推断，还有唐代的科举制度。也许有人会问，李白为什么不走科举之路而求仕呢？史料记载，李白不是不想走，而是这条路上有几座大山横在他的面前，挡住了他的脚步，使他“雪拥蓝关马不前”（韩愈诗句）。为什么呢？这就要说说唐朝的科举制度了。科举制度的兴起和形成，具有不可置疑的进步性，它打破了腐朽的门阀制度的桎梏，为广泛地发现和选拔人才开辟了一条新的星光大道，很多家庭出身贫寒卑微、生活在中下层有才干的知识分子，通过这条星光大道跨入了上流社会，进入了主宰社会事务的统治集团，甚至进入了这个集团的决策层和核心之中。但是，科举制度的大门也不是对谁都敞开的。唐代的科举制度，到了开元天宝年间，已经正规化、严格化，它设立了很多门槛，把很多人无情地拒之门外。唐玄宗时期就明文规定，赴京应试的士子，必须经过地方官严格的资格审查并予以推荐，不经过地方官审查，没有地方官的推荐书，你是不可能杀入“棘围”的。那么，都有哪些要严格审查的项目呢？一是要注明：“郡县乡里名籍”。就是要弄清楚你是什么地方的人。二是“父祖”官名，就是你的父亲，还有你的祖父，叫什么名字，都是干什么的。此外还规定，如果家里是经商做买卖的，或者关系比较近的亲属是生意人，都不能考进士。李白的身世，恰好两条都占上了：一是罪人之后（很多学者有详实考证，本文不遑详说），二是商人之子，想科考求仕连门儿都没有。另外，从李白的诗中我们还得之，李白年轻时是个斗鸡徒，也当过侠客，曾经在斗鸡徒群殴中“手刃数人”，后逃亡峨眉山避难，隐姓埋名，属于有“劣迹”的问题青年。这些就决定了李白经不起地方官的严格审稽，更得不到地方官的科考推荐书，这就断了他走科考之路求仕的念想。但是，这些规定在李白看来，肯定是既不公平，又极其严酷的，所以他痛恨这个制度，认为科举制度冷酷地抛弃了他，“弃”他而去，就是再自然不过的事了。然而，你咒骂它也好，反对它也罢，除了逞口舌之快，心里得到一点安慰，你是奈何不得它的，这怎能不让李白生愁生慨呢？

在李白心中，“弃”他而去又不可留的还有没有别的对象呢？我们猜想推断，还有！这就是还有朋友“弃”他而去又不可留。李白一生爱游历，嗜美酒，重友情。上面已经谈到，李白求仕不能奔科举之路，那么留给他的就别无选择，只能取“干谒”之途，即打通门子，靠朋友推荐入朝。所以李白特别需要友情，渴望友情，看重友情。你只要读读《将进酒》、《下终南山过斛斯山人宿置酒》等诗，你就可以活灵活现地看到李白与朋友相逢、相聚时，高歌欢怀、陶然忘机、激情飞扬的样子，既充分表露出酒逢知己的快意，相契之深的真情，又尽情展露出醉后人性的天真可爱。

李白是个非常讲义气重友情的人，他滞居安陆时，曾经去拜访安陆的裴长史，他在《上安州裴长史书》中讲过自己做过的两件事：

曩昔东游淮扬，不逾一年，散金三十余万，有落魄公子，悉皆济之，此则是白之轻财好施也。又昔与蜀中友人吴指南同游于楚，指南死于洞庭之上，白禫服恸哭，若丧天伦，炎月伏尸，泣尽而继之以血。行路闻者，悉皆伤心；猛虎前临，坚守不动，遂权殡于湖侧，便之金陵。数年来观，筋骨尚在；白雪泣持刃，躬申洗削，裹骨徒步，负之而趋，寝兴携持，无辍身手，遂丐贷营葬于鄂城之东。故乡路遥，魂魄无主，礼以迁窆，式昭朋情，此则白存交重义也。

李白在致裴长史的信中说自己：东游扬州时，在不到一年的时间里，散金三十余万，有落魄公子，悉皆济之。可见李白重义重谊之甚！李白还讲自己：由蜀之楚时，是和朋友吴指南一起出来的。到了楚地洞庭湖一带，不料吴指南故去，自己难过得就像死了亲兄弟一样，大热天伏在他尸体上恸哭，后来眼泪哭干了，眼里流出来的净是碧血。过路的人听到了自己的哭诉，也都不由地伤心起来。不知从哪里蹿出来一只猛虎，要吃他的尸体，自己就跟猛虎搏斗，并把老虎驱走。因自己当时囊中羞涩，只好暂时把朋友草草地葬于湖边。后来自己去了南京。过了几年，自己又回到洞庭湖，祭扫朋友之墓时，发现朋友的尸体上“筋骨尚在”，自己就一边哭，一边用刀把尸骨刮干净，再用布裹起来，然后步行着把朋友的骨头背到了鄂城之东，重新将他进行了安葬。

这两件事，足以看出李白轻财好施，存交重义，对朋友至诚至忠。

关于渴望友情，李白曾写过一首非常有名的诗《月下独酌》，那是他极端渴望友情而发自内心的呼喊：

> 花间一壶酒，独酌无相亲。举杯邀明月，对影成三人。
> 月既不解饮，影徒随我身。暂伴月将影，行乐须及春。
> 我歌月徘徊，我舞月凌乱。醒时同交欢，醉后各分散。
> 永结无情游，相期邈云汉。

有的诗评家认为，这首诗的主意所在是“行乐及春”和“永结无情”。笔者不敢苟同。我们认为，这首诗的灵魂或曰核心则是一个“独”字。有朋何其乐，无友何其独！全诗围绕置身花间“独酌”展开，所写之景之物，均衬一个独字。诗人造境兴氛越热闹，越显出诗人独之极，孤之苦！生活中置酒会友方成乐，而诗人眼下却置酒“独酌”，无友无亲，如之何呢？那就只好邀月对影而举杯了。但是，“悲欢徒自感，圆缺本无情”，月既不解饮，影亦徒随身，怎么办呢？那只有将就点了，就伴月将影凑合着行乐吧！然而，明月也好，身影也好，它们毕竟是无情之物，怎能代替真正的朋友呢？它们怎能做到“我醉君复乐，陶然共忘机”？只能“醒时同交欢，醉后各分散”。尽管诗人与它们相期云汉间，但那也不过是自我安慰罢了，天上无月的时候，月何在？影何在？友情复何在？这首诗就是这样用反衬法，以虚拟的热闹景象写冷清的内心寂寥，以虚拟的友人相聚之场面写现实世界中无友之孤独。读这首诗时，我们仿佛看到了李白那双渴望友情的明眸亮睛，我们仿佛听到了在春光骀荡、繁花如锦的时节，独自举杯的李白，渴望友情的呼唤，他多么希望情投意合、知己同心的朋友能应声而临啊，那急切，那情景，简直如久旱之引领望云！李白这首诗是其浪漫主义的杰作，独特的构思，奇颖的表现手法，展现了李白高妙超群的艺术技巧。但有的人对诗中化寂寥为热闹，化孤独为友聚的描写孤立片面地大加赞扬，并以此认为李白活得有情调，很潇洒，很开心，实际上他们没有弄懂李白之所以这样写的真实用意，正是为了更加突出自己踽踽凉凉的孤寂痛苦。正如孙洙所说："题本独酌，诗偏幻出三人。月影伴说，反复推勘，愈形其独。"(《唐诗三百首》卷一）据考证，李白这首诗写于他蒙遭玄宗疏冷之后，拂袖离开长安之前，那时狂傲桀岸的他，政治上一下子从高山跌落到谷底，卿相之梦已彻底幻灭，内心的多处创伤滴着鲜血，疼痛难忍，处境极其凄凉冷落，倍感孤寂无助。这真是：出师未捷位先跌，常使李白樽对月。因此，他特别需要友情，特别渴望友情。这首举樽对月之诗，无疑就是他这段生活经历和内心活动的一个真实的投影。

政治上各派势力的角触是残酷的，生活中各色人际交往是复杂的。李白渴望友情，看重友情，但生活给的回报并不都是真诚的微笑和鲜艳的花束。背叛、反目、疏远、冷落、回绝、躲避、挑拨，还有朋友故去，总是时时发生，特别是李白的狂傲，更让他与周围的磨擦迭起，甚至遭人反感和嫉恨，李白自己对此也有感觉，他曾伤感地写道："世人见我恒殊调，闻余大言皆冷笑。"(《上李邕》)"一生傲岸苦不谐，恩疏媒劳志多乖。"李白不是曾散金三十万，助济了很多落魄公子吗？其结果又怎样呢？很不怎么样，用他自己的话说就是："我本不弃世，世人相弃我。"他还写道："骅骝拳跼不能食，蹇驴得志鸣春风。""黄金散尽交不成，白首为儒身被轻。"(《答王十二寒夜独酌有怀》) 看得出，他很伤心。俗话说得好：当事者迷，旁观者清。上面说的那些，还仅是李白自身的感觉，当时在别人眼里，情况更糟得多，严重得多。杜甫是李白的朋友，也是李白的一生追随者，他就很痛心地说过这样的话："世人皆欲杀，吾意独怜才。"（杜甫咏李白《不见》）杜甫这首诗写于李白卒前一年，主要是说李白所处的政治环境极其恶劣，但从中亦可看出李白人缘状况之不佳啊。

李白一生就没有相交甚厚、誓死不渝的朋友吗？当然有，杜甫就是一个。但杜甫与李白相处时日短，且一分手就成永诀，在李白的一生中所占分量不重。李白还有两个在他眼里非常重要的朋友，一个是贺知章，另一个是司马承祯。李白与贺知章在长安一见如故，即为忘年知己。贺知章与李白之所以很快成为挚友，原因之一，是他们两人都豪爽善饮，爱好“杯中物”。杜甫在《饮中八仙歌》中，对他们两人的醉态有着生动的描绘：“知章骑马似乘船，眼花落井水底眠”；“李白一斗诗百篇，长安市上酒家眠。天子呼来不上船，自称臣是酒中仙。”在此歌中，贺知章赫然名列魁首，李白名列第六。大概因为李白是唐代最负盛名的大诗人的缘故，后人却把李白称为“酒仙”。李白与贺知章之所以很快成为挚友，还有一个重要原因，是他们志同道合，都酷爱诗文，一个是“诗狂”，一个是“诗仙”，这是让他们相互吸引、相互爱慕的重要内在动力。贺知章“少以文词知名”。他为人旷达，不拘礼法，晚年自号“四明狂客”；他善谈笑，工书法（善草隶），诗写得清新自然，为时人所称道，被誉为“诗狂”。在贺知章的眼里，李白是一个从天上降下来的奇才，称他为“谪仙人”。由于贺知章当时在政坛上位高望重，在文坛上又名高望重，他对李白的赏识对当时的社会影响极大，正所谓居高声自远，何况又秋风，他一盛赞李白的才华，誉称李白是“谪仙人”，很快就被四海文坛认同了。作为晚辈的李白，由衷地敬重贺知章的为人，欣赏他的诗文。李白始终从心里感激贺知章的知遇，非常珍惜与贺知章的友情。李白在他写的《对酒忆贺监二首》其一曰：

四明有狂客，风流贺季真。长安一相见，呼我谪仙人。

可见李白对贺知章的知遇大恩始终于怀耿耿。但是，李白在写这首宣城谢朓楼饯别李云的诗时，贺知章已经仙逝，“弃”他而去多年了。李白非常怀念他但人死不能复生，李白越怀念越觉索然、凄然。李白与司马承祯的相识是在他出蜀漫游不久。开元十二年，即公元724年，他“仗剑去国，辞家远游”，离开巴蜀地，“来从楚国游”，李白出荆门后不久，就在江陵与近八十高龄的道教大师司马承祯邂逅，两人一见如故，亦成忘年之交。

司马氏非常赞赏李白的壮思奇才，谓李白“有仙风道骨，可与神游八极之表”，李白听到这个评价非常激奋，挥毫书就《大鹏遇希有鸟赋》，把自己比作大鹏鸟，把司马承祯誉为希有鸟。李白为何如此激动呢？一是他得遇唐代的“钟子期”——司马氏这个知音真是万幸，二是他遇到的这个唐代的“钟子期”知音，不仅对他大加赞赏，而且还有着非同一般的身份。司马承祯（公元646—735年），字子微，法号道隐，自号白云子，师承上清派第十一代宗师潘师正，为茅山宗开创者陶弘景四传弟子，上清派第十二代宗师。他曾先后被武皇则天和睿宗天子召至京都，那是何等的风光和殊荣。唐玄宗开元九年（公元721年）和十五年（公元727年），他又先后两次奉诏入京，接受明皇亲授法箓，深得玄宗垂青。如此名满四海的一代道教宗师，像李白这样一个刚刚走上社会的年轻后生能得以相见，已实属不易，还得到了大师的高度赞扬，更属不易，尤其让人垂涎三尺的是还与李白这个当时名不见经传的初生牛犊结为忘年之交，被列为司马承祯在天下所结交的“仙宗十友”的第十位，这怎能不让李白这个“小人物”激动兴奋呢。好风凭借力，送我入青云。李白后来声名鹊起，成为全国顶级走红的大明星，除了得益于文化昆仑贺知章的赞誉推崇，还与司马承祯这样重量级道教大师的高度赞誉有重大关系。可以说，这就为李白后来入翰林和归入道门打下了坚实的基础。后来鼎力向朝廷推荐李白的道士吴筠，就是司马承祯的仙友。然而，在李白写这首宣城谢朓楼饯别李云的诗之前，这位大师也早已作古，“弃”他已去20年了。这两位对李白的一生产生过重大影响的“造星”人物的相继谢世，可以说对李白是致命的打击，因为在李白被“赐金放还”以后的蹉跎岁月里，李白一再幻想重返长安，再起腾达，但是他再也未遇到像贺知章、司马承祯这样能把他这颗明星送入政坛轨道的挚友，致使他的梦想一次次像美丽的肥皂泡一样破灭。所以李白每当一想起挚友的故去，肯定心里就像乱箭穿心一样疼痛难忍，让他感受到一种被无情抛“弃”的冷酷，身边布满了被抛“弃”的悲凉和孤苦的乱云，这怎能不让他陷入无尽的“烦忧”呢？

在“弃”李白而去又不可留的朋友里，包括不包括正在“酣”饮饯别的校书郎李云呢？我认为，这是勿庸置疑的。送朋友走，却说朋友抛弃了自己，似乎不合情理，因为这显然是怨言，很难听，有失礼貌，实际上正合当时的情理，因为这是李白酒酣之后的醉话，醉话往往有失分寸。这句醉后怨言，虽然是在借题发挥，但也是醉后倾吐的真言。“长风万里送秋雁，对此可以酣高楼。”酣者，畅快而饮以至半醉也。李白在谢朓楼上设送行别宴，为李云这只“秋雁”饯行，宴后这只“秋雁”即飞奔长安而去。作为日思梦想都殷望重返长安、东山再起的李白，多么想跟李云一起走呢？但是他能和李云一起去长安吗？当然不可能！所以李白在酣饮之后，就觉得李云也抛弃了他，而留给他的只剩下让他的心躁“乱”不安的“烦忧”了。在李白看来，李云和自己也是惺惺相惜、志同道合的好朋友，“蓬莱文章建安骨”，他一边与李云碰杯酣饮，一边大夸李云的文章写得好，赞李文颇有建安遗风。“俱怀逸兴壮思飞”，他还讲李云与自己很投契，都怀有豪情逸兴和凌云壮志。“欲上青天揽明月”，话越说越投机，酒越喝越有味，酒深情亦深，转眼间酣饮的李白已是不胜酒力，不知不觉地完全进入醉态，此时的他，觉得自己就要纵身一跃而入青天，然后潇洒一挥即可把一轮秋月揽入怀中。这是典型的酒醉之后，神经兴奋，神情迷幻，飘飘欲仙，行为失常的醉态。这时候的李白，虽然大醉，可还未到玉山倾倒的地步，头脑尚存几分清醒，惺忪的醉眼一张，瞥见了谢朓楼下正在奔流的宛溪河水。“抽刀断水水更流，举杯消愁愁更愁。”陡然间，他从天上掉到了地下，从异常兴奋的云间，栽到了异常痛苦的河谷。他觉得：“弃”者如斯夫，不舍昼夜，于是乎，往日的今日的“烦忧”，呼啦啦一齐涌上心头：黄金年华、长安机遇、知心挚友、还有今日也要离他而去、高飞远走的李云，都像这终年不停的宛溪河水一样流走了。他更觉得：“我本不弃世，世人相弃我。”情绪败坏到了极点的李白，居然愤怒地“抽刀断水”，想斩断东去的宛溪河水，以阻止这些已经发生和正在发生的一切。“抽刀断水”，这是李白进入醉乡之后、伤心之极，而又找不到发泄之术，致使行为失常的狂举、醉举。对于李白这样的狂举、醉举，乍一看匪夷所思，其实只要了解了李白一生的追求抱负和坎坷遭遇，特别是他认为纷纷弃他而去的事情和对象以后，是不难理解的。老去之愁，失意之愁，怀友之愁，离别之愁，伤时感世之愁……千愁百感，扭结在一起，件件伤心，这让李白太难过了，大痛之际，行为失控，引发异常失态的举动是屡见不鲜的。李白在宣城谢朓楼饯别李云时，已经50多岁了，回首来路，“进德智所拙，退耕力不任。”眼看着几十年的奔走呼号白费力，一生的雄心抱负化泡影，空怀济世之心，苦无献身之路，秋风万里，雁行声远，危楼逝水，回澜无计，这一切放在谁身上也要心伤欲碎，心忧如焚的。

这首诗的最后李白又以骚怨作结："人生在世不称意，明朝散发弄扁舟。"他仿佛举着酒杯在对李云说：你走吧，你走后我也走了。你去长安继续做你的官吧，我呢？要离开这个让我不称意的尘世，入五湖，弄扁舟，到万顷烟波里去过隐逸生活去了。实际上，这也是李白的樽前狂语，醉后妄言！是李白发泄牢骚和怨怒的激愤之词。李白哪里肯做一个高蹈者呢？他早就立过誓言：必须在"事君之道成，荣亲之义举"（《代寿山答孟少府移文》）完成后，他才欣然荣隐，做一个林下封君。现如今，事君荣亲一事未竟，焉能归隐山林，以白云为伴？后来安史之乱爆发，他果然经不住永王璘的邀请，放弃隐居，下庐山应召进入永王幕府，然后随军北上"平乱"。但天真幼稚的李白哪里知道，永王璘延揽人才，招募壮士，是别有用心的。他起兵北上，不是"平乱"，而是叛乱。结果，李白因此案锒铛入狱，差一点丢掉老命，后在朋友的营救下才被判了个远流夜郎。这次从政是李白一生中的第二次，也是最后一次，这第二次从政比第一次结局更糟，下场更惨。这再一次证明，李白有大志，而无大智，是诗坛奇才，而不是政坛雄才，有诗人天才的灵感，而无政治家的敏感，是伟大的诗人，而不是政坛伟人，一句话，他没有作为一个文人兼政治家的政治器识。所谓政治器识，是指观察事物的敏锐眼光，判断时事的深刻洞见，处理复杂纷纭人际关系的练达胸襟，从全局上、长远上把握轻重得失、决策进退急徐的器度和远见卓识，以及知行合一的行动能力等等。李白在这些方面，我们真的不敢恭维。很可惜，李白对自己的人生悲剧，总是一味地怨天尤人，始终没有、也不肯从自身寻找任何原因，因此他往往想不通，而想不通的时候就习惯性地借酒来浇愁，用酒来麻醉自己，其结果只能是"借酒消愁愁更愁"。宋人陈郁解诗说过："盖写形不难，写心唯难也。"（《藏一话腴》）李白这首诗堪称在醉态中把心写得最真、最妙的天才杰作。

这首醉别诗，可以说没有用多少笔墨直接抒写李白和李云的友情，堪称惜墨如金，但在李白的宣泄中，酣饮中，赞扬中，直白中，一醉方休中，完全可以真切地感受到李白李云的友情很深切，很真挚，很纯洁。在艺术技巧上，虚实并用，一笔兼写，或神在语外，不写自现，不言自含。

在诗中李白兴高采烈地赞扬李云的才华，并给他们的友谊定位为“俱怀逸兴壮思飞”，这就道出了他们之间的交往有着共同的思想基础：同志，同好。他们是互相心仪、互相仰慕的朋友。从全诗来看李白对李云的辞别还挺留恋。

从李白把一腔骚怨愁苦坦诚无遗地、毫无保留地倾吐给李云来看，李云是李白心目中完全可以信赖的挚友。从李白的骚怨中亦可窥伺到他们之间友情之真之切。

俗话说，酒逢知己千杯少。李白在诗中说：“长风万里送秋雁，对此可以酣高楼。”从中可以看出，李白的心里鼓荡着兴奋，这是遇到知己可以酣饮的兴奋。酣饮，就是畅快地喝，往醉里喝。能一起酣饮的朋友一定是知己，能推杯换盏一醉方休的朋友，一定是真朋友。

相互倾慕，相互信赖，相互知己，这样的友情肯定如山，如海，如月，如雪。李白醉别友人，醉中见真，醉中见诚，醉中见心，醉中见美，不仅让我们看到了李白对李云的真情诚意，也让我们看到了李白坦荡的胸怀，狂放的性格，至情至义的品格，清拔爽朗的风神。

李白：鲁郡东石门送杜二甫

李白写“醉别”朋友的诗有许多篇，你只要读一遍就会发现，他只要遇到志同道合、情投意合的朋友，分别时一般都喝得大醉，以展露酒深情亦深的友情之挚。天宝三载（公元 744 年），李白被唐明皇“赐金放还”离开令他心酸的长安后，在东都洛阳与杜甫相逢相识，这两位唐代诗坛上的巨星，一见如故，立刻成了莫逆之交和忘情之交，结下了深厚而纯洁的友谊。天宝四载春，两位诗人再次相逢于山东，并携手并肩同游齐鲁。是年秋，满怀希望、意气风发的杜甫欲往长安寻梦，而在长安失意、仕途蹭蹬的李白则要南下寄兴吴越，两人不得不在鲁郡东石门临歧分袂。临行时，李白在醉态中写了一首送别杜甫的诗《鲁郡东石门送杜二甫》：

醉别复几日，登临遍池台。何时石门路，重有金樽开？

秋波落泗水，海色明徂徕。飞蓬各自远，且尽手中杯！

这首诗以醉别开始，以尽杯结束，写出了李白与杜甫相处一起时的愉快和分手各远时的惜别，自然美和友情美交相辉映，情动人，美感人，让人读后享受到无尽的美感。

“醉别复几日，登临遍池台。”诗一开头就说“醉别”，大概正式离别前，天天一起狂饮。今天真的就要分手了，我们就再来个一醉方休吧！想想在齐鲁的这些日日夜夜，我们把臂牵手，遍游齐鲁山水名胜，一边享游目之悦，一边畅写诗之得，真是惬意呀！二位诗人在山东这段相濡以沫的日子，情同手足，相处非常融洽和谐，留下很多唱和的诗作，而且还用诗相互嬉戏，开玩笑，让他们一生都难以忘怀。后来杜甫在回忆这段经历时，曾写下这样的诗句：“余亦东蒙客，怜君如兄弟。醉眠秋共被，携手日同行。”（《与李十二白同寄范十隐居》）字底行间，洋溢着他们二人亲如兄弟的情谊。所以，李白在与杜甫离别时，很自然地就流露出难以抑制的惜别之情：

何时石门路，重有金樽开？

石门，山名，它坐落在山东曲阜东北，上有高寺幽钟，下有潺泉吟溪，是个风景秀丽、山水宜人的地方。李杜二人同为嗜美酒、爱山水之人，经常对此光顾惠临，他们攀山而啸，临泉而觞，一起纵论人生，细论诗文，故李杜尚未别而李白已盼“何时”再重聚，可见他们的友情瓜秧相依，鱼水难分。他们分别后，杜甫在怀想李白的诗中，也表达过几乎完全一样的企盼：“何时一樽酒，重与细论文。”（《春日梦李白》）这也表露出，他们的友谊为什么会长如万里江，深似千寻海，正是因为他们有着深厚的共同的志趣情结。

秋波落泗水，海色明徂徕。

泗水，是穿曲阜而过的一条河。

徂徕，是位于曲阜西边的一座山。

这两句诗可谓传神之笔，写得非常美，不仅点明了李杜相别的季节和方位，特别应当看到的是，李白用生花的妙笔，生动的语言，写出了当时已进入醉态中的自己，用朦胧的醉眼看到的周围清丽迷人的景色。不少品诗者在赏析这两句诗时都津津乐道李白遣词之妙，修辞之精，指出李白用一个“落”字写出了泗水秋波的气势，用一个“明”字赋予了徂徕山以生命，使徂徕山静态的自然风光美有了运动感，显示出了勃勃生机。我认为，这种赞美还没有破的，也就是说还没有完全到位。请细读：“秋波落泗水”，秋波本生于水上，怎么可以说是从什么地方飞落到泗水河的呢？落者，从上而下运动之谓也，那是从天上飞落下来的吗？如是，又作如何解释呢？这确实让人读后匪夷所思，摸不着头脑！再细读：“海色明徂徕”，徂徕山远离大海波涛，海色又如何能把徂徕山涂饰得明丽奇美呢？这又是个难以解破的迷。实际上，这一切都并不难破解，关键是要把准当时李白的神情状态。李白当时已遨游在醉乡之境了，他是在用一双朦胧迷幻的醉眼来赏视当时的山水美景的，也就是说，当时出现在李白醉眼中的山水美景，不是正常人眼中的常态之景，而是醉态人眼中的一种“变态”、“畸态”之景，其中含有很多幻影幻觉的色彩。把准了这一点，我们就明了了李白笔下抒写描绘的天水共碧、山海同明的美景，实际并不完全是真实的景象。但我们必须承认，这种朦胧的醉眼中出现的朦胧的山水之美比正常人眼中的山水之美更美。你看：似乎是从天上飞落而下的碧波，浩浩汤汤，既把泗水河染得碧透如玉，又把泗水河打扮得神采扬厉，可把可慕，壮哉美哉；秋深的徂徕山色，本来就汇合了苍、黄、红、黛、赭等诸色之美，一派绚烂耀眼，但经过澄明碧蓝的海色一番大笔涂染挥洒之后，在金秋的天幕下，更添了几多明丽多姿，让人赏之更悦目，玩之更愉心。这是一幅何等壮美的山水秋色图啊！从这个意义上来说，李白笔下的这两句诗，称得上是真正的传神之笔，而这个“神”，就是李白的醉态之神！

李白为什么在送别诗中要描绘这样一幅壮美的山水秋色图呢？从诗的结构上讲，这既要承接首联，又要逗出尾联，使诗的气脉连贯，情义关联。首联下句说“登临遍池台”，这其中肯定包括登临泗水和徂徕。据考察，李杜共游齐鲁期间，确实曾泛舟于泗水之上，遗踪于徂徕之径，所以李白在送别杜甫之时挥笔描绘泗徂之美，一是从诗的内容上展开“登临”的具体内容，从感情上唤起杜甫美好的回忆。二是抒发因送别杜甫而萌生的离愁别绪，他仿佛在举着金樽大声地对杜甫说：你再看看，这里的山这么美，这里的水这么秀，可惜呀，你走了，我再与谁携手同游共赏这壮美之图呢？这两句饱含着他满腔感情的诗，不仅仅是对山水之美的赞叹，更多的是浸透了李白送别杜甫这个忘情之友的怅惘和留恋之情。管窥蠡测，透过李白这两句寓情于景的传神之诗，我们进一步探视到了李杜之间友情的挚美和李白对杜甫的一往情深。李杜互为知音，交深谊厚，杜甫西入长安之后，李白果然很失落，常常索寞无趣，有时竟失魂落魄似的，被思念折磨得手足无处安排。一年后，他曾这样深情地在诗中披露心迹：“鲁酒不可醉，齐歌空复情。思君若流水，浩荡寄南征。”（《沙丘城下寄杜甫》）

飞蓬各自远，且尽手中杯！

有了上面的层层蓄势，步步铺垫，这两句尾联是瓜熟蒂落，水到渠成。挚友一别，劳燕分飞，恰如飞蓬随风，各自投路，展念后会难期，重聚无日，更何况知音难觅，千古共嗟，伤心总是难免的，那就让我们收起叹息和泪水，寓情于酒，以酒抒怀，各自干尽杯中酒，来一场忘情的醉别吧。全诗尾首呼应，就此打住，可谓收束得干净利索，然就诗绪而言，则言止情未止，言尽意无穷，并未就此戛然，仍有余韵绕梁。

谁也没有料到，李杜这一醉别，竟成了永诀。此后20余年间，直到李白溘然长逝，上帝再也没有给他们两个人重聚的机缘。在杜甫的一生中，这段经历是他最“快意”的时期之一。他在《壮游》一诗中曾这样写道：“快意八九年，西归到咸阳。”西归到咸阳，就是指他与李白醉别后西去长安一事。杜甫一生都非常珍惜他与李白结下的深情厚谊，在以后长期的仕途坎坷和四处奔波、飘游生涯中，他先后写了思念、怀想、回忆、梦遇李白以及与李白有关的诗近20首，大都情词并茂，声泪动人，其中很多诗句成了脍炙人口、传诵千古的名句，如“死别已吞声，生别常恻恻。”（《梦李白二首》）“笔落惊风雨，诗成泣鬼神。”（《寄李十二白二十韵》）“敏捷诗千首，飘零酒一杯。”（《不见》）“渭北春天树，江东日暮云。”“落月满屋梁，犹疑照颜色。”“千秋万岁名，寂寞身后事。”(《梦李白二首》) 等等。当你读这些诗句的时候你常常会被打动得鼻酸泪涌，同时你还会深切地感受到，在杜甫笔下，他与李白的友情，是人世间最纯洁、最诚真、最美丽的感情，也是令我们十分钦佩、值得我们永远学习的伟大感情。

李白：广陵送别

在李白写醉别友人的诗歌中，有一首题目为《广陵送别》的诗，写得尤其别具风采，通篇不见丝毫悲情哀调，相反却是一段轻松洒脱的乐曲奏鸣，字里行间映照的是豪放开阔的胸襟，最能凸现李白这位杰出的浪漫主义诗仙其笔下醉别诗的不具一格、多姿多彩和浪漫诗风。

> 玉瓶沽美酒，数里送君还。系马垂杨下，衔杯大道间。
> 天边看绿水，海上见青山。兴罢各分袂，何须醉别颜？

诗句流畅如行云流水，节奏明快似马蹄生风，形象鲜明若活于眼前。通篇不加藻饰，不用事典，皆从肺腑中流出，复通俗易懂，真是情之所至，诗亦至焉！

读完全诗，在轻松的心境中，那树下道间举觞送行的场景，诗人和友人醉饮的豪态，会让你忍俊不禁，笑意盈脸。特别是有过痛饮、豪饮经历的读者，诵读这样的华章美韵，你会骤然间觉得自己已不知不觉地置身其间，禁不住与他们一起捧壶衔杯的冲动，入其行旅，去分享诗人和友人洒脱痛快、淋漓酣畅、忘形尔汝的豪兴逸致。然而这样的诗，一字字，一句句，又都是谱写大美友情乐曲的音符和音节，一字字，一句句，都让我们从中谛听到了诗人与友人友情的坦诚、无私和深长。这不仅表现在送了一程又一程的行动上，也不仅表现在临别时衔杯于大道间的场景中，也不仅表现在兴罢分袪、醉饮忘形的情态里，更表现在诗人与友人情绪的喷发、性格的展露以及隐藏在这些外在形态背后的内心深处的洞现。尽管诗人没有告诉我们他醉别的朋友姓什名谁，我们也无从知道他醉别的友人任何职、从何业、年龄几何，但我们从诗中还是看得出，诗人与友人是一对挚友，是人世间花千金万银都难求难得的忘情之交。他们的友情很深，他们的友情很美，他们的友情让人羡慕啊！

请注意，这首诗的五六两句有些蹊跷：

天边看绿水，海上见青山。

天边如何看绿水？再者，扬州离大海虽说不上十分遥远，但也是长路漫漫，又怎能一眼就见到山了呢？我反复推敲琢磨，总觉得这两句诗应该是："海上看绿水，天边见青山。"那李白为什么非如此这般的写呢？我认为，山水之乐，得之于心而寓之于酒，他是在用醉眼中看到的迷幻景色为这场醉别涂上一层朦胧绚烂的浪漫色彩，也就是说，诗中李白笔下的这两句景物描写所描绘的画面，与他的上首诗《鲁郡东石门送杜二甫》中出现的山水美景一样，也是醉眼朦胧中的"变态"、"畸态"之景，并非正常人眼中的常态之景。这首醉别诗有六句李白都采用的是赋体，直陈其事，然而这两句迷幻的景物描写的插入，不仅使该诗的情绪发展一下子波澜突起，更富有快意，弥补了该诗的平直之敝，而且这样的妙笔确实为这首醉别诗的意兴抒发平添了几分浪漫。因此，这是李白构思时有意为之。但是，奇怪的是，我发现一些论诗者在论及这首诗时，对这两句景物描写总是不肯置喙，是觉得不屑？还是故意回避？这其中的玄机，我们不敢愚妄评之。

上面我们一连赏析了三首李白写醉别友人的诗，也许有人会误解，是不是唐代诗人中只有李白这样的诗仙才写这样的送别诗呢？其实不然，唐代很多诗人都写过很有艺术个性的醉别友人的诗，下面我们就再赏析其他诗人写的几首。

王昌龄：送别魏二

首先我们赏析王昌龄写的两首。其一：《送别魏二》

醉别江楼橘柚香，江风引雨入舟凉。

忆君遥在潇湘月，愁听清猿梦里长。

这首诗的第三句：潇湘月。别的版本有的作：“潇湘上”；有的作“湘山月”或“湘山上”。第四句：愁听。别的版本又作：“愁送”。笔者认为还是用“潇湘月”和“愁听”最有诗意。

王昌龄这首醉别友人的诗，还是写于他被贬谪湖南龙标时期。他所送的友人魏二，名字、籍贯均不可考。俗话说：酒逢知己千杯少，从诗中醉别所写的场面看，魏二很可能是王昌龄的一位知己。

这首诗创造的意境很美，且具盛唐气象。

诗一开头就点出了送别场面发生的时间是金风送爽、金秋飘香的季节：“醉别江楼橘柚香”。祖饯之宴，就设在坐落于大江之畔的酒楼上。从诗句描写中，我们知道酒楼形胜，环境幽雅，临窗而望，一江秋水清波漾漾，幽幽东去，江面上片帆高举，商旅相呼，棹歌阵阵；再看大江两岸，簇簇烟村，夹江临水，橘林漠漠，一派碧翠，点点丹橘金柚，红黄相映，镶嵌于绿枝翠叶间。这一切，如画如诗，妙迈丹青。江楼席间，老春佳酿，散发出脉脉醇香，丹橘金柚，乘风送来阵阵果香，这双香娱鼻，沁脾润肺，让人感到舒畅。风光宜人，香风盈袖，把酒送别，情意绵绵，这样的场景又是温馨的。“今日送君须尽醉，明朝相忆路漫漫。”（贾至《送李侍郎赴常州》）在融和的氛围里，经过一番推杯换盏，觥筹交错，诗人不知不觉地进入了醉态。从第一句诗人营造的温馨悦目的送别环境和氛围来看，这场离别的基调：不是伤别。因为看不到任何离伤别恨的踪影。

“江风引雨入舟凉”。第二句还是写景。从景物描写中我们看到了诗人把友人送到离船上的情景：这时候天气已变，江风乍起，秋雨飘落，气温下降，缕缕雨丝乘风势钻入舟舱，给诗人和行人带来了一些凉意。诗中的“凉”字，是微寒的意思。这其中的意境也很美。实际上，这个“凉”字主要写的是诗人醉后的感觉，是在进一层写醉别。已经进入醉乡的诗人，从江楼离席而下，走到楼外，他的第一感觉肯定是燥热兼兴奋，待他来到江上，江风一拂，秋雨一淋，虽然酒力上窜，头脑迷蒙有加，但脸上和身上会顿时有凉意的感觉，似乎清爽了些。特别是诗人用“江风引雨入舟”这样拟人化的写法，就更把诗人在醉态中的朦朦胧胧的感觉写得惟妙惟肖，造成了似乎秋风秋雨也赶来与诗人一起送别友人的意趣。所以我说诗人写很很美，很有个性。

有人在赏析这句诗时，把“凉”误解成“寒冷”，那是不确的。在古汉语里“凉”和寒和冷不是一个意思，只是微寒的意思。古人曰：失之毫厘，差之千里。由于一字之误解，他们便由此演绎出一大篇想当然的文字。他们认为这个“凉”字写出了“寒雨连江”，是逼人之“凉”，它不仅是肌肤所感，而且是心头所感。所谓心头所感，就是既透出了送别友人离情之凄凉，又隐约微妙地透出了诗人屡受贬谪、政治索寞，即人生遭际之悲凉。我们觉得这是离题万里！笔者认为，这样解释有两点不妥：第一，与首句的情调相悖，太不协调。如诗人有离愁伤别之情第一句就应有所表露不应写得那么融和温馨。第二，与句中的用语也不符，诗人用“江风引雨入舟”来写在江上送友人登上行舟的情景，并非凄凉之感，诗人如有凄凉之感，何不用“凄风苦雨入舟凉”、“风恨雨愁入舟凉”或“风疏雨骤入舟凉”等词语呢？这样岂不更能写尽秋风秋雨送孤舟的凄苦？岂不更有已觉秋风送萧瑟、哪堪秋雨助凄凉的离伤？干吗还用“江风引雨”这样意趣盎然又透出几分轻快的词语呢？而且不用“秋风”二字，专用“江风”二字，回避了让人感到萧瑟的“秋”字，正因为诗人不是写的伤别，“送君不觉有离伤”，所以诗人在写秋风秋雨时才抛开了带有离愁别恨伤感色彩很浓的词，而采用富有兴味的拟人化写法，足见诗人对感情的把握很有分寸，而且这样写也正符合诗人醉后朦胧的感觉和视觉。

“忆君遥在潇湘月，愁听清猿梦里长。”这两句仍是景语，但它写的不是真景，而是幻景。“忆”，就是想的意思。诗人送走友人后，看来并未从醉中醒来，而是在沉沉醉意中倚在哪里，或伏在哪里，或卧在哪里休息了，进入似睡非唾、似醒非醒、似梦非梦的状态。这两句诗就是写诗人在这种状态下心里仍然想着、挂牵着孤舟远去的友人，写出了在神情迷幻的状态下还珍重友情的优美意境。在诗人伏在哪里休息时，仍浸沉在送别的氛围里，虽然醉后手脚不自由了，但脑海里的意念仍很活跃，一会儿闪现出友人已到潇湘的画面：那时已云散雨收，晴朗的夜空如洗，在蓝色的天幕上，一轮明月孤悬，四周万籁俱寂，只闻秋虫低吟，再看江水浸月，月光如水，友人在船上静静地赏月，他一会儿举头望月，一会儿低首俯月，上下天光，让他的思绪邈远幽深。一会儿又闪现出友人的行舟帆入三峡的画面：一声声清猿长啼，从三峡两岸的雄山幽壑里传到舟内，传到友人的睡梦中，他睁眼望望舟外的夜空，只见疏星点点，正张大明亮的眼睛遥望着三峡的奇峰高谷，看那样子仿佛也是刚被此起彼伏的猿啼从睡梦中唤醒。猿还在啼，那啼声凄长，在峡谷里回荡，小舟也仿佛加载了这悠长沉重的猿啼声，这让友人心里不由得升起一层淡淡的愁云，也许霎那间想到了家中亲人远在千里之外对自己的殷殷惦念，也许突然间想到了千里送行舟的朋友对自己的绵绵思念，也许……也许……这些友人远去的镜头，在诗人的脑海里蒙太奇般的跳跃、闪动、变幻着，当然这些镜头画面是醉蒙蒙的诗人意念里的幻影，而且也确实像梦幻一般。但，就是这些醉后意念里出现的美丽幻影，不仅营造了一种特殊的意境，一种迷人的朦胧美，而且又非常形象而鲜明地表达了诗人内心深处对友人的深情高谊，让人读后看到了诗人对友人的爱，看到了诗人高洁的胸怀和形象的可亲可敬，从而感动不已，感慨系之：交这样的朋友，不枉一生，真好，真值，真乐，真美！

这首写送别的诗四句全是写景，两句实景，两句幻景，这在同类题材的诗群里已是鹤立鸡群，不同凡唱。但景语又句句言情，诗人寓情于景，缘情造境，特别是创造醉后意念中的美境，把真情寓于这虚幻之境，使真情倍真，深情益深，这更是诗家之妙笔，之神笔，是神妙的天才创造！而正是这种神妙奇特的创造，使这首诗在送别诗族中以别开的生面高标特立，给读者带来了精美的精神大筵以及独具风味的审美享受和满足，这乃是此诗在浩如烟海的唐诗中据于高位的原由。

“诗家天子”王昌龄才情超江如海，我们由衷地为他喝彩！

王昌龄：送别

下面我们再赏析王昌龄写的另一首醉别诗《送别》：

春江愁送君，蕙草生氛氲。酒后不能语，乡山雨纷纷。

这首诗通俗，婉约，仅仅 20 个字，把醉后江边送别写得韵味隽永，意境悠美。

“春江愁送君”。第一句点明了送别的季节、地点和情绪基调。一个惠风吹拂的春日，诗人在江边为朋友送别，一怀愁绪恰如满江春水幽幽。“悲莫悲兮生别离”，“愁”字是诗人为这首诗涂染的感情色调。“蕙草生氛氲”。氛氲，有两种解释：一是浓郁的雾气、香气；二是形容心绪缭乱。我看在这首诗中这两种意思兼容并蓄。这一句主要是描写江边的环境，用的是反衬法，“春草碧色，春水绿波，送君南浦，伤之如何？”（江淹《别赋》）以喜景写哀情，并进而深化诗人送别时的内心描写：春江两岸，春色郁郁，香草馥馥，迷蒙的香雾从草坪上生起，随风流散，可诗人面对这柔媚的春景，没有半点悦赏的闲情逸致，心里直觉得缭缭乱乱，如乱云飞卷。“蕙草”，是香草的泛称，诗人笔下的蕙草如茵，就融进了“春草年年绿，王孙归不归”的意蕴。在中国古典诗词里，诗人们又常常用它代指才情高致的女性。我猜测，诗人也许有什么隐情，在诗中略去了友人的身份，但从含蓄的描写中，我们沿着曲径已可隐约地察觉到所通的幽处，诗人送别的人有可能是一位异性朋友。

“酒后不能语，乡山雨纷纷。”这两句，一句写人，一句写景。这里又点出送别时正下着春雨，其实这雨不是突然下起来的，当诗人他们来到江边的时候就已经下雨了，只不过是诗人为了在诗里创造一种鲜明的醉别意境而有意这样安排，即用景语结情罢了。这里还点出诗人和友人在来到江边船坞之前，曾有过一场愁肠寸断的饯别酒宴，诗人由于伤离过度，不胜愁苦，早已喝得酩酊大醉，而且醉到已不能说话或话已说不清楚的地步了。因此诗人在江边与友人离别时，无法用话语安慰友人，当然更无法倾诉衷肠，只能是执手相看泪眼，无语凝咽，只好用手做无声的送别，用朦胧的醉眼行无声的注目礼。春雨抛丝遍乡山，烟雾飞散满江天。诗人站在细雨中，醉眼朦胧地目送着友人的行舟离开船坞远去，渐渐地在春雨和烟雾中消失，此时自己的伤泪，仿佛正和这绵绵春雨一起洒落乡山，心中的离愁也随着飞散的烟雾布满了青山绿野。这是多么美的画面啊！诗中的别情，如春水澹澹，诗中的离愁，如春雨绵绵，诗中的韵味，如春烟袅袅。诗人视友情为生命的形象，诗人和友人牵心连肺、肝胆相照的友情，也全在这无言无声的画面中了。

全诗一共四句，两句写人，两句写景。我们不能不佩服诗人剪裁题材的神功魔力。由于篇幅的局限和字数的严求，诗人要在极短的篇幅和少少20个字中突出主题，只能对题材挥剪巧裁。他先剪掉了歌酒款别的伤心场面，只留下一个“酒”字，接着又舍弃了友人的社会身份等一切情况，只留下一个“君”字，第三剪又剪掉了友人离去的缘由和欲之之地的介绍，留下一大块空白，让读者在“春江”二字中去想象寻觅，最后只突出描写江边送别的镜头；但在描写江边送别的镜头时，又有意略去具体的细节，除了突出诗人的“愁”和“不能语”之外，而把笔墨慷慨地用在了对两岸景物和当时气候特点的描写上，就连友人行舟远去的情景也不着一字，而是含蕴在烟雨蒙蒙的描写中。就是在送别景物的描写中，也只是突出了蕙草和春雨，而对周围的山、林、水、树、鸟、花、村、云等景物也不饰任何粉黛，真是做到了能省即省，可剪就剪，该舍的全舍。这样剪裁布局的结果，就使这首诗既简练，又含蓄，收到了既淡净，又韵长的艺术效果。

古人论唐诗时，无不对王维的山水诗津津乐道，谓：诘摩诗中有画，画中有诗。岂知何止王维的诗有此妙笔，王昌龄写的这首醉别诗，就是一幅绝妙的水墨画，画的题目就叫：烟雨春江送君图。这幅画有两大特点，一是无声：人无声，水无声，草无声，雾无声，泪无声，乡山无声，烟雨无声；二是空蒙：水蒙蒙，草蒙蒙，船蒙蒙，雾蒙蒙，醉眼蒙蒙，烟雨蒙蒙，乡山蒙蒙。这无声而又空蒙的世界，包容着一个静谧而又略涵压抑的空间，而这种空间正为诗人创造思无尽、伤无涯的意境提供了绝妙的氛围。在这样的意境里，诗人寓离思于雨丝，寓别愁于春景，寓有情于无声，操作之娴熟，让人高山可仰。

诗贵新而厌熟，贵雅而厌俗，贵奇而厌平。王昌龄创造的这种无声、空蒙的醉别意境，新、雅、奇，让人享受到的友情美也是独特的、别有风味的。

许浑：谢亭送别

王昌龄的醉别诗再别致也只是一法，在唐代诗人笔下创作的醉别诗中，另辟蹊径、别有洞天者还大有人在，如晚唐诗人许浑所写的醉别诗《谢亭送别》，就是另一副颇具个性风采的面孔。诗句如下：

劳歌一曲解行舟，红叶青山水急流。
日暮酒醒人已远，满天风雨下西楼。

许浑，是大唐王朝走向衰落灭亡时期的一位著名诗人，字用晦，生卒年不详，唐文宗太和六年进士，历任县令、州司马、监察御史、睦州、郢州刺史等官职。许浑与晚唐著名诗人杜牧是诗友，有人推崇他的诗“高华雄浑”，其名句“山雨欲来风满楼”（《咸阳城西楼晚眺》），脍炙人口，流传万家。也有人戏嘲他为“许浑千首湿”，因其诗中用与水相关的字特多。

这首诗题中的谢亭，就是宣城谢公亭，此亭是南北朝时期南齐著名诗人谢朓任宣城太守时所建，他曾于此亭送别过朋友范云，故后世成了著名的送别之地。劳歌，即劳劳歌，一种送别歌，是南京劳劳亭送别时唱的送别歌。南京劳劳亭也是著名的送别之地，诗仙李白在游历南京时曾登此古亭凭吊感怀，并留给当时一首著名的诗《劳劳亭》。

天下伤心处，劳劳送客亭。春风知别苦，不遣柳条青。

从诗仙李白的诗中，我们想象出，天下不知有多少相爱的情侣、相扶的伴侣、相知的友侣，在此“伤心处”泣别、哭别、醉别、伤别、痛别，洒下过伤心、折肠的苦泪，留下过伤心、折肠的故事，因为连无情的“春风”都已经伤不忍睹了。由此我们也可想见，这种取名为“劳劳歌”的送别歌，其曲调又是何等的撕肝裂肺，让人不忍卒闻了。

“劳歌一曲解行舟，红叶青山水急流。”许浑的这首送别诗，正是在这样的让人伤心落泪的劳歌声中开篇的，所以诗的一开头就明显地流露出一腔的伤怨：碧云天，黄花地，正是北雁南飞暮秋时，秋色肃杀，曲江两岸山陂上一片片树林被秋霜染成了红色，然而在诗人眼里，这霜红色也似醉色，更惹他添愁伤心，“晓来谁染霜林醉？点点滴滴，都是离人泪！”在一曲曲催人泪下的送别歌声中，友人的行舟解缆启程，转眼间帆入江心，就把两岸的青山红叶甩在了身后，飞快地顺流疾去了。山自无情水自流。早已在谢亭上喝得大醉的诗人，虽然不能走下亭楼到江边船坞送友人上船，但他在亭楼上目送着友人行舟远去，心里又苦又怨：哀婉的劳歌已让人难以承受，满江的秋水又何必那么无情？干吗那么急切地把我朋友的行舟送走呢？诗人抒写的是一腔伤怨，但他与友人的一往情深也自含怨中了。

“日暮酒醒人已远，满天风雨下西楼。”这首诗也是以景语结情。诗人送走了友人以后，也许是伤怨何以堪，也许是酒力不可堪，也许是两者兼攻，竟身体不支，倚在亭楼上睡着了。待他一梦醒来一看，天色已晚，气候大变，漫天风雨笼地罩天。朋友的行舟现时何处？这是诗人一觉醒来脑海里闪出的第一个问题，他急忙起身，纵目远眺，哪里还有朋友的帆影？“日暮酒醒人已远”，这里面暗含一个望字，诗人在望中只见茫茫江面之上，凄风瑟瑟，苦雨潇潇，暮霭沉沉，禁不住一阵怅然。然而，怅然问秋秋不语，唯见斜雨连烟入暮去！诗人无奈地步下亭楼，心里蓄满了无尽的凄楚和索寞。

这首醉别诗的特点，就是通过一醉一望写出了友情。酒深情亦深，酒醉情更醉，一醉则毕现高谊。酒醒后，明明知道朋友远踪难寻，但仍禁不住倚亭远眺，还梦想透过重重烟雨暮霭，能侥幸地望见朋友的踪影，这一望，尤见情长。

这首醉别诗《谢亭送别》，和上面王昌龄的那首醉别诗《送别》，在谋篇布局上乍一看很相似。两首诗都是四句；都是一、三两句写人，二、四两句写景；在写景的功能上，也都是第二句反衬，第四句正衬。在人物描写上，都是喝得大醉。特别是两首诗的结尾，都采用同一的写法，用写景抒情，以景结情。但只要细读，就会透过这些相似看到很大的不似：首先，在送行时间上，王诗写的是盛春送别，许诗写的是暮秋送别；其次，在营造的送别空间上，王诗的特点是无声、空蒙，许诗的特点是有声有色、可闻可视；第三，在意境韵味的创造上，王诗给人的整体感觉是淡雅，许诗给人的整体感觉是萧索；王诗的淡雅中蕴涵的情韵是神远情长，许诗的萧索中蕴涵的情韵是思沉情阔。第四，王诗为五绝，仅 20 个字，篇幅更短小，显得异常精炼、含蓄，许诗是七绝，28 个字，篇幅略长，在精炼、含蓄方面望尘不及。所以，尽管两诗有很多相似之处，但给人的审美享受仍有明显差异。

岑参：醉里送裴子赴镇西

无独有偶。许浑在这首《谢亭送别》诗中，写了醉后不能送友的一幕，另一位大诗人岑参在《醉里送裴子赴镇西》一诗中，也写了类似这样的一幕。接下来，我们就简约地赏析一下岑参笔下的这一幕。

醉后未能别，待醒方送君。看君走马去，直上天山云。

“镇西”，即唐王朝在新疆库车一带设置的安西大都护府，唐肃宗至德元年，把安西更名为镇西。“天山”，即祁连山。祁连山麓古时原为匈奴人活动管辖区，匈奴人称祁连山为天山、天境。李白的著名诗句“明月出天山”中的天山，也指的是祁连山。

诗人岑参一生曾两度从戎，在唐王朝的西部边陲靖边御敌的战斗生涯中，先后创作了边塞诗七十余首，这首《醉里送裴子赴镇西》就是其中的一首。我们在前面《壮别》一章中，曾介绍过岑参的边塞诗，诗评家对其评价极高，有的说岑诗“语奇体峻，意亦造奇”（唐·殷璠《河岳英灵集》）。有的说岑诗“句格壮丽，高情缠绵”（明·胡应麟《诗薮》）。这首醉别诗，描写的是诗人醉醒后目送友人向御敌前线奔去的情景。

这首诗与别的送别诗在写法上大有更弦之举，很多送别诗大都在首句即点明送别地和送别的季候，这首诗则突破其格，既不写送别地，也不写送别的季候，而是劈头就写自己在饯别席上喝醉了，醉倒了，以至于在朋友离席辞行时，他都未能与朋友拥别，故“醉后未能别”。特别突出了自己的大“醉”。因为在诗人看来，在饯别席上豪饮狂饮，喝醉喝倒，一醉方休，是杯中传情，向朋友示交、示好、示诚、示挚的表现，他曾这样写道：“一生大笑能几回，斗酒相逢须醉倒。”

“待醒方送君”。待诗人从醉眠中猛地醒过来的时候，友人已上马走了，诗人急忙跑到大路口，为友人送行。“看君走马去，直上天山云。”诗人站在大路口，直直地目送着友人走马远去，一直到友人的身影完全消失在“天山”的云涛雾海里，他还在朝着友人远去的方向直直地望着云海深处。友人奔赴安西前线，必经祁连山麓。祁连山绵延千里，气势磅礴，雄浑壮丽，耸立九天的奇峰峻岭，终年白雪皑皑，经暑不化，所以千谷万壑，经常云气弥漫，笼峰蒸壑。在诗人的远望中，朋友扬鞭催马，飞入“天山”重云浓雾，那飘逸飞动的身影，就好像乘云而去的大仙，多么美妙的画面啊！所以说“看君走马去，直上天山云”这两句诗，表面上看起来浅显平易，但缘情体物，自有天然之妙，含蓄，神韵，又气象盖于宇宙，创造的意境雄浑壮阔，空灵渺远，韵余天外。读罢掩卷沉思，神遐意远，情味盎然。

这首诗写离情，节奏轻快，一气呵成，在送别诗中常见的离愁别恨完全被挤出空间，只有豪情爽怀。在前三句里，诗人用了“醉”“醒”“送”“看”一系列动态镜头写友情：先是饯行筵上豪饮而醉，已显情挚；再是酒醒后急切相送，情又深一层；接下来是看友远去，久望不归，更显友情之长。第四句，诗人把镜头推远，突出了人去云沉的大的静态画面，把空间的迷茫和时间的悠远融为一体，从而把友情的描写推向高潮，让你在浑瀚浩渺而又沉寂无声的画面中，玩味、感受诗人的深情远致和绵邈深沉。是啊，友人奔赴的镇西，不是旅游的胜地，而是经常会兵戎相见的前线，在那里随时都有血洒疆场、为国捐躯的可能。友人此一别，将面临着很多人生的变数，而诗人之所以久久凝望着友人逝去的天山云海，是因为在他心里激荡的确非一般的友情，而是壮士之间气壮山河的生死之谊。

许浑的醉别诗和岑参的醉别诗，突出的重点场景都发生在酒醒后，也都采用了寓情于景、以景结情的写法，最后也都是深情远致，含有余不尽之意。但两诗的境界却迥然二致，一个寂寥远阔，一个雄浑壮阔，一个格调萧索，一个格调高亢。尽管都写出了友情美，但又是开放在同一花圃里的两朵不同色彩的花。

岑参这首醉别诗还有一个很突出的特点，就是全用常语，未用奇语。常语用好颇不易，因为常语往往让人感到浅白，用不好就诗味大减，甚至糟糕到让人读时味同嚼蜡。但岑参这首诗常语用得好，蓄神奇于平淡，寓盛情于平和，让人读后感到词愈近愈远，意愈浅愈深。清代评论家刘熙载，在评论白居易的诗作时曾这样赞道：“常语易，奇语难，此诗之初关也。奇语易，常语难，此诗之重关也。香山用常得奇，此境良非易到。”(《艺概》)

我觉得如果用这些赞语来赏析岑参这首诗的语言特点，亦非常得当，决无半点张冠李戴之敝。

以上我们赏析了李白、王昌龄、许浑、岑参四位诗人分别写的七首醉别诗，真可谓奇彩纷呈。这四位诗人其中三位是盛唐诗人，只有许浑是晚唐诗人。从中我们可以悟出：不论多么天才多么杰出的诗人，哪怕就是像诗仙李白这样的艺术大师一级的卓越诗人，也不可能在诗歌创作的天地里，占尽风情，独擅春色，而只能是红、黄、紫、白，各抱地势，各得风流，争奇斗艳。

此外，王昌龄还写过另外两首醉别诗《重别李评事》和《留别郭八》，艺术上亦均有特色。贾至、戎昱和张籍笔下的醉别诗《送李侍郎赴常州》、《送苏参军》和《送远曲》，也都写得形神俱佳。如你有兴趣，这些诗都可把来一品。

（陈洪海执笔）

第六章
最缠绵的送别：惜别

在唐诗送别诗的家族中，惜别友人的诗其数量之多，在总量上所占的份额之大，是首屈一指的，而且就是在写壮别、伤别、醉别、欣别、嘱别、怅别、泣别友人的诗中，在其感情的主旋律之外，也往往含有或多或少的惜别的感情元素。

惜者，就是依依不舍、恋恋不舍之义也。因此，惜别友人的诗，是最见友谊之缠绵，最蓄友情之绵长的送别诗。尽管它们没有壮别诗里那高亢的声调，激越的旋律，让人闻后意气风发，情绪昂奋；也没有伤别、泣别诗中那哀婉的声调，凄美的旋律，让人闻后柔肠寸断，泪洒襟衫；但它们谱奏出的那逶迤婵媛的声调，悠远深微的旋律，却别有韵致，别有境界，其中包孕的友情之美，亦让人喟叹世态，感悟人生，牵魂动魄，陶冶性情。下面我们选了6位诗人笔下的10首惜别诗作以赏析。

元稹：重赠乐天

首先我们来赏析中唐著名诗人元稹的惜别诗《重赠乐天》：

休遣玲珑唱我诗，我诗多是别君词。
明朝又向江头别，月落潮平是去时。

这是元稹送别中唐时期另一位著名诗人白居易时所写的赠别诗。白居易，字乐天。从诗句的内容可以看出，两位诗人刚刚相聚又要离散，所以充满了浓浓的依依别恨和悱怨。

元稹，字微之，河南洛阳人。生于唐大历十四年，死于大和五年（公元 831 年）。幼家贫，8 岁丧父，母郑贤而文，亲授书传，15 岁明经擢第。25 岁授秘书省校书郎。28 岁又登才识兼茂明于体用科，名列第一，除左拾遗。元和初，应制策第一，历监察御史。后因触犯宦官权贵，贬江陵府士曹参军，转通州（今四川达州市）司马、虢州长史。后转附宦官，官职不断陞迁。长庆次年，位居相位。时论不满，出为同州刺史，转越州兼浙东观察使。卒于武昌节度使任所。寿五十三秋。

元稹是唐中期文坛、政坛上著名的才子，其一生几经起落，履历复杂，后世对他的人生评价和诗作评价褒贬各异。究贬损者贬斥之因，主要是诸君认为元稹政治上前后不一和婚爱情感上多变。元稹早年，不仅是诗坛新秀，还堪为政坛新星，刚直不阿，亮彩颇多。担任朝廷左拾遗期间，元稹与当时不少著名文人一样，拿着鸡毛当令箭，从上任始，就接二连三地批评朝政，结果被贬到地方做个小官。然而，元稹经挫愈奋，毫不丧气，不久又回到中央任监察御史。这期间，他出手不凡，抓住剑南东川节度使的腐败问题，彻查到底，一举掀翻了七个地方赃官。此案虽说不上惊天动地，但亦轰动一时，元稹本人也因之大露头角。接着元稹又挥戈上阵，在山西查办了一桩腐败大案，矛头所向，又使一批地方赃官遭惩。那时的元稹真是风光无限。但后期的元稹，颇有点破罐子破摔的架式。

元稹在诗歌创作上与白居易齐名，与香山同创讽喻诗派，又同为新乐府运动倡导者，桴鼓相应，并称“元白”，被时人誉为“元和体”。元稹的诗辞浅意哀，仿佛孤凤悲吟，极为扣人心扉，动人肺腑。最为后人称道的是其爱情诗和悼亡诗，代表作是流传甚广又为大家非常熟悉的《离思五首》（其四）和《遣悲怀三首》（其二），尤其是《离思五首》（其四），极负盛名。下面我们就简说一下这些诗。

谢公最小偏怜女，自嫁黔娄百事乖。
顾我无衣搜荩箧，泥他沽酒拔金钗。
野蔬充膳甘长藿，落叶添薪仰古槐。
今日俸钱过十万，与君营奠复营斋。

——《遣悲怀三首》其一

昔日戏言身后事，今朝都到眼前来。
衣裳已施行看尽，针线犹存未忍开。
尚想旧情怜婢仆，也曾因梦送钱财。
诚知此恨人人有，贫贱夫妻百事哀。

——《遣悲怀三首》其二

闲坐悲君亦自悲，百年都是几多时。
邓攸无子寻知命，潘岳悼亡犹费辞。
同穴窅冥何所望，他生缘会更难期。
惟将终夜长开眼，报答平生未展眉。

——《遣悲怀三首》其三

这是元稹的原配夫人韦丛仙逝后，元稹思念哀悼她时所写的诗。

元稹和妻子韦丛的半缘情深历来为人津津乐道。唐德宗贞元十八年，时任太子少保之职的韦夏卿将爱女韦丛下嫁诗人元稹。此时24岁的元稹仅仅是秘书省校书郎。韦夏卿出于什么原因遴选元稹为东床，已然无考，但很可能是怜才施举。出身高门的韦丛，不仅花容月貌，且贤淑温厚，她不嫌弃出身寒微的元稹，亦无势利贪婪之诟。相反，她勤俭持家，任劳任怨，和元稹相依相爱，日子过得虽不宽裕，却也温馨甜蜜。可是造化弄人，唐宪宗元和四年，韦丛因病去世，年仅27岁。此时31岁的元稹，已升任监察御史，幸福的生活已露端倪，爱妻却驾鹤西去，这使元稹不胜悲哀。故在韦氏辞世后陆续写了很多悼亡诗，这三首是他显贵以后所作，当时元稹已被擢为中书舍人，旋即又任中书门下平章事。已经食肥轻裘的元稹，想起与韦丛一起“野蔬充膳甘长藿，落叶添薪仰古槐”的艰难日子，想起当年相濡以沫的“贫贱夫妻百事哀”，“自嫁黔娄百事乖”的苦痛生活，再想想“今日俸钱过十万”的富足宽裕和自己的显贵地位，元稹怎能不“闲坐悲君亦自悲”呢？

这三首诗，从不同的角度，以浑朴写实的笔法，抒写了元稹难以驱遣的“悲怀”，即对爱妻的亲切怀念和深切哀思。特别动人心处，是诗中很多饱含情感的细节描写，如第一首诗中“顾我无衣”“泥他沽酒”“野蔬充膳”“落叶添薪”等日常生活细节，能让你眼前浮现出他们夫妻二人，同携素手，并倚香肩，笑对清苦，情同月圆的生活情境；又如第二首诗中“衣裳已施”“针线犹存”“情怜婢仆”等对爱妻遗物施存处理的细节，又能让你透过这些描写，仿佛看到了一个时常笑显桃花面，脸霞鲜，眉月偃，鬓云偏的可爱少妇的娇容雅态。总之诗中的细节渲染异常成功，细致、具体、形象地写出了诗人与爱妻一起生活的甘苦和亲热，写出了爱妻的重情温柔和对诗人的恩爱有加，写出了诗人失去爱妻后生死悬隔、异路难通的巨大伤痛和失落，写出了诗人对爱妻的一往情深和无限感激。特别是诗人在诗中抒写的“同穴窅冥何所望，他生缘会更难期”的悲怆怅痛，望断念绝，和“惟将终夜长开眼，报答平生未展眉”的专情不移，苦闷无奈，尤其感人肺腑，热人肝肠，极大地升华了昔日爱情、今日悲情的真挚和凄美。诗中的一些句子，如“昔日戏言身后事，今朝都到眼前来”、“诚知此恨人人有，贫贱夫妻百事哀”、“惟将终夜长开眼，报答平生未展眉”，都成了千古乐诵的名句。有人赞美《遣悲怀》三章，以浑朴写实见长，异常哀怨动人，甚至可以说已超越了性爱的狭义范畴，而获得更普遍的人性的崇高与深挚品格。我认为这种评说相当精辟，一点都不过誉。但也有论者，以元稹少有“诡薄”之行，后有续弦之事，即非难此诗和元稹的为人于不齿，我觉得似亦太过苛责，实不足取。我们不能以一事论一生，以一失否一世，攻其一而不计其余，更不能以今日之婚恋观念和道德为标尺去求全责备千年以前的古人行为，因为金无足赤，人无完人。

曾经沧海难为水，除却巫山不是云。
取次花丛懒回顾，半缘修道半缘君。

——《离思五首》其四

这首诗也是元稹为悼亡妻韦丛而写的。

我相信，当你读这首诗时，你一定会觉得这样的诗简直写得太美了，不仅词美，而且情美，韵调更美。诚然，这首诗称得上语语浓艳，字字流葩，意境浪漫而浑灏，情调幽远而深峻。但尤其可贵的是，诗人又能剪红刻翠，一洗绮罗香泽闺阁儿女之态，把感情的开合纵束，把握得自如得体，以免流于艳亵，堪称是借助功力使才情出神入化、清超脱俗、并臻胜境的神品、逸品！

诗的前两句更是千百年来人们争诵的名句。它们以奇特的想象设譬，用“沧海”水、“巫山”云这些至大至美的形象，比喻韦丛之美之优盖世无双，描写诗人对情人的至爱至情无穷期，让人拍案称绝。感情，本是无形无象之物。但元稹这两句诗，变无形为有形，化无象为有象，状难写之情如在眼前，可触，可视，可感，其功力确实如“点金术”，有出神入化之妙。但是我们要指出，这两句描写爱情的经典之语，并非元稹完全之独创，乃化典而来。典源一，孟子在《尽心篇》中有言：“观于海者难为水，游于圣人之门者难为言。”元稹的诗句“曾经沧海难为水”，即化用此言而来。不过，孟子的两句话用的是明喻，即用沧海比喻圣人之言，高尚精深，世人只可仰但难以超越。而元稹化典而成的诗句，却是暗喻，用沧海来描写爱情，比喻情人之美世间难觅。这方是元稹的创造。典源二，春秋战国时期，著名的辞赋家宋玉写过一篇有名的《高唐赋》，其序曰：楚襄王与宋玉共游于云梦之台，见高唐之上云气变幻无穷，宋玉对襄王说：那是朝云。接着宋玉又讲了一个故事：“昔者先王（即楚怀王），尝游高唐。怠而昼寝，梦见一妇人曰：‘妾巫山之女也，为高唐之客。闻君游高唐，愿荐枕席。’王因幸之，去而辞曰：‘妾在巫山之阳，高丘之阻，旦为朝云，暮为行雨，朝朝暮暮，阳台之下。’旦朝视之，如言。故为立庙，号曰‘朝云’。”又《神女赋》序曰：“楚襄王与宋玉游于云梦之浦，使玉赋高唐之事。其夜王寝，果梦与神女遇，其状甚丽。”这显然是一则美丽虚幻的神话传说。不过巫山确有朝云峰，下降长江，云蒸霞蔚。因此，后人在写诗作文时，乐于化用此事入文，以“巫山云”、“巫云”、“高唐云”、“楚山云”、“神云”等，或描写美女，或描写男女之情，或描写自然界的云情雨态。元稹的诗句“除却巫山不是云”，也是妙用此典，用巫山之云一并来托写他的爱妻韦丛大美无比和他们夫妻生活两情谴绻，云情雨意，只不过运用得更浑化无痕，更含蓄，婉约，富有朦胧美。

“取次花丛懒回顾，半缘修道半缘君”。“取次”，就是靠近、走近的意思。上两句从正面写，这两句转向侧写，从内容上看是对上两句的补充、扩展和发挥。有人这样说过：永恒，大多数情况下活在美好的记忆和完整的遐想之中。在元稹的记忆中，韦丛的美是永恒的，是永不凋谢的，是任何女人花都无法替代的，所以，尽管他一次次从“花丛”边走过，但都懒得顾盼。元稹在诗中用“难为水”、“不是云”把韦丛写得如此美妙，天下无二，可以看出他对韦丛的爱确有偏爱的成分，然而，爱，从来就是一个很私人的感受，更是一个独霸性很强的空间。这种偏爱，恰恰说明他是珍爱，是真爱，是深爱！真正的爱，是心的相悦，心的相容，心的交辉，心的灿烂。“取次花丛懒回顾”，形象地写出了韦丛在诗人心目中永远占据着至高无上的地位，这种地位任何女人花都撼动不得，写出了诗人对韦丛的爱恋在其私人的感受里永远是最温馨的，最灿烂的，最美的，“不是花中偏爱菊，此花开尽更无花”，他对韦丛的怀念有如春蚕抽丝，缕而不绝。这正是诗人情感世界里爱的独霸性空间最形象最真实的表现，是两颗爱心的紧紧拥抱和交辉。

也许有人会说，既然如此，诗人为什么又说是“半缘君”呢？我觉得这正是该诗的另一妙处。它写出了诗人的一个心理动作。对亡妻的怀念，常常让诗人“终夜长开眼”，但人死不能复生，毕竟已是死生异路，这种思念只能让诗人的心灵和精神在怀旧中受到无情的熬煎和痛苦的折磨。诗人想排遣出去，解脱出来，寻到的最好的出路，就是尊佛奉道，于是“身委逍遥篇，心付头陀经”（白居易《和答十首》）。但是，尊佛奉道只解决了一半的问题，自己的心灵有一半仍然不能从深切的思念和爱恋中解脱出来，所以说是“半缘修道半缘君”。这样我们就解开了诗人造句的妙门，既然半缘君都能让诗人“取次花丛懒回顾”，那么要是没有佛规道律的约束，全部缘于君，那将是什么境况呢？很显然诗人在这里使用了欲扬故抑、以抑张扬的技巧，因为这样则可以更强烈地抒发诗人对亡妻的深爱和忠贞。清代一位学者在《消寒诗话》中非议元稹，指责元稹写悼亡诗“半缘君”，是薄情的表现，当今也有人持相同或相近的观点。我认为这是因为没有读懂元稹的用意而产生的偏见。

这首诗在艺术造诣上大有可圈可点之处。一是诗人对自己的所爱，完全不做穷形极象的工致刻画，而是非常成功地采用了索物以托情的比兴手法、取譬极高的修辞手段，来写自己的所爱，表达对昔日爱妻的无限怀念。

诗句的抒情描写瑰丽而不浮艳，沉挚而不庸俗，悲伤而不低沉；二是诗人紧紧围绕自己对心失所爱的强烈感受（这是全诗的主脑）来谋篇运笔，抒写对昔日爱妻的无限怜爱，而这种强烈感受又不是直接说出，而是完全诉诸于鲜明的形象，用奇特的想象和比喻以及妙用典故，营造一种情景交融、奇美幽远、又带有几多朦胧美的意境，让读者在这种意境中用心灵去感受诗人的感受，怜爱诗人的怜爱，从而给该诗赋予了不尽的韵味；三是笔姿灵动。诗人自如娴熟地运用正写侧写相结合的艺术技巧，使诗的前两句的正面描写和后两句的侧面烘托，既气脉连贯，相互补充，又一波三折，摇曳多姿。难怪有人说：这首诗创造了唐人悼亡绝句的绝胜境界。

通过上面的分析和介绍，我们对元稹有了一个轮廓性的了解。现在反过头来，我们再赏析他写的惜别诗《重赠乐天》。这首诗写得不仅感情真挚，艺术性也很强。

休遣玲珑唱我诗，我诗多是别君词。

这首诗原题下有这样一句话："乐人商玲珑能歌，歌予数十首。"据考，商玲珑是中唐时著名的歌唱家。唐代有一个风俗，即在饯别宴上往往请歌手助兴，唱离别曲增加气氛。很多唐人的送别诗里都写到过这一点。元稹这首送别白居易的诗一开头也从这里着笔：别再让商玲珑歌唱我的诗了，我的诗都是在多次送别你白居易时写下的别词离歌。这就曲折地告诉了我们三点：一，看得出元稹当时情绪已很不好，再也不忍卒听自己所写的别词离歌，因为那些别词唤起的桩桩往事回忆，让自己更难承受今天的离别；二，从"多是"两个字中看得出，回首他和白居易过去的交往是离多聚少，所以特别珍惜这一次相聚，特别舍不得再离散；三，这两句诗也告诉我们，他和白居易交谊深厚。从诗开头的口气我们窥知，饯别宴上白居易之所以让歌手一曲接一曲地唱元稹写的别词，这一方面说明白居易也舍不得离别元稹，另一方面也看得出白居易是在通过元稹写的大量的别词，有意识地在回想他们之间于长期的交往中建立的可贵而难忘的厚情高谊。

我们从史料中得知，元、白两人年龄相近，私谊甚笃，白居易曾这样写道："所得惟元君，乃知定交难"（《赠微之》）。可见他非常看重和珍惜与元稹的友情。据学者考证，元白二人的友谊，不仅有着共同的思想基础，他们在文学主张上志同道合，在社会发展的大问题上也有许多共同的见解，比如都高度重视农业在社会发展中的基础作用，都大声疾呼应调整政策，减轻农民负担，进一步解放和发展农业生产力。而且，元白二人的友谊是在政治灾难的风雪雷电中建立，在相互信任、相互同情、相互支持中发展，并经受了宦海沉浮的惊涛骇浪的严峻考验。

元白二人的友谊确实非常诚挚动人。他们倾心交往三十载，相互唱和九百章，可谓极一时之盛。《旧唐书·元稹传》这样记载："(元稹)既以俊爽不容于朝，流放荆蛮者仅十年。俄而白居易亦贬江州司马，稹量移通州司马。虽通、江悬邈，而二人来往赠答。凡所为诗，有自三十、五十韵乃至百韵者。江南人士，传道讽诵，流闻阙下，里巷相传，为之纸贵。观其流离放逐之意，靡不凄惋。"《旧唐书·白居易传》亦如此记载："时元稹在通州，篇咏赠答往来，不以数千里为远。"白居易还这样描写过他们之间的友谊："一为同心友，三及芳岁阑。……不为同登科，不为同署官。所合在方寸，心源无异端。"(《赠微之》)辛文房亦云："微之与白乐天最密，虽骨肉未至，爱慕之情，可欺金石，千里神交，若合符契，唱诗之多，毋逾二公者。"(《唐才子传》卷六)

"所合在方寸，心源无异端。"元白二人胜过骨肉，可欺金石的友情，在他们的酬唱诗中有大量的反映。

残灯无焰影幢幢，此夕闻君谪九江。
垂死病中惊坐起，暗风吹雨入寒窗。

——《闻乐天授江州司马》

这是元稹被贬通州(今四川达川)时写给白居易的一首诗。这首诗的后两句非常有名，它生动地写出了元稹乍闻好友白居易也因触怒权贵而被贬江州司马时痛苦至极的情形。元稹初闻白居易被贬的噩耗时，已是深更半夜，当时的他，正罹大病不堪痛苦地卧于床榻，但一听到好友也遭难了，便忽地从床上惊起，"垂死病中惊坐起"。此时，敝室寥寥，残灯黯黯，寒风啾啾，夜雨潇潇，他就觉得随着友人坏消息的传来，也有一股冷雨猛地被夜风吹到了床头，顿时感到风凉，雨凉，衾凉，榻凉，心凉。这反应之强烈，感触之凄断，活现出他们之间胜过骨肉亲情的友情。这两句诗在当时对白居易触动很深，就是过了很多年以后，白居易在写给元稹的信中还这样说：“此句他人尚不可闻，况仆心哉？至今每吟，犹恻恻耳。”

远信入门先有泪，妻惊女哭问何如。
寻常不省曾如此，应是江州司马书！
——《得乐天书》

元稹写他与白居易的友情胜过骨肉之情的诗很多，这一首《得乐天书》是其中又一个典型例证。身处逆境更盼友情，患难之交才见真情。元稹被流放荆蛮十年，瘴乡独处，心绪苦闷，但唯一让他精神上感到欣慰的，是与好友白居易不以数千里为远，篇咏赠答往来不断，两颗心常常拥抱，两片情常常相聚。元稹这首诗写的是他接到白居易来信时在全家引起的一片凄凄惶惶的场景，而这个场景又是通过“先有泪”、“妻惊女哭”、“问何如”、通常不“曾如此”等几个情节的描绘来表现，非常生动具体，如在目前。尽管诗中对白居易来信的内容只字未提，但接到信时的场景却处处见情深、情笃，特别是“寻常不省曾如此”一句，更把元稹和白居易特殊的不同于一般人的友情写得淋漓尽致，毕现无遗。读这样的诗，我们确实能感受到元白二人两颗心拥抱之热烈，其友情“可欺金石”。

白居易写他与元稹深交挚谊的诗也很多，下面我们也略举几例：

蓝桥春雪君归日，秦岭秋风我去时。
每到驿亭先下马，循墙绕柱觅君诗。
——《蓝桥驿见元九诗》

把君诗卷灯前读，读尽灯残天未明。
眼痛灭灯犹暗坐，逆风吹浪打船声。
——《舟中读元九诗》

晨起临风一惆怅，通川湓水断相闻。
不知忆我因何事，昨夜三回梦见君。

——《梦微之》

第一首诗是白居易被贬江州离开长安途经蓝桥驿时所作。元稹于元和5年第一次遭贬唐州，元和10年正月奉诏还京，三月又被贬到四川通州。他西归长安途中，在蓝桥驿曾留诗赠友。白居易元和10年八月被逐南下九江时，恰巧也途经蓝桥驿，读到元稹的题诗后，写了这首《蓝桥驿见元九诗》。诗的前两句通过一“春”一“秋”，一“归”一“去”，描写了政治舞台上人事沉浮、风波难料，曲折地托出了白居易与元稹结为挚友的政治背景。后两句通过一连串“下马”、“循墙”、“绕柱”、“觅诗”等快镜头，写诗人寻读友人驿亭题诗的急切和细心，而这一“急”一“细”，则是饱含诗人对友人充满深情厚爱的动作，让人由衷感动。

第二首诗是白居易九月抵襄阳，然后浮汉水，东去九江，在途中的船上所写。上一首在觅诗中见友情，这一首在读诗中见友情。前三句通过张灯夜读、彻夜品读、直到灯尽眼痛、东方欲晓、仍坐船头暗坐默读，几个特写镜头，写出了诗人对友人诗卷的挚爱和沉迷，诗人对友人的一片深情也自然深藏其中了。特别是结句“逆风吹浪打船声”，从字面上看是一句写舟行江上的景语，实际上有很多潜台词。一、逆风吹浪，暗示了诗人和友人政治处境的恶劣；二、暗示了诗人和友人的友谊是患难之交，是在同苦共难的基础上凝结而成的肝胆相照的心腹之交，弥足珍贵，非常珍惜；三、逆风行舟再联系夜里行舟，再联系船头暗坐默想，更暗示了诗人和友人正处在难见天日的政治黑夜，仕途风寒浪险，需谨行慎言，其相互关切之心跃然纸上。

第三首诗写的是梦思。朋友入梦，已见思深，更何况频频入梦，竟一夜三回，更见念切。但醒后又不免忐忑，毕竟一夜三梦，不同寻常，莫非是发生了什么事？故清早起来，便依风而思，然久思不解，一片惆怅。用一夜三入梦这不平凡的梦事和醒后所思而引起的绪海波澜，惟妙惟肖地刻画出了在身遭政治迫害的情况下，对友人念之繁、思无尽的心理状态和精神上的不安，显示了胶膝相投、虽骨肉亦犹不及的友情之美。

有趣的是，我们若把元稹写给白居易的两首诗，和白居易写给元稹的三首诗，放在一起读，映现在我们眼前的仿佛是五集电视诗剧，剧目的名称就是：友情的咏叹。

主题就是：千里神交，若合符契。

既然元白在风两交加、电闪雷鸣的政治生涯中结下如此深厚的友谊，有机会相聚那是何等的欢乐之事啊！然而，对于天各一方，仕途劳燕来说，聚也不容易，散也不容易。而且友情愈重，分手时则愈难舍。我们了解了元白相交的背景，再来赏析元稹《重赠乐天》一诗的后两句就好理解多了。

明朝又向江头别，月落潮平是去时。

我们读过的很多送别诗，一般都是在首句点出送别的时间、地点，而元稹这首送别白居易的诗构思别致，一反常格，却故意把送别的时间、地点放在了最后：送别的地点是江头，送别的时间是第二天早晨月落潮平时，不须赘述，白居易肯定是乘舟而行。赠别诗是在饯别宴上写的，所以明朝这些送别的情景，均为诗人写诗时所想象，但诗人想象之景象却韵味无穷，有含不尽之意见于言外：明朝冷月欲落之时，大潮将平之地，放眼友人征途，千里烟波浩淼，诗人站在江头，与友人挥手而别，并目送友人的行舟渐去渐远，直到行舟影没晨曦，眼前空余江水邈远，涛声悲咽，心中何等的怅惘，何等的侘傺！特别是诗人用"又向"一词，既承接延伸了第二句"多""别"之意，更强调这一次"江头别"的氛围，重墨渲染了送别的感情色彩，尤把明朝不得不踏月而别、但又极不情愿的依依惜别，写得入木三分，意致婉曲，神韵绵邈。

这首诗精湛的写作技巧，对强化该诗的抒情性发挥了锦上添花的作用。第一，首句用呼告起势，"休遣玲珑唱我诗"，劈头喝起，发端奇兀，先声夺人，一下子就为全诗染上了浓烈的感情色彩。第二，诗人巧用顶针修辞手段，首句以"我诗"结，次句以"我诗"起，一起一伏，不仅使诗句语调轻快谐美，情调流畅如水，富有音乐性，而且特别加重了诗人主体主观上极不情愿离别的感情色彩，凸现了这次送别几孤风月、屡变星霜的多层背景，使这一次"又""别"的场面，在深远的背景下变成了富有立体感的特写，令惜别的氛围更为沉郁怨婉。尤其是在次句中，“我”和“君”又同现一句，显得主客之间格外亲近，大大加强了抒情性。第三，这首诗词不奇，景不丽，但却有一种索回不已的音韵之美。细究之，原因有二：一是首句采用否定语“休遣”，作呼告式起调，次句中用“多是”，作回应款接，使诗一开头就出奇不平，奏出韵致，再加上两句中顶针修辞格的运用，更造成了反复唱叹之态。接下来，诗人的三、四句，从眼前的饯别筵一下子移到了明朝的送别景，又是一迭，更用“又”“别”承接第二句中的“多”“别”，再次出现“别”字的反复，这就很自然地形成了回环往复的律动之美，而这一音韵之美，又流响在“月落潮平”、空阔邈远之空间，则倍增了诗的韵味和抒情性。“凡情无奇而自佳者，景不丽而自妙者，韵使之然也。”（陆时雍《诗镜总论》）元稹这首《重赠乐天》，情，是酒筵送别之情。景，是水上送别之景。均可谓情无奇者，景不丽者，但品之有味，其中的玄妙，全在一个韵字上。

李白：送友人

下面我们赏析李白写的一首惜别诗《送友人》。

青山横北郭，白水绕东城。此地一为别，孤蓬万里征。
浮云游子意，落日故人情。挥手自兹去，萧萧班马鸣。

这首诗是李白所有送别诗中的翘楚之作，也是最典型的惜别之作，历来被人称道，享誉万家。但李白送的这位朋友是谁？是在哪一年？具体发生在什么地方？朋友欲之何地？一直盖不可考。这几年终于有了个新的说法，有的学者经考证李白和杜甫在齐鲁活动时期交往和酬唱等诸多行踪后认为，这首诗可能是李白为送别杜甫西去长安而写，也未可知。存此一说。

这首诗之所以能超越千年时空，容颜不老，风华依旧，为人惜爱，主要是因为它把惜别写得情意绵绵，异常感人肺腑，且充满诗情画意，散发着永恒的人性之美。

首联写景，但景中有情。“青山横北郭，白水绕东城。”诗人和友人骑马并辔，来到城外，放眼周围，只见青山连绵，横卧北郭，秋水如带，环绕东城。这看起来完全是景语，但山青水白，一“横”一“绕”，却暗含着惜别之意。“横”有拦意，“绕”有挽情，一拦一挽，难舍之情自在其中。诗人写大河绕流用一“白”字，非常精微。因为秋水夕照，远眺时即成银白色。这首诗无一字点明这场送别发生于何季，但这个“白”字，已暗暗道出玄机：它发生在初秋之时。

颔联言情，但情中有景。“此地一为别，孤蓬万里征。”城外就是分手地，但还未别，诗人心里已丛生阵阵不安：朋友孤身，一去万里，犹如断蓬，随风飘飞；万里跋涉，累月经年，食驻行用，困厄难料，风霜雨雪，更何一堪？此中对友人远行之无限关切，已在言外，施助无策之情，又在其中。可见送者与行者友谊之深。然而，这一切，全在诗人大笔勾勒的一幅辽远苍凉的风尘万里孤行图中现出，可谓极尽缘情造景，寓情于景，象中生情之致。此联虽不工整，但行云流水，舒畅自然，以飞“蓬”喻友，取譬贴妙，又在“蓬”字前饰以“孤”字，在“蓬”字后补一“万里”，则更让这一喻象，情景交融，象茂情笃。

颈联写态，但态景互生。“浮云游子意，落日故人情。”此联对仗极为工整，“浮云”对“落日”，“游子意”对“故人情”。更让人啧啧称奇的是，这两句同用比喻，并写主客临别时的意态、情态，使友谊之深、惜别之情尽涵于生动鲜明的画面之中。天边一片云，随风浮游，行踪不定，这意象不仅是对上联“孤蓬万里征”之深化，而且也正是万里游子之意态的写照。夕阳一团火，徐徐而落，衔山难去，这意象也不仅是诗人对友人由关切之情到更加难舍的象征，而且又是诗人立尽斜阳、欲别挚友、辄不自堪的情态之状写。浮云，落日，本是自然界无情之物，但在依依惜别的诗人笔下，都成了有情之人。云游，日落，本是各自互不相干之景，但在诗人描绘的画面里，他们都成了正在相互告别的诗人和挚友的化身。景即为人，人即为景，人景融一，景人互托。如此写离情，不仅使离情这无形之物变得可视、可亲、可触，而且这物象化了的离情，由于溶化在赏心悦目的画面里，被升华到普世共享的人性美的境界了！

尾联写场景，情景传神。“挥手自兹去，萧萧班马鸣。”送君千里，终有一别。分手的时刻到了，友人挥手告辞，策马而去；诗人立马原处，挥手相送。“挥手”，这是整首诗中唯一直接写人动作的细节，但这一无声的动作，却是在惜别的场景中最常见、最典型的动作，它的无声，胜过有声，恰恰表现出强抑住千言万语的无奈。“萧萧班马鸣”，诗人这一神来之笔，一下子打破了这种无声的沉静，使场景画面顿然一勃，活跃起来。身下的坐骑“班马”，即离群之马，它善通人性，因舍不得伙伴离去，难抑心中的依恋，突然间昂首扬蹄，发出一声声长鸣。诗人这一出人意料的侧笔描写，笔力遒健，借马之长嘶，非常强劲地宣泻了自己心中无限惜别的洪波狂澜。是啊，马尚且恋故如此，况人乎？夕阳西下，这最后传来的声声马嘶，让依依惜别的场面，真是太动人，太传神了！

李白的这首惜别诗《送友人》，在感情基调的把握上，与他写的畅别诗《黄鹤楼送孟浩然之广陵》，比较接近，两诗均去沉郁之气，展现的是豁达乐观的胸怀、情调。因为李白的性格豪爽奔放，在送别友人时不喜欢作儿女语，他曾这样写道：“何必儿女仁，相看泪成行”（《留别贾舍人至二首》）。但细细品味，此诗对友人孤身远行的无限关切和施助无策之情多于后者，而后者诗中畅快轻松之意兴则又多于此诗。特别是此诗第四句“孤蓬万里征”和结尾“萧萧班马鸣”两句，多多少少显露出来的苍凉，在后者诗中是绝对没有的。

这首诗写景、抒情极有特色。

景物描写特有色彩：青山横、白水绕、浮云游、落日徐，天蓝如洗，五彩相间，交相辉映，秀美如画。特别是诗人在描写这些景物时，娴熟灵巧地运用比喻和拟人手法，赋予它们以生机和情感，让色彩鲜明的山水云日情色兼佳，既妍华夭夭，又含情脉脉，为抒写惜别之情营造了很好的环境氛围。

抒情描写特有韵味，注重人情美和自然美的和谐：青山美，白水秀，浮云淡远，落日飞红，天净如洗，在这样的背景衬托下，只见斜阳落霞，友人相送，当挥手惜别，相去无远时，又见班马扬首，发出萧萧长鸣。这样的画面不仅有声有色，而且自然美和人情美相映成趣，余韵不尽，使诗人和友人依依惜别的绵绵深情特别富有诗意，特别感人肺腑。

诗人文笔流畅，叙事自然，以景语起，以景语收，对仗工散灵活，节律舒卷有致，也为强化该诗抒情写景的效果起到了锦上添花的作用。

张籍：湘江曲／春别曲／送蜀客

通过景物描写和环境渲染，来抒写朋友之间的惜别之情和友情之美，是很多唐代诗人常用的手法。但艺术创作是个性化很强的创造活动，特别是情思才力极富个性的诗人，更是苦吟出异，别出心裁，让自己笔下的诗作珠玑熠熠，奇彩夺目。因此，尽管诗人们都用相同的手法，剪裁同一题材，但最终缝制出来的作品，却是花样纷繁，款式迥异。中唐诗人张籍就是一个善于用环境描写抒发惜别情思又颇具个人特色的妙手。下面我们就赏析他写的几首惜别诗：

湘水无潮秋水阔，湘中月落行人发。
送人发，送人归，白蘋茫茫鹧鸪飞。

——《湘江曲》

长江春水绿堪染，莲叶出水大如钱。
江头橘树君自种，那不长系木兰船。

——《春别曲》

蜀客南行祭碧鸡，木棉花发锦江西。
山桥日晚行人少，时见猩猩树上啼。

——《送蜀客》

张籍是中唐时期颇负盛名的大诗人。同时代的韩愈、白居易、刘禹锡，都是他胶漆相投的诗友。

唐朝由德宗至穆宗四十余年间，盛唐之后曾一度中衰的诗坛，又逐渐重振旗鼓，特别是唐宪宗元和时期达到鼎盛，一批有政见、有抱负、有胆识、有才华的诗人，掀起了一场轰轰烈烈的对当时和后世均有巨大而深远影响的新乐府运动，他们的新诗创作被誉为元和体。当时元和体诗派梅开二度，分成两支：一支以白居易以旗帜，元稹、张籍、王建、李坤等均在麾下；另一支以韩愈为首领，孟郊、贾岛、卢仝、李贺等为羽翼。两支诗风虽有差异，但皆宗于杜甫。他们继承杜诗现实主义的优秀传统，并在题材的拓展、风格的平易、语言的通俗等诸多方面，把现实主义的优秀传统推向了一个崭新的阶段。

张籍属于白居易阵营，其诗歌创作的思想性、艺术性均达到了相当高的水平，与当时的另一位著名诗人王建不分轩轾，史称“张王”。同时代的白居易、刘禹锡、贾岛等人的诗歌创作都从张籍的诗歌创作中受益匪浅。

张籍一生贫苦，一生坎坷，对社会矛盾和黑暗现实感受直接。特别是他南北两次漫游，广泛地接触了当时社会的下层和底层的生活状况，对国家的危难，人民的苦难，有比较深刻和比较具体的了解，这对他的诗歌创作选材和内容开掘直接带来深刻影响。张籍是新乐府运动的积极倡导者和支持者，他创作的乐府诗，有古题，也有新题，取材非常广泛，农民、樵夫、牧童、织妇、船工、兵士，都成了表现对象，特别是对农民的生活和苦难，表现得最深刻，如《野老歌》《猛虎行》《牧童词》等都是名噪一时的佳作；商人的奢侈牟利、官府的横征暴敛、战争的残酷破坏、边将的邀宠无能，在诗中也有真切反映，如《征夫怨》《凉州词》《离妇》等都是脍炙人口的名篇。但享誉更高、堪称其代表作的优秀之篇，还是千余年来一直被人传诵的《节妇吟》和《秋思》。

请读《节妇吟》：

君知妾有夫，赠妾双明珠。
感君缠绵意，系在红罗襦。
妾家高楼连苑起，良人执戟明光里。
知君用心如日月，事夫誓拟同生死。
还君明珠双泪垂，恨不相逢未嫁时。

这首诗翻译成现代文就是：

你明知我已是有夫之妇，还偏要送给我一对明珠。
心中感激你情意缠绵，把明珠系在我红罗短衫。

我家的高楼与皇苑相连，我丈夫持长戟在皇苑值班。

虽知你真心如日月朗朗，但我忠奉丈夫曾发誓要生死相伴。

我两眼流着泪反璧归还，只恨相遇你没在我出嫁之前。

这是一首奇诗。因为，它不单是一首“情诗”，更是一首政治诗。诗题下面还有一句话：“寄东平李司空师道”。李师道，何许人也？他是当时藩镇之一的平卢淄青节度使，又冠以检校司空等头衔，是当时炙手可热的实力派人物。为巩固和扩大自己的势力，他采取恩威并施等各种卑鄙手段企图拉拢一些知名文人和中央官吏，为他的藩镇割据效力。而颇有诗名的张籍，也成了李师道笼络的对象之一。但是，张籍一贯主张统一、反对藩镇割据，与李师道岂能冰碳一炉？但李师道手握生杀予夺之权柄，张籍的回绝又不能不讲究方式，于是就采取了这种表面言“情”事的含蓄方式婉拒了。所以说这是一首奇诗，从字面上看它写的是一位美丽少妇对爱情和婚姻的贞“节”，但背后写的是自己的政治名“节”和做人的品“节”。它不仅是诗人艺术才情的展露，也是诗人政治才情的坦露。

再读《秋思》：

洛阳城里见秋风，欲作家书意万重。

复恐匆匆说不尽，行人临发又开封。

这首诗也大有奇处！

一般论诗者皆曰诗到中唐不足与盛唐争衡。但就此诗的艺术成就来看，与盛唐名家同类之作相比，却毫不逊色。它截取日常生活中一个片段，挖掘到人物感情之深处，以平淡之语刻写至情，寓奇崛于寻常，意境浑成，称之为“七绝之绝境”（林昌彝《射鹰楼诗话》），决不为过；北宋大文豪、大政治家王安石就这样评说过：“看是寻常最奇崛，成如容易却艰辛。”近人俞陛云也评论说：“已作家书，而长言不尽，临发开封，极言其怀乡之切。”又说：“此类之诗，皆至性语也。”（《诗境浅说续编》）所谓“至性语”，就是说把最真挚的人类共有的感情写到了极致。平中见奇，淡处见深，味外有味，尤现诗人之才奇，诗又岂能不奇！当然人们对此诗津津乐道，啧啧称奇，不只是有感于诗人出类拔萃的艺术才情，更有感于诗人那浓浓的荡荡的乡情和亲情。

张籍的诗写得好，写得奇，是因为他对诗歌创作的美学要求也有较为精辟的见解。张籍论创作主张“破旧”、“出格”，诗以新颖见佳；写作时要“放性灵”、“感所怀”，应以高韵称奇；他还主张诗应为知音而发，诗歌语言应无闲语。有研究者认为：“真”是张籍美学思想的内质，“妙”是张籍美学思想的外形。

上面我们摘抄出的张籍所写的三首惜别诗，可以说就是他自编自导，实践自己“破旧”和真、妙的美学主张的力作。

第一首《湘江曲》是乐府曲词，这是张籍最擅长的体裁。白居易曾赞扬张籍“尤工乐府诗，举代少其伦。”称颂他的乐府诗写得妙不可言，在当时无以伦比。我们读了这首乐府诗，有三点印象很深：一是几乎都是景语，写水，写月，写草，写鸟，就是不写情；二是“同字”率极高，全诗共27个字，11个字重复，其中两个“水”字，两个“湘”字，两个“送”字，两个“发”字，三个“人”字；三是语言浅白平实，不用典，不饰藻。但只要沉思默想，便会悟出，这三点也恰是此诗的妙处所在。

诗一开头就纵笔写秋月西沉，江潮已落，湘水远阔，楚天苍邈，此时友人正解缆欲发。意境高远，气氛冷寂。虽无一字说惜别，但惜别之情尽在景中，正在朦胧的晨曦中与远阔的湘水一起奔流。晨雾散尽，远阔的江面上茫茫无际的白蘋花展现在眼前，天空中刚刚出巢飞翔的鹧鸪鸟发出一声声啼鸣。在这个画面里，虽无人迹，但画面的背后却隐着久立江岸一直在目送友人帆影远去的诗人的身影，“目送征鸿飞杳杳，思随流水去茫茫”（孙光宪《浣溪沙》），诗人的离情也如江面上的白蘋一样茫茫无涯。特别是最后，用鹧鸪鸟的啼鸣托物寓意，那一声声“行不得也，哥哥”的鸟啼，就像是从诗人心底发出来的难舍难离之声，更渲染了惜别之忧。还有一点，诗人用“白蘋茫茫”写离情，还暗藏更深的玄妙。“萍水相逢，尽是他乡之客。”诗人在用蘋水暗示我们，他今天一大早就要送别的这位友人，并非旧知故交，乃萍水相逢的新识初交，但又是一见如故一见倾心的至交。这样的朋友，新交即离，当然难舍难分。古诗云：乐莫乐兮新相知，悲莫悲兮生别离。诗人用“白蘋茫茫”抒写惜别，是为了更显示他对这位新相知特别的依依不舍，显示他对与这位新相知相处日短的恨憾。意藏象中，神行语外，情景妙合无垠，这种隐秀曲折的神韵，正是该诗以景抒情的一大亮点。

另外，诗的前两句，用平和舒缓的节奏来写，但第三句，节奏突变而发为急促，这种蓄意借变奏来形成节律的起伏，与诗中故意用大量的同字而形成的回旋复沓的旋律，巧揉结合，又恰恰与诗人看似平静而实际内心正狂潮奔涌的心态和情态暗合，则更易把惜别的情思抒写得起伏跌宕，饶有情致。自然若无韵味，则失之浅薄，节奏若无起伏，则失之平直。该诗自然而不平直，变奏而有韵致，是第二大亮点。第三点，诗的语言浅白平实，但读后细品，则觉淡语有味，浅语有致，如珠走泉流，气韵邈挚，其包孕的友情之美撩人心弦。这确实体现了张籍质“真”而形“妙”的美学理念。

第二首《春别曲》也主要是用景语写惜别，但写景的手法却与《湘江曲》大有差异。诗人不再是溶情入景，情景交融，而是一开头就借美景反衬，使离情更切。“长江春水绿堪染，莲叶出水大如钱。”初春时节，春意萌动的长江水和水上的青莲何等的美啊，真让人赏心悦目啊！这般美景良时，友人应当与我一起同享同乐，莫负韶华，但可惜呀，朋友偏要离我而去！这种反衬法，以美景写别，其效果则和“以乐景写哀”一样，倍生别情。表面上看起来尽是写景，不露半点声色，但实际上却暗暗地把持住惜别之情而行文。接下来诗人笔锋陡转，突然发问：

江头橘树君自种，那不长系木兰船？

诗人不直说自己舍不得朋友离去，却以怨责的口吻——诘问江头之橘：你们都是我的朋友亲手栽种的，如今你们枝繁叶茂，沐浴着温暖的春光呈芳吐艳，可我的朋友要走了，你们为什么还不把他的行舟拴住呢？真是无情无义呀！这种怨责，是以物拟人，是托物遣怀，完全不同于托物寓意的写法。这发问，犹如异峰突起，不仅使文脉波澜乍起，气韵灵动，也使诗意波澜顿生，增加了情思的起伏，形成奔腾澎湃之势，把挽留惜别之情一下子推向了高潮。江橘无情，正是诗人有情。江橘无义，正道出诗人有义。

这种反衬与诘问的搀合，加倍地写出了对朋友的真情挚意和一腔惜别！上一首通过变奏生波澜，这一首通过变调生波澜，尽管是殊途同归，但毕竟是殊途，破了自己的格。

第三首《送蜀客》写惜别又有破格。与上两首不同，诗人一开头就用典，“蜀客南行祭碧鸡”。“祭碧鸡”就是典，其典源是汉代王褒的故事。据《汉书·王褒传》载：汉宣帝五凤三年，有方士盛言：益州有金马碧鸡之神，可祭祀而致。于是汉宣帝封当时四川的著名文人王褒为谏议大夫，持节前往求之。用典是诗人们拓展、扩大诗句内容容量，并造成优美联想的惯用手段。这句诗用此典就含蓄地暗示了两点，诗人送别的“蜀客”，肯定是位类似王褒的著名文人，友人此次川西之行肯定也是奉诏出使。次句点出送别的时间，也写得含蓄，“木棉花发锦江西”。诗人只写锦江两岸，挺秀的木棉正繁花盛开，但我们从这一景色中，即可得知，友人奉诏出使是在明媚的春季。从这两句透出的情调来看，既有惜别，又有兴奋。但接下来的后两句，就主要写惜别了，而且在惜别里还夹杂着几分伤感，“山桥日晚行人少，时见猩猩树上啼”。这是写友人旅途的孤寂。山桥黄昏后，行人愈见稀，孤寂之感已袭人心，接下来又用烘侧之法，重笔浓写高树之上猩猩不时的啼叫，则从氛围上更渲染了这种孤寂的沉重。在这幅山谷空旷、行人凄清的画面里，一扫前两句诗人之兴奋，而布满了对友人的关切和忧牵。在关切和忧牵的深处，奔流的是诗人略带几分伤感的浓浓的惜别之情。这首诗的特别之处就在于此，用设想友人旅途的境况，来抒写自己的惜别之情，展示友情之美。这和王昌龄《送别魏二》的结尾“忆君遥在潇湘月，愁听清猿梦里长”，颇为相似。但王诗写的是醉后遥念，此诗写的是未醉所想，一个写的是夜舟孤行，一个写的是晚山独步，一个画面虚，一个画面实，一个朦胧浪漫，一个直观实在。故给人的审美感受亦大不一样。当然，张籍这首送别诗的后两句，以景结情，也是很被称道的。

张籍主张写诗应以新款见佳，高韵出奇，从我们赏析的这三首惜别诗和相关的《节妇吟》《秋思》来看，他确实在认真地实践他的艺术追求。他的实践和成就也得到了很多文学巨匠的肯定和宝视。当时的文坛泰斗，文章大家韩愈赞他：“龙文百斛鼎，笔力可独扛”；著名“苦吟派”诗人贾岛，也对张籍的成就倍加赞美：“人有不朽语，得之烟山春。”北宋大改革家、大文学家王安石看过张籍的诗集后，曾发如此感慨："苏州司业诗名老，乐府皆言绝妙词。"苏州司业指的就是张籍。

皇甫冉：送王司直／舟中送李观／送陆澧、郭勋

盛唐还有一位名叫皇甫冉的诗人，喜欢唐诗的人可能对他不十分熟悉，其实这是一位很有特点的诗人，其遗留后世的诗作，大部分篇章都是以送别友人为题材，其中惜别友人的佳作颇见才气。

据记载，这位诗人十岁即能文，深得唐名相张九龄器重。天宝十五载，举进士第一，授无锡尉。安史之乱时，入阳羡山建别墅隐居，寄情于山林泉洞之间。唐代宗大历年间，入朝任左金吾卫兵曹参军、左拾遗，转右补阙，与钱起、司空曙、卢纶、李端等一起被誉为"大历十才子"，和诗人张继相交甚笃。他的诗作《巫山峡》更是名扬大唐诗坛。为了让读者了解他，我把这首诗录于后：

巫峡见巴东，迢迢出半空。云藏神女馆，雨到楚王宫。
朝暮泉声落，寒暄树色同。清猿不可听，偏在九秋中。

该诗文词韶秀，意境幽阔，浑然天成，音韵畅谐，有唐人三峡诗魁首之称。《全唐诗》言皇甫冉的诗："天机独得，远出情外。"

下面我们赏析他的三首惜别诗：

西塞云山远，东风道路长。人心胜潮水，相送过浔阳。

——《送王司直》

江南近别亦依依，山晚川长客伴稀。
独坐相思计行日，出门临水望君归。

——《舟中送李观》

才见吴州百草春，已闻燕雁一声新。

秋风何处催年急，偏逐山行水宿人。

——《送陆澧、郭郧》

第一首《送王司直》，颇具盛唐气象，虽是写送别，但洋溢着沉挚之思，浩瀚之气，意境浑隽，感情诚切。西塞山，位于鄂州武昌东长江边上。浔阳，即江西九江。春泛时节，诗人在武昌送别友人王司直，看万里长江，茫茫九派，风暖潮涨。眺行人去处，云深山远，浪高水长。诗人伫立江边，目送友人征帆逝去，自己的心也随着潮水越流越远，一直流过了九江，真是友情似水，别情如潮，一江春水千万里，不及诗人情依依。友谊之深，惜别之诚，全在这潮水里滚动跳跃，读之让人心动。“人心胜潮水，相送过浔阳。”品读这两句诗时，很容易会联想到李白写给好友王昌龄的两句诗：“我寄愁心与明月，随风直到夜郎西。”皇甫冉的这两句与李白的这一名联相比，难分伯仲，可谓异曲同工。

第二、三首写得也很动情，语言虽很晓畅，但意境隽秀，音韵雍和。《舟中送李观》首句就很有特点：虽是“近别”，却仍“依依”，深笃之情已隐含其中。特别是后两句，设想自己别后的思念之况，细腻微妙，逼真淋漓，非常生动地刻画了因盼望友人赶快归来，整天坐卧不宁、焦灼难安的心理和情态，感情十分真挚。《送陆澧、郭郧》一诗，前两句用“才见”“已闻”，写春归之疾，秋来之急，道出与友相聚时短，未足即散之恨，留恋之情已跃然纸上。后两句又写友人远行被萧瑟的秋风所逐之苦，更让一腔关切溢满字底行间。送别友人，由留恋再到关切，惜别依依，关爱沉沉，皆由内心而发，令人慨然。总之，读这样的惜别诗，在欣赏别致之余，甚感友情之醇厚。

皇甫冉成名于盛唐，张籍成名于中唐，比皇甫冉晚几十年。但当你把他们两个人的诗作放在案头一起读的时候，你会发现，尽管两个人的诗各具自己的特点，但两个人的诗也有相似相同之处，语言都明白晓畅，都很注重音韵的畅美，所以你在张籍的诗章里仿佛能看见皇甫冉的影子。

韩愈：知音者诚希

中唐的文学大家韩愈，被誉为文坛泰斗，其诗文成就辉曜星月，令世人可仰。韩愈是唐代古文运动的倡导者，反对六朝以来骈偶的文风，提倡散体，务去陈言，此举影响后世几百年。韩文各体兼长，无论说理、叙事、言情，均遒劲有力，生气流动，条理畅达，语言精炼，富有极强的逻辑性，被视为司马迁之后最杰出的散文家。他的诗气势壮阔，笔力雄健，兼承李杜，而又戛戛独造，自成一家，对唐之后宋诗的发展影响很大。韩愈笔下写过很多优秀的送别诗，这在后面我们还要讲到。本章只赏析他一首惜别诗，这首诗名为《知音者诚希》：

知音者诚希，念子不能别。行行天欲晓，携手踏明月。

首句开门见山，喊出一声感慨，叹人间知音难觅，其势如飞瀑直下，让人直觉晴天闻雷，立刻惊警。在这句诗里，诗人采用典中典之法，首先化用了南朝著名文人刘勰之语。刘勰在其彪炳千古的名著《文心雕龙·知音》里曾浩叹曰："知音其难哉！音实难知，知实难逢，世所共叹，逢其知音，千载其一乎！"其次诗人又溶入了春秋战国时俞伯牙、钟子期"高山流水"识知音的典故。伯牙所念，子期心明。俞伯牙用琴声表达了他像高山一样雄伟屹立于天地之间的人格形象，像大海一样浩渺纵横于宇宙之间的胸襟气度，而钟子期的情操和智慧，恰好同他产生了共鸣和契合，于是二人成了知音。然而子期既死，伯牙绝弦。诗人溶入此典正是为抒发"欲将心事付瑶琴。知音少，弦断有谁听"（岳飞词）之慨。这典中之典，不仅让这句诗内容大大增量，而且还让诗人感慨的语气大大加重。特别是这样的诗句出自韩愈这样一个在政坛和文坛上均属顶级人物之口，再联想到他独特的身世和遭遇，就更觉得这一声感慨有雷霆万钧之力。

"木秀于林，风必摧之；堆出于岸，流必湍之；行高于人，众必非之"（三国·李康《运命论》）。纵观古今，越是位高卓识的人或大智大贤的人，往往招来獐头鼠目之辈的诽毁非议，最难觅知音，正所谓阳春白雪曲高和寡。晋代的阮裕就感叹过："非但能言人不可得，正索解人亦不可得。"韩愈是一个在政坛上有主见，在文坛上有创见的人，灵心慧思，绣虎雕龙，但仕途坎坷，早期金门无媒，中晚期又因上书直谏，两度遭贬。特别是他第二次上疏谏迎佛骨，激起宪宗震怒，险遭极法，丢掉老命，后幸贬潮州，再移袁州。当时韩愈已 52 岁，他为此悲愤至极，写了一首极有名的诗《左迁至蓝关示侄孙湘》，以吐骨鲠。

一封朝奏九重天，夕贬潮阳路八千。
欲为圣明除弊事，肯将衰朽惜残年。
云横秦岭家何在，雪拥蓝关马不前。
知汝远来应有意，好收吾骨瘴江边。

这是写给他侄孙的诗，最后两句最见伤痛，意思是说，这次上疏除弊，获罪朝廷，虽在圣刀之下逃过一死，但此一去，亦于岭南瘴气弥漫之地必死。

韩愈在这首惜别诗中，一开头就发慨，可以说发的是心中的悲慨，那里面饱含着他政坛失意的凄怆和孤愤。同时，这一发慨，也为逗出下一句造足了势："念子不能别"。由于有了上一句的蓄势铺垫，这一句就显得非常深情，字字流淌着惜别之意。韩愈对朋友说，我在茫茫人世间，好不容易遇到你这个"钟子期"，可是又不能朝夕相处，本来我就对你日思夜想，鸡黍以待，今天我们终于得以相逢，你明天又要离我而去，我怎么能舍得让你走呢？"念子"，就是想念你。"不能别"，就是不忍心分别。接下来，诗的后两句写得更生动真切，用人物的动作把诗人和友人的依依惜别、不忍离去之情，写得异常充分：

行行天欲晓，携手踏明月。

不忍别又不能不别。诗人和朋友格外珍惜这次相逢的机会，充分利用命运给安排的有限时间，放弃一夜睡眠，头顶明月，脚踏清辉，携手把腕，作彻夜长谈，一直到月残曦白，东方欲晓。"行行"，即来回一起踱步不停的样子。从中看出，诗人和友人一夜长谈，浑然不累，犹恨时光似箭，可知他们谈得何等倾情，何等投契，何等置腹推心，现出知音者两心相印的貌相、襟怀和芳意，非知音者绝不可如此。这两句诗，恰如一曲友情之美的小夜曲，低吟轻唱，清幽柔婉，令人心弦共鸣。特别是诗人又用“携手”踏月的动作，写他们的长谈之快，更显知音之亲密，惜别之不忍。

寥寥四句话，仅仅二十字，即把惜别之情写得这般生动真切，如歌如画，让人如临其境，如闻其声，感之肺腑，真乃大匠运斤之神妙。

司空曙：云阳馆与朝绅宿别

在唐代诗人写惜别的佳作中，还有一个人写了一首情思意趣和韩愈这首《知音者诚希》很相似的诗，这个人就是另一个被誉为“大历十才子”之一的司空曙，他写的诗题名为《云阳馆与韩绅宿别》：

故人江海别，几度隔山川。乍见翻疑梦，相悲各问年。
孤灯寒照雨，深竹暗浮烟。更有明朝恨，离杯惜共传。

司空曙，据唐才子传卷四记载：磊落有奇才。性耿介，不干权要。宦途坎坷，家境贫寒。这首诗写的是诗人和友人韩绅在云阳县馆驿相见，但马上又要分别的情景。韩绅是韩愈的叔父，宿别，就是住在一起又分别。

诗的首联从过去的分别入笔，以已往之别衬今日之别。颔联是描写久别重逢时人物神态的名句，亦堪称绝唱，历来被人称颂。“乍见翻疑梦，相悲各问年。”因为别久，两位朋友乍一相见，都恍若梦中，以为又是梦中相逢，不相信这是真的，当确定是真的以后，又不胜悲哀，连忙打问各自的年龄状况。这是至情之语，非常传神，把昔日思念之切，今日意外相逢，先是惊见存疑，释后悲喜交加，满含热泪，急问其况的心路历程和脸上几变的表情，全都非常逼真地描画出来了。

颈联荡开用笔，转而写景，寓情于景，用孤灯照雨，深竹浮烟的景象，营造出诗人与友人雨夜不眠，通宵长谈的意境，进一步渲染他们之间的挚情高谊，让你感到他们对短暂的相逢万分珍惜，从而感受诗人真挚动人难舍难分的惜别之情。特别是引夜雨、竹烟等景物入诗，更象征着他们的友情绵长和高洁。“深竹暗浮烟”一句写得异常含蓄，诗人不说天将欲晓，只展示馆外雨后的竹林里已隐约可见有轻烟浮动，暗示出天已破晓蒙蒙，而诗人和友人仍是谈兴未减。惜别的依依之情，全涵在这优美的意境里，特别美，特别动人。“更有明朝恨，离杯惜共传。”尾联突出地写了“恨”和“惜”，并用这种复杂的感情收束这场惜别。诗人与挚友隔山隔水，久离难聚，长思难逢，已有恨；突然相逢，却相聚时短，远难酬思念之情，难足相逢之兴，又有恨；想想仅能同馆一宿，倾谈一宵，明日一早又将挥手，时光之悭吝，寸阴之金贵，就“更”不能不恨了。恨，皆由别生，故恨多则更知惜别之苦。何以解忧？唯有杜康！那就让我们珍惜这一“宿”相逢，杯中传情，多多地共干几杯手中之酒吧。

司空曙的这首诗与上面韩愈写的那首诗，都是写一夜长谈，明朝即别，一曲惜别至情，醇香醉人，但细品之，则见虽同工而异曲。一个写雨夜长谈，一个写月夜长谈；一个有雨烟相伴，气氛凄迷，色彩黯然，一个有月光相随，气氛幽谧，色彩空明；一个意境中惜别里杂有着身世之慨的几分伤感，一个意境中惜别里纯为知音别前两心共月的相勉；在营造意境的方法上，一个用幽美的景物描写来烘衬渲染，一个用人物的典型动作纯作白描。同样感人，笔致不同，才情不分高下，但审美追求有别。

这一章，我们一共赏析了唐代 6 位诗人笔下所写的 10 首送别诗，这十首送别诗已足以让我们看到，在依依惜别之情中蕴涵的友情之美，多么的娇娇皎皎，精光四射，耀眼夺目。

唐代诗人笔下倾吐惜别之情的送别之作犹如黄山之松，数量很多，我们不能说株株都秀姿姣貌，但仪态万千者亦顾盼皆是，如王维的《山中送别》、张谓的《送人便河源》、王昌龄的《送郭司仓》、岑参的《原头送范侍御》、李颀的《送刘昱》、刘长卿的《送李判官之润州行营》、司空曙的《别卢秦卿》、钱起的《逢侠者》、戎昱的《成都送严十五之江东》、李冶的《明月夜留别》、许浑的《重别》、郑谷的《淮上与友人别》等，均为惜别诗作之佳品，我们这里就不一一赏析了。

（陈洪海执笔）

第七章
最理性的送别：嘱别

在唐人饯别朋友的诗作中，有不少诗作不仅抒发送别朋友的依依之情，哀哀之意，还常常抒写对朋友的殷殷寄语，或嘱咐，或勉励，或劝慰，或劝告，或叮咛，或提醒，或期望，或开导，或祝福，或致意……情真中杂有理性的关切，关爱中更注入无限的挚意，使友情之美放射出更绚烂、更耀眼的光彩。我们把这类诗可称为嘱别（称勉别亦可）诗。

在对朋友的真情嘱咐或勉励中送走朋友，让朋友带着自己的祝福或期望离去，亦可算最理性的送别了。

王勃的名篇《送杜少府之任蜀州》和冠于《唐诗三百首详析》开篇第一首即王维的名作《送綦毋潜落第还乡》，以及唐代另一位著名诗人戎昱所写的《送李参军》，均在诗中溶入了自己浓浓的劝慰之意，或激励朋友愉快地去赴任，或劝导朋友认清时代，磨砺锐气，或勉望友人达观人生离合，走出伤感的阴影。

王勃：送杜少府之任蜀州

王勃的诗是这样写的：

城阙辅三秦，烽烟望五津。与君离别意，同是宦游人。
海内存知己，天涯若比邻。无为在歧路，儿女共沾巾。

王勃是初唐诗坛上一位非常有才华的诗人，字子安，龙门人，即今山西河津，人称“诗杰”。王生长于书香门第，自幼聪慧好学，据《旧唐书》

本传谓：勃“六岁解属文，构思无滞，词情英迈，与兄才藻相类，父友杜易简常称之曰：此王氏三珠树也。”唐高宗麟德初年，勃未及冠（14岁）即登第，其后诗文与杨炯、卢照邻、骆宾王齐名，号为初唐四杰。

初唐四杰，在中国文学史上是一个非常著名的集团，他们致力于改革六朝文风，开始把诗文从宫廷引向市井，从台阁移到江山和边塞，扩大题材，创立新格，开辟了初唐诗坛新气象。经过他们的努力，“长风一振，众荫自偃，积年绮碎，一朝清廓”，以独具特色的文风，奠定了他们在中国文学史上的地位。正如诗圣杜甫在《戏为六绝句·其二》一诗中所高度赞扬的——

王杨卢骆当时体，轻薄为文哂未休。
尔曹身与名俱灭，不废江河万古流。

王勃一生只有28个春秋，而仕途更为短暂，然而却极不平坦，大的打击即遭遇两次。第一次是在沛王府：沛王李贤闻王勃之名，召王勃为沛府修撰，对他十分爱重。当时诸王经常斗鸡为乐，王勃写了一篇《檄周王鸡》，不料竟因此触怒高宗而罹祸，被赶出沛王府。第二次是因杀死罪奴：王勃后来在朋友协助下谋得虢州参军之职。就在这期间，有个姓曹的官奴犯罪，他便诛之，结果因此蒙罹死罪。幸亏遇大赦，保全了性命。然而此事甚为蹊跷，有人怀疑为同僚设计构陷，或者纯属诬陷。其缘由是王勃恃才傲物，为同僚所嫉。其实王勃首次遭受打击，亦非真的因《檄周王鸡》而触怒高宗，也是因才高被嫉。总之王勃两次遭受打击，都与他的才华超人有关。二次被祸，虽逢赦留命，但却从此终结了他的仕途。勃父王福峙因勃罪受累，亦被贬为交趾县令，远谪到南荒之外。

王勃不愧为四杰之首，在扭转齐梁余风、开创唐诗新风上功劳尤大，为后世留下了一些不朽名篇。他的创作被誉为“壮而不虚，刚而能润，雕而不碎，按而弥坚”。而王勃最为人所称道、千百年来被传为佳话的，是他在滕王阁即席所赋《滕王阁序》。对此事，《唐摭言》所记最详：上元三年（公元676年）秋，王勃前往交趾看望父亲，路经豫章（今南昌）时，正赶上都督阎伯屿新修滕王阁成，重阳日在滕王阁大宴宾客。王勃前往拜见，阎都督早闻他的名气，便请他也参加宴会。阎都督此次宴客，是为了向大家夸耀女婿孟学士的才学。阎令婿事先拟就序文，在席间假作即兴之作书写给大家看。宴会开始后，阎让人设好纸笔，假意请诸人为这次盛会作序。大家知其用意，均不肯挥毫，而王勃年轻气盛，竟不推辞，“欣然对客操觚，顷刻而就，文不加点，满座大惊。”王勃当众接笔赋文，很让阎都督始料不及，本来已愠怒而起，转入帐后，但等他听到“落霞与孤鹜齐飞，秋水共长天一色”两句时，也不得不叹服道：“此真天才，当垂不朽！”王勃于南昌阎都督宴上赋《滕王阁序》的佳话，实乃中国文学史上最为动人的故事。也许史书记载有些夸张，但并非空穴来风。据《新唐书》本传说，王勃“属文，初不精思，先磨墨数升，则酣饮，引被覆面卧，及寤，援笔成篇，不易一字。”唐人段成式《酉阳杂俎》也说：“王勃每为碑颂，先磨墨数升，引被覆面卧，忽起一笔数之，初不窜点，时人谓之腹稿。”据此可知，王勃文思敏捷，滕王阁上即兴而赋千古名篇，并非虚传。

王勃留给我们的这首五律《送杜少府之任蜀州》，也是中国诗歌史上的杰作，千百年来久为人们所传诵。特别是他在诗中对朋友杜少府的劝慰之句：“海内存知己，天涯若比邻。”概括精炼，气势磅礴，胸怀豪放，昂扬洒脱，早已成为千古名句，至今常被人们引用。

这首诗是王勃送别自己的好友杜少府时写的赠别诗。全诗开合顿挫，气脉贯通，意境旷达，音调爽朗，清新高远，一洗古送别诗中悲凉凄怆之气。但是我们读这首诗，在感受诗人伉爽天真的情调时，还会感到，杜少府在辞别王勃时，情绪却非常失落，非常悲伤，以至难抑悲怆，流下苦泪。从诗题中我们得知，杜少府这次去四川赴任的地点是蜀州，蜀州即蜀郡。成都地区，从汉至隋，均为蜀郡。唐初改郡为州，故王勃改称蜀州。“少府”是个什么官职呢？按照唐代的官制，一个县的行政长官称为县令，县令以下设有一名县丞，一名县尉。县丞负责处理文事，县尉负责处理武事。文丞武尉，均为协助县令的官职。在当时的文人书简来往中，或者在公文上，习惯把县令尊称为“明府”，把县丞尊称为“赞府”，把县尉则尊称为“少府”。王勃在诗题中称自己的朋友为“杜少府”，可知他是去蜀郡就任县尉之职。大概，杜少府与王勃在宦游生涯里由初识、相知到至交，结下了非常深厚的情谊，所以与王勃临岐时才那么情绪激动，竟伤心地像小儿女一样哭起来。而王勃，则表现得比较理性。他在赠诗中始终贯穿了劝慰之意，用自己的遥襟壮怀，激励朋友，提升朋友对友谊、对离别认识的层次。

你看，此诗第一联在点明题目时就注入了劝慰。上句“城阙辅三秦”，是说蜀州是物产富饶的地方，那里每一个城市都对三秦有辅佐之功。下句“烽烟望五津”，是说自己遥望蜀州风景。“五津”，指岷江的五大渡口白华津、万里津、江首津、涉头津、江南津，这里是泛指蜀州。“风烟”，风景之意也。此联上句是对杜少府说的：你并不是到一个边荒的地方去做官，而是到一个对京都有重要贡献的地方去做官。下句是诗人从一个送行者的立场说的：你走了，我想念你时只能遥望蜀郡那边壮美迷人的风景了。“望”字极其生动地表现出诗人送别好友时，极目纵横的傲岸神态和豪放气概，让人眼界开阔，神情俊朗。这两句极工整的地名对，虽微露离伤，但意境极壮阔，堂皇豪迈，气势雄伟，不仅为全诗奠定了忼爽的基调，而且从朋友新任之地的重要性上，向朋友先作了第一步有力的劝慰，暗励友人此去可在重要的地方大展身手，建功立业，为国树勋。同时，也是为后面的劝慰蓄势。

“与君离别意，同是宦游人。”这一联正面写离别。意思是说，我和你今天在这里离别，一样同是游宦人的情意。你我一样远离故土，宦游他乡，这次离别，不过是客中之别罢了，没必要那么悲伤。离开家乡，到远地去求学，称为“游士”或“游学”。去做官，称为“游宦”，也称“宦游”。强调游，就用“宦游”；强调宦，就用“游宦”。“同是宦游人”一句，看得出是在依依之情中对朋友做进一步的宽解。既然你我志辞故土，追求功名，出外做官，想造就一番壮丽的事业和辉煌的人生，就不必为一次离别而感伤了，你就愉快地去奔赴新任吧。诗人把分别写得如此洒脱，就是要以不忘己任和人生追求的精神风貌，激励朋友要有心系天下的胸襟气度。诗人在这一联中暗暗地把劝慰推进了一层，也为后面的劝慰做了重要的铺垫。

第三联是全诗的精华和灵魂。在此联中，诗人不是沿着前四句的意脉顺势而下，而是推开一步，转而用重墨浓彩去写别后之情，造成了奇峰突起，欲西却东之势。“海内存知己，天涯若比邻。”真是大气磅礴，豪情喷薄，见识高远！高度地概括了“友情深厚，江山难阻”的情景。大意是说：四海之内，只要还有一个你这样的知己朋友在，虽然远隔天涯，也好似近在邻居。这既是对杜少府的安慰，也是对杜少府的赞扬。对杜少府来说，你远去蜀中，不要感到寂寞，还有我这个知己朋友在这里，不会因距离远，情谊也就此疏淡。对自己来说，像杜少府这样的知己朋友，纵然远去了蜀中，但因两心相印，也仍似在长安时时见面一样。诗人高屋建瓴，把他们的友谊提升到很高层次，也把自己对朋友的劝慰推向了一个很高的境界。君子之交，贵在心契神和，肝胆相照，而不在朝暮厮守，寸步不离；心契神和，肝胆相照，远万里犹在近邻。道分志乖，貌合神离，即便朝暮一处，也觉远在天涯，正如诗人王建所言，“长安无旧识，百里是天涯。”王勃的这一名联，写出了友谊的极高品位和极高韵致，可以说把友情之美抒写到了极致，特别让人感奋，特别让人鼓舞，特别让人升华情感、提升境界，特别能引领人跳出狭隘、登上高峰、凭高临远、走向壮阔，具有永恒不移的艺术魅力和艺术感染力。正因为此，这两句成了唐诗中数一数二的名句，传之千古，有口皆碑。但这两句并非王勃的独创，他是化用了曹植的诗句才铸成伟词。曹植在《赠白马王彪》诗中有这样的诗句：“丈夫志四海，万里犹比邻”。王勃化“万里犹比邻”为“天涯若比邻”，然再配上“海内存知己”这一美好的意象，构成新联，抒发至友挚情，就从曹植的诗句中翻出了崭新的意境。这样壮美而切实的劝慰，足以驱散朋友心头的离愁别苦，激荡朋友乐观爽朗的情怀，让英雄拭泪了。所以诗人的尾联紧接三联，又向朋友进了一言：“无为在歧路，儿女共沾巾。”意思是：既然如此，我们就不要像一般小儿女那样，在分手的时候哭鼻子，抹眼泪了。诗人抑离愁，抒壮怀，完成了对朋友的劝慰，把一场悲酸的惜别，变成了与友人的忼爽道别。而这样的道别，却更显友谊的亲密、深挚、纯真和高洁。有人说王勃这首诗“独标高格”，这确实精辟精准！

作为“同是宦游人”，王勃送别至友远赴新任，心中也有缕缕离愁，依依之情，这从诗的意象中特别是尾联的抒发里可以管窥。是啊，今日一别，何日再会？谁都难以预料，也许这一别就是终别。想到此，心中怎能不泛起伤离惜别的涟漪呢？但是，诗人的高处在于，他没有放纵感情的狂澜，没让感情的狂澜淹没掉理智的雄峰。相反，却始终能站在理智的雄峰上，居高临下，来处理这次难舍难分的离别。这正是诗人能够站在比一般人更高的境界，以壮阔的情怀，卓越的见解，达观的生活态度，在人生更高的层面上，给予比自己更伤感的朋友以切实有力的劝慰、宽解的缘由。这也是我们在读这首诗时，透过诗人的劝慰，能够清晰地看到诗人旷达洒脱、昂扬豪放的高大形象的缘由。诗人高层面的劝慰和宽解，把对友人的关爱表现得更厚重、更深沉。

这首诗，情理并茂，诗情盎然，理趣拔俗，既有极强的感染力，又有启人逸思的魅力。明代施光重评价这首诗时说道："前四句言宦游中作别，后四句翻出达见，语意迴不犹人，洒脱超诣，初唐风格。"(《唐诗近体》)这里所说的"初唐风格"，实际上是指这首诗洋溢着贞观之治后大唐社会出现的豪迈自信的时代精神。

王维：送綦毋潜落第还乡

王维的《送綦毋潜落第还乡》，也是一首典型的嘱别诗。诗中也注满了对朋友的劝慰之意，但其写法与王勃的诗相比，却有自己的特色。王维是这样写的：

圣代无隐者，英灵尽来归。遂令东山客，不得顾采薇。
既至金门远，孰云吾道非？江淮度寒食，京洛缝春衣。
置酒长安道，同心与我违。行当浮桂棹，未几拂荆扉。
远树带行客，孤城当落晖。吾谋适不用，勿谓知音稀。

这首诗是王维的前期作品。在本书第二章中已经讲过，王维前期胸怀"为苍生谋"的大志入仕，政治上追求进步，故不少作品调格雄浑，气象峥嵘，意境壮阔，抒发建功立业的豪情，洋溢着英雄主义气概。这首诗写的是送落第的朋友由京城还乡。不是衣锦归故里，而是落第而还乡，当然非常懊丧。但这首诗，气氛并不沉闷压抑，从起首到结束，始终闪烁着乐观自信的亮色，这正是前期的王维其襟怀气象的一现。

落第还乡的綦毋潜是个什么样的人呢？綦毋潜，字孝通，江西南康人。15 岁即到京都长安游学，与当时诗坛名家多有交往，诗名渐闻。玄宗开元八年（公元 720 年），落第返乡。开元十四年，再赴京应试，一举折桂，进士及第，后官至著作郎。开元二十二年后两次归隐，不知所终。潜虽位不显达，但才名却盛于当时，与盛唐诗坛很多明星如李颀、王维、张九龄、储光羲、孟浩然、卢象、高适、韦应物等都过从甚密。前人评说，“盛唐时，江右诗人惟潜最著”，“清回拔俗处，故是摩诘一路人”。说明他的诗风接近王维。其代表作《春泛若耶溪》选入《唐诗三百首》。

由此可知，王维这首《送綦毋潜落第还乡》，写于唐开元八年。那时的王维也未及第，第2年即开元九年才荣中进士，时年21岁，恰为风华正茂、展翅凌云之际。透过诗的内容，可以想见，攀桂未就、龙门点额的綦毋潜，辞京归乡时，精神郁悒，情绪低落，甚至还有点怨天尤人。王维祖饯送行时，针对朋友的“病灶”，把脉开方，从三个方面下药，对朋友进行了劝慰。

虽然有极明确的针对性，但诗的一开头，诗人并不开门见山，单刀直入，而是站在时代的峰巅，从大处着笔，先开阔朋友的视野，激荡朋友的胸怀，引领朋友向高处走，向远处看。

圣代无隐者，英灵尽来归。遂令东山客，不得顾采薇。

诗人首先讲，现在的时代是“圣代”，即政治清明、人尽其才的时代，这样的时代，为各类英才施展抱负、大显身手筑建了广阔的平台，所以再没有自视甚高、怀才不遇的隐者欲归山林的理由和必要了。即使是当年一心隐居东山的谢安，如果生活在当今时代，他也不会像商末周初的伯夷、叔齐那样，再去隐居首阳山以采薇为生了。这里有两个典故：谢安，东晋著名的政治家，军事家，是著名的淝水之战中率八万晋军打败前秦苻坚百万之师的军事指挥者。据《晋书·谢安传》载：安“虽受朝寄，然东山之志，始末不渝，每形于言色”，说谢安虽在朝廷，然始终不忘归隐东山。伯夷、叔齐，著名义士，均为商殷后裔。据《史记·伯夷列传》载：武王灭殷立周后，伯夷、叔齐耻之，义不食周粟，隐于首阳山，每日采薇而食，后饿亡于首阳山。诗人用这两个典故反衬当今“圣代”之明，盛赞这个时代为各类英才的用世、发展，提供了灿烂的前景和广阔的空间，意在诱导朋友应认清所处的时代。言外之意，自己落第，应当保持头脑清醒，不应怨天愤世，误认为时代不好。对朋友的劝慰之意溢满行间。

诱导朋友认清了时代，诗人接下来才正面写落第之事，把劝慰推向了第二层，即要坚信自己。

既至金门远，孰云吾道非？江淮度寒食，京洛缝春衣。

诗人说，这一次，虽然你未能高中，失去了待诏金门的机会，确实很遗憾，但谁能说你选择这条追求功名、为国效力的道路不对呢？谁又能说你没有才气呢？只不过为应试来京城，前前后后长达一年，个人生活上难免受点委曲，那也算不上什么呀。劝慰中，对朋友也寄寓了真诚深切的同情。这里也有两个典故：“金门”，汉代宫门名，汉代贤士等待皇帝召见的地方。这里代指朝廷。据记载，“汉武帝得大宛马，以铜铸像，立于署门。”所以名为金马门，简称金门。“金门远”，即落选的意思。“吾道非”，这是孔子的话。《家语》：楚昭王聘孔子，孔子往。陈、蔡发兵围孔子，孔子曰：“诗云：‘匪兕匪虎，率彼旷野’，吾道非乎？吾何于此乎？”对孔子提出的问题，跟在他身旁的弟子子路、子贡、颜回三个人，都根据自己的理解作出了回答，孔子同意颜回的回答。颜回说：“夫子之道至大，所以天下不能容。虽然这样，夫子推行您的道就是了，天下不容，又有什么关系呢？不容然后见君子。道之不修，是我的耻辱；道已大修而不为天下所用，那是诸侯的耻辱啊。”这是说孔子感叹自己的政策不能实行，受到了阻碍，但自己的主张不动摇。诗人借用此典劝慰朋友，尽管未能高中，但不必泄气，应坚信自己的选择和自己的才气。

置酒长安道，同心与我违。行当浮桂棹，未几拂荆扉。

到这里诗人才写到题目的“送”。

诗人说，你我是“同心”知己，可是你要回故乡了，我今天为你置酒送行，心里是很难过的。不过你离去之后，过不了多久，我将会乘船去访问你的，到那时，我们就又能重聚了。这四句写出了诗人与綦毋潜深厚真挚的友情。细品之，也能在抒情里听出几分劝慰之意。“长安道”，别本作

“长亭道”，是那时长安城外饯行的地方。“同心”，犹言知己，来自《易经》“二人同心，其利断金。同心之言，其臭如兰。”“违”，相背、离开之意。“桂棹”，指木船。“行当”，将要之义。“未几”，不久的意思。“拂荆扉”，即敲柴门。拂，敲、击也。

最后四句，诗人又进一言，把劝慰之意推向第三层。

远树带行客，孤城当落晖。吾谋适不用，勿谓知音稀。

“带”，围绕的意思。“孤城”，指长安城。“当”，对着的意思。“吾谋”一句，有典故，《左传》载：“士会行，绕朝赠之一策曰：‘子毋谓秦无人，吾谋适不用也。’”适，偶然之意。“勿谓”句，也暗用了子期死，伯牙摔琴绝弦的典故。

这四句，两句写景，景中有情。两句抒情，情中见理。

诗人说，你远去的身影，渐渐地，渐渐地，消失在树林中了。为你送行的我，一直孤零零地站在城外，望着你身影消失的地方，不知不觉天色已晚，夕阳的落霞飞上了城头。朋友呀，你要记住我的话：这次我们的谋略未被朝廷采用，这是偶然的失意，你千万别误认为世上就没有知音了。很显然，诗人一方面抒发了自己对朋友的依依惜别之情，一方面又谆谆劝慰朋友：一定要正确对待偶然的受挫，千万不可把偶然放大，看成必然，滑向愤世尤人的泥淖。这结尾的劝慰，与起首的劝慰暗暗绾合，形成鼓桴相应之势，显得结构异常缜密，颇有璧合之美。

为了让一个落第还乡的朋友振作起来，诗人的劝慰从正确地看待时代开始，再到正确地看待自己的实力，坚信自己，再到正确看待偶然的受挫，不能灰心短气，真如剥笋抽丝，层层深入，全面细致，环环相扣，虚实相辅，入情入理，对朋友的一腔挚情，渗透字里行间，如暖流穿心，如春风拂面，让人读后如探壑见底，访幽见妙，心明眼亮，激动兴奋。难怪沈德潜这样评道：“反复曲折，使落第人绝无怨尤”。

更为可贵的是，这首诗尽管处处闪耀着理性的光彩，但读起来并不感到理盛于情，理盛于词，反而始终浸沉在情满理明、情理并茂的抒情氛围里。原因是诗人调动了各种艺术手段，把劝慰与叙事、与写景、与抒情、与寄慨，浑然一体地统一起来，寓情于景，寓理于情，情景相生，情理交融，再加上诗人多处巧用典故，借典叙事，以典抒情，有效地增强了叙事说理的形象性和生动性。诗人既让自己对朋友的一片真情挚爱跃然纸上，又把自己开阔晴朗的内心世界呈现给朋友，使情感魅力和人格魅力交相辉映，这样，不仅感染力和说服力相得益彰，还避开了因理性的光彩太盛而易生的枯燥乏味和生硬板滞之弊。

这正是千百年来人们喜欢这首诗的原因。

戎昱：送李参军

中唐初期的著名诗人戎昱写的一首嘱别诗《送李参军》，对朋友的劝慰既平俗又实在，可谓别具一格。下面我们就赏读此诗：

好住好住王司户，珍重珍重李参军。
一东一西如别鹤，一南一北似浮云。
月照疏林千片影，风吹寒水万里纹。
别易会难今古事，非是余今独与君。

戎昱是中唐初期一位比较能反映现实的诗人，虽然诗的整体成就还称不上一流，但有些抒情的思乡诗，却写得相当精湛，可谓脍炙人口；有些讽刺现实的咏史诗，在当时亦引起过强烈反响。如有一首题为《和蕃》的诗，强烈抨击和亲之举，就如闪电裂空，惊雷动地。

汉家青史上，计拙是和亲。社稷依明主，安危托妇人。
岂能将玉貌，便拟静胡尘。地下千年骨，谁为辅佐臣。

诗人对和亲政策痛心疾首，议论尖锐，责问严厉，讽刺辛辣，一针见血。“社稷依明主，安危托妇人”一联，由于击中了时政要害，遂成时人传诵的名句。

《送李参军》这首嘱别诗，题为送李参军，但从内容看，送的是两个朋友，一个是李参军，一个是王司户。参军，司户，在唐时均为地方官名。至于戎昱在什么地方为李参军和王司户送行，李参军和王司户又为何许人，分手后他们要到何处去，去干什么，诗中均无交待，也无资料可供查考。

此诗语言通俗易懂，基本口语化，但读起来并不觉得俗气，反觉格调明快，生动流畅，感情也很真挚动人。你看诗的一开头就很亲切：“好住好住王司户，珍重珍重李参军。”诗人与朋友分手时，一再叮嘱他们要好好珍重自己。“好住好住”，是当时的口语，与珍重一样都是保重的意思。接下来颔联描写朋友到外地远游的情景：诗人用双叠对偶和双喻对偶的句子，写朋友此去将像闲云野鹤一样，自由洒脱。不论东西南北，任我投足游目，随意而之，好不痛快。从这两句诗透露的信息看，诗人的朋友此去似乎是要游历天下，根本没有明确的出游目标，所以才这般洒脱，这般放浪无拘。据史书载：戎昱少试进士不第，即去漫游荆南、湘、黔间，后又客居陇西、剑南。这两位至友是不是诗人在漫游祖国名山大川、宏都巨邑时，相逢相洽又相别的呢？也未可知。颈联以景物描写续述朋友到外地远游的情景：“月照疏林千片影，风吹寒水万里纹。”这两句诗的时间无定，然而空间无限，显然写的不是一时之景，一地之景。朋友究竟去哪里远游，从诗中看仍是鹤踪云迹，终无定所，不着边际。但是给我们的感觉是，他们或踏月游山，或御风游水，或在溶溶月色里闲观疏林之幽静，或在摇摇轻舟上怡眺寒江之浪趣，潇洒极了，惬意极了，诗意极了。大概诗人也未准知友人浪迹何处，故以轻快的浪漫之笔，写出了心中的想象之景，但意境既邈远浑阔，又空灵疏朗；既伸延拓展了颔联中“别鹤”“浮云”的意象，又暗释远解了首联诗人为什么一再叮嘱朋友“好住”、“珍重”的意绪，洋溢着对朋友至诚至切的关爱和牵挂。

轻松未临挥手时，真到别时方依依。别看朋友如闲云野鹤似的，到了真和诗人“从此一为别”，“挥手自兹去”去的时候，想想后会无期，相逢无待，却难抑“相见时难别亦难”的惜别之情，禁不住黯然神伤，所以诗人在尾联就专写了劝慰：

别易会难今古事，非是余今独与君。

诗人的劝慰平俗，实在。诗人说，此地一别，尽管来日方长，但咱们还能否再次相聚，就很难说了。但我们也不必为此而伤心，纵观古今，这世上并非只有咱们如此遭遇，和我们一样境遇的何止千万啊！很多古贤不是也如此吗？想到这儿，我们就应当以平常心来对待我们的分手。月有圆缺，人有离合，此事自古难全。我们应该把这些看淡些，只要咱们各自珍重，平平安安就行了。只要平平安安的，不论什么时候，一想起你我今生有缘相识，并曾共度一段胶漆相投的美好时光，结下肝胆相照的友情，就会感到万分满足，此生足矣！这看似平常之语，实则闪射着理性的耀眼光彩。没有开阔旷达的襟怀气度，没有对人生得失深邃的认识和权衡，是断讲不出这番平常之语，道不出这段平常之理的。

诗人抑离忧，道常理，寄劝慰，语不惊人，理却醒心，很有力！

更难得的是，诗人写与友离别这样一个沉重的主题，却选用口语化的诗句，又辅以民歌中常见的一词叠用和双叠对偶的修辞手段，使全诗，音韵谐和，反复咏叹，节奏明快，朗朗上口，自始至终弥漫着一片轻松的气氛。然而读到最后，在轻松的气氛里，却猛然感到诗人在开头一再叮嘱朋友珍重珍重再珍重的千钧之重，油然彻悟人生长久与人生离合的重次，于轻松中品出大道，更笃感诗人杠九鼎而若轻的功力。后来，苏翁东坡在其著名的《中秋》词中能喊出“但愿人长久，千里共婵娟”的伟句，也许是受了此诗的影响吧！

下面我们赏析另一组嘱别诗：盛唐诗人李颀写的《送魏万之京》、高适写的《送郑侍御谪闽中》、杜甫写的《送元二适江左》。这一组嘱别诗的共同特点是，它们在抒发与朋友离别的情感时，均不忘对朋友发出殷切提醒和嘱托，提醒朋友或不要迷失于游乐，贻误锦绣前程；或须谨行宦海，时时提防风波之险；或仕途定要慎言，以免招灾致身；在提醒中彰显出友情之挚和友情之美。

李欣：送魏万之京

李颀写的《送魏万之京》，是一首很有特色的诗：

朝闻游子唱离歌，昨夜微霜初渡河。
鸿雁不堪愁里听，云山况是客中过。
关城树色催寒近，御苑砧声向晚多。
莫是长安行乐处，空令岁月易蹉跎。

李颀，东川（今四川三台）人，是盛唐诗坛才名颇高的诗星，最擅长五、七言歌行体。玄宗开元十三年进士，曾任新乡县尉，后弃官归隐。其诗气势奔放、跌宕多姿。其边塞诗，内容丰富，格调高昂，风格豪放，慷慨悲凉。与王维、高适、王昌龄等著名诗人来往甚密。共有七首诗入选《唐诗三百首》，比高适、刘禹锡、白居易、柳宗元、韩愈等大诗人都多，这首《送魏万之京》亦在其列。

李颀在诗中要送的魏万，后更名为魏颢，也是一位诗人，但其作品流传下来的不多。他不但同李颀情谊甚厚，还特别仰慕和崇拜“诗仙”李白。据说天宝十三年，魏因追慕李白，曾南下吴越寻访，行程三千余里，才得以在扬州拜见。在魏万遍述了自己的经历后，李白大为感动，遂成忘年交，“一长复一少，相看如弟兄。”李白认定这个年轻人日后“必著大名于天下”，遂将诗文稿托付魏万结集。与魏万分别时，李白作长诗《送王屋山人魏万还王屋》相赠，以表情怀：“黄河若不断，白首长相思。”可见与魏万结交之深。魏万不负李白之托，费尽艰辛终于辑成《李瀚林集》，并亲自写了一篇序言。李颀的这首《送魏万之京》，是其晚年隐居颍阳的时候，欲西赴长安的魏万，前来向他辞别时所写。

这首诗融叙事、写景、抒情为一体，以异常含蓄、委婉、细腻的笔触，把至友深情之美，刻画得极其动人心弦。画面生动，音调谐和，意境沉雄而雅健，情思遐远而深竣，让人读时禁不住性情摇荡，神思远致，具有澎湃汹涌、浪逐涛奔的艺术感染力。

首联扣题，先写离情。诗人采用倒戟之法，先说去，“朝闻游子唱离歌”，后说来，“昨夜微霜初渡河”，突出了惜别，而且点出了送别的时间是深秋之季。昨夜，在秋风里你渡河而来，身上落满薄薄的秋霜；今晨，曙色刚一破晓，就听你唱起了游子的骊歌。为啥走得这般急呢？依依惜别之情，浓浓挽留之意，油然而出。这夕来朝去的聚散，不仅道出了两人友情的深厚，还为全诗营造了浓浓的凄清、愁苦的氛围。

二、三两联，诗人以想象之思，浓墨重彩地抒写、烘染魏万西赴长安路途中的孤苦、冷寂和索寞，使对朋友的关切之情，如一溪潜流，潺潺有声。

鸿雁不堪愁里听，云山况是客中过。

此联亦为倒装，借助“云山”、“鸿雁”等景物的渲染，突出他乡游子路途的孤苦和愁伤。由颍阳向长安，一路上穿山越岭。本来面对云山秋色，对于一个生活悠闲或踌躇满志的人来说，还是很迷人的。但对于一个孤零零的又是弗弗赶路的他乡游子来说，感觉只能是空寂、孤凄和萧索，禁不住黯然神伤。更让人不能忍受的是，长天里，那断鸿声声，不时地落入耳廓，更把心里的孤独和愁伤撩拨得剪不断、理还乱，简直难以承受！“云山”与“鸿雁”，两种典型的秋景，把空旷和寂寥，渲染得声色俱浓。“不堪”和“况是”，两个工致的虚词，一呼一应，更是把对友人的关爱，抒写得情切而意深。

关城树色催寒近，御苑砧声向晚多。

这一联，诗人对友人又作了进一步推想。借助“树色”、“砧声”等景物渲染，突出了友人路途的冷寂和风寒之苦。如果说上一联侧重写精神上的痛苦，以示关切，那么这一联则侧重写了生理上的折磨，尤现体贴。从颍阳到长安，要经过古函谷关和潼关等重要关隘。每度过一座关隘，不论是时间上的推移，还是地理上的变化，秋色就更深一重。越往西行，秋色越深，寒气越重，待到长安城下时，恐怕即临换冬衣的时节了。越走越冷，这无疑平添了行走时更多的劳累和痛苦。而这一切，仿佛是树色在作弄，是砧声在捣乱，是渐西渐浓的树色把寒冷催来的，是长安城里急促繁乱的砧声把越来越重的秋色唤来的。所以见树添寒，闻砧增冷。“树色催寒”、“砧声向晚”，有声有色，形象鲜明，惟妙惟肖地刻画出了友人越往西行越冷寂，越往西行越受风寒袭凌的苦况。御苑，代指长安。砧声，就是捣衣声。古代秋季，是思妇们忙着赶制征衣的季节。李白有诗道："长安一片月，万户捣衣声。秋风吹不尽，总是玉关情。"做征衣的布料，须先在砧上，用杵捣平、捣软方可用。所以砧声，即是秋声，砧声越多，秋声越重。从整篇诗的描写特别是此联的上句描写来看，句句写秋，而且层层递进，故"向晚多"中的"晚"字，不应当解释为夜晚或傍晚，那样就与全诗的意思脱节了，特别是与上句的诗情脱节了，而妥帖的解释，我认为应当为晚秋、深秋。

道完声声关切之语，尾联顺势推出临别赠言——尽良友提醒、规勉之义，就是水到渠成的事了。"莫是长安行乐处，空令岁月易蹉跎。"京都长安，是有志之士寻梦的地方，是英才贤能施展才干的舞台，你这般辛辛苦苦一路奔波而去，到了京都，一定要抓住机会，成就一番伟业，千万不要以为长安是个行乐的好去处，整日沉㵸于花街柳巷、歌馆酒肆，空令岁月蹉跎啊！看得出，在这个时候，诗人是很理性的。"莫是"一句的"莫"字，口气近乎严厉，完全是长者对晚生的口吻，不容对方置疑，尽现爱护、关爱之挚。

临别时，他严肃郑重地提醒告诫朋友要注意什么，规勉朋友到一个容易实现人生价值、也容易迷失人生价值的地方，要保持头脑清醒，行为端凛，这是对朋友毫无保留的赤诚和爱护，是对晚辈极端负责任的表现。这种坦荡也足以表明他们是知己深交。如果是泛交，是断不会出此语的。诗人的提醒也把对朋友无微不至的关切推向了顶点，从而使他们的友情之美放射出奇光异彩。魏万还真不含糊，不忘李颀这位长者的规勉，没有辜负李颀的一片爱心，经过自己一番打拼，最终高中鹄的，金榜题名。

这首嘱别诗，最大的艺术特点是，在景物描写中抒情，含蓄委婉，但尾联直抒胸臆，形成跌宕。其次，抒发的感情细腻，从惜别，到关切，到体贴，再到提醒规勉，环环相扣，脉络清晰；从感情的释放层次上，构思精巧，先着力做铺垫，逐步推进，最后高潮突起，戛然而止，张弛有度。在景物描写上，围绕秋色，精心剪裁，突出特点，铺采摛文。"鸿雁"、"云山"、"关城树色"、"御苑砧声"，犹如变化的镜头，一一推出，画面上有声、有色，交响辉映，既强调了抒情的层次，又关照了时间和空间的变化；

再加上语言工致，对仗工整，显得笔致异常多姿。编纂《唐诗三百首详注》的喻守真先生，在谈到这首诗的作法时，就称赞该诗完全符合送别赠行诗的诗法家数。

高适：送郑侍御谪闽中

上面我们赏析了李颀的《送魏万之京》，看到了一个对时代、对朋友有高度责任感的老人，对一个涉世尚浅的晚辈的爱护和规勉，而高适的《送郑侍御谪闽中》，则写出了一个负责任的诗人，对被贬斥到远方的朋友，深切的关怀和爱护。

谪去君无恨，闽中我旧过。大都秋雁少，只是夜猿多。
东路云山合，南天瘴疠和。自当逢雨露，行矣慎风波。

郑御侍为何人不详。侍御，是唐代殿中侍御史或监察御史的简称。闽中，唐代的郡名，治所在今福建省福州市。

高适诗风的基本特点是，感情深挚，意气骏爽，语言端直，笔力浑厚。这首诗正典型地体现了这个特点。很要好的朋友遭贬斥，被发配到边远偏僻的闽中去，这肯定是很伤痛、很落魄的事。高适要送他登程，如何话别呢？意气骏爽的高适，没有把这场送别写成伤别，在赠诗中没有为朋友打抱不平，也没有抒发伤时忧世的叹息和感慨，而是站在人生的高层次上，勖勉朋友往前看，同时又很负责任地提醒朋友，面对宦海风波，一定要谨行。

首联，诗人就发出安慰之语。“谪去君无恨，闽中我旧过。”“谪去”二字点出了“送”字。诗人以一个过来人的口吻对朋友说，君去闽中，无须怨恨，那个地方我曾经待过，没有外人风传的那样可怕。口气里不见沉重，倒透出几分轻松。诗人的轻松，自然会让心里忧惧不安的朋友冰释。

颈、颔二联，字面看尽是闽中风物描写，但提醒之意已经深涵暗藏。“大都秋雁少，只是夜猿多。”意思是说，那个地方到了秋天，很少能看到由北方南来的秋雁，可是到了晚上，很多夜猿会发出啼叫，此起彼伏，声声相应。大雁南飞，夜猿长啼，都是容易唤起人们思归念远的意象。诗人说，大雁虽少，夜深更阑时，从远处传来的烦乱的猿啼，却能把迁客骚人的乡愁，撩拨得揪心裂肺。另外，古代有鸿雁传书之说，故大雁少，亦暗含道路阻隔、音信难通之意。猿栖山中，故夜猿多，也暗含山重岭峻、人烟荒疏之意。诗人用这两句景物描写，是在暗暗地提醒朋友，去闽中固然没有人们传说的那么可怕，但那里毕竟不是经济发达、交通方便的中原和淮南地区，你去前一定要有思想准备，即要准备忍受孤寂之苦和思乡之痛。“东路云山合，南天瘴疠和。”这两句诗，进一步写出了闽中一带自然环境的恶劣和艰苦。第一句，具体写闽中地区山高云障，路不堪行，第二句写闽中疾病猖獗，人受其害。晚唐诗人杜荀鹤，写过一首有名的乡情诗《闽中秋思》，诗中说：

雨匀紫菊丛丛色，风弄红蕉叶叶声。
北畔是山南畔海，只堪图画不堪行。

这首诗明确写出，闽中的北面，全是崇山峻岭。闽中的南面，则是波涛汹涌的大海。看起来风景如画，可行走起来却是困难重重，所以才浩叹“只堪图画不堪行”啊！

高适诗中的后两句风物描写，再次暗暗提醒朋友，一定要有第二个思想准备：要耐得住环境的艰苦，要顶得住病魔的侵扰，要在艰苦的环境中时时保重自己。当然，这样的提醒，诗人不是用议论来写，而是把对友人的无限关切溶入景物描写之中。

从诗的整体内容看，诗人最关注、最担忧的，还不是朋友能否适应环境的剧变，而是他宦海罹挫之后，会不会从此心灰意冷，一蹶不振，最终失路误身。因此，诗人在尾联就自然而然地，把赠别的重点，放到了激励朋友向前看上来了。

自当逢雨露，行矣慎风波。

诗人说，朋友啊，千万不可泄气，向前看，相信定会重新得到朝廷的重用。但毕竟宦海沉浮，风高浪险，因此，此去闽中，定须谨行，切不可因委屈或因受打击而行为唐突越矩，授柄于人。诗人先宽解、激励，再提醒，感情真挚，语言坦直，暖人心脾，又醒人心脑。他们这种壮美的友情，真让人由衷地赞叹！

这首嘱别诗，写得自如之极，精炼流畅，清爽俊逸，不见经营造作之痕。抒怀解忧，肝肠似火，感情弥满，层次井然。特别是诗的情调，虽含悒郁，但不低沉；励人之语，虽如浪奔，但纵中有敛，把安慰、关切、宽解、激励、提醒的感情活动，把握得轻重有度。且抒情慰友，笔姿灵动，有直有婉，亦显亦隐，跌宕有致。把送友人远谪之诗，写得如此哀而不伤，怒而不愤，昂而不扬，激而不烈，诗人的胸怀风采和驾驭题材的功力，可见一斑。

杜甫：送元二适江左

高适这首嘱别友人的诗，提醒友人在复杂的宦海风波里要谨行，而杜甫写的一首嘱别诗《送元二适江左》，则提醒友人在宦海风波里要慎言。诗文如下：

> 乱后今相见，秋深复远行。风尘当客日，江海送君情。
> 晋室丹阳尹，公孙白帝城。经过自爱惜，取次莫论兵。

杜甫这首诗写于广德二年（公元 763 年），当时他正流寓梓州。他要送的友人元二，名事不详。从“适江左”来看，他是要往长江下游的南岸地区去。

这首诗前四句言叙别，后四句写寄语，字里行间既渗透着历乱之人的酸楚，又洋溢着友人之间的挚意。

首联从友人离去写起。乱，即安史之乱。那一年祸国殃民的安史之乱刚被平息，故曰乱后。诗人说，让人诅咒的连年战乱刚刚灰飞烟灭，你我又得以相逢，这是多么让人高兴的事啊，可你马上又要离我远行，到遥远的大江之南去，更何况是在这萧疏衰飒的秋深之季，我的心里一下子又装满了寂寥和苍凉呀！惜别之情，历历可见。

颔联接下来才写送别。风尘，亦指战乱，其内涵却极为丰富：安史之乱虽息，但社会动荡的局面仍在继续；安史之乱刚定，吐蕃之乱又起于西北，甚至一度把战火烧入长安，天下惊恐；安史之乱后，各地藩镇乘靖难之际，拥兵自大，割据一方，已为新的时局纷扰之患。诗人在这一联说，在这兵接祸连、动乱不息、和平无期之秋，我这个“万里悲秋常作客”的天涯孤客，飘泊游子，还要客中送客，真是心乱如麻，别有一番滋味在心头。不过，那茫茫江海，万里烟波，就如我对你的友情，可以随时随地陪伴你孤寂难挨的旅途。客心自酸楚，犹怜远行人，其挚友之心，让人动容。

接下来，诗人把笔刹住，调整了情绪，跃入理性的天空，对朋友的离去由情慰转入理喻。“晋室”二句，诗人先告诫朋友，你这一去，要途经很多藩镇割据之地。弦外之言，风险颇多。这里诗人用了两个典故。丹阳，郡名。这里指东晋时，晋元帝于大兴元年，把丹阳郡改成了丹阳尹一事。故诗中的丹阳尹，不指人而指地；公孙，即东汉时的公孙述。这里指东汉初期，公孙述把自己所据的鱼复县，易名为“白帝城”，并自号“白帝”一事。白帝城，位于今四川奉节县东。诗人用这两则典故，委婉地道出藩镇割据的险恶环境。“经过”两句，诗人坦诚地向友人发出了劝勉和提醒。“取次”，随便的意思。诗人说一路上你要自重自爱，要有自我保护意识，且不可随便议论军事方面的事。言外之意，就是不要得罪那些藩镇势力，以免引祸招灾，出现始料未及之事。出此语定本于挚情，故提醒之语，表达的是对友人无限的关切和深忱的大爱！

安史之乱后，杜甫流寓巴蜀，较多的时间过着飘泊无定、靠人接济的生活，物质上的困苦，精神上的忧愦，以及人格上的蒙羞，使他内心十分凄楚。这有杜甫的诗为证：

洛城一别四千里，胡骑长驱五六年。
草木变衰行剑外，兵戈阻绝老江边。
思家步月清宵立，忆弟看云白日眠。
闻近河阴近乘胜，司徒急为破幽燕。

——《恨别》

即今倏忽已五十，坐卧只多少行立。
强将笑语供主人，悲见生涯百忧集。
入门依旧四壁空，老妻睹我颜色同。
痴儿不知父子礼，叫怒索饭啼门东。

——《百忧集行》

这些诗如同全息摄影，真实地记录了杜甫在漂泊的岁月里生活的苦况。但杜甫是一个有高度政治责任感和社会责任感的诗人，不论自己遭遇多么悲惨，都时刻不忘国家的安危，时刻把人民的忧喜记挂于心。从这首嘱别诗里，我们看到的是一个历经离乱、动荡和酸楚的杜甫，对友情还那么尊重和珍惜，对友人仍那么挚爱和保护，确实为之感动。

与上面这组嘱别诗不同的是，王维写的《送梓州李使君》、陈子昂写的《送别崔著作东征》、杜荀鹤写的《送人宰吴县》、郎士元写的《送别钱起》，章孝标写的《送金可纪归新罗》，在临别赠言中均不发提醒之语，而是对朋友寄予殷切希望。

王维：送梓州李使君

我们先赏析王维写的《送梓州李使君》：

万壑树参天，千山响杜鹃。山中一夜雨，树杪百重泉。
汉女输橦布，巴人讼芋田。文翁翻教授，不敢倚先贤。

王维这首投赠诗，是送李使君入蜀赴任而作。但名为“送”李使君，却无一句写“送”。它甩开了一般送别诗抒发儿女情长之感情小天地的写法，站在治国化民的大境界上构思、立意、着笔，写对朋友的殷切希望。所以通篇情调开朗，格调高扬，而无一句伤感之语，亦无一句惜别之词，读后人心鼓舞。

诗的前四句，描绘蜀地壮美雄奇的山光水色。那里的千山万壑，古木参天，风吹浪起，涛声连绵；密林深处，时时杜鹃高唱，一鸣百和，歌喉婉转；入夜，春雨飘洒，万籁齐喧，晓来一看，水作百瀑，飞流而下，真如玉帘垂天。诗句气势壮阔，意境雄浑。这是赞扬梓州风景壮丽。次二句写梓州风俗和民情。那里是民族地区，民风淳朴，汉女以橦布交税，巴人有时为芋田诉讼。当然这两件事也高度概括了李使君的政事。橦，指四川木棉树果实上的毛，可以用来织布。从诗人的笔调来看，这六句是对李使君说：你将赴任的那个梓州，是一个好地方啊！

当然，五、六两句也暗示了梓州还比较偏僻，这就很自然地引出了诗人的大立意。诗人最后引用一个治蜀的典故，向朋友提出了殷切希望。“文翁翻教授，不敢倚先贤。”文翁，西汉景帝时的蜀郡太守。据《汉书·循吏记》载：文翁，少好学，通春秋。为蜀郡太守时，见蜀地僻陋，欲诱进之。选郡县小吏开敏有才者，遣诣京师，受业博士。又修起学宫，招下县子弟以为子弟，由是大化，比齐鲁焉。文翁大兴教化，播散文明，竟把一个僻陋之地，治理得可与齐鲁媲美，可见文翁是个很有建树，很有才干的太守。诗人以文翁喻李使君，就是对友人寄予大望，希望他不要辜负梓州那块好地方，不要辜负先贤的心血，应该在梓州这个好地方大显身手，大展宏图，创造一番大业绩，使自己的功业超过前代先贤。翻，翻然改图之义。倚，倚靠，此句是说，不敢倚先贤成绩而泰然无为。

诗人送别友人时，“遥襟甫畅，逸兴遄飞”，思接千载，神通万里，视野极其开阔，心里涌动着崇高的历史责任感。他以大胸怀，高标准，站在时代的高度，融友情和责任为一体，对朋友提出很高的希望，把爱友之情和爱国、爱民之心有机地统一到诗句里，笔力极其雄健。读这样的诗句，让我们感到，诗人对朋友的情谊、对国家对人民的责任感，与蜀地的大好河山一样，奇丽壮美。诗人不屑于表面写“送”，而是通过诗情把我们引入“送”的大境界，不愧为大手笔。

陈子昂：送别崔著作东征

王维是送朋友赴任，而陈子昂的《送别崔著作东征》，是送朋友随大唐军队出征作战，故对朋友寄予的希望也有很大差别。我们先读诗文：

金天方肃杀，白露始专征。王师非乐战，之子慎佳兵。
海气侵南部，边风扫北平。莫卖卢龙塞，归邀麟阁名。

这首诗，题目又作《送著作佐郎崔融等从梁王东征》，作于万岁通天元年（公元696年）。这一年，契丹在大唐北疆发动叛乱，唐王朝派兵征讨。契丹辖地在今河北、辽宁一带，在帝都长安之东，故称东征。崔著作，指崔融，字安成，齐州全节（今山东历城附近）人，时任著作佐郎，以掌书记身份随军出征，故名崔著作。

“金天方肃杀，白露始专征”，首联即以雄阔峭拔之笔点明了出征送别的时间和此次出征的正义性。金天，即秋天。白露，节气名，为立秋后第三个节气。诗人在诗序中曾写道，“古者凉风至，白露下，天子命将帅，训甲兵”，大唐王朝这次东征平叛，选择在秋气肃杀的时节，正是顺天意而为，“昭我王师，恭天讨”。这就暗示出大唐此次兴师讨逆，是举仁义之师，讨伐不义。一开头就用“肃杀”、“白露”等词，很好地渲染了送别时肃穆、凛然的气氛。

第二联诗人转入送别的主旨，但写得委婉：“王师非乐战，之子慎佳兵”。这是说，虽然此次兴兵是“恭天讨”，但也是不得已而为之。因为，王师不喜战伐，以仁义为本。统治者当垂恤生灵。“之子”，指崔融。“慎”，当心。“佳兵”，指精良的军队。《老子》：“夫佳兵，本不祥物，或恶之，故有道者不处。”诗人在这里告诫朋友“慎佳兵”，就是力劝崔融此去千万当心，不要以为是讨伐不义，就误认为可以滥用兵力，一定要少杀戮。这两句，名为歌颂王师，实则规谏崔融，只不过含蓄而已。

五、六两句，诗人借助想象，以生动贴切的比喻表现战场形势，盛赞唐军定能所向披靡，席卷叛军，大获全胜。诗人用“海气”喻贼势，点出贼军气焰甚炽，如海气之弥漫、笼罩。以“边风”喻唐军威力之无阻，风扫气散，其强劲、磅礴之势，如在眼前。北平，郡名，在河北，初唐时称平州，这里指契丹叛军的巢穴。

末二句呼应三、四句，在前面规谏的基础上，诗人又借用两个典故，进一步向朋友提出希望。卢龙塞，古代是河北通往东北的交通要道。史载：建安十二年（公元207年），曹操北伐乌丸，有田畴献奇计，引曹军出卢龙塞，大败乌丸。曹操大悦，欲对其厚封，不料田畴壮曰：“岂可卖卢龙之塞，以易赏禄哉？”坚拒不受。（《魏志·田畴传》）；麟阁，即麒麟阁。西汉武帝时，曾画十一名功臣形貌于其上。后来人们就常常以麒麟阁作为功成名就的象征。诗人借用这两个典故表明，一方面力主平叛，正如他在诗序中大赞崔融等出征时“酒中乐酣，拔剑起舞”、“气横辽碣，志扫獯戎”的豪气；另一方面，他又反对滥用武力，反对将领们为了贪功邀赏，为迎得皇上欢心就随意扩大战事。希望崔融等将士能像田畴那样，以国家大局为重，淡泊名位。诗人的用心极明，即以古人的风范、表率激励友人，希望友人也能在这方面表现出高风亮德。

诗人以战争的正义性为前提，先规勉朋友“慎佳兵”，然后再提出自己的殷切希望，既要坚决平叛，又要有利有节，决不可为贪功邀名，而扩大战事。出语坚决，正气凛然，襟怀博大，宅心仁厚。既为国家着想，又为朋友着想。诗人从政治上、品节上关心爱护朋友之情，与前面王维在诗中抒发的情感，异曲同工，都令人撼动。

有些送别诗是达不到这个程度的。比如与陈子昂一起为崔融送行的著名诗人杜审言，也同时写了一首赠别诗《送崔融》，其思想性与王诗、陈诗相比，就逊色多了。

君王行出将，书记远从征。祖帐连河阙，军麾动洛城。
旌旗朝朔气，笳吹夜边声。坐觉烟尘扫，秋风古北平。

这首诗，大笔挥洒，在描绘送行场面之雄壮，唐军气势之威猛，抒发征伐之师必将如秋风扫落叶一般取得胜利的豪情方面，气势恢宏，撼人魂魄，很出色。但遗憾的是，却看不出与朋友的深切情谊，也看不出诗人自己的襟怀品格，其思想内涵就显得空洞和贫乏。

杜荀鹤：送人宰吴县

晚唐著名诗人杜荀鹤，他写过一首嘱别诗《送人宰吴县》，倒可以与王维、陈子昂的诗媲美。请看诗文：

海涨兵荒后，为官合动情。字人无异术，至论不如清。
草履随船卖，绫梭隔岸鸣。惟持古人意，千里赠君行。

在本书第二章《爽别》中，我们已经说过，杜荀鹤是晚唐诗人中一位比较关心人民疾苦的诗人。他在《自叙》一诗中，发表过自己的创作宣言："诗旨未能忘救物"。这首诗也是一个明证。

这首诗起首二句劈头就说：朋友，你受命于兵荒马乱之后，去担当吴县县令一职，更应当有体恤百姓、爱护百姓的高度责任感啊！这一下子就为这首嘱别诗敲定了高亢的主旋律。"海涨"，即沧海横流，此处比喻社会连年动乱。唐朝晚期，朝廷与藩镇，藩镇与藩镇，战事不断，兵连祸接，百姓饱受动乱之苦，生活在水深火热之中。海涨兵荒，即指此。"合动情"，是说应该动情。"合"，应该的意思，"动情"，指对治下的百姓要体恤同情。

但是怎样做才能体恤爱护百姓呢？诗的三、四两句斩钉截铁地做了回答：

字人无异术，至论不如清。

诗人在这里用了一个典故：《逸周书·本贤》曰："字民之道，礼乐所生。""字人"，即抚爱、养护人民。诗人化用这个典故，直截了当地告诉朋友说，体恤爱护人民没有特别的招数，最关键的，也是首要的，就是一定要真正做到清正廉明，这比任何空洞美丽的高谈阔论都奏效，正所谓公生明、廉生威也。在诗人眼里，"情"，即爱民，乃是为政之道。"清"，即清廉，乃是为官之道。有了这两条，吴县方可治也！很显然，诗人在送别朋友赴任时，对朋友提出这两条要求，既是规勉，又是献策，对朋友的真情挚意，注满了诗句，那颗赤诚之心，真是可触可及。

有了这两条垫底，接着诗人对朋友就提出了希望。“草履随船卖，绫梭隔水鸣。”这是一幅诗人期望中的太平图。你看：江南水乡，河湖交错，舟船连绵，叫卖声声，此起彼伏，售购和谐；河湖两岸，村落簇簇，所到之处，机声轰鸣，隔水交响，美似音乐。这是一幅多么兴旺安乐的社会图景啊。诗人就是希望朋友把吴县治理成这个样子。然而，诗人的期望之图，怎样才能在不久的将来变成现实呢？

惟持古人意，千里赠君行。

诗人说，希望你谨记古代圣贤之言，并把它认真付诸实践，如此这般，就一定会把吴县治理得经济繁荣，物阜民丰，太平安宁。这就是我送给你的临别赠言啊！

这首诗，自始至终贯穿着两个“爱”字，一个是爱民，一个是爱友，并在行文中让这双爱互映互衬，使诗人的高尚情怀和诗人对待友谊的严肃态度，妙合无隙，交相辉映，产生了很好的艺术效果，读后让人肃然。

郎士元：送别钱起

与前面赏析的三首诗不同，中唐诗人郎士元在《送别钱起》一诗中，写对朋友的希望却另有笔致。

暮蝉不可听，落叶岂堪闻。共是悲秋客，那知此路分。
荒城背流水，远雁入寒云。陶令东篱菊，馀花可赠君。

郎士元，生活在盛唐晚期、中唐初期的著名诗人，大历十才子之一，字君胄，中山（今河北定县）人，生卒年待考。唐天宝十五载登进士第。唐宝应元年补渭南尉，历任拾遗、补阙、校书等职，官至郢州刺史。郎士元与同时期的著名诗人钱起齐名，世称“钱郎”。在他们生活的那个年代，其诗名甚盛，当时有“前有沈宋，后有钱郎”之说。其创作中多投赠送别之作，尤擅五律，或凝炼浑厚，或真切自然，有不少佳句、佳联为世人所称。如“春色临边尽，黄云出塞多”（《一作送彭将军》），“河源飞鸟外，雪岭大荒西”（《送杨中丞和蕃》），“马上相逢久，人中欲认难”（《长安逢故人》），“车马虽嫌僻，莺花不厌贫”（《送张南史》）等诗句，均有特色，传诵颇广。这首《送别钱起》，就是其五律之作中的佳品之一。

诗一开始就借景物极力烘托渲染两人的离情。“暮蝉不可听，落叶岂堪闻。”傍晚时分，寒蝉乱嘶，声声凄切，已不卒听，更何况还有那“无边落木萧萧下”的秋声，阵阵传来，真让人受不了啊。“共是悲秋客，那知此路分。”在这个时候，你我两个羁旅他乡的游子，又要临岐分离，各奔东西，我简直要崩溃了！伤情之弥漫，简直连天地都要为之动容了。

五六句又是写景：

荒城背流水，远雁入寒云。

一江秋水无语，离开了这座由于被秋色笼罩而显得异常萧索的城郭，向着邈远的东方流去了。数行大雁有声，在寒冷的秋风里唱着哀婉的歌，匆匆的身影一会儿就消逝在了南天的浓云里。水流长，雁飞远，这些富有特征的秋景，更渲染了离人的悒悒依依，黯然苍凉，使诗的伤情又加重了一层。不仅如此，这样的景物描写还暗含了象喻。秋水东去，雁阵南飞，各有所之，这不正是诗人和友人分离后各自远走高飞的象征吗？

“陶令东篱菊，馀花可赠君。”尾联说，此地一别，关山相隔，天各一方，再会何期？我本来应当送你一件礼物做个纪念，可无物可赠，就摘采一朵还未残谢的菊花送给你吧。陶令，指东晋大诗人陶渊明，归隐前曾为彭泽县令。东篱，即菊园，陶渊明有诗：“采菊东篱下，悠然见南山。”后人即把东篱代指菊园。这首诗诗题又作《周至县郑砹宅送钱大》，这里把郑砹比作陶渊明了。

秋菊，历来是文人眼中品节高洁的象征。“秋菊绕舍似陶家，遍绕篱边日渐斜。不是花中偏爱菊，此花开尽更无花。”（元稹《菊花》）诗人最后采菊赠友，不是随意为之，而是“此中有真意”（陶渊明句）。从诗中用秋景秋色一再渲染离别的氛围中，我们隐约地体味到，这不仅是在描写离别的自然环境，也委婉地透露了诗人和友人当时所处的政治环境之肃杀，诗中展现的那幅郁闷压抑的悲秋图，也可以说正是他们所遭逢的政治环境之心灵投影。所以诗人采菊赠友，可谓用意深隐，就是殷切、真诚地希望友人在恶劣的逆境中，要经得住摧残、折磨和委屈，要效九秋之黄花，不卑不屈，“春露不染色，秋霜不改条”（晋·袁山松《咏菊》），秉持一身正气，不改凌寒傲霜之品节，不失凛然孤高之人格，“黄花白发相牵挽，付与时人冷眼看”（宋·黄庭坚《鹧鸪天》）。这是对世俗庸流的蔑视，是对庸人俗夫冷眼相视的傲倪和无畏。这朵小小菊花的重量，可力敌千钧矣！

送君千里外，意在一花中。诗人做而不述，以花赠友，胜过多少言语？把自己对朋友的希望，全凝结在赠花这一动作里，委曲隐微，含而不露，韵致幽远，全合诗之用语韵味。另外，从全篇来看，尽管诗人重笔涂抹，把离别的伤情渲染得如浓云满天，密不透风，但理性的光束，仍然穿过云隙，放射出绚烂的光彩。

章孝标：送金可纪归新罗

中唐诗人章孝标写的《送金可纪归新罗》，与前四首嘱别诗都不一样，是专为一个外国人写的投赠诗：

登唐科第语唐音，望日初升忆故林。
鲛室夜眠阴火冷，蜃楼朝泊晓霞深。
风高一叶飞鱼背，潮净三山出海心。
想把文章和夷乐，蟠桃花里醉人参。

章孝标，字道正，章八元之子，诗人章碣之父，桐庐人。元和十四年进士第，除秘书省正字，太和年间，任大理评事。在元和、长庆年间，颇有诗名，与当时著名诗人白居易、元稹、李绅、杨巨源、朱庆余等有过交往酬唱。章孝标诗才敏捷，据传，李绅镇守扬州时，于宴集上，以“春雪”命题赋诗。章孝标下笔立就：“六出飞花处处飘，粘窗著砌上寒条。朱门到晚难盈尺，尽是三军喜气销。”满座皆惊服，李绅也很赏识。章孝标登第前也有过落第的经历，当时落第者纷纷写诗骂考官，章不从众，却写了一首《归燕》诗留给了主考官庾承宣，诗曰：“旧累危巢泥已落，今年故向社前归。连云大厦无栖处，更望谁家门户飞。”庾阅后，后愧未取这个有才华的举子。第二年开试，庾仍为考官，便点录了章孝标。《全唐诗》收录章作60余首。

章孝标这首《送金可纪归新罗》，写于他任京官时，他要送别的朋友是个“新罗”人。“新罗”，即今天的韩国。唐代时，从国外不远万里来大唐游学、经商的书生、僧人、棋客、商人很多，其中来自韩国的也不少，诗人要送走的金可纪就是其中的一个。据史料记载，金可纪曾先后两度来唐，其人“沉静好道”，又说他“博文强记，属文清丽。美姿容，举止言谈，迥有中华之风。”还说他登唐科第后，曾往终南山隐居，过了一段隐士岁月后才归国，后来再次赴唐。

诗之首联写新罗友人金可纪在大唐科举登第后，每当清晨看到海日从祖国的方向腾空而起的时候，心里也屡屡升腾起回归故土的欲望，当然送别之意也暗含其中了。一个外国人，参加大唐科举荣题金榜，可见才华脱颖不凡。诗人赞扬他“语唐音”，不只是说他能讲唐语，也含有精通汉文化，崇尚并能写作汉语诗歌之意，即“迥有中华之风”。诗人赞扬了友人游学的成功，对友人思归故国之切深表真忱理解。

二、三联诗人以浪漫的笔触，设写了友人回归故土时在大海上航行的壮阔情景，词采瑰丽，想象奇特，逸兴遄飞，意境浑涵。“鲛室”“蜃楼”两句，写友人的一叶小舟，夜晚驶入了海底鲛人居住的地方投宿，尽管那里灯火通明，但仍感到阴冷；到了清晨，绚丽的朝霞仿佛从大海的深处射出，把无涯无际的大海染成七彩锦缎般的时候，友人的舟乘又停在了神秘的海市蜃楼前了。诗人在这里使用了一个神话传说，晋《搜神记》卷十二载：“南海之外，有鲛人，水居如鱼，不废织绩，其眼泣，则能出珠。”诗人援此入诗，使友人的航行充满了浪漫色彩，既奇险又多趣。“风高”“潮净”两句，写友人舟乘在风高浪险时，仿佛就是在巨鳌宏鲸之背上颠簸而行，而到了潮退海平的时候，却有幸看到了仙气弥漫、祥云缭绕的蓬莱、方丈、瀛洲三座神山浮出水面。真是既让人惊心动魄，又令人新奇兴奋。诗人在这里又使用了一个神话传说，《史记·封禅书》载：“自（齐）威、宣

（王）、燕昭（王）使人入海求蓬莱、方丈、瀛洲，此三神山者，其传在渤海中，去人不远。患且至，则船风引而至。盖尝有至者，诸仙人及不死之药皆在焉。其物禽兽尽白，而黄金银为宫阙。未至，望之如云；及至，三神山反居水下；临之，风辄引去，终莫能至”。海上有神山之说，虚无缥缈，系传闻而已，正如“诗仙”李白所说：“海客谈瀛洲，烟涛微茫信难求。”章诗却说，在风去浪静、潮退海平之时，友人在大海上看到了三座神山出现，这样就使友人的大海航行更增添了几层浪漫气息。诗人把友人的大海之行描绘得如此瑰丽多姿，充满奇趣，实际上饱含了良好的祝愿，他祝愿友人在大海航行中，一路平安，一路愉快；即便遇到艰难险阻，也一定会遇难呈祥，有惊无险，千可不要有什么忧虑。其殷殷之情，耿耿之心，正如那千重海浪，万顷波涛。

末联诗人提出了希望：“想把文章和夷乐，蟠桃花里醉人参。”大概在平时的交往中，新罗友人金可纪曾向章孝标豪谈过自己的宏伟抱负，即把大唐文明带回新罗，使之与新罗文化融合，以此促进新罗文化的勃兴和创新。所以诗人在最后说，那就希望你回到故国后，让这个宏伟抱负梦想成真吧！诗的最后一句，因为又引用了一个神话传说，美丽奇幻，异常动人。“蟠桃花”，给人以春意盎然之感，色彩艳丽之悦，在蟠桃花盛开的时节，东风和煦，天光明媚，花团锦簇，香气弥漫，别说人了，就连生长在树下的人参，也被这景色迷得一个个呈现出醉态，这是一幅多么美妙的春光图啊！“蟠桃花”，诗人在这里是把它作为大唐文明的象征来使用的。因为西王母的传奇，在中国家喻户晓，什么瑶池蟠桃园、蟠桃会、蟠桃仙境，是中国人经常津津乐道的话题。更何况，当时的大唐文明，处于世界的领先地位，是当时人类社会先进文明的代表，是很多国家向往、崇拜、仰慕的文明，她正如美丽的“蟠桃花”，嫣婉烂熳，芬芳姝秀。在他们的心目中，大唐文明那就是他们日思夜想、梦寐以求的人间“仙境”。诗人巧妙地把“蟠桃花”和“人参”组合在一个画面里，就是对朋友说，希望你的宏伟抱负梦想成真吧，把大唐文明化为故国新罗现实的乐土，那样你们国家的人民肯定就会陶醉在“仙境”里了。新罗盛产“人参”，因此诗人就用“人参”指代了友人的故国新罗。

这首诗最大的特点是诗人成功地运用了浪漫主义的创作方法，而构成浪漫主义创作方法的主要元素，就是诗中化用、借用的一连串的神话传说。这些神话传说，就像熠熠生辉的珠宝，把诗情打扮得瑰丽多姿，把读者引到了一个奇幻迷离的艺术境界，让读者获得了巨大的审美享受。特别是尾联，诗人把自己美丽的希望，仍寓于美丽的神话传说里，不仅保持了诗的情调整体的和谐和统一，避免了若用说教而带来的不协合，而且为诗的意境增添了暖色调和奇丽之妙。我们赞叹诗人的想象力！

最后我们再来赏析一组嘱别诗。这组嘱别诗既不对朋友进行规勉、劝慰，也不对朋友发出提醒或提出希望，而是满怀深情地对朋友进行开导、劝告。

许浑：送友人罢举归东海

先看中唐诗人许浑的《送友人罢举归东海》：

沧海天堑外，何岛是新罗？舶主辞番远，棋僧入汉多。
海风吹白鹘，沙日晒红螺。此去知投笔，须求利剑磨。

从诗的题目看，诗人送别的朋友是一位在大唐应试落第的新罗人。归东海，就是回新罗。

诗的首联即入题。茫茫大海，万里波涛，哪一个岛子是你的家乡啊？明写友人故国之远，暗写海行的艰辛。颔联写新罗和大唐海上友好往来之盛。棋僧，指棋客和僧人。这里泛指来大唐的新罗学子、使臣、僧侣、棋客、商人。这联的大意是：此次海行，路途遥远，但好在航道上风帆高举，画鹢翩翩，你来他往，商旅相呼，况且回去的也不是你一个人，我想也不会感到孤独的。颈联用热情之笔，赞扬友人故国之美，说矫健的海鸟，凌空展翅，搏击海风，旋舞翱翔，雄姿何其瞖美。而红色的海螺，躺在金色的沙滩上，尽情享受着暖日的爱抚，又完全是一副陶醉悠闲的样子。鹘鸟旋飞，沙螺晒日，这是典型的岛国风光。同时，这一联也为尾联悄然做好了铺垫，唤出了尾联。

此去知投笔，须求利剑磨。

大概诗人与友人话别时，友人谈到了自己有投笔习武的想法，所以诗人用鼓励的口吻说，朋友啊，此番回国，大可不必为落第而懊丧，投笔从戎，炼就一身好武艺，同样可以实现报国之志。大路朝天，各走一边，就像那海鸟和海螺一样，不论是凌风举翼，还是沙滩晒日，不都为海岛的风光增添了美丽吗？扫尽心头沉郁的乌云吧，另一条阳光之路正召唤你去奋斗呢！你看，尾联完全是对朋友的开导。这也是全诗的主旨。

首联寓关切之意，颔联隐安慰之情，颈联藏海阔天空之暗示，尾联顺势推出开导，勉其不必阻于一途，丝丝入扣，环环相连，或抒情，或写景，或叙事，或议论，均扣友情主脉而发，首尾贯通，意脉圆合。虽然从整篇诗的内容和结构来看，意蕴还欠丰深，行文亦少波澜，艺术平而乏奇，但诗中对一个外国游子、落第学子所流露的友情，却溢句满词，真挚而热切，读后仍让人感发。

李白：送友人入蜀

最后我们来赏析李白的《送友人入蜀》：

见说蚕丛路，崎岖不易行。山从人面起，云傍马头生。
芳树笼秦栈，春流绕蜀城。升沉应已定，不必问君平。

有人说，这是一首以描绘蜀道山川的奇美而著称的抒情诗，甚至说是一幅壮丽的蜀道山水画。我认为似有不妥。

实际上，这首诗自始至终紧扣诗题，围绕着“送友人”抒写了真挚赤诚的友情，诗中关于蜀道的景物特写，确实精彩绝伦，但它完全是为了写友情而虚拟的。

从诗的尾联看，诗人送的友人是一个政治上失意的人。但这个人是谁？他从何处入蜀？诗人在哪儿为他送别？诗中均不着墨。只是从诗的第三联

"芳树笼秦栈"一句中窥见，友人是从"秦"入蜀的。而由秦入蜀之途又始自京都长安，所以我们猜测，友人是从长安出发去四川，诗人也是在长安为友人送行的。友人入蜀的目的地是成都，因为诗的最后一句"不必问君平"，透露出友人入蜀的目的地即是成都。君平，即严君平，是汉代活动于成都的一位算命先生。据《汉书》卷七十二载：蜀有严君平，卜筮于成都市，有问卜者，则依龟著为言利害。

友人既是由秦入蜀，那蜀道就是必经之路。但是，从诗的首句看，诗人本人没有亲自涉足过蜀道，友人在此之前亦未涉足过蜀道。那今天要送友人入蜀，总要说一些祝你一路顺风、平安的话吧，可从哪儿说起呢？出人意料的是，诗人竟以"见说"领起了全篇。

见说蚕丛路，崎岖不易行。

"见说"，就是听别人说。"蚕丛"，据称是古蜀国开国之君，这里指蜀地，故"蚕丛路"即指蜀道。临别之际，诗人首先对友人说：听别人说，入蜀的道路，崎崎岖岖，很难走啊！既然是听说，那就是传闻。传闻有真有假，有虚有实，也可能有夸大，也可能有不及，这就获得了随意抒写的自由和驰骋想象的空间。这确实显示出李白卓越的艺术才华和高超的写作技巧。

颔联承接上联的"不易行"，展开了蜀道的具体描写：

山从人面起，云傍马头生。

壁立千仞，迎面而来，这是写山崖之陡。

云气翻滚，傍马而生，这是写山道之高。

这一陡一高，就展示了一幅异常生动的登山图，而藏在这幅登山图背后的是一个"难"字，这就把"不易行"之语形象化、具象化了。特别是一个"起"字，一个"生"字，极富动态感，赋予了画面形象鲜活跃动的生命。

不过，诗人是"送友人入蜀"，而不是"阻"友人入蜀，所以诗人在描写蜀道之“难”时，把握得很有分寸，不是一味地写“难”，没有把“不易行”写成“不能行”。仔细品味这两句诗，就会体觉到，这两句诗与诗人著名的杰作《蜀道难》的题旨大不相同，不仅写了“难”，还写了“奇”，不仅写了“险”，更写了“趣”。峰回路转，一座座悬崖峭壁迎面而来，奇彩纷呈，有目不暇接之感；崎岖险仄的栈道悬空绕山，人马行走，如驾雾腾云一般，有垂临仙境之妙。这样的旅途景色，不仅有艰难的一面，也还有诱惑性的一面。可以看出，在诗人描绘的这幅险、难、奇、趣的登山图里，既含有提醒友人一路小心之意，也含有祝友人一路平安之愿，还含有劝导友人放松心情、权当旅游、且莫放过险中得趣之心。仅仅十个字，把对朋友的关切之情写得如此丰盈厚重，委婉细腻，且境界雄胜奇幻，韵味醇永，确实是千古妙联。

如果说颔联主要突出一个“难”字，那么颈联则主要突出一个“美”字。

芳树笼秦栈，春流绕蜀城。

诗人对朋友说，入蜀之途，可不全是重崖叠嶂，谷深壑险，也有风景旖旎之处。有的地段，芳林茂密，绿荫笼翠，特别是进入蜀地平原以后，更是春江环城，绿水如蓝，大地锦绣。所以，这一路上，不只是苦难与你打交道，欢乐也会不时地来陪伴你呀！这更是怕朋友被种种“见说”的传闻吓住，热心地帮他矫正视角，调整心态，让他既看到苦的一面，也要看到乐的一面，送他带着阳光心情和坚定的信心踏上征程。对朋友的这般情谊，真让人感动啊。

前面两联，诗人写了对朋友路上的关切，但最让诗人关切的，是朋友到了成都以后的状况：

升沉应已定，不必问君平。

这一联“问君平”句透露了友人入蜀的原因。看来，朋友不辞辛苦地入蜀，是到成都去求功名、求发展的，否则“问君平”干啥呢？京都长安，是大唐的政治文化中心，是当时世界上最繁盛的国际化大都市，也是各类有抱负有才华的志士仁人最理想的寻梦圆梦的地方。诗人的朋友，不在长安求发展，却远去成都寻梦，可见他在长安不得志，不得意，待不下去，才下决心远走高飞，到外地另寻高就。诗人对此心知肚明，而且从“升沉应已定”的诗句中，我们还知道，诗人心里还很清楚，“升沉”已定，朋友到成都后，高“升”的可能性极小，恐怕仍会“沉”下去。所以才用尾联开导朋友说：关于政治上的“升沉”嘛，看样子也就不过如此了，你到了成都，不要再和命运较劲了，就不必再去苦苦寻求像严君平那样的术士为此事去占卜算卦了吧！诗人的开导，饱含着对朋友的挚爱，饱含着对朋友的坦诚，也深深寄寓了同情。诗人的朋友满怀希望去成都寻梦，然而一旦梦想幻灭，大失所望，很可能受不了这一残酷现实的打击，而永世消沉而颓唐，甚至痛不欲生。诗人的开导无异于一济清凉散，给朋友降降温，让朋友有个心理准备；另外也含有开导朋友想开点，不要把官场升沉看得那么重，“升”，固然可贺，“沉”，也不必可悲，坦然应之，淡然对之，方为明智之举。不管身困尘埃多深，胸怀一定要开阔，精神一定要解脱。诗人的开导之词，尤显心腹之交的可贵和可叹。

有人说，这首诗的尾联里，也宣泄了诗人自己在政治上遭遇挫折和排挤后的牢骚，也许是吧。但不管有没有诗人自己的牢骚，诗人对朋友的坦率开导，确是对至友的真爱、大爱！

这种爱耐人寻味。

这种爱让人心敬。

这首诗语言朴素，行文流畅，真可谓“清水出芙蓉，天然去雕饰”。以“见说”领起，以“问君平”作结，二、三联奇缓交错，三、四联又高低相间，波澜起伏，跌宕多姿；再加上寓委婉之情于奇险之景，发劝导之词于关切之后，妙合无迹，水到渠成，开阖顿挫，笔力自如，且挟清新俊逸之风，足见诗家之大手笔的功夫高超。

在唐代诗人笔下，还有很多嘱别诗写得很精妙，构思奇巧，感情真挚，或提醒，或寄望，或劝慰，或激励，或警示，拳拳之心，洋溢字底行间，耿耿之言，声声谱写友情之美，如初唐诗人杜审言的《赠苏绾书记》，盛唐诗人王昌龄的《送任五之桂林》和《芙蓉楼送辛渐》、李白的《送裴十八图南归嵩山二首》、戎昱的《送郑炼师贬辰州》、裴迪的《送崔九》、韦应物的《送别覃孝廉》，中唐诗人韩琮的《暮春浐水送别》、李贺的《送沈亚之歌并序》，晚唐诗人杜荀鹤的《送友人归岳麓》等篇，都值得仔细玩味，读者不妨寻来一读。

（陈红涛执笔）

第八章
最动情的送别：泣别

泣者，无声有泪之谓也。俗话说，男儿有泪不轻弹，只因未到伤心处。到了伤心处，男儿眼中的泪水也会横流，甚至如注，如雨。在唐人饯别友人的诗作中，有不少篇章就写了临岐离分时因伤痛万分而掩泪泣别的场景。在送别友人的时刻，这是最动情的场面了。

泣别和伤别有什么不一样呢？泣别和伤别都写了伤痛，但伤别着重描写刻画内心和感情深处的伤痛，即“内伤”。而泣别不仅描写刻画“内伤”，还描写刻画了“外伤”，即伤痛在人物外在形态、情态上痛苦至极的表现，——因伤痛而哭泣、流泪。所以，泣别的场面比伤别的场面更加情绪化，更有抒情性，即更动情。

柳宗元：衡阳与梦得分路赠别

我们首先来赏读中唐大诗人柳宗元写的一首泣别诗：

十年憔悴到秦京，谁料翻为岭外行。
伏波故道风烟在，翁仲遗墟草树平。
直以慵疏招物议，休将文字占时名。
今朝不用临河别，垂泪千行便濯缨。

这首诗的题目是《衡阳与梦得分路赠别》。“梦得”，就是柳宗元的好友刘禹锡。从诗的最后一句“垂泪千行便濯缨”来看，柳宗元在与好友刘禹锡临岐分路时伤心欲绝，哭成了泪人。

柳宗元为何如此伤心呢？这就要从他和刘禹锡的友谊说起。柳宗元是唐朝中期最杰出的政治家、哲学家、文学家和诗人。一生留诗文作品达600余篇，骈文有近百篇。他的散文成就极高，论说性强，笔锋犀利，讽刺辛辣，富于战斗性，游记写景状物，多所寄托，故被后人誉为“唐宋八大家”之一。他出身于官宦家庭，少有才名，早有大志。早年文以辞采华丽为工。贞元九年（公元793年）中进士，登博学鸿词科，授集贤殿正字。刘禹锡与柳宗元同在贞元九年（公元793年）赐进士及第，一起步入仕途，从此，两人因同道而相知，由相知而成莫逆之交。孙昌武先生在《柳宗元评传》中写道：“刘禹锡是柳宗元一生中最为亲密的友人，是一代差可与柳宗元比肩的卓越的思想家、文学家、政治家……二人交谊终生不渝，在政治斗争中同进退，相支持，在思想理论上互有影响，在文学上也共同切磋，相互学习。”

众所周知，李唐皇朝遭受安史之乱的摧残后，已成风雨飘摇、危机四伏之势，朝廷颓废，宦官专权、官府横征、藩镇割据、冗员沉积，民不聊生。刘禹锡、柳宗元等为了匡扶社稷，解生民于倒悬，毅然投身于以王叔文、王伾为首领的改革集团，并于永贞元年（公元805年），展开了一场声势浩大的变革运动，史称“永贞革新”。但是，由于革新触及了宦官与藩镇的利益，遭到保守势力的强烈反对，短短半年后，革新便惨遭夭折失败。王叔文、王伾被逼身亡，刘禹锡被贬为连州刺史，柳宗元被贬为邵州刺史，一起被迫离开了他们施展才华与抱负的用武之地。但是凶事并未到此结束，厄运接踵而来，当他们还在行进途中时，朝廷又降下一道旨意，加贬刘禹锡为朗州司马，加贬柳宗元为永州司马。随后，又下诏规定：“纵逢恩赦，不在量移之限。”这对他们的打击可想而知。

但是，竹经冬而不凋，梅凌寒而花放。柳宗元和刘禹锡从步入仕途到“永贞革新”，从革新失败到被贬远州，他们始终风雨同舟，休戚与共，友谊如磐。元和十年（公元815年）二月，也就是柳、刘二人被贬谪十年之后，作为“十一年前南渡客，四千里外北归人”（柳宗元《诏追赴都二月至灞上亭》），他们奉诏分别从永州、朗州回归京都长安，满以为劫难已去，又看到了再起东山、以放襟抱的曙光。然而让他俩万万没有想到的是，到了长安，屁股还未坐稳，即遭罹第二次政治打击，不到一个月，又被朝廷外放至更为荒僻的远州任职。这一次，柳宗元被贬至遥远的广西柳州，刘禹锡被贬至更荒蛮艰苦的播州（属贵州省）。当柳宗元得知自己被贬至柳州，而刘梦得被贬到比自己更远的播州时，不禁大哭起来，他说："禹锡有母年高（八十多岁——笔者注），今为郡蛮方，西南绝域，往复万里，如何与母偕行？如母子异方，便为永诀。吾与禹锡为执友，胡忍见其若是。"（《新唐书·柳宗元传》）于是，柳宗元立即"请于朝，将拜疏，愿以柳易播，虽重得罪，死不恨。遇有以梦得事白上者，梦得于是改刺连州"。由此可窥：一、柳对朋友之情谊非常高尚，能视朋友之难为己难，令人钦佩敬慕；二、柳刘二人的挚情真爱，确是肝胆相照，契若金兰，情同手足，亲逾兄弟，早已经超出了一般友谊的层次。只要翻翻《柳宗元文集》，就可以发现，他们的友情之挚、之深、之亲，从其相互间的题赠中完全可以得到印证。柳宗元题赠刘禹锡的诗文达十篇之多，是柳文中题赠最多的人。其最具伤痛凄凉之情的，就是他俩于衡阳分路时写的这首《衡阳与梦得分路赠别》的七律了。

就说那年三月，二人打点行装，携家带口，又一次踏上南下之路。就心态而言，彼此都凄然伤感和愤慨。本来，二人都忍耐着，等待着，幻想着，有朝一日再登紫霄，造福桑梓；但信而见疑，忠而被谤，贤而见逐，朝廷屡屡疏远，新贵们连袂排斥，志业难偶，佳梦难圆，纵有谋国大略，残酷的现实，却让志士无路请缨，方寸间怎能不悲恨和忧愤并生，凄楚和怨懑交加？当两个人的行舟驶至衡阳，不得不水陆分路而别时，这一腔复杂的情绪，那亲胜骨肉、难离难舍的情谊，无处可渲，只好题诗相赠，以寄汹涌澎湃的万端感慨。

这首诗发端于身世之慨，其势如高山飞瀑：

十年憔悴到秦京，谁料翻为岭外行。

秦京，指京城长安。岭外，指五岭之外的荒远之地，这里指广东、广西。十年：指柳宗元第一次遭贬在永州谪居了十年。憔悴：从字面上看指面貌惨淡，艰难困苦，但实际上，内涵十分丰富。据载："永贞革新"失败后，与柳刘一起推行改革的战友们死的死，病的病，柳刘二人还算万幸，只是外放而已。但十年外放过的却是囚徒般的生活，身心均受巨大创伤。为官乃徒有虚名，治民又力不从心，持家实艰难异常。柳宗元到永州后，灾连祸接，几无宁日，老母和爱女相继弃世，自己因水土不服染疾在身，病魔把他折磨得苦不堪言。更有甚者，所居之所竟四历火害，险成火中之鬼，直弄得“颜色憔悴，形容枯槁”。

所以，细读首联两句，诗人仅用短短十四个字，即把两位挚友十年来的苦难遭遇集中凝炼地表现出来了。这里有追昔，有抚今，思绪纷飞，起伏跌宕，泪已贮眼中。“十年憔悴”为一伏，“到秦京”为一起，情调由阴转晴，由冷转暖。“谁料”刚一起，又“翻为岭外行”，乃再一伏。犹如蒙霜之花，刚被一束阳光投射，没想到寒潮骤至，又降下一场冻雪。这霜上加雪，英雄失路，宁不哀哉！可以想见，当诗人痛忆往昔，忍目当今，难卜未来之时，只觉得旧伤未愈，隐隐作痛，新伤淌血，滴滴扎心，挚友离散，肝摧肠断，真是苦辣酸辛，一齐涌来，这让他能不苦泪待发吗？

二联承“岭外行”写南下途中所见所思。

伏波故道风烟在，翁仲遗墟草树平。

伏波：指东汉时的著名将领马援。故道：指伏波将军马援率军南征时走过的路。风烟：风云雾霭。翁仲：秦时巨人，曾被铸成铜像立于咸阳宫外，此指衡阳湘水西岸马援庙前的高大石人。遗墟：废墟。草树平：荒凉之意，指石人为草木所埋没。诗人借典写出了南下之路的荒凉难行。当年马援将军挥师南下，旌旗蔽天，金鼓动地，何等威武，何等雄壮！后人崇拜他，在湘江西岸为他塑身建庙，树传立碑，他就像秦时翁仲立于咸阳宫外一样，真是光彩无限。而如今，辉煌不再，故道全非，呈现在眼前的，却是风烟凄迷，残垣惊心，废墟里荒草齐人，乱树成丛，早已把倒地的石像湮埋，直让人联想到国风《黍离》的浩叹：“悠悠苍天，此何人哉？”诗人寓情于景，用这般景象之荒凉，映衬出了自己南行古道时心境之苍凉。但不仅如此，应当还看到，诗人引“伏波”、“翁仲”这两个典故入诗，实有借古慨今的用心，使用的是言在此、而意在彼的曲笔。诗人在用千古兴衰，写大唐的百年悲笑。我们从诗人对伏波将军“故道”旧辄、风采已往的长吁里，似乎也听到了他对曾经风光一时的“永贞新政”遭到失败、大势已去的短叹，而诗人笔下呈现的乱烟凄迷、残垣惊心的遗墟破败之象，正是他对大唐王朝国运衰徽正在一步步临近夕阳衔地、暮色罩天之时的预感。我们读这两句诗，应当看到诗人在抒发南行途中心境极度苍凉，慨叹身世之悲中，蕴涵着的赤诚的用世之心，尽管形容枯槁，心境苍凉，但他没有颓废下去，在诗人心里，仍然装满了他对国事、天下事的忧、愤、怨、望。诗人到达柳州任所后的一番作为正可以看做是确凿的佐证。据载，柳以安邦之才出刺荒州，尽职尽责，颇有惠政。他释放奴婢，教化百姓，修缮学宫，整治道路，植树掘井，发展生产，大得柳人爱敬。在柳州他还热心指点青年学子，以致于“衡湘以南为进士者，皆以子厚为师。”

这第二联，大大延伸、丰富了首联的诗情。

三联把笔荡开，来了个回旋，痛陈起两次遭逐的两大原因。

直以慵疏招物议，休将文字占时名。

直以：只因。慵疏：懒散，此指懒于钻营，不讨好权贵。物议：众人非议排挤。休将文字：不要再写讽刺诗文。占时名：扬名，出名。

诗人在这一联对朋友刘禹锡说，咱们两次遭贬，主要原因有二：一是高标特立，磊落正大，不巴结攀附奸佞权贵，恪持自己的政见、人格和操节。二是不仅不巴结攀附奸佞权贵，反而以诗文为武器抨击他们，这种敢于亮剑的精神，宁折不弯的品节，更让那些政治掮客和政治小人们恨得牙疼。这第二条，主要是指刘禹锡奉诏回到长安后，重游玄都观，赋诗讽刺那些当朝新贵一事。刘诗的题目是《戏赠看花诸君子》，全诗共四句：

紫陌红尘拂面来，无人不道看花回。
玄都观里桃千树，尽是刘郎去后栽。

刘禹锡这种对当朝权贵的冷嘲热讽和发自内心的奚落蔑视，深深地刺痛了当朝权贵，一时间风云突变，昏庸的宪宗皇帝和受到刺激的权贵们，沆瀣一气，以“语涉讥刺”不宜留任京师为由，又将他们再次流放到更偏远的柳州和连州去了。这件事充分展示了刘禹锡不改初衷的战斗锋芒。诗人在这一联，痛陈遭贬的原因，不是追悔，也不是规劝朋友更弦易辙，而是故意用调侃的口吻，正话反说，道出了他与刘梦得的友谊是战斗友谊，高尚友谊，他们的友谊有着共同而牢固的政治基础、思想基础和道德基础。这就为尾联的泣别蓄满了情势。

尾联两句，将全诗的感情推向高潮。诗人叹完身世之悲凄，表完友情之深厚，到了临岐分路时，面对着志同道合的战友，情深义重的挚友，忧戚与共的难友，想到马上就要分手告辞，各奔东西，从此天各一方，后会难期，怎么能割舍得下呢？心里的酸楚和悲凉，如涛，如潮，拍打着他，撞击着他，他再也忍不住这种难受，哭泣起来了，而且哭得非常动情，哭得一发不可收拾，竟成了一个泪人。

今朝不用临河别，垂泪千行便濯缨。

濯：洗涤之意。缨：古时系帽的丝带。诗人在这里用了李陵赠别苏武的典故。苏武被匈奴单于释放后即将归汉时，李陵来送行，赠诗曰："临河濯长缨，念别怅悠悠。"诗人与刘梦得相别时借这个典故说，我们的离别不用像李陵、苏武分别时那样到河边去"濯长缨"了，我的"千行"垂泪，即足可"濯缨"了。这是用夸张的手法描写自己泪雨滂沱，极度伤心和难过。这时候，悲伤、愤懑、凄楚、难过、依恋、忧郁、怅惘、无奈，这些互为交织、乱如麻团的复杂感情集于一心，而喷泄口只有一个，那就是一行行流淌于面颊的珠泪。所以诗人说我的泪水之多，足可以"濯长缨"了。岂知，不如此夸张，是不足以表达此时此地此心此情的。

诗人与友人泣别，如此动情，如此动容，是否还有其他什么隐忧呢？我觉得是有的。那是什么呢？我觉得是深深地隐藏在诗人心中的一种不祥的预感。柳宗元在衡阳赠别刘禹锡的诗共写了三首，上面我们赏析的这首七律是第一首。我们不妨把另外两首诗也一起抄来读读。

第二首题目是《重别梦得》：

二十年来万事同，今朝岐路忽西东。

皇恩若许归田去，晚岁当为邻舍翁。

第三首题目是《三赠刘员外》：

信书成自误，经事渐知非。今日临岐别，何年待汝归。

第二首《重别梦得》，诗人继续抒写他们的友情和难离难舍的愁苦。用“万事同”三个字，鲜明地标出，他们的友谊是莫逆之交。他们一起进京应试，同榜题名。接下来，同朝为官，一起共事。在政治上，两人一起参与永贞革新，并肩战斗。后又因革新失败，双双一贬再贬。在创作上，两人诗文俱佳，趣味相投。这共同的经历，共同的事业，共同的襟怀，共同的志节，共同的情致，共同的意趣，共同的遭遇，共同的苦难，确实堪称“二十年来万事同”。与这样的知己、知音在一起，那真是“高山流水”，良辰美景，赏心乐事。所以诗人幻想着他俩若能归隐三径，一定做邻居。但是幻想毕竟是美丽的空想，不是现实，他必须与朋友水路分袂，各奔西东，他心中的万种离愁，就像万根钢针刺进肉里，无比的痛是不难想见的。

到了第三首《三赠刘员外》，诗人的情绪从难过的层面上继续向下沉，变得更加压抑和凝重了。他先对朋友讲了自己思想上的困惑和苦闷：信书成误，经世知非。其中也不乏牢骚。接下来就伤心地说，今日一别，何日再逢？诗人的疑问里，悲情有加，而且似乎话中有话。是再逢很难，不可预知呢？还是再逢无期，今日之别很可能就是永诀呢？从后来事情发展的结局来看，诗人指的是后一种情况。后来的结局是，衡阳一别，诗人不仅和刘禹锡再无会面，而且四年后，诗人就被病魔夺走了宝贵的生命，仙逝于柳州了。事实上，诗人在永州十年期间，身体被病魔折磨得已经非常孱弱羸窳，故诗人在衡阳赠别梦得的第一首诗七律中，一开头便言“十年憔悴到秦京”，这“憔悴”二字已经含蓄地暗示了自己的身体状况很糟糕。他深知，此次扶病去柳，凶险极大，因为那里气候炎热，湿潮难忍，极不宜北方人生存，更何况一染疴之躯。此刻他心里已经有一种预感，到了那里，健康状况肯定会进一步恶化，已经沉重的病情肯定会进一步加剧，再加上心情迷茫，愁思如海，弄不好会魂飞九冥，不久于人世。了解了这些，我们对诗人在与刘禹锡分别时，为什么垂泪千行，为什么连赋三韵赠别，为什么那么动情，那么动容，就洞若观火了。当诗人面对着亲逾兄弟的挚友，一想到这一别，很可能就是死生异路了，能不动容、动情吗？能不泪如雨下吗？

刘禹锡当时就和了三首赠答诗。他针对柳宗元的悲愁和离恨，以“诗豪”特有的开阔胸襟和爽朗情绪，对朋友给予了最大的劝慰和宽解，特别是第三首《答柳子厚》，还对未来充满了乐观：“年方伯玉早，恨比四愁多。会待休车骑，相随出罻落。”他对朋友说，我们年龄还不算大，未来的岁月还漫长，一定会盼到吉星高照的那一天，到那时，我们就可冲出樊笼，相随而去，展翅翱翔于万里长天了。但是，刘禹锡的诚心宽慰，并没有完全驱散笼罩在柳宗元心头的阴云。

元和十四年（公元819年）十一月八日，也就是柳、刘衡阳分手后的第四个年头的岁末，唐代杰出的政治家、哲学家，遗响千古的大文豪柳宗元驾鹤仙去了，时年47岁。他留下的是几个懵懂无知的孩子和一些尚未整理的书稿。柳宗元没有兄弟，只有两个姐姐，但都早于他辞世了。在生命弥留的时日，他面对着儿女托孤和关涉到身后立名的一堆自己已无力整理的书稿，他首先想到了远在连州的莫逆之交刘禹锡。于是他写下一纸遗嘱，要仆人在他死后将书稿交与中山刘梦得君，并于信中说：“我不幸卒以谪死，以遗草累故人。”并托以抚孤之事。由此可知，他对好友梦得君的无限信赖。

刘禹锡是在扶着老母的灵柩奔往衡阳的路上得知挚友辞世噩耗的。元和十四年，也就是他们出为连、柳刺史的第四年，刘禹锡甫遭闵凶，痛失慈母。期间，柳宗元三次派人往连州致祭，致书殷殷相劝，并约定待刘禹锡扶柩归乡至衡阳时亲往吊唁。岂料行至前度分手处，刘禹锡见到的不是友人，却是从柳州来递送讣告的信使！他忽闻噩耗，“惊号大叫，如得狂病。良久问故，百哀攻中。”“涕泪迸落，魂魄震越。”展读友人辞情哀苦的遗书，痛不欲生。他含悲忍痛，一边派仆人前去料理柳宗元的后事，一边含泪驰书文坛泰斗韩愈，诚望他秉笔临楮，为柳宗元兄弟撰写墓志铭，以昭其冤。接着又向死者生前好友分送讣告，并“南望桂水，哭我故人”，醮着自己的血泪，写下了感人至深的《祭柳员外文》。表示：“凡此数事，职在吾徒。”“誓使周六（柳的长子）同于己子”，“遗孤之才与不才，敢同己子相许”。一回到洛阳，他即承担起朋友重托的责任，花毕生之力，精心整理柳宗元的遗作，然后又全力筹资刊印，使其得以问世。他与韩愈、崔群一起，共同完成了抚养柳的子嗣的重任。从他这一方的表现，也可见他们之间的情谊，厚重得已逾常伦。

八个月后，柳宗元归葬万年先人墓侧，刘禹锡携亡友遗孤前去祭奠，又写下了《重祭柳员外文》。此后的二十多年，刘禹锡辗转四川、安徽等地，虽然最终又回到朝中，出任了太子宾客等显职，但他对英年早逝的战友和挚友柳宗元的缅怀思念，从未随着斗转星移、岁月流逝而烟消云散。

我们从柳宗元的泣别诗中，读到了什么呢？读到了友情的真谛。友情是什么？它是信任，是至诚至爱，是无私和奉献！因此，它是美丽的，绚丽的，壮丽的。从友情中凸现出来的人格，是伟大的，崇高的，灿烂辉煌的！

接着我们来赏读中唐诗人卢纶写的泣别诗《送李端》、诗圣杜甫写的泣别诗《公安送韦二少府匡赞》和中唐另一位诗人韦应物写的泣别诗《赋得暮雨送李曹》。

卢纶：送李端

卢纶的诗是这样写的：

> 故关衰草遍，离别正堪悲。路出寒云外，人归暮雪时。
> 少孤为客早，多难识君迟。掩泣空相向，风尘何所期。

卢纶是唐代中期一位著名诗人，《唐诗三百首》选其诗作达六首之多。卢纶的人生与仕途都极不顺利，但诗名远播。少年时代，家境不好，父亲去世较早，本人又多病，再加上世道不宁，生活并不幸福，据说有好些时间，寄居在舅舅家。他在《纶与吉侍郎中孚司空郎中曙苗员外发崔补阙峒》诗中自称：“八岁始读书，四方遂有兵。……禀命孤且贱，少为病所婴。”

从玄宗朝天宝末到代宗朝，屡试不第，过的是飘泊的日子。他曾这样形容自己：“孤贱易蹉跎，其如酷似何。衰荣同族少，生长外家多。别国桑榆在，沾衣血泪和。应怜失行雁，霜霰寄烟波。”（《赴池州拜觐舅氏留上考功郎中舅》）卢纶写过一首著名的即景抒怀诗《晚次鄂州》，是其被迫浪迹异乡，流徙不定，南行途中，路过三湘时所作，可以看做是他孤凄苦闷的飘泊生活的写照和哀婉缠绵的一支心曲。

云开远见汉阳城，犹是孤帆一日程。
估客昼眠知浪静，舟人夜语觉潮生。
三湘愁鬓逢秋色，万里归心对月明。
旧业已随征战尽，更堪江上鼓鼙声。

又是“三湘愁鬓”，又是“万里归心”，又是“旧业已尽”，又是“更堪鼓鼙”，真是孤苦凄恻，不堪动乱，伤心欲绝。

但卢纶交游广泛，是一个活跃的社交家，并最终借此步入了仕途。大历年间，他在长安，在鄱阳，与李端、吉中孚、韩翃、钱起、司空曙、苗发、崔峒、耿湋、夏侯审等交游唱酬，堪称大历十才子之冠冕，其拔萃之才得到宰相元载、王缙的赏识。元载将卢纶的诗作呈荐给皇上，补阌乡尉，从此由诗坛步入政坛。后因王缙的礼聘，又为集贤学士、监察御史，这中间亦曾任河南巩县令。元载、王缙获罪后，卢纶受到牵连，曾被拘禁。德宗继位后，卢纶又被任为昭应县令。朱泚之乱发生后，咸宁王浑瑊出镇河中，召卢纶为元帅府判官。军营生活的磨砺，使其创作的边塞诗粗犷雄放，情调慷慨，极有生气，为大历十才子其他诗人所难及。

月黑雁飞高，单于夜遁逃。欲将轻骑逐，大雪满弓刀。

这首出自卢纶笔下的《塞下曲》，是连小学生都能背诵如流的名篇。画面鲜明，语言流畅，节奏铿锵，写得有声有色，气势飞扬，慷慨雄壮，催人奋发。有人说，此曲可作军歌唱，这一点也不夸张。卢纶的边塞诗风由此可窥一斑。

在德宗朝，卢纶最后官至检校户部郎中，正当其乘风直上时，却撒手人寰了。

《送李端》诗乃是一首送别诗，所送的人叫李端，也是大历十才子之一，而且也有研究者称李端的才华和名气均在卢纶之上。李端，字正已，赵郡人，大历五年进士，与卢纶私交尤笃，两人曾一度共同在长安城外的山中隐居，前后相交三十余年。

从本诗所写的内容看，这场泣别发生在风尘扰扰的大动乱年代。那是一个彤云密布的冬日，在荒凉的城郊野外，卢纶送挚友兼诗友李端远行。

故关衰草遍，离别正堪悲。

故关：就是故乡。

诗人放眼四野，只见遍地都是枯黄的衰草，在冷风中瑟瑟抖动，这枯涩荒芜的一片景象让他的心紧缩了一下，他看着即将远行的李端，不由得悲上添悲，悲凉倍涨。

李端要去很远很远的地方。他告别了诗人，迎风冒寒，脚步沉重地默默地朝前走去。大路两旁，在寒风中摇摇欲折的荒草，不停地发出嗦嗦的声响，含着几分凄厉，几分惆怅。诗人站在分别的路口，一动不动地凝望着李端远去的身影越来越小，直到消逝在遮天接地的寒云之外。眼看天色已晚，暮色降临，诗人不情愿地转过身来准备回城。就在这个时候，一场大雪纷纷扬扬地飘落下来，不一会儿，山峦裹素，万物披银，整个大地就变成了粉白的世界。这正如诗中的景象：

路出寒云外，人归暮雪时。

路出句：指李端离去的路伸向云外，极写路途遥远。

大雪拦路，这让诗人回城的脚步迟疑起来。此时，他满脑子都是李端顶着冷风吃力行进的身影。他心想，雪压冬云，白絮乱飞，这风雪交加的天气，搅得周天更加寒彻，这可苦了孤身独行的李端啊！他不由地在心里问道：李端呀李端，我的好朋友，你受得了吗？你会不会被冻坏身子啊！

他停下脚步，扭身朝李端远去的方向望去，夜幕下，漫天雪白，道路早已被大雪弥漫覆盖，只有风不时地把地上的雪粉扬起，使整个世界显得异常迷乱不堪。这一切把诗人带入了沉思：

少孤为客早，多难识君迟。

少孤：指从小就成了孤儿。

他想到了自己孤苦的少年，父亲早逝，体弱多病的他，寄人篱下，过着既少亲又寡情的日子。他想到了刚刚长大，就遭遇了这场倒霉的安史叛乱。大地在流血，天空在燃烧，江河在哭号。“旧业已随征战尽”（《唤次鄂州》），故乡沦为战场，战火把仅存的一点家业也吞噬了，这更把他投入了苦海。无依无靠的他，只好过起了孤苦悲凄、飘泊无定的生活。他想到了自己也曾想步入仕途，为灾难深重的国家效匹夫之责，但厄运似乎在捉弄他，竟让他龙门点额，屡试不第。他特别想到了他与李端的相识。那一天，在他四处逃难的路上，与李端不期而遇，他惊喜万分，因为李端不仅才华横溢，而且与自己一见相倾，特别心志投合，很快就成了至交挚友，真是相见恨晚啊。

诗人站在雪地里，凝望着李端远行的方向，思绪仍在翻腾。在与李端相处日子里，他是多么高兴啊！一个从小就缺少亲情的人，突然获得了亲逾兄弟的友情，对他来说真是宝贵极了！友情就象春雨，滋润了他的生活。友情就象一盆炭火，温热了他的生命。友情就象一束阳光，照亮了他的人生旅途。他就象看护自己的眼睛一样，珍惜与李端的这份友谊。但是，李端今天走了，他怎能不悲痛万分？现如今，寒风凛冽，大雪封路，李端独自在雪地里跋涉夜路，又无月光照明，会不会出现什么意外呢？想到这儿，诗人的心不由得又紧缩了一下，直觉得悲凉挟着一股冷风扑进了怀里，两行泪水扑簌簌地淌了下来。

掩泣空相向，风尘何所期。

他擦了擦泪水，自己在心里劝导自己：别老往坏处想，要往好处想啊，苍天有灵，一定会护佑好人，李端他不会有什么意外的。但是，就是李端能安全地到达目的地，我们俩又能什么时候再见面呢？眼下时局仍在动荡，叛乱仍在继续，在这风尘扰扰的世界里，说不定重见之日就遥遥无期了。如此这般，那我这个苦命之人，不就又返回到既无亲情又无友情的故道旧路上去了吗？诗人透过灰暗的暮色，又望了望李端离去的方向，眼泪哗地一下又流到了面颊。

风尘：意为正处在动乱年代。尾联完成了这幅冬雪送别图最后一笔，以渴望再次相会作结，也把这场泣别之“悲”，推向了高潮，非常富有感染力。

上面我们把诗人在这首诗里抒发的感情历程作了详细的叙述，从中不难看出，这首诗，感情的脉络就是紧紧围绕一个“悲”字展开。首联写送别环境，从衰草起笔，以荒凉之景衬送别之情，“堪悲”。二联正面写送别，用“寒云”“暮雪”之景，烘染依依之情和孤寂之感，仍切悲字。三联追忆往事，感叹身世，融惜别、感世和伤怀为一体，词切情真，回肠荡气，还是没离开一个悲字。尾联将笔锋转向预卜未来，伤时感世，不禁掩面而泣，仍归到悲字上来。所以说，这是一场地地道道的发生在大动乱年代的悲别。诗人都“悲”什么呢？归纳一下有“五悲”：“悲己，悲友，悲世，悲当下离别在即，悲来日相聚难期”（见傅璇琮等《新注汇评唐诗三百首》）。我认为，这五悲正是让诗人送别朋友时动情动容，发泪而泣，泪水淋淋的感情渊源。

俞陛云在《诗境浅说》中说：“诗为乱离送友，满纸皆激楚之音。”此为点穴之论，完全抓住了该诗抒情的特点。细品之，这首诗正是以悲景衬悲情，以悲情写友情，悲景越悲，悲情越浓，悲情越浓、越切，友情越深、越真。

这首诗脉络清晰，结构圆合。首句点冬，次句点别，先叙送别之地与时。颔联前句写行者，后句写送者，正面展开送别场面，而以寒云、暮雪相烘托，贮泪其中。颈联转写身世，溯交谊于动乱，叹孤早和识迟，且诗句属对工整，情挚语真，难以作别之意沛然莫御。尾联致慨于天下风尘扰扰，而预卜别后之事，又不可知。首尾相应，开合有致，文情相生，亹亹动人。

杜甫：公安送韦二少府匡赞

“诗圣”杜工部子美，谢世前夕，留下一首亦发生在动荡年代的泣别诗，但其写法与卢纶这首《送李端》大相径庭。

逍遥公后世多贤，送尔维舟惜此筵。
念我能书数字至，将诗不必万人传。
时危兵甲黄尘里，日短江湖白发前。
古往今来皆涕泪，断肠分手各风烟。

这首诗的题目是《公安送韦二少府匡赞》，据考写于大历三年秋天。公安：即湖北公安县。韦匡赞：生平不详。少府：即县尉。这首诗前四句写送韦之情，后四句写离别之感，不借助任何景物的烘托，不采用任何婉微的笔法，以赋体为主，直陈其事，直抒胸臆，宣泄了一腔断肠之情。

首联上句称颂韦匡赞为贤良。“逍遥公”：指韦匡赞的祖先韦夐和韦嗣立。韦夐，在北周明帝时号逍遥公，《北史》有传；又韦嗣立，在唐中宗时也被封为逍遥公。从诗的口气看，杜甫很赞赏这个名门之后，并以能交往这样的朋友为自豪。下句“送尔维舟惜此筵”，点明杜甫是在舟上为韦少府饯别。“维舟”：系舟之意。“惜此筵”：十分珍惜这次饯别宴。联系后文可知，此句已暗含后会难期之意，故珍惜也。据考，当时杜甫出川飘泊，抱病流离到湖北，穷困无依，生活潦倒，他只能以船为家，靠一条破舟度日，正如他诗中所言，“此身飘泊苦西东，右臂偏枯半耳聋。寂寂系舟双下泪，悠悠伏枕左书空”（《清明二首》其二）。大概韦少府这年秋天解任离职，他到船上来看望朋友杜甫并当面辞行，而多病附体的杜甫只能在船上为他饯别并赠诗相送。从杜甫珍惜这场饯别中，已透出诗人心中对友情的珍重和人生的凄凉。

念我能书数字至，将诗不必万人传。

颔联是写知心话。大概席间两人追叙了相交的友谊，韦少府谈到别后会想念杜甫，也谈到他很爱读、很喜欢杜甫的诗等颇为知心的一类的话，所以杜甫也很直率地谈了对韦少府的两点期望和嘱托：别后要经常给老朋友写信，以解悬挂之心，至于你携走的那些我写的诗，就不必到处传阅传扬了。这里暗写了韦少府对杜甫的依依之情和敬重景慕之心，也透露了杜甫内心深处的一些苦衷。因为杜蕃的诗多伤时之语。上面说过，这场送别发生在大历三年晚秋，那一年吐蕃举兵十万，入寇灵武、邠州，颈联中所云“兵甲黄尘”即包括此事。杜甫对代宗朝的外交政策，以及处理外患问题的失当，早就颇有微词，或许是担忧畏惧诗中的针砭之言，给自己及家人招来祸殃，所以在送别时特别拜托韦少府不要将他的诗篇随意到处传阅。知心话中，溢满了真情谊。

杜甫是一个时时刻刻都把国家安危、人民忧喜系于心上的仁人志士，是一个时代责任感异常强烈的诗人，面对着前来辞行的韦二，在叙完友情，发完嘱托之言后，不由自主地又抒发起离别的感慨，并在感慨时流下了伤心的泪水。“时危兵甲黄尘里，日短江湖白发前。古往今来皆涕泪，断肠分手各风烟。”四语叠递，意极惨凄。杜甫对韦少府说，你看当今这时局，天下动荡，兵甲纷纭，战尘滚滚，民不聊生，多令人担忧啊！安史之乱平息之后，杜甫一直盼望着唐王朝会出现中兴的景象。但是，事实把他的希望打得粉碎，朝廷昏庸无能，宦官权势日炽，藩镇割据如故，战火连绵不断，外患此起彼伏，直弄得民无宁日，国无安土，唐王朝的形势，不但没有如杜甫所希望的那样好转，反而江河日下。广德元年（公元 763 年），吐蕃起兵，攻占西北各州，还一度陷长安。广德二年至永泰元年（公元 765 年），朔方军大将仆固怀恩叛唐，引吐蕃、回纥兵一起反，兵至奉天，京城震恐。大历元年（公元 766 年），又有周智光作乱，扰乱关中。大历二年，吐蕃又举兵十万围灵州，京师戒严；蜀中亦因汉州刺史崔旰攻杀西川节度使郭英义，一时大乱。战火不仅烧掉了城池，烧掉了家园，烧掉了唐王朝的稳定，也烧掉了诗人杜甫一腔热望。“万里城头吹号角，此曲哀怨何时终？”（《岁晏行》）杜甫用一句“时危兵甲黄尘里”，不仅写出了时局危险，也把自己的悲愤和哀怨全凝结在其中了。让诗人不尽感慨的，还有诗人自己的遭际和前景。“偷生长避地，适远更沾襟。”诗人多年身泊江湖，今已白发之年，自感老命短如秋日。此情此景，乃今古所同悲者，况故人分手于风烟之际，能不为之伤心而肠断乎！诗人流下了泪水，这泪水既悲时，又悲己，还悲与朋友的分手。是啊，时逢兵革，诗人流下的是失望的泪；日短江湖，诗人流下的是衰暮之泪；分手风烟，诗人流下的是断肠之泪。特别是这次与韦少府在破舟上的分手离别，让诗人预感到这是最后的永诀，格外伤心。这不仅是因为分手后各自走向战乱风烟，随时有不测之虞，更是因为诗人已自感命如秋日，时光有限，再与朋友相逢已无可能。诗人的担心，不是庸人自扰，也不是空穴来风，事实上此期间，杜甫的交旧已像秋深的落叶，纷纷凋零，与他阴阳异路了。李白，已于宝应元年卒（公元 762 年），第二年，即宝应二年，储光羲、房琅又卒（公元 763 年），郑虔、苏源明于广德二年卒（公元 764 年），高适、严武于永泰元年卒（公元 765 年）。"飘零迷哭处，天地日榛芜"（《哭台州郑司户苏少监》）。故旧纷纷凋零，对病卧孤舟的杜甫的打击很大，他感到一寒彻骨，无比寂寞和孤独，也使他痛切地感到自己也到了风烛残年。杜甫与韦少府话别时，心中勾起这些痛事，一定会不胜悲伤。风声、水声、鼓鼙声，声声惊魂；家事、友事、天下事，事事伤心！诗人怎能不老泪纵横呢？怎能不断肠动情呢？

诗人与韦少府在公安泣别后不久，便顺流而下，移舟湖南。两年后，即大历五年，"乱离难自救，终是老湖潭"（《楼上》），便于飘流湘江的船上与世长辞了。在最后的岁月里，诗人"天地空搔首""身事五湖春"，仍以"恋阙劳肝肺"（《楼上》）的拳拳之心，伤时感事，悲己悯民，经常"促觞激万虑，掩抑泪潺湲"（《湘江宴饯裴二端公赴道州》）。

大历三年冬，他登上岳阳楼时哭了：

戎马关山北，凭轩涕泗流。

——《登岳阳楼》

大历四年春，他居于湖南潭州舟中时，见到飘飘荡荡的燕子，触景生情，想到了自己，哭了：

可怜处处巢君室，何异飘飘托此身。

暂语船樯还起去，穿花贴水益沾巾。

——《燕子来舟中作》

那年春，诗人继续南行，想到“老病南征日”“未见有知音”，又哭了：

偷生长避地，适远更沾襟。

——《南征》

寂寂系舟双下泪……白苹愁杀白头翁。

——《清明二首》

诗人的泪水，一滴滴洒入浩浩长江，化成了万里烟波。

我们了解了杜甫衰暮之年的境遇，思想，感情，忧念，就会更深切地理解，杜甫与韦少府在船上分手时因离苦而流出的泪水，不仅仅是眼眶里溢出的伤心，更是从他那颗忧国忧民、奉友重友的伟大心灵里涌出的碧血！

杜甫这首泣别诗的特点，一是感情深挚，思想深刻；二是语言凝炼，文气跌宕，章法严正；三是小题材，大容量。以送别的具体事件为题，把个人的遭遇放在社会的大背景下透视，在生动地描画人物的内心、思想、面貌的同时，又辐射到当时广泛的社会矛盾，从而映照出所处时代的大风貌，其思想容量极大。不论是从语言、意象、结构、声调的层面，还是从艺术构思的层面，以及凝聚在诗歌中的感情和思想的层面，来看这首诗，它都典型地体现了杜甫诗歌创作沉郁顿挫的艺术风格。

韦应物：赋得暮雨送李曹

韦应物写的《赋得暮雨送李曹》，与上面杜甫这首泣别诗在艺术方法上又完全不同，其写法则比、兴兼用，极尽烘托渲染之能事，一味地寓情于景，借景抒情。你看，全诗八句，其中六句写景。

楚江微雨里，建业暮钟时。漠漠帆来重，冥冥鸟去迟。

海门深不见，浦树远含滋。相送情无限，沾襟比散丝。

韦应物，京兆万年（今陕西西安）人，中唐时期的重要诗人。自天宝十载至天宝末，曾为玄宗近侍，常出入宫闱，扈从游幸。安史之乱祸起，玄宗奔蜀，他流落失职，始立志读书。代宗广德二年前后为洛阳丞，后又一度闲居东城同德精舍。大历十年，为京兆府功曹参军，代理高陵宰。十三年，任鄠县令。唐德宗建中二年，擢比部员外郎，次年出任滁州刺史。兴元元年冬罢任，因贫无计归乡，暂居滁州西涧。贞元元年，又为江州刺史。贞元四年，入朝为左司郎中，次年又放苏州刺史，常与顾况、秦系、孟郊、丘丹、皎然等诗家唱酬往来。贞元七年卸任，闲居苏州永定寺。辞官后第二年，即公元 792 年，他带着一颗忧国忧民的心，溘然长逝，年仅 55 岁。世称韦江州、韦左司或韦苏州。

韦应物，性行高洁，为官清廉正直，为人重情重义。他写过一首《郡斋雨中与诸文士燕集》五言古诗。其中有这样两句："自惭居处崇，未睹斯民康"。意思是自己作为地方最高行政长官，却没有看到治下人民生活安康，感到很自愧，尤见其为官的胸襟。他还写过一首七律《寄李儋元锡》，自责自愧之心更是跃然纸上。全诗如下：

去年花里逢君别，今日花开已一年。

世事茫茫难自料，春愁黯黯独成眠。

身多疾病思田里，邑有流亡愧俸钱。

闻道欲来相问讯，西楼望月几回圆？

颈联"身多疾病思田里，邑有流亡愧俸钱。"道出了诗人居崇忧民的怀抱，自宋代以来备受赞扬。北宋范仲淹读后叹为"仁者之言"，南宋朱熹则盛赞"贤矣"。

韦应物诗作颇丰，《全唐诗》共收录韦诗 568 首，其中他的山水田园诗作最为人们传诵，后人每以"陶韦"或"王孟韦柳"并称。他的那首七言绝句《滁州西涧》，流传千年，家喻户晓，很多人就是从这首诗才知道韦应物的名字的。他的诗在当时就颇有影响，给韦应物撰写志文的丘丹与韦私交颇深，他对韦作评价为："公诗原于曹刘，参于鲍谢，加以变态，意凌丹霄，忽造佳境，别开户牖。"后人对于韦氏，无论人诗，俱是十分推崇。白居易在《与元九书》中说："如近岁韦苏州歌行，才丽之外，颇近兴讽。其五言诗，又高雅闲澹，自成一家之体，今之秉笔者，谁能及之？"北宋文豪苏东坡，对韦应物的五言诗更是激赏不已，曾道："乐天长短三千首，却爱韦郎五字诗"。宋代的欧阳修到滁州做太守时，对韦氏遗风不仅仰慕，而且学之效之。

《唐诗三百首》共辑录韦诗12首，在多如繁星的唐代诗人中，就其在《唐诗三百首》中所占的数量比重而言，仅杜甫、李白、王维、李商隐、孟浩然五位过之，可谓寥寥。我们要赏析的这首五律《赋得暮雨送李曹》也在辑录之中。

从诗的题目看，诗人送别的朋友叫李曹。李曹，何许人也，他与韦氏关系又如何，已无可稽考；但从此诗的内容看，想必两人交谊甚厚甚笃。否则，诗人送走他时，怎么会伤心得涕泪沾襟呢？

但读完这首诗你马上就会感到，这首名为送别的诗，除了用绝大部分篇幅、笔墨写景以外，还有另一个鲜明的特点，就是全诗八句中无一句写行者，八句写的全是送者眼中之景，耳中之闻，心中之感。

首联"楚江微雨里，建业暮钟时"，即是诗人在南京城外、长江岸边，身沐细雨，送别朋友走时的所见所闻。因诗题是"赋得暮雨"，故起句即点"雨"，次句即点"暮"，直切诗题中的"暮雨"二字。呈现在诗人面前的景象是什么样的呢？天地之间，细雨茫茫，暮色苍苍，楚江沉沉，默然东去，而远处却传来一声声钟声，这是从建业城内佛刹里传来的，钟声透过重重雨帘，在天地间回荡漫延，显得比平时格外闷浑。"楚江"，就是长江。古时长江自三峡以下至濡须口（在今安徽省境内），均属楚地，所以称长江为楚江。"建业"，即今南京，古时称秣陵，三国时吴主孙权迁都于此后，改称建业。这一联诗人描绘的微雨、暮色、大江、远钟交织在一起的景象，笼罩着无边无际、充天盈地的压抑，色调异常低沉灰暗。这是诗人用大泼墨的手法为后面二、三联画面的推出涂染的一层底色。这灰暗的底色，透出了诗人内心情绪的极度悒郁，看得出诗人送别朋友离去时精神上非常痛苦。而悒郁和痛苦，又是自首联始即贯穿于全诗的一条感情主线。

漠漠帆来重，冥冥鸟去迟。海门深不见，浦树远含滋。

接下来，诗人用两联对眼中之景展开了具体描写，而展开的层次是由近及远。颔联描绘的是近景，推出了两个特写：一是帆重，一是鸟迟。江面上，行船撑着很重的帆走得很慢，天空中，飞鸟扑闪着打湿的翅膀飞得很缓。来帆重，是因为细雨沾帆，帆湿而重；鸟去迟，是因为鸟穿雨帘，羽湿难疾。诗人选择这一慢一缓的两个景物入诗，使画面的节奏显得凝重而迟滞。而帆重又用“漠漠”来形容，鸟迟又用“冥冥”来相衬，这就很好地承接了首联中的微雨和暮色，为帆重、鸟迟的形象展现设计了很好的背景，让这一切都发生在水气浩渺的江面上和暮色昏暗的天底下。这样的艺术安排切地、切时，不仅凸现了这一慢一缓的两个形象，使之更生动、更传神，而且让整个画面的气氛变得更加沉重。一切景语皆情语，景的设置，总是以情为转移的。所谓“情哀则景哀，情乐则景乐”（吴乔《围炉诗话》）。诗人采用这样灰上添黑的涂染法，是着意让始于首联的充天盈地的压抑感再增加许多分量，更好地渲染和发泄自己充塞于心的悒郁和痛苦。

也许有人感到奇怪，诗中为什么不写离舟而偏写来帆，不写人去而偏写鸟去？岂知，这恰是诗人不落窠臼，避俗就新，脱略蹊径，笔姿灵动之处。诚然，很多写江边浦口送别的诗，大都是行者帆远，送者伫望，一番惆怅依依的套路。李白的名句“孤帆远影碧空尽，唯见长江天际流”，虽然写的内容不是惆怅依依的感情，但其离帆远去，送者伫望的模式，却成了后人一再摩袭的对象。韦应物这首诗不写离舟，只写来帆，正是向大家习惯的套路挑战，刻意变故。他写江面上只见来帆，就暗示了离舟已从自己的视线中消失，也暗示了诗人虽然已见不到离舟的影子，但仍伫立雨中不忍归去。这样用对来帆的关注，烘托对离舟的遥念，可以说把友情之深之真写得更充分但是又更委婉更含蓄。而不写人去偏写鸟去，也是用的此法。鸟因羽湿而难疾，正暗示了人因难舍而苦行，表面上言鸟，实则写人，隐曲幽微，更有韵味。

颈联描绘的是远景。诗人纵目远眺，雨雾重遮千里目，哪里能见得到海门呢！只见大江两岸，几行远树，笼罩在迷蒙的雨雾里，隐隐约约。海门是长江的入海处。建业城离海门路途遥遥，别说阴天下雨，就是青天朗日，从建业城遥望海门也不可能看到。所以海门"不见"，这是自不待言之事。但诗人何故以此入诗呢？一是此处并非实指，是在暗示李曹正是朝着海门的方向向东而去。二是写诗人的一种情态，诗人明知人去帆远，暮色苍苍，目不能及，但仍不由自主地朝海门方向极目而视，希望能看到友人远去的船帆，这就写出了送者神萦魂牵的神态，道出了对友人的深情。友人的帆影不见，但江岸之树，在水雾缭绕中，倩影依稀，隐约可见。这只见树影不见人帆的景象，正写出了眼前景象的一片迷茫，一片空寂，一片索寞，一片伤情。这番景象和上面那幅帆重、鸟迟的沉重而压抑的景象相联结，就更烘托出了诗人的悒郁和痛苦。

综合上面三联景物描写，我们看到的画面，底色是灰暗的，近景是凝重的，远景是空寂的，背景是压抑的，氛围是索寞的，节奏是涩滞的，总之都是伤情的；诗人置身其间，被悒郁和痛苦围裹着。而这一切都是因友人的离开而引起的，足见诗人与友人情谊无限。因此在尾联，诗人再也抑制不住压抑的感情，索性把感情的闸门打开，很自然地喊出了一句："相送情无限"。但是，用理智和压抑打造的闸门，一旦被冲决，蓄之已久的感情之水，顷刻间就变成了山洪暴发，奔腾而下，一泻千里，再也无法收束。于是，诗人痛苦的泪水和着雨水，也一起倾泻在了胸前。"沾襟比散丝"。"散丝"，即雨丝。诗人在结句用一个"比"字，巧妙地把别泪和雨丝联结交融在一起，传神地写出了自己在雨地里潸然泪下的情态。有人在品赏这首诗时说，当诗人到最后让极度悒郁、痛苦的感情喷涌而出的时候，可能猛然间又传来那令人肠断的钟声，这杳杳钟声无异于催泪弹，一下子把诗人的泪门打开了。我觉得，通观全篇，作这样的赏读联想，更有意味。

这首诗写泣别，与上面我们赏读过的柳宗元、卢纶、杜甫的泣别诗有很大的不同，让诗人动情而泣的原因很单纯，就是友人的离去，除此再难寻政治原因、社会原因、身体原因和个人经历等方面原因的任何痕迹，也就是说，它是一种纯粹的离情别绪的抒发，其中不含有任何感时之悲，伤世之恨，遭遇之痛，身世之慨的因素，相较而言，它更"纯情"。正因为此，这首诗描写动情处时，也不借用任何典故，而是纯粹用有特色的景物来烘托，用概写、特写、近写、远写等景物描写的种种手段，作多层次的大笔渲染，从多角度营造压抑的气氛，组成情景交融，浑然一体，妙合无垠的画面，最终造成让人潸然而泪下的环境氛围。

没有任何政治原因，没有任何社会原因，没有任何生活原因，仅仅就是因为朋友的离去，就让送者泪洒胸前，这更见友情之重和深挚。也许友人真的仕途不畅，政治失意；也许友人确实遭遇不测，远走他乡，以做全身之计；也许友人此别一去，凶险丛生，前途未卜；也许……但诗人就是只字不提，一笔不写。也许在诗人眼里，这一切都不重要，重要的就是两个字：真情！所以，他是为友人之间的真情而泣的。

刘长卿：饯别王十一南游

与韦应物这首泣别诗《赋得暮雨送李曹》相类似的，我读过另一位中唐诗人刘长卿写的一首题为《饯别王十一南游》的泣别诗。我们把它抄来赏析：

望君烟水阔，挥手泪沾巾。飞鸟没何处，青山空向人。
长江一帆远，落日五湖春。谁见汀洲上，相思愁白蘋。

这首诗猛一看，构思选材、框架结构、取境炼意、抒情状物等诸多方面，确实与上面所赏析的韦诗颇似，例如都是以写景见长，主要篇幅都是景语，描写的角度也都是从送者的所见、所思着笔，对行者不着墨或着墨甚吝，选取的主要景物也都是“帆”和“鸟”，抒情风格也基本上都是含情悱恻，吐辞委婉，绪缠绵而不断，味涵咏而愈旨，也都把意境的取舍和提炼当做艺术思维的核心。但仔细品读后就会发现，两诗在物象的选择，情景的设置，画面的布局，色彩的调和，情感的表达上还是有诸多的不同，仍然是各有千秋，各具特色。

这首诗以“望”字领起，以“愁”字收束，这一点在构思上就与韦诗迥然大别。诗人送别的“王十一”，生平未详，十一为排行。诗题名为饯别，但诗中对饯别的场面不着点墨，统统略掉，而是从诗人送别的举动切人：

望君烟水阔，挥手泪沾巾。

友人的行舟离坞，渐渐向江心驶去。诗人首先以“望”、“挥手”、“泪沾巾”这一系列动作，浓墨渲染了自己送别友人时的依依之情和伤心落泪的痛苦之状。同时，诗人的举动，也暗示了友人伫立舟尾频频挥手致意的情态。而载走友人行舟的茫茫烟水，作为景物，也正衬出了他俩的别恨浓浓，痛苦无限。这采用的是状物与写人交织一起的写法。而韦诗中却没有写任何送别的举动，且泣别的场景，作为抒情的高潮，也有意安排在了诗的最后结束时，与此诗布局之乖，显而易见。

接下来的二、三联，诗人没有直抒胸臆，而是进一步拓展视野的空间，纵笔抒写江面之上和夹江两岸的壮阔景物，在泪眼朦胧的“望”中，把心中之情融入眼前之景，又让天上飞鸟、岸边青山这些眼前之景都来烘托自己空寂索寞之情。“飞鸟没何处，青山空向人。”飞鸟是实写，也是隐喻，以飞鸟不知飞向何处隐喻友人南游远行难以预料。这其中就注入了诗人对友人的关切和担忧。我们从“没何处”的“没”字，看见了诗人在远眺，而从“何处”二字又看到了诗人目光久久追随和凝望友人远去的神情。这一动作，形象地托出了诗人对友人的一往情深。当友人的行舟在广阔浩渺的江面上消失得无影无踪的时候，大江两岸连绵起伏的青山走进了怅望不已的诗人的视野。它们目睹了刚才的一切，仿佛也受到了诗人真情的感染，完全是一副对诗人很理解、很同情的样子。一个“空”字，绝妙地刻画了两岸青山对诗人既同情又无奈，从而也进一步烘托了诗人寂寥和索寞的心境。而这种心境正返射出诗人的情感之美和对友人的真爱。

长江一帆远，落日五湖春。

对这一联，很多研究者判定，这是在交代朋友远行的起止：友人的一叶风帆沿江而去，渐行渐远，抵达五湖（当指太湖）畔后休止。还说，此联的后一句写的是诗人的想象，即在诗人的想象中，他的朋友抵达太湖南岸后正在夕阳灿照的湖畔观赏明媚的春色。我认为这个判定似有不妥。照这个判定，就是说诗人对友人此次南游的起止已经是了然于心的了，那么在第二联中又何必发问“飞鸟没何处”呢？这不是明知故问，明摆着是自相矛盾吗？这种判定显然说不通。我觉得，这一联中的“落日五湖春”根本不是实指，而是借典来隐示友人此一去再不复返之事，而这一点，恰恰是让诗人在送别王十一时“挥手泪沾巾”即最动情的缘由之一。“落日五湖春”这一句和接下来的尾联两句，均出自南朝梁代柳恽的名作《江南曲》。其诗曰：

汀洲采白苹，落日江南春。洞庭有归客，潇湘逢故人。
故人何不返，春花复应晚。不道新知乐，只言行路难。

这首《江南曲》是柳恽以乐府旧题创作的一首闺怨诗。“江南春尽离肠断，苹满汀洲人未归”。作品细致地描绘了一位丈夫远在异地的江南妇女，采苹江南，情系潇湘的怅惘心情，即对丈夫一去不归，无奈同心而离居的怨悱。诗人把此曲中的“落日江南春”整句移入自己的送别诗，就是借此曲的主题，含蓄地点出朋友这一去也就不回来了。不明说而借典来说，这正是诗人诗歌创作中惯用的含情悱恻，吐辞委婉的艺术方法的表现。

当然，明知襟怀相映、肝胆相照的朋友一去再不复返，明知这一别就是永诀，明知这一生离也就等于死别了，还必须去送，也不能不去送，这对诗人来说太残酷了，诗人站在江边心里是什么滋味？是何等痛苦和伤心？在这种情况下，诗人能不动情、动容吗？能不一挥手就泪洒胸前吗？正因为如此，诗人才流泪久立江边，目光一直追随着朋友的身影远去，直到“孤帆远影碧空尽”，唯有青山空对人。大概诗人心里太难过，不愿意直写这样的人间离苦，才借用典故，以婉微含蓄的笔法写出。韦应物的泣别诗无一句用典，全是借景言情，而这首刘诗则根据抒情的需要，既借景言情，又借典言情，可见感情表达也有差异。

朋友的一叶风帆在诗人的视野里完全消失之后，诗人离去没有？没有，他仍徘徊在大江之畔。

谁见汀洲上，相思愁白蘋。

汀洲：水边或水中平地。

诗人在空旷寂寥的江边徘徊，突然看见了水洲上的白苹，略为平静的心潮，一下子又卷起了千层愁浪。他的思绪又回到了《江南曲》中“汀洲采白苹”的情境中去了，这真是离别之苦还未去，思念之苦又涌来，苦瓜泡进了黄莲里，苦上加苦，这怎一个“愁”字了得！这尾联很见层次，写出了诗人送走朋友之后感情的发展，即已由刚才的送别转到了别后的相思。朋友刚一走就陷入了思念的痛苦，这来日方长，日复一日，月复一月，年复一年，愁思绵绵，何时可终，岂不就汇成了大江大河大湖大海了吗？这就进一步写出了诗人万分的愁痛伤心。诗人想到此，能不为之动容、动情吗？所以这尾联是兴在象外，颇得余味不尽之妙。

更不可忽略的是，诗人还用了“谁见”一词。从字面上理解，这是说：谁能看见，眷怀故友徘徊于汀洲之上的我，对着水上一片片飘动的白苹，心中又激荡起一层层愁苦的浪花呢。但透过字面，我们看到的是诗人一颗孤独的心。实际上诗人是在说，我对着白苹如此眷怀故友，天底下又有哪个人能理解、能知晓呢？言外之意，今天送走的朋友王十一，是他唯一的知己，此外再无他人可替，故曰自己的离恨思苦是别人不可能理解和知晓的。这既写出了诗人与故人友情之珍贵，又写出了“伯牙摔琴”绝弦之痛，从此诗人将在孤独的苦水里熬煎。如果再联系诗人的性格和遭遇来深品细赏此联，就更可看到诗人内心深处的隐曲。史载：刘长卿“有吏干，刚而犯上，两遭贬谪，皆自取之”。由于性格的原因，他的仕途坎坷，屡遭挫折，一直沉沦下僚，有志难酬，常郁郁寡欢，所以在大部分的时间里，他的心情是阴天间多云的。他在《按覆后归睦州赠苗侍御》中曾这样感喟：“独醒空取笑，直道不容身。得罪风霜苦，全生天地仁。青山数行泪，沧海一穷鳞。”由此可知，他是多么的孤独啊！亦由此可知，“谁见”之句中也不乏诗人的身世之慨啊！

表面上看，诗人在诗中宣泄抒发的感情仿佛云腾雾漫，一片迷离和迷蒙，实际上理在其中，脉络异常清晰。诗人在这幅“江边送友图”中，先明写了两种悲苦，即离别之苦和相思之苦，后暗写了一种悲苦，即孤独之苦。正是这“三苦”一齐攻心，让诗人才深深地伤心，才造成了这江边泣别的动情场面。只不过诗人力避“直而鄙”的拙笨的表现方法，把这一切，即惜别时复杂微妙难以捕捉的各种感情，全然通过自然景色的描绘，环境气氛的渲染，人物动作的刻画，兴在象外的思致，细致有序地来表达，显得异常的幽微蕴藉，含而不露罢了。这正显示出诗人“工于铸意，巧不伤雅”的非凡功力。古人评说刘长卿的诗歌创作极善炼句锤字和炼意谋篇，此一斑矣！

韦诗和刘诗，两首题材一样，抒情手法亦基本一样，但创作出来的诗篇面貌却迥然大别，真让人叹为观止。

最后我们再来赏析盛唐诗人岑参、司空曙和晚唐诗人韦庄三位诗人写的三首泣别诗，这三首泣别诗均为七言绝句。

岑参：送崔子还京

先赏岑参的诗：

匹马西从天外归，扬鞭只共鸟争飞。
送君九月交河北，雪里题诗泪满衣。

这首诗的题目是《送崔子还京》。崔子，生平不详，大概是诗人任安西节度判官时的战友吧。

这又是一幅雪里送友图。不过，与上面我们赏析的卢纶笔下的那幅风雪送友图，其色调大不相同。这幅雪里送友图，气势飞动，激情飞扬，尽管是洒泪而别，但别中不只是悲伤，还洋溢着悲壮。

这场泣别发生在深秋九月的一个大雪天，地点是西部边陲的交河之北。诗人写送别写得很委婉，先从侧面着笔，进行渲染，然后再正面推出送别的场面。首句用一个特写，写诗人骑马踏雪赶来，“天外”，表明路途之远。次句再用一个特写，写诗人坐骑疾驰之速，“共鸟争飞”，表明速度之快。这一远一快冒雪疾驰的动作，形象地写出了诗人万分急切的心情。诗人为何如此之急？第三句点出了原由，他要赶到交河之北“送君”，这一下子就把诗人与友人情谊之深全托出来了。试想，如果诗人与友人的情谊不是海深天高，他不可能从很远的地方冒雪赶来，而且唯恐错过时机，不能按时赶到，还把马催得如鸟飞一般的快。第四句才正面写“送”，即送别的场面。诗人在茫茫雪地送别友人时，一边哭着，一边题诗，他很激动，很伤心，很动情。“题诗泪满衣”，这又是人物的动作。用人物的动作来写友情，这是这首诗又一个特点。

至于诗人为什么哭，诗人却不着一字。是不是诗人不愿意让战友走呢？也许是。从诗题看，他的朋友要“还京”。那是不是朋友的还京勾起了他对京都的怀念呢？也许是。但，这都是我们的猜测而已。无限情思，尽在不言中，一切留给读者去想象，这正是诗人的高处。

司空曙：峡口送友人

再赏司空曙的诗：

峡口花飞欲尽春，天涯去住泪沾巾。
来时万里同为客，今日翻成送故人。

这首诗的题目是《峡口送友人》。送的是谁？不详。峡口：山峡口，有研究者称，此指长江出蜀处的一个峡口。

这是一首写客中送客的诗，是一幅残春送友图。行者和送者均在“万里”之外的异地他乡，本来就有飘泊“天涯”之感，现在又要在暮春时节分手，自然是更添伤情愁绪。

“诗人感物，联类不穷。”（《文心雕龙·物色篇》）诗人一开头就用写景渲染离情别恨。“峡口花飞欲尽春”，花乱飞，春将尽，这恼人的景色，正让人由花之飘零残落联想到人生的虚幻无常，这就为两个游子的离别营造了浓浓的伤感氛围。接下来诗人着笔写离别的场面：“天涯去住泪沾巾”。“去住”：指送者和行者。面对一片落花之景，即将分手的两个游子，都忍不住落泪哭泣起来。诗人勾画的这一幅花落、泪落交织在一起的图景，把他和友人的深情挚意写到了极致，再加上又暗用了江淹《别赋》之典，很有艺术感染力。

三、四两句直抒胸臆，点了让他们“泪沾巾”的缘由，是对第二句的深化。“来时万里同为客”，原来，他们是一起来到万里之外的天涯的，都是孤独之客。所幸，共同的遭遇把两颗游子之心紧紧地联在一起，让他们成了挚友，在生活中相互扶助，相互慰勉，给飘泊异乡的灰暗人生带来了几许亮色。但是，今天却要分离，“今日翻成送故人”，从此天各一方，再陷孤独，那可是孤雀无巢又遇雨啊。命运的捉弄，太残酷了！难道就是一辈子的孤独之命吗？这就让他们的大悲大恸成了有源之水。大凡人被伤心的阴云笼罩时，一遇一股“冷气”，马上就化作了泪雨。诗人和友人的泣别正是如此，他们遇到的“冷气”，正是由离苦唤起的对人生虚幻无定的感慨。这两句为全诗增加了深深的沉重感。

这场泣别，无疑是一曲动情的悲歌，花落人离，春去友别，有环境的渲染，有缘由的追述，对命运的无奈和怨怼又深藏其中，直中含曲，曲直并用，挫顿跌宕，一唱三叹，把客中送客的离苦描写得淋漓尽致。

韦庄：衢州江上别李秀才

最后来赏析晚唐诗人韦庄的一首泣别诗：

千山红树万山云，把酒相看日又曛。
一曲离歌两行泪，更知何处再逢君。

这首题为《衢州江上别李秀才》的泣别诗，为我们勾画的是一幅秋山秋江送友图。衢州：今浙江衢县。江上：指钱塘江上。诗人所送友人“李秀才”，名不详。

这首诗的上联写惜别之苦，下联才转入写泣别之痛。

上联第一句是写景，从表面看诗人为我们描绘了一幅广阔的秋色图：千山红遍，层林尽染，长云连绵，万壑弥漫，莽莽苍苍，一望无际。岂知诗人的用心很深，他在景色构成的意象中注入了三点，一是点明了送别友人的时间发生在深秋时节；二是暗点了友人的去处很遥远，就是凭高穷目，都难以望到，因为千山相隔，岭树重遮，层云叠嶂；三是把自己的离愁融进景物描写，委婉写出了自己的离愁也恰如这广阔的秋色无边无际。第二句用人物的动作“把酒”“相看”写不忍离别。设在江上的饯别宴，大概始于早晨，一次次，一遍遍，杯酒传情，把酒对饮，不知不觉到了傍晚时分，但仍无意散席，这就既形象又含蓄地写出了两人的难舍难分。曛：灰暗的意思，白日到了黄昏，在江雾山云的掩映下变得迷离灰暗了。

下联首句写在离歌声中泣别，表达友谊的深厚。天色越来越晚，朋友不能不离席辞别了。这时唱起了哀婉的骊歌，悲伤的歌声，一下搅乱了诗人心中的“一池春水”，诗人顿时泪水夺眶，悲泣难已。喝离酒，唱骊歌，这是唐朝人送别时通行的风俗。次句“更知何处再逢君”，是对首句的补充，也是让诗人悲泣的深层次原因。分手诚不易，相逢则更难。友人去处远，千山路隔断。他日欲相会，更是难上难。知音难觅，千古共嗟。故觅得知音，又失去知音，嗟叹尤甚。但若分手暂时，后会有期，尚存大望，则强抑离苦可矣。而今一旦分手，后会难期，甚至后会无期，必然心如汤沸，大悲大恸，强抑不住。很多诗人写到此处，无不笔泪涟涟，悲情澎湃。韦庄，亦然矣！

先写惜别，再转入写泣别，这是很多泣别诗共同的感情轨迹，韦庄这首诗也未能脱颖。但韦庄这首诗首句写景，雄浑壮阔，一开始就为该诗创造了萧森闳妙的意境，为江上的人物送别设置了色彩宏丽的背景，再加上第三句诗人又把哀婉凄楚的骊歌声声引入画面，这就使诗中营造的江上送别的意象，以人物活动为中心，远近交错，大小相映，声色并茂，可视可闻，如在近前。这样的造境，让这首出自晚唐诗人之手的送别诗，勃发出了盛唐遗风，这正如高棅在《唐诗品汇》中所论：此诗“尚有盛唐余韵”。

（陈洪海执笔）

第九章 最失落的送别：怅别

送走朋友，不论是心内世界还是心外世界，都被怅然的雾水所弥漫，以至很长时间都难以摆脱，这样的送别可谓人世间最失落的送别。

因朋友的离去而失落，足见朋友间一番真情挚意。

在唐诗送别诗一族中，有为数不少的篇章均以这种感情为主调，其中不少名篇佳作出自当时诗坛的优秀杰出的大手笔。如初唐诗人王勃的《江亭夜月送别二首》、陈子昂的《春夜别友人》；盛唐诗人张说的《送梁六自洞庭山》、李白的《金乡送韦八之西京》、杜甫的《奉济驿重送严公四韵》；中唐诗人严维的《丹阳送韦参军》；晚唐诗人李频的《湖口送友人》、杜牧的《宣州送裴坦判官往舒州，时牧欲赴官归京》等等，都堪称抒写怅别之情的佼佼之作。

首先我们来赏析两位初唐诗人的怅别诗。

王勃：江亭夜月送别二首

其一

江送巴南水，山横塞北云。津亭秋月夜，谁见泣离群？

其二

乱烟笼碧砌，飞月向南端。寂寞离亭掩，江山此夜寒。

提起王勃的送别诗，我们立刻会想起他的名作《送杜少府之任蜀州》，其境界闳阔，气势磅礴，音调高昂，励人奋发，表现出初唐文人特有的昂扬洒脱的精神风貌和诗人自己无比自信、朗爽达观的形象。特别是诗中传诵不衰的名句:“海内存知己，天涯若比邻”，千百年来，打动和激励过无数人，堪称“大家笔力”。对此，我们在前面第七章已有详赏，恕不赘述。但这两首诗与那首诗大不相同，虽然依然写得雄浑壮阔，耐人寻味，然而情绪格调却反差很大，展现的是一片低沉迷蒙、空灵蕴藉的艺术境界。原因是王勃的生活境遇在此时发生了巨变。

王勃这两首诗写于游蜀期间，亦为客中送客之作。这时他已被逐出沛王府，内心充满了痛苦和幽愤。从两诗的交代来看，送客之地在“巴南”，分手之处在江边，话别之所是“津亭”，启行之时是凄寒的秋夜，而朋友远游之乡则是遥远而荒僻的“塞北”。虽是离别诗，但通篇不见一个“送”字“别”字，把离别时复杂而微妙的内心情感完全融入了景物描写。

第一首开头两句“江送巴南水，山横塞北云”，“江”和“山”，“送”和“横”，“南”和“北”，“水”和“云”，这些字都极富形象性和空间感，一下子就把人置于了一个江水滔滔，朔云重重，纵横万里，寂寥无边的大空间。接下来诗人为这个空间又染上了一层冷色调，“津亭秋月夜”，很显然分手的时间发生在秋夜，当时一轮明月高悬天穹，刚才还推杯换盏、主客酬酢的津亭，现已人去亭空，只有清冷的月华银彩，依然洒遍四周。诗人一个人孤冷地呆立在月光下，面对一江悠悠秋水，仰天发出了一声叹息:此时此刻，这人世间，有谁能理解我的心情呢？默然间，泪水涌出了眼眶。诗人用水之长，云之远，月之高，亭之静，夜之空，秋之阔，即高缈寂寥的大空间，反衬己之单（离群），把自己的极度孤独和内心的无限怅惘抒写得饱满充分，淋漓尽致。

第二首诗人把孤独、怅惘的情绪进一步向前推进。诗人继续用“烟”、“亭”、“夜”、“月”、“江”等几个意象，编织出一幅融情入景，情景交融，而色调又更加凄冷的江边秋夜送别图。在这幅精致而富有意境的送别图里，烟升月转，见话别之久；亭掩夜寒，觉悄然无人。特别是夜阑更深，看大江无语，眺群山拥卧，它们被冷锁在无边无际的寒气之中，让人心里也禁不住一阵阵发冷。“寂寞离亭掩，江山此夜寒。”正是在这种冷寂、空灵而又渺远的意境里，诗人刻画了自己送别友人后，在离亭外、在月光下、在大江边、在深夜里、在寒气中，独自流连顾望、不忍离去之状，浓墨重彩、又曲折深微地宣泄了深隐在内心世界的无限戚苦和失落。

恰恰是诗人这种巨大的失落，让我们深深地品感到了他对朋友的无限真情，品赏到了人世间的友情之美。

诗人在这首诗中，为了把怅惘和失落的离情别绪写得更饱满而深婉，有象外之致，除了上面讲的在诗的意象的选构上做得非常精到之外，在诗句的炼“字”上也下了非常功夫。如整篇诗，最后用一个“寒”字结束，就让人非常称道。黄叔灿在《唐诗笺注》中指出：“一片离情，俱从此字托出。”，细品之，这个“寒”字的确有画龙点睛之妙，可以说，着此一字便“境界全出”。因为这个“寒”字一出，一下子便为诗中营造的意境，笼罩上了一层浓浓的冷凉色调，涂染上了沉沉的感情色彩，烟，亭，月，山，江……天地万物、茫茫夜色，无不被无边无际的寒气所浸漫，这就不仅大大强化了人物所处的环境的空寞、冷寂，而且也大大凸现了人物内心的索寞、孤寂。可谓一个“寒”字，点活了画面。一腔失落，俱从“寒”字托出。

又如首句写“烟”，却用一个“乱”字来形容，亦点活了画面，既状夜烟弥漫之形，又寓内心迷乱之情，景与情会，水乳交融。次句写“月”，而前面饰一个“飞”字，虽是夸张之语，却把诗人送行时，对时光流逝的心理误感，对聚散匆匆、不忍遽离的精神痛感等复杂的内心波澜，写得惟妙惟肖，准确淋漓。第三句写“离亭”，而加上“寂寞”二字，既形象地展现了津亭上席散人去的空落景象，又象投影一样描绘出诗人极度惆怅、索寞的情怀，二者互为表里，意蕴丰富。

总之，诗人在炼字上的推敲、斟酌，对拓展诗句意象的内涵，对丰富作品的韵致和艺术感染力，对含蓄深婉地表达怅惘、失落的诗旨，都产生了兴味盎然、一唱三叹的效用。

陈子昂：春夜别友人

银烛吐青烟，金樽对绮筵。离堂思琴瑟，别路绕山川。
明月隐高树，长河没晓天。悠悠洛阳道，此会在何年？

上面赏析的王勃的两首怅别诗，着墨全在别后，对别前之事不着一字，时空变化较微，相对凝滞。陈子昂这首送别诗，在谋篇布局上与王诗有很大差异。诗先从别前着笔，然后一直写到别后，随着时间的转换，空间的跳跃，层次分明，步步深入地抒情写意。

“银烛吐青烟，金樽对绮筵。”首联即从别宴着墨。“银烛”，点明送别的时间“春夜”。这是一场华盛的送别宴，银烛煌煌，金樽熠熠，青烟袅袅，美食萋萋。“绮筵”之绮，乃精美、珍贵之意。然而，盛宴宏大而气氛并不见热烈，笼罩于盛宴之上的却是一片沉郁萧然。因为场面再盛，也是别宴，为送行而设，故赴宴人之心情乃不轻松，而是沉沉重重，这从一“吐”一“对”两个动词中，完全可以看出。煌煌银烛之下，离人怅然无绪，相对无言，只是凝视着银烛的青烟出神；尽管手把熠熠金樽，却意绪阑栅，面对满席的美食佳肴，毫无兴致。诗人用反衬法，以动写静，以盛写寞。而这种静场、冷场，默然的气氛，正是盛宴之上别意深沉之状态最准确的表达。

颔联“离堂思琴瑟，别路绕山川”，着意写离情的缠绵，情绪由默然推进到怅然。“离堂”，承首联而点出送别的主题。“琴瑟”，指朋友宴会之乐，源出《小雅·鹿鸣》“我有嘉宾，鼓瑟鼓琴”。诗人在这里借用丝弦乐器的和谐演奏来比拟友人之间契若金兰。“山川”，表示道路遥远，这里指友人要去的地方很远，须跋山涉水才能抵达。在别宴上，诗人和友人默然相对，然而心里却是狂澜奔涌，由往日相濡以沫的友情，想到今日即将扬镳分手，又进而想到别路遥遥，山重水复，难舍又不能不舍，难别又不能不别，怎能不戚戚然怅惘？！“离堂”把臂，伤“琴瑟”之分离：“别路”迢遥，悲“山川”之高远。这里确有伤离和悲别之绪，但从诗人选用一个“思”字和一个“绕”字来看，他要表达的主导情绪还是怅惘。

“明月隐高树，长河没晓天。”这一联，诗人把笔触从室内移向户外。在曙色初露之时，别宴方罢，友人即去。这时候，诗人把友人送出屋外，只见明月将落，银河已隐。这正是天色欲晓之时夜空的景色。表面上看去，这两句全是景语，实际全是情语。诗人巧妙地通过时空的转换暗写了夜宴通宵达旦之长。夜宴之长，正表明别宴难散，离情难舍，谊深情长。诗人由颔联的抒情转到此联的写景，这种描写角度改变，不仅让诗情的发展有了起伏变化，而且把对友人深挚的别情融入黎明之景，以寥廓之景寓绵长之情，委婉幽微，更有韵致。

“悠悠洛阳道，此会在何年？”诗人把时空由屋外又移到了旷野分手处。“悠悠”，遥远之意，“洛阳道”，通往洛阳的大路。这两句写诗人目送友人远去的感慨，意思是说：此去洛阳的道路十分遥远，你这一走，咱俩何年何月何地才能再见面呢？这种慨然，直接表露了诗人心中巨大的失落。回想首联、颔联和颈联，诗人为什么面对华盛的别宴默然无语，只是凝视着银烛吐出的缕缕青烟出神？为什么别宴冷场时一陷入对往日心意相投的友情的沉思，一想到朋友的离去心里就狂澜奔涌、一片怅然？为什么别宴一整夜都难以散场？就是因为诗人心中很失落，很空落。

客观地说，这首诗的字里行间，特别是结句，确实略有感伤色彩。但诗人没有把这场送别写成一场伤别，故整篇诗找不到长吁短叹的哀伤语句，找不到色彩很浓重的渲染离愁别恨的字眼，只是让你感到有一层淡淡的离伤即收住笔锋。因为诗人主要的不是写自己的离伤和别恨，而主要的是写自己心中的失落，在失落中让你感受他对友情的珍视和珍重。所以，诗人在诗中抒情写意时，紧紧把握住了一个“度”，这个“度”就是既不“火”，也不“温”。“火”则悲吟太过，“温”则情致不达。诗人以从容的意态，写自己的失落，这就是这首诗虽情思幽深，但不闻哀声，虽有淡淡的愁雾，但不觉低回悲抑之缘故。

王勃的《江亭夜月送别二首》，感情的深入主要靠前后两首诗的转换和诗中意象的变化来推进，抒情的手段基本上是借景抒情，以景传情，其意境含蓄隽永。陈子昂的《春夜别友人》，感情的深入主要靠时空的转换来推进，抒情的手段是时而写景，时而抒情，时空一变描写的角度也变，呈现出多样性，其意境幽深婉曲。可见同是写离情，在不同的诗人笔下却可以各呈奇观。

下面我们赏析三位盛唐诗人写的怅别诗。

张说：送梁六自洞庭山

巴陵一望洞庭秋，日见孤峰水上浮。
闻道神仙不可接，心随湖水共悠悠。

张说是唐代著名的文学家、诗人、政治家。字道济，一字说之。原籍范阳（今河北涿县），世居河东（今山西永济），徙家洛阳。少时勤奋好学，21岁参加武皇钦持殿试，以对策之冠录仕。为官40余年，三任宰相要职，历则天、中宗、睿宗和玄宗四朝，为开元前期一代文宗，品评文苑，奖掖后进，深孚众望。其文俊丽，用思精密，多特承帝旨撰述，朗畅刚健，颇有文采，与许国公苏颋齐名，人称"燕许大手笔"。

张说不仅是开元名相，也是转变初唐文风的关键人物，在盛唐文化的建设上，起过举足轻重的作用。在初唐和盛唐文化转型时期，他和张九龄共同领导着当时的诗坛潮流。在个人关系上，张说是张九龄仕途与文学上的领路人。在诗歌创作方面，他们二人又各有重心，各擅千秋。说的诗风主要接近初唐，对盛唐有先导之功，九龄的诗风则与盛唐为近，却后来居上。从他们的创作实践，可以看出诗歌由初唐到盛唐的发展轨迹。张说为相时期，还辅佐玄宗，营造宽松的崇尚文学的社会氛围，为盛唐文化大观的到来作了人才上和心理上的准备，成了盛唐文学事实上的开路人。

张说仕途并非平坦，开元四年（公元716年），被贬谪岳州任刺史（今湖南岳阳）。他于任上，纵情山水，把原来的阅军楼改建为南楼，后更名为岳阳楼，并常与骚人迁客登楼酬唱，楼台也由此声名远播。但被远置江湖的诗人，内心却常常是寂寞的、凄苦的。他在《岳州宴别潭州王熊二首》诗中说："石木无生意，寒云若死灰"，"谁念三千里，江潭一老翁"。其心情可见一斑。此间他留下了不少吟咏洞庭的名作，而这首《送梁六自洞庭山》，则被誉为近体七绝由初唐步入盛唐的里程碑式作品。

这首诗专为送别梁六而作。"梁六"，名梁知微，时为潭州（今湖南长沙）刺史，他奉诏入朝途经岳州。"洞庭山"，即君山，位于岳阳西南洞庭湖中，风景秀丽。"巴陵"，古郡名，至唐朝，巴陵古郡已改为岳州。洞庭山靠巴陵很近，所以题云“自洞庭山”相送。

诗人谪居送客，心中不免怅慨盈怀，故开篇就写了一句“巴陵一望洞庭秋”。这“洞庭秋”三字，写的是即目所见之景。这写景非常简淡，不著色，也不作任何渲染。但它却让我们体味到了诗人“巴陵一望”中的“目眇眇兮愁予”的内心波澜。诗人在写景，更是在写意。诗人站在湖畔，默默无语地望着友人的征帆渐渐消失在天际，眼前只剩下一片浩淼秋水和弥漫在洞庭湖上的无边秋色，苍凉萧瑟，似雾似烟。这哪里是在写景，分明是在宣泄弥漫于内心的深深的寂寥！“袅袅兮秋风，洞庭波兮木叶下”（《楚辞·湘夫人》）正所谓自古悲秋多寂寥啊！

接下来，诗人收回眼光，把视线集中在了矗立于湖面上的君山，“日见孤峰水上浮”。“孤峰”指的就是君山，它本是秀立于洞庭碧波之上的名山，嫵姿秀色，誉满江南。但此时诗人眼里的君山，不美不秀，只是孤零零地飘浮于水面，一副垂首黯然、非常索寞的样子。这其实是诗人很隐蔽很婉曲地在以“孤峰”自譬，由峰之孤，道自己送走友人后心情之孤。只不过是触物而发，于有意无意间现之。与朋友草草相逢，匆匆分手，可以促席倾谈、胶漆相投的人离去了，不在了，心里哪挡得住“孤”意横生。他追想前情，回思旧景，本来自己厕名清华，置身通显，谋国有才，用武有地，不让英雄衮衮，如今遭贬，僻处一隅，此番境遇，怎不叫人柔肠百转？特别是青眼客一去，人海茫茫，无可告语，更何堪孤孑苦闷？所以他以“孤峰”自许，正是把首句眼内的寂寥秋意引向深入，托出内心的索寞孤独。不过诗人毕竟是个谋国英才，他虽感孤独，却非凄苦，他选用孤“峰”来自许，就暗含了在孤独中仍不失刚健。后来之事证明，他确是开元盛世政坛文坛上的一座“峰”！

第三句，诗人抛开离情，谈起神仙之道来：“闻道神仙不可接。”这一句与上两句，看起来“失之两橛，不成一贯”，实际上是形散而神合，正写出了诗人在内心想摆脱孤孑苦闷的挣扎。在诗人所处的唐代，道教大盛。在当时的人们看来，神仙之道可以引渡人们到达清净无为的无忧无虑的境地，而洞庭正为传说中的神仙窟宅。诗人也许也受了这个影响，大概也想修道超俗，羽化成仙，过上无忧无虑的潇洒生活。然而他这种努力最后以失败而告终，因为他的结论是“不可接”。“不可接”，就是不可能靠近、不可能接近。这就是说，在诗人的内心深处，他确实有过渴望，就是能像神仙一样逍遥自在，摆脱孤孑苦闷。但做神仙的生活不过是虚渺的讹传而已，在现实生活中何处寻之？诗人的自我否定，流露出来的正是一种难以追攀的莫名惆怅。诗人用笔奇巧，写离情偏不言离情，欲擒故纵，纡回行文，而倍写出了离情。

诗人在赠别友人的诗中，大谈神仙之道，还有另一层更深更隐蔽的用心。这次好友“梁六”是奉诏回京，那是锦旋入朝，入帝居之所。而帝居之所，那才是“九天阊阖”（王维句），实实在在的“人间仙乡”。如今朋友扬帆远济，笑展长眉，指日便可入金马，步玉堂，身入仙乡，大称心怀，而自己却远在江湖，僻处乡里，“不可接”，这不能不勾起他对友人的羡慕和对人生沉浮的慨叹。因此诗人谈神仙“不可接”，也是在曲折地表露自己身为一个谪居之人的无限怅惘。

尾句“心随湖水共悠悠”，最后诗人用湖水的广阔无际，抒写了自己的心事浩茫，与湖俱大，与波俱远。是啊，朋友的一叶风帆在视野里早已消失得踪影全无了，而那美丽虚渺的神仙世界对自己来说又是可闻不可及的，眼前唯见一湖悠悠秋水在不停地波涌浪叠，此时此刻，他这个谪臣的一腔心事，又有谁能知晓？又有谁能理会？又有谁能抚慰？“谁念三千里，江潭一老翁”。诗人无奈，只能把一颗心，把一腔心事，付于这波荡浪涌的满湖秋水，与它们共悠悠了。这看似平淡的诗句，如果与上句“不可接”的意思联系起来品读，就会看到，它包蕴着恰似这满湖秋水一样广阔、渺远的怅然与失落！

当然，我们必须指出，诗人在诗中流露出来浩淼无际的失落感，不仅仅是他人生失友的寂寥，这里面更包含着他政治失意的沉郁。因为诗人毕竟是一个有人生追求、有政治器识的人。

张说的这首怅别诗即景遣怀，寓情于景，写得情思幽幽，意韵绵绵，风致天然，隐晦委婉，“言有尽而意无穷”，全是盛唐气象。诗中送别之意，唯从兴象风神中求之，死扣却不着。所以品读此诗，只能妙悟得出，因为谪宦送别的怅然失落在诗境中浑然无迹，“如空中之音，相中之色，水中之月，镜中之象”。有人评说此诗之妙时说，可借叶梦得的话来赞之，“正在无所用意，猝然与景相遇，借以成章，不假绳削，故非常情能到”（《石林诗话》)。这大概就是“惟在兴趣”吧!

李白:金乡送韦八之西京

君从长安来,还归长安去。狂风吹我心,西挂咸阳树。

此情不可道,此别何时遇?望望不见君,连山起烟雾。

关于这首诗写作的时间,说法不一,比较多的研究者认为,写于天宝八载(公元749年)。这年春天,李白从兖州出发,东游齐鲁,在金乡(今属山东)恰遇友人韦八回长安,写了这首诗赠别。但也有学者不同意这种认定,如詹锳先生在其《李白诗文系年》中,认为这首诗作于公元746年(天宝五载),乃李白离朝不久。还有学者认为此诗为安史之乱后所作,如朱谏先生的评注以及唐汝询的《唐诗解》等均持此见。这三种看法尽管在具体年代的认定上有差异,但却有一个共同点,就是都认定是李白被朝廷“赐金放还”离开长安后所作。

我们在第五章中讲过,李白曾于天宝元年(公元742年)奉诏入朝,来到唐王唐权力的中心,并一时受玄宗青睐。但李白是一个个性鲜明的天才诗人,不是一个成熟的政治家。作为一个天才诗人,他追求和秉持的是自由之精神,独立之人格,潇洒之作风,以粪土王侯,浮云富贵为尊,他觉得自己“摧眉折腰事权贵”,很不开心,更觉得“曳裾王门”有失人格,那就当诗人得了,可李白偏偏又想辅弼天下,济助苍生。而实现这个政治抱负又要求他必须是一个成熟的政治家,有与权贵、政要打交道的才干,要有与权贵、政要巧于周旋、为我所用的谋略,要有与权贵、政要交际应对、隐忍藏实的大气度,这显然又与他的诗人做派和追求大相径庭。这集于李白一身的道不同、轨也异的两种追求,本身就是一对根本无法克服的互相对立、互相排斥的矛盾,正是这对不可调和的矛盾,成了李白在政治舞台上一败涂地的内在原因。所以,纵然“君王虽爱蛾眉好,无奈宫人妒杀人”,李白虽然一时得到了唐玄宗的赏识和宠爱,但他最终被赶出长安即被“赐金放还”(公元744年),实属必然。

李白被“赐金放还”,离开长安后,立即陷入了无边无尽的苦恼和郁闷的迷雾之中，同时沉沉的悔恨、惋惜和系恋也常常袭扰心头，有时候他的精神几近崩溃。在以后的漫游和隐逸生活中，他时时或直接或曲折地流露出对这段生活的怀恋，他还经常幻想着有朝一日能东山再起，卷土重来，获得第二次奉诏进京的机会，如“闲来垂钓碧溪上，忽复乘舟梦日边。”（《行路难》）“总为浮云能蔽日，长安不见使人愁。”（《登凤凰台歌》）等很多诗句，都反映了他想再次回到长安的急切心情。但是，机不可失，失不再来，“怀帝阍而不见，奉宣室以何年？”（王勃《滕王阁序》）李白的幻想最后终成南柯，用他自己的话说就是：“我浮黄河去京阙，挂席欲进波连山”，“洪波浩荡迷旧国，路远西归安可得！”（《梁园吟》）长安把他抛弃了，唐玄宗把他抛弃了，施展大才大志的大好机遇向他“拜拜”了！

李白这首金乡送别韦八的诗就是在这种背景下写的。首联“君从长安来，还归长安去”，看起来像随手拈来的家常话，平平淡淡，实际上充满了李白对朋友的不尽羡慕。他是在表达这样的心声：我的好朋友啊，你多幸运啊，你能从长安来，还能回长安去，而我就没这份福运了，我也是从长安来的，可想回去却不能了！为了强化这一心声，接着他又情绪激昂地对朋友说，你要回长安去了，你知道我也是多么地想回长安去吗？“狂风吹我心，西挂咸阳树”。诗人用浪漫主义的手法，以奇特、奇美、虚拟的形象，极度夸张、异常鲜明地表现了自己此时此刻狂飚吹心、思绪飞扬的情态和想回长安的急切愿望。是啊，这位天才的诗仙，多么想在大唐的政治舞台上有一番大作为啊！这里的“狂风”，不是指真的有狂风伴他送别，而是指激荡在心中的那强烈难抑的愿望像“狂风”一样，把他那颗大鹏心吹到长安。诗句中的“咸阳”，指代长安。因首联连用了两个“长安”，故此句以“咸阳”代之，变文避复。

“此情不可道，此别何时遇？”这一联一下子跳到了分手。诗人对朋友说，你要走了，我此时复杂的心情很难用言语来表达，总之，满腔心腹事，尽在不言中了。也不知此一别我们何时再会，但愿我们还有缘聚首！李白在诗中对朋友的表现基本采取虚写，故不能详知韦八对李白的反应，但从这一联来看，韦八可能对李白的境遇给予了深切的同请，对李白的心情表达了深切的理解，所以李白还盼着与他后会有期。最后一联，以景语结束全篇，描写了诗人伫立凝目，望着友人远去的情景，“望望不见君，连山起烟雾”。友人愈去愈远，当山山相连的烟雾遮住了诗人的视线，最后连友人的影子也看不到的时候，诗人没有转身离去，而是仍在原地久久地凝望着连山的烟雾出神。又一个理解自己的朋友走了，又是一个“弃我去”者走了，他没能带走我的愿望，却让我留下了“乱我心”的无限怅惘。那越聚越多、越聚越浓的，弥漫了峰峦叠嶂的烟雾是什么？是纯粹的烟雾吗？不，它正如诗人心中的无限怅惘。很显然，这场送别，诗人送走的是友人，给自己留下的却是失落。在这一联，“望”字重叠出现，那是诗人为了表达伫望之久和失落之深而有意为之。

和上面我们赏析的那首张说送别梁六的诗一样，李白这首怅别诗所表达的失落感，也不完全是人生失友的痛楚，也包含着更多的政治失意的郁闷。有人早有卓见，说这首诗讲的是作者西望京华，思君念国之意。萧士赟注此诗时就说过：“太白此诗因别友而动怀君之思，可谓身在江海，心存魏阙者矣。”李白的怅惘失落，是兼有别友之苦和怀君之思的。

这首诗语言通俗，行文跌宕，无丝毫斧凿之痕。诗中“狂风吹我心”二句，如奇峰壁立，令人震撼，有强烈的视觉冲击力，对表现诗旨有着“点睛”之功，也显示了诗人浪漫主义的情怀和奇谲的“想落天外”的艺术构思。

杜甫：奉济驿重送严公四韵

远送从此别，青山空复情。几时杯重把，昨夜月同行。

列郡讴歌惜，三朝出入荣。江村独归处，寂寞养残生。

这首诗是唐宝应元年（公元 762 年）七月杜甫在绵州送别自己的至交好友严武时所作。严公：即严武，曾两度为剑南节度使。宝应元年四月，唐肃宗死，唐代宗即位，六月，召严武入朝，监修唐玄宗和唐肃宗陵墓，杜甫送别赠诗。因前已写过《奉送严公入朝十韵》、《送严侍郎到绵州同登杜使君江楼宴》，故称“重送”。律诗双句押韵，八句诗四个韵脚，故称“四韵”。奉济驿，旧在成都东北的绵州（今四川省绵阳市）沉香铺，处于蜀道的金牛道中，自古为交通要道。中国古驿，集邮传、交通、馆驿三位一体，即传递消息，又接待住宿，迎来送往。古人或送别，或歇脚，或官者升谪途中，常借宿在驿站。故邮驿常是诗之载体，或感得意之慨，或抒失意之恨，或表离别之情。

此诗首联即点明送别。“远送”，即诗人不忍与严公分袂相别，送了一程又一程，一直送至二百里外的奉济驿。一个“远”字，突出了诗人与严公的情深谊长。“青山空复情”一句，借山言人，情致婉曲，更蓄深意。“空复情”：即枉然多情。意思是说，就连路两旁伫立的青峰也似人一样，目送行人，恋恋不舍，虽途程几转，但它们仍是含情脉脉。一个“空”字，即和盘托出了诗人依依也好，青山依依也好，都不能留住行人脚步的怅惘。

颔联用倒叙法回述了前夜话别情景，“几时杯重把？昨夜月同行。”诗人先用一问，写出了还未分手自己已盼将来再次重逢的心愿。但诗人心里明彻，时世难料，后会难知，在以后的岁月里还能否圆此心愿，神仙都难知晓，所以就特别珍惜分别前的有限时光，与友人尽情倾谈，纵情酬酢，以慰离别之苦。从这两句诗的意象来看，昨天夜里，在皎洁的月光下，诗人与严公一会儿把盏共饮，一会儿步月同行，述昔时相知相识之幸，叙今日离别在即之愁，大概直到天明，一夜未寝。“诗用倒挽，方见曲折。”诗人写送别用了倒挽，写昨夜月下之情也用了倒挽，不仅造成了行文的奇曲，也丰富了诗的意象，增添了诗的情趣韵致。从诗情的深化发展来看，这两句倒叙，还大大充实了首联“空复情”的内容，进一步加深了诗人“远送”的怅惘。

杜甫为什么送严公那么远？又为什么一路送一路写，赠送了好几首送别诗？因为杜甫和严武的友谊堪称盖倾之交，契若金兰，他对严武这个青眼客确实有说不完的话。杜甫在安史之乱中流寓蜀中，后在成都草堂燕居下来，与前几年相比，生活相对来说安定得多了。这是因为他在成都曾得到过不少亲友的资助，其中最主要的是幸遇韩京兆严武。严武两次镇蜀，前一次自上元二年（公元 761 年）十二月至宝应元年（公元 762 年）七月，后一次自广德二年（公元 764 年）元月至永泰元年（公元 765 年）四月病卒，时间虽然不足两年，但他对杜甫的帮助是很大的。严武与杜甫本来就有一段共患难的境遇，在政治上他俩与位居宰相的房琯关系比较密切，乾元元年（公元 758 年）曾与杜甫一起受房琯牵连而遭贬谪，也许正是由于这一段“战斗”友谊，他对杜甫始终很关心。他不但在经济上资助杜甫，而且常常登堂造访致慰，与杜甫作诗唱和。广德二年六月，严武还表荐杜甫为节度参谋，检校工部员外郎，赐绯鱼袋。这是杜甫一生中得到的最高官阶（从六品上），杜甫对此甚为满意。虽说杜甫入严武幕仅半年又辞归田园，但两人的交情并未受到影响。杜甫对严武始终怀有深深的感激之意。而且，由于严武对杜甫的敬重，还影响到其他人，例如梓州刺史兼东川留后章彝，在杜甫避乱至梓州时曾给予不少照顾。章彝其人并不象严武那样文采风流，为什么对杜甫这位穷文人也恭而有敬呢？主要就是他原为严武的僚属，对严武所重之人不宜轻慢。所以杜甫在蜀期间，尽管有时也避乱奔走、衣食不周，但多数时温饱不成问题。对这样一个至交挚友又有恩于自己的人，在即将分别时，杜甫有叙不完的旧谊，有说不完的离愁，送了一程又一程，连写几首诗赠鞭都不能尽兴逞怀，这其中的道理甚明，是人所易晓的。

朋友要离去了，杜甫心里不只想到严公是自己的指囷之交，还想到严公是一位才能卓越，治世有方，政声载道的好官，故专用一联写了对朋友的颂扬和叹赏，“列郡讴歌惜，三朝出入荣。”诗人没有正面颂其政绩，而是借巴蜀各郡百姓讴歌惋惜他的离任，颂其为政颇得民心，用玄、肃、代连续三朝都委以高位，赞其治政颇得君意。这样的颂扬和叹赏，溢满了诗人对朋友由衷的景仰，不仅言简意赅，客观公正，而且情真意挚，雍雅得体。赠鞭在即，自然会想到朋友的美德美举，这样的叹赏，无疑又增加了离别的沉重。

最后，诗人在尾联抒发了自己深深的怅惘和失落。“江村独归处，寂寞养残生。”这是诗人对自己送别友人后，简直到了丧魂落魄境地的情态和心境的生动刻画。“江村”，指诗人在成都西郊浣花溪边的居处。“独”字，写出了诗人送别严公回来后即陷入了无边的孤独。“寂寞”，则道出诗人在孤独中岁月蹉跎的惆怅索寞和内心空虚无着的失落感。“残生”，表面上看是写自己的风烛残年，但和寂寞连在一起，实际是写失去至交之后的日子寂寥无趣，凄然惨淡。诗人的索寞和失落，让我们看到了这样一个事实：他与严武厚交深知的友情，是他的生活，不，恰当地说是他的生命的重要支柱，一旦这根支柱发生倾斜，他的生活和生命便开始失衡，甚至有颠覆之危！难怪黄生曾发这样的感喟："送别诗至此，使人不忍卒读。"

杜甫在此诗中抒发的怅惘之情，纯粹是因挚友远别而产生的失落，没有夹杂丝毫政治失意的沉郁。这种纯真的友情，是非常可贵的，非常动人心弦的。在杜甫的诗作中，写给严武的诗占有相当一部分，可以说每一首都是他们的友谊绽放的花朵。他们的友谊，一直保持到杜甫的辞世。永泰元年秋，严武的灵柩归葬故里，船经忠州，杜甫登舟致悼，作《哭严仆射归榇》一诗，其中有"一哀三峡暮，遗后见君情"之句，其悲情之烈，犹如三峡急流撞岸。后来杜甫又作《八哀诗》，追忆他心目中的八位著名贤人，这八位贤人依次为：王思礼、李光弼、严武、李琎、李邕、苏源明、郑虔、张九龄。朋友已经鹤游，仍以不尽的哀思寄托自己对朋友的无限怀念，可见严武一直活在他的心中。

最后我们来赏析三位中晚唐诗人写的怅别诗。

严维：丹阳送韦参军

丹阳郭里送行舟，一别心知两地秋。
日晚江南望江北，寒鸦飞尽水悠悠。

严维，中唐诗人，字正文，越州山阴人。生卒年均不详。初隐居桐庐，与刘长卿友善。至德二年，以"词藻宏丽"进士及第，授诸暨尉。后历秘书郎，终右补阙。

这首诗抒写他送别韦参军前后的情景，充满了怅然的情绪。韦参军为何许人，无从稽考。但从诗中看得出，韦参军和他相交甚厚，堪为贤契。

诗的前两句写"送"。首句"丹阳郭里"，交待了送别地点，即在丹阳的外城边送行。"行舟"，点出了水，指明友人将水路挂席，为诗的后两句写景抒情铺下路径。次句即写送别时的心情心境，"一别心知两地秋"。"秋"字，表面上写离别的时令，天地寂寥，关河冷落，霜风萧索，实际上是一语双关，也在表达送行人的心绪。心里知秋，即表明此时的心境凄然，像秋声秋色一样萧索。这一句，作者还妙用了拆字法，"心"字上面加一"秋"

字，即为“愁”字，以此隐寓心中的离愁。明写秋，暗写愁，耐人寻味。

后两句诗人通过一个“望”字，完成自然转接，展开对送走友人之后的情景描写。“日晚江南望江北”。“日晚”写出了时间的推移，已近夜幕将临之时。这暗示了诗人伫立江边，目送友人行舟远去时间之久，从中见出友情之深，也朦胧地传出诗人凝目远望的神态。“江南”、“江北”，这种方位的对照，突出了江水的阻隔。丹阳是江城，它的方位处于大江之南；江北，是友人远行的方向，也是诗人目送友人征帆消逝的方向。这就画出了一幅在萧索的天幕下，孤帆已逝，离情依依的送别图。诗人伫立江边，怅望江北，望见了什么呢？“寒鸦飞尽水悠悠”。“尽”字里透出了过眼江景的变化。一开始，在诗人的视野里，秋水悠悠的江面上，远远的还有点点寒鸦在飞翔。到日暮黄昏时，江面上寒鸦尽去，天地之间唯有大江茫茫，万顷烟波。这江景，何等空蒙、渺阔和寂寥！江水悠悠，心绪渺渺，涵蓄着诗人在贤契的云帆远逝之后，从四面八方袭来的漠漠孤独和怅惘。所以，这样的景语，也很有韵致。

这首小诗写得情悠悠，景悠悠，情景交融，自然真切，文字虽朴素，但韵味涵永。其中首联首句一个“送”字，次联首句一个“望”字，很好地起到了串连全篇、交汇情景、推进感情发展的作用。特别是最后用景语作结，余味无穷。

李频：湖口送友人

中流欲暮见湘烟，岸苇无穷接楚天。
去雁远冲云梦雪，离人独上洞庭船。
风波尽日依山转，星汉通霄向水悬。
零落梅花过残腊，故园归去又新年。

李频，晚唐诗人，字德新，睦州寿昌人（今属浙江）。少时以诗著称。唐宣宗大中八年（公元854年）中进士，调校书郎，任南陵县主簿，后升任武功县令。频在武功整顿吏治，安定社会，发官仓赈济灾民，雇乡民疏通六门堰，按故道引水灌田，颇顺群情。懿宗时得天贶调京任侍御史，后擢任都官员外郎。不久，任建州（今福建建瓯）刺史。频从不曲意迎奉，以礼法治政，深受百姓爱戴。僖宗乾符三年（公元876年），频病死任内，建州百姓举城致哀，建梨岳庙以祀之。频一生诗作甚多，大多散佚。《全唐诗》收李诗208首。历代评李诗赞其“清新警拔”、“清逸精深”。

李频的诗以描写自然景物见长，《湖口送友人》称得上是其典型的代表作之一，历来受到诗家好评。全诗八句，其中七句写景，怅然离情，全都融在景中。湘江的暮霭，沿岸的苇田，楚地的长天，云梦的大雪飞雁，渡口的离人孤舟、洞庭的风波山势、夜空的星河映水，以及零落的腊梅残花，等等，围绕一个中心，纷至沓来，又有机地串为一体，故虽然层层设景，但又显得中心突出，章法齐整。

首联不言送别，即从湘江两岸的景观写起。“中流欲暮见湘烟，岸苇无穷接楚天”（也有的版本作“楚田”）。“中流”就是江心地带，即江面上最宽阔的地方。“楚天”，湘江流域在春秋战国时属楚国疆土，故曰楚天。诗人一开始，就在我们面前展示了一幅冬日将晚，湘水黯淡无语，苇田衰萧无际，暮霭沉沉楚天阔的空旷寂寥景象。颔联第一句继续写景：“去雁远冲云梦雪”，这是诗人远眺云梦之景，只见洞庭以北、云梦一带，漫天飞雪，纷纷扬扬，雁起烟渚，冲雪而去，噪声惊心。这一句，像个长镜头，一下子把首联空旷寂寥的画面推到了千里之外，还为拓宽、阔大了的画面增添了许多苍凉的气象。经过这一番大笔渲染之后，诗人才开始推出“湖口送友人”的主题：“离人独上洞庭船”。这第四句是全诗的中心，此句一出，立刻让我们必须重新审视前三句的景象，特别是诗人这个“离人独上”的“独”字，又仿佛一个聚焦镜头，一下子又把我们的视野，从开阔博大的空间拉回来，聚集到了这个小小的焦点上，而且这个“独”字还为诗中已经出现的所有景象、境界，涂上了浓浓的感情色彩。你看：湘水默默，暮霭沉沉，迷漫的是一种空寂压抑的氛围；楚天万里，蒹葭无际，更显现出离人孤舟挂席的伶仃；云梦飞雪，断鸿冲搏，正象征着友人旅途的寂寞艰难。而诗人调度空间，从大到小，以大衬小，以大比小的艺术手法，在开阔寂寥、空蒙苍凉的景色里，浑然无迹地融进了深邃的个人情致，反过来又特别凸现了这个“独”。尽管诗人并没有直接表达心绪，但对环境鲜明生动的描写，已让这场送别开始蒙上一层浓浓的离情怅绪。

“风波尽日依山转，星汉通宵向水悬”。第三联诗人转入对友人旅途的想象。这里出现的洞庭湖日夜变化的大观，并非实写，是由上句“洞庭船”引发的想象之景，故在时间上也不承上。当诗人目送友人的云帆消失之后，他脑海里出现的是洞庭湖白日风波浩瀚，夜间银河垂悬映波的壮阔景象。不过这种景象抒发的不是诗人对洞庭湖山光水色的叹赏，而是仍采用寓情于景的写法和以大衬小的技巧，暗写了诗人对友人扁舟一叶的遥念以及风波深处、万壑千岩，一路上备受颠簸之苦的关切。气象越大，扁舟越小，设景越远，离人越孤。这样的反衬，其艺术效果倍现。

最后一联：“零落梅花过残腊，故园归去又新年”。诗人正面抒发了由友人的别离引起的怅然和孤独。“残腊”，指残冬将尽。“新年”，指新春将至。“零落梅花”，既是指腊梅凋败，也是诗人的自况。意思是说，朋友走了，自己将像零落的败梅一样，孤独地度过残冬，而充满生机和欢乐的新春，将是别人的天地，到那时节，自己只能陪伴着索寞打发时日。真是怅离怀，空恨岁晚。可见诗人回到故园，心里布满了怅然的浓云密雾。而生发这腔怅然的情源，则是至交的离去在心理上造成的巨大失落。

因为诗人浓郁的怅然之绪始终是寓托于景物的描写，蕴涵在诗的各种意象所形成的意境中，不直写，不直露，故使此诗与那些一味作感伤语的送别诗不同，读时直觉得有一番悠悠远思的风韵。

有评论者说，这首诗用明快轻松的格调，让人陶醉的画面，写出了让人乘兴而归，到故园去痛痛快快过个团圆年的喜悦。还有评论者则持相反的见解，说这首诗寄寓的完全是诗人的伤别之情。其实只要细细品读，把准诗人感情跳动的脉搏，你就会察觉到，诗人在这首诗中，不论是景物的精心设置，或是抒情方法和写作技巧的选用，还是选词造语中所缜密把握的感情之度，既非抒发一种喜悦，亦非抒发一种伤感，而是在抒发一种由失落感生发的悠悠的怅然之绪。

杜牧：宣州送裴坦判官往舒州，时牧欲赴官归京

日暖泥融雪半消，行人芳草马声骄。
九华山路云遮寺，清弋江村柳拂桥。

君意如鸿高的的，我心悬旆正摇摇。
同来不是同归去，故国逢春一寂寥。

这是一首蜚声一时的送别诗。

此诗作于唐文宗开成四年（公元 839 年）春，杜牧将离任宣州（今安徽宣城），返京都长安另用。好友裴坦，本来一起在宣州任职，恰于此时亦奉命往舒州（今安徽潜山）就新。本是金兰，今成劳燕。杜牧为裴坦送行时以此诗赠鞭，抒怀寄慨。

梅英疏淡，冰澌溶洩，东风暗换年华。新春临世，草萌英发，鹅黄淡绿，山河风光如画。此时节，诗人与友人抛罢离樽，并辔出城，来到分手处。

“日暖泥融雪半消，行人芳草马声骄。”这是诗人用景物描写交代送行的时间和环境，渲染离别时的氛围。初春天气，阳光明丽，春风和煦，地上残雪已消大半，路面湿润，略呈泥泞，遥看草芽吐青，原野上一片柔绿。身下的英骢，似乎受到了春色的感染，仰头嘶风，扬蹄欲发，显得颇为兴奋。又仿佛是悉知人意，频频用奋身扬蹄，声声长鸣，表达着依依之情。应该说，这幅春郊送别图，其色调是明快的、清朗的。

“九华山路云遮寺，清弋江村柳拂桥。”接下来诗人又用两幅美景，交代了送行的地点。一幅是远景，是诗人想象中的九华山路：云遮雾掩，佛寺隐现，路曲境幽，如诗如画。九华山是享誉九州的佛国仙城，坐落于池州青阳（今属安徽）西南，是从宣州奔舒州的必经之地。故“九华山路”是暗示朋友裴坦的行程。一幅是近景，即眼前的清弋江村：绿水环抱，有桥卧波，烟柳轻拂，燕舞莺啼，也是如画如诗。清弋江在宣城城西，江水如蓝，波光流碧，景色秀雅。“清弋江村”点明了诗人在村边桥头送别。这远山近水，云寺柳桥，两幅图景，画面幽美，格调清新，韵味悠长，让人赏心悦目，如临其境。

读到这里，我们不由得会想：在这么美好的季节，这么美好的环境，这么美好的地点送别，诗人精神一定很爽朗，心境一定很阳光。然而，恰恰相反，诗人的心里却细雨蒙蒙，烟雾弥漫。还是看他自己的描写吧。

“君意如鸿高的的，我心悬旆正摇摇。”这一联，诗人用形象的比喻，道出了他和朋友两种迥然不同的心境。“的的”，是鲜明的样子。“摇摇”，是无着落的样子。诗人心里，此时是旗影摇风，空虚无着、怅然若失。朋友心里，却是鸿鹄高飞，青云翱翔，大称远怀。分手离别，行者和送者为什么心境会差之霄壤呢？原来，诗人的朋友裴坦，前不久刚刚大比折桂，雁塔题名，此次由宣州奔赴舒州任职，也是春来天上，喜上眉梢，气骄意洒，踌躇满志，自然心境如飞鸿高的的。而诗人则不然，宦海扬帆，风高浪险，尽管怀有大鹏之心，时时蹈仁履义，但却难有建树，整日价虚延时日，心境自然是不胜怅惘，故借“心摇摇然如悬旌而无所终薄”（《史记·苏秦传》）之意以展之。

诗人在此般心境中，与朋友在江桥分袂挥别，独奔回京之路，不禁感慨系之：“同来不得同归去，故国逢春一寂寥！”本来是与朋友携手同来宣州任职，且相处甚惬，但今日你我劳燕分飞，却不能一起执手回京，更何况是在这春色盎然的大好季节，多让人寂寥无趣啊！诗人从本心里希望与友人一起回到京城，然后在这大好季节一起游春，一起踏青，一起赏花，把酒赋诗，怡情怡性，享受春光之美，交游之乐。但是天不遂愿，乖差人意，朋友却远去舒州，尽管此去他称心如意，可毕竟与自己相隔山远水长，京城的醉人春色，不能与友同游，独自清赏又有何趣？这抒发的是无限的孤独、寂寥和失落之感。

我们联系诗人在诗的上半首对春色的描写那么清新、明快而喜人来看，可以窥见，诗人在送别时心情一直在矛盾中挣扎。一方面，他为朋友仕途上能春风得意而由衷地高兴，所以他把春色描绘得那么迷人，把坐骑写得那么风采有神，把朋友欲行的山路也想象得那么富有诗情画意。另一方面，他又为朋友不能与自己同路归京而深切地遗憾，这种心绪在“清弋江村柳拂桥”的诗句中已经微微露出。诗人笔下的“柳”，即有兴比之意，因唐人送别习俗是折柳赠别，“柳”“留”谐音，虽未直写折柳，但已暗蕴留恋之思。而且这种遗憾，在他与朋友桥头分手之后，一个人踽踽踏上回京路途之时，随着时间的推移，勃动得越来越强，越来越烈，直到最后转化为失落感而完全主宰了他的情感世界。故可以想见，京城未到，他的精神已完全迷失在了怅惘无际的世界里。

很多论者都认为，这首诗前半部分的环境描写，与后半部分诗人的惆怅心情，构成强烈对比，是诗人巧用了花鸟画中的一种“背衬”技法，以江南美景“反衬”人物的满腹惆怅，是诗人的艺术匠心所在。其实这是误读。只要我们把前后的写景和抒情联系起来沉思默想，再把朋友和诗人因仕宦殊途而产生的迥然不同的两种心境融汇进去细细琢磨，就会豁然发现，前半部分的环境描写，与后半部分诗人惆怅心情的龃龉，并非诗人在有意使用“背衬”，而是诗人送别时复杂的矛盾心情使之然。他既为朋友的仕途得意而高兴，表示由衷地致意；又为朋友的离去，为自己的宦海沉浮，而遗憾，而失意。这才是造成前半部分环境描写与后半部分诗人惆怅心情龃龉的根源。而诗人的匠心，恰恰是能巧妙地把诗中景与情的龃龉，浑然于一体，又不露斧痕，这才是大手笔的超迈过人之处，并非巧用“背衬”之法。

以上我们赏析了唐代八位诗家笔下的九首送别诗，同是写怅惘之情，失落之感，但在构思上、谋篇布局上和具体的表现手法上，却呈现出八仙过海的景象，真是让我们叹为观止啊！

（陈红涛执笔）

（本书由陈秉智总策划，陈秉智、陈红涛、陈洪海撰稿。）

参考书目

1、《杜诗详注》，（清）仇兆鳌。

2、《历代赠别诗选》，马大品选注，1991 年 3 月书目文献出版社。

3、《千家诗新注》，赵兴勤，杨侠注，1982 年四川人民出版社。

4、《唐诗鉴赏词典》，萧涤非，程千帆，马茂元等撰写，1983 年 6 月上海辞书出版社。

5、《唐诗三百首》，（清）蘅塘退士编，章燮注疏，孙孝根校正，1957 年 12 月东海文艺出版社。

6、《唐诗三百首》，王燕生编著，2008 年 8 月京华出版社。

7、《唐诗三百首详析》，喻守真编註，1979 年 12 月中华书局出版。